CAMPING MIT MORD

Martina Tischlinger, 1962 in Nürnberg geboren, studierte BWL, Außenwirtschaft und Marketing, doch ihre Leidenschaft gehört dem Schreiben. Sie hat bereits mehrere Franken Krimis und Komödien sowie zahlreiche Kurzgeschichten veröffentlicht, für den Bayerischen Rundfunk auch in fränkischer Mundart. Außer im Radio ist sie bei Lesungen zu hören.

MARTINA TISCHLINGER

CAMPING MIT MORD

Kriminalroman

emons:

Lust auf mehr? Laden Sie sich die »LChoice«-App runter, scannen Sie den QR-Code und bestellen Sie weitere Bücher direkt in Ihrer Buchhandlung.

Bibliografische Information der Deutschen Nationalbibliothek
Die Deutsche Nationalbibliothek verzeichnet diese Publikation in der Deutschen Nationalbibliografie; detaillierte bibliografische Daten sind im Internet über http://dnb.d-nb.de abrufbar.

© Emons Verlag GmbH
Alle Rechte vorbehalten
Umschlagmotiv: coralie/photocase.de
Umschlaggestaltung: Nina Schäfer, nach einem Konzept von Leonardo Magrelli und Nina Schäfer
Umsetzung: Tobias Doetsch
Gestaltung Innenteil: César Satz & Grafik GmbH, Köln
Lektorat: Susanne Bartel
Druck und Bindung: CPI – Clausen & Bosse, Leck
Printed in Germany 2020
ISBN 978-3-7408-0825-9
Originalausgabe

Unser Newsletter informiert Sie regelmäßig über Neues von emons:
Kostenlos bestellen unter
www.emons-verlag.de

Dieser Roman wurde vermittelt durch die Autoren- und Projektagentur Gerd F. Rumler, München.

Für Elfriede

Du bist so stark.

Schauderhaftes Spiegelbild

Der Campingplatz lag noch im Schlaf. Kein Kindergeplärr. Kein Hundegebell. Nicht einmal ein Hahn krähte. Nur Ruprecht war wach. Er huschte am noch unbesetzten Häuschen des Platzwarts vorbei und schlüpfte geduckt unter der Eingangsschranke des Geländes hindurch. Im bleichen Licht der Morgendämmerung hätte man ihn in seiner schäbigen Kleidung für ein großes, räudiges Tier halten können. Stinken tat er jedenfalls wie eines. Ruprecht bewegte sich seltsam eckig, sein Kopf zuckte hin und her. Er sprach nicht gern, ertappte sich selbst manchmal dabei, dass er knurrte. Früher hätte er über die Marotte gelacht, aber das Lachen hatte er verlernt. Seit Längerem wagte er sich nicht mehr unter Menschen. Es war pure Not, dass er sich hierhertraute.

Er riss eine Fleecejacke, die zum Trocknen an einer Wäscheleine baumelte, runter. Vor einem anderen Wohnwagen fand er eine Rolle Plastikschnur. In einem offen gelassenen Vorzelt bediente er sich aus einem Hängekorb mit Obst, ließ zwei Äpfel in einem mitgebrachten Stoffbeutel verschwinden, der so verdreckt war wie Ruprecht selbst. Auf dem Campingtisch daneben hatte jemand einen Rasierspiegel vergessen. Ruprecht wich vor seinem Spiegelbild zurück. Sein Haar war verfilzt, nur mehr ein graues Gewirr, unter dem ihn tote Augen ansahen. Das Gesicht war mit kleinen Narben und eitrigen Furunkeln übersät, seinem Oberkiefer fehlten die Schneidezähne. Schnell schloss er die Lippen, die vor Trockenheit aufgesprungen waren. Seine von Arthrose gekrümmten Finger mit den Trauerrändern unter den Nägeln drehten rasch den Spiegel um, als hoffte Ruprecht, sein entstelltes Gesicht würde dadurch verschwinden. Vor einem anderen Zelt lag etwas im Rasen. Er kniff die Augen zusammen. Im Prinzip konnte er so gut wie alles gebrauchen. Er würde sich den Rucksack, den kleinen Haufen Klamotten, oder was auch immer es war, einfach schnappen und später prüfen, was er erbeutet hatte. Lautlos näherte er sich dem Zelt, fuhr einen Arm aus, die Finger wollten schon zugreifen. Dann riss er die Hand zurück. Da lag ein Menschenkopf!

Ruprecht taumelte, wäre beinahe gestürzt. Sein Herz schlug wie wild. Er wollte fliehen, aber seine Augen konnten sich von dem Entsetzlichen nicht losreißen. Allmählich beruhigte er sich. Der zum Kopf gehörige Mensch lebte, schnarchte sogar leise. Sein Körper befand sich im Zelt, nur alles oberhalb der Schultern lag im Freien. Ein Hund schlug an, und Ruprecht floh zurück in den Wald.

Lüsterne Wasserspiele

Richard Staudinger schaute in den bereits in aller Herrgottsfrühe blauen Himmel, in den ein Flieger einen breiten Kondensstreifen malte. Mit dem Kopf an der frischen Luft fühlte er sich wesentlich wohler als eingesperrt in der fensterlosen Enge. Wobei ihm durchaus bewusst war, was für ein absurdes Bild er abgab, denn sein restlicher Körper befand sich im Inneren seines Zeltes. Wenn er sich auch nur ungern in einem geschlossenen Raum befand, so ein Naturbursche war er dann doch nicht, um komplett im Freien zu nächtigen. Noch schliefen sie rings um ihn herum, die Dauercamper und Wochenendfrischluftfanatiker in ihren Wohnwagen, Wohnmobilen, Wurf-, Kuppel- und Trekkingzelten und den sonstigen neumodischen Outdoorheimen, die es heutzutage gab.

Sein Zelt stammte aus seiner Jugend, roch etwas nach Keller, war aber so gut wie neu, da er sich nie wirklich mit der Camperei angefreundet hatte. Zelthaut an Wohnwagen mit fremden Schnarchsäcken, Ameisen auf den Frühstücksbrötchen und Stechmücken zum Seidla Bier: Das Urlaub zu nennen lag ihm fern. Nicht, dass Richard Menschen nicht gemocht hätte, bloß halt nicht, wenn sie ihm zu arg auf die Pelle rückten.

Er beschloss, auch die kommenden Nächte mit dem Haupt im Freien zu verbringen. Solange sich kein Ohrenkneifer bei ihm im Gehörgang einnistete, ihn eine der streunenden Katzen beschnupperte oder gar ein anderes Getier anpinkelte, wäre alles gut. Auch Regen wäre natürlich unvorteilhaft, aber dagegen sprach das wolkenlose Himmelsblau über ihm, und außerdem hatte die »Mittelbayerische Zeitung« in ihrem Wetterbericht fürs Erste keine Schauer angekündigt. Wenngleich sich von Frankreich her ein Regenband auf dem Vormarsch Richtung Franken befand. Aber wo sich das schlechte Wetter entladen würde, blieb abzuwarten, beruhigte sich Richard.

Vielleicht rührte seine Klaustrophobie noch von damals her, überlegte er, vom Kellerloch. Es war nur ein Lausbubenstreich gewesen, aber einer mit dramatischen Folgen. Doch daran mochte sich Richard jetzt nicht erinnern, und es wäre ihm auch nicht so recht gelungen, denn ein anderer Umstand lenkte ihn ab. In dem Wohnwagen keine fünf Schritte von ihm entfernt bewies ein Pärchen lautstark, wie wach und leidenschaftlich es schon war. Richard stieg die Schamesröte in die Wangen. Dass manche sich so gar nicht beherrschen konnten! Er wurstelte ein Tempotaschentuch aus seiner Jogginghose, die ihm als Schlafanzughose diente, riss es in zwei Hälften und drehte sie zu Ohrstöpseln. Das animalische Gestöhne und Gegrunze wurde etwas leiser, verstummte aber nicht.

Richard schaute rüber zum Ufer der fischreichen Naab, die noch vor Regensburg in Mariaort in die Donau floss. Wenn nicht gerade Hochwasser war, strömte sie gemütlich dahin. So wie jetzt. Aber was war das?

Richard schoss hoch und pulte die Ohrstöpsel heraus, als ob er dadurch besser sehen könnte. Da trieb etwas Längliches im Fluss, eingewickelt in eine Plastikplane. Schon wollte er aufspringen, wurde aber von seinem Schlafsack zurückgehalten. Fahrig fummelte er am Reißverschluss herum, der sich altersbedingt nur stückweise öffnen ließ. Schließlich strampelte er den olivfarbenen Sack von sich, rappelte sich auf – und fiel im nächsten Moment hin. Er war über eine der Zeltschnüre gestolpert. Verärgert schnaubte er. Er wusste schon, warum er Camping hasste!

Als er am Ufer stand, war seine Wasserleiche weg. Aber wahrscheinlich war es sowieso gar keine gewesen. Wer schickte im friedlichen Naabtal schon eine Leiche in einem Plastiksack stromabwärts auf Reisen? Just wenn Polizeiobermeister Richard Staudinger auf dem nahe gelegenen Campingplatz weilte? Aber er war nun einmal mit Leib und Seele Polizist und hatte die Angewohnheit, in allem ein Verbrechen zu wittern oder zumindest vorsichtshalber misstrauisch allem gegenüber zu sein.

Seine Nachbarn waren anscheinend bei der Zigarette danach angelangt, denn im Wohnwagen war es nun wieder mucksmäuschenstill. Ein Segen. Irgendein Viehzeugs krabbelte in Richards Nacken, jedenfalls fühlte es sich so an. Schlagartig begann es, ihn überall zu jucken. Wer war nur auf die absurde Idee gekommen, er, Richard, könne seinen sauer verdienten Urlaub in Gottes freier Wildbahn verbringen? Er bestimmt nicht! Wo er doch eher ein Feind denn ein Freund von Lotterleben war und die Ordnung in seinen vier Wänden brauchte.

Er begab sich ins Innere seines Zelts, ließ aber den Reißverschluss offen, sodass er Luft und dennoch keine Platzangst bekam. Aber der Schlaf wollte nicht zurückkehren. Eine seltsame Stille hatte sich über den Campingplatz gelegt, in die Richard nun hineinhorchte. Es war so harmlos still, dass es ihm schon verdächtig vorkam. Da lag was in der Luft, seine Polizeinase roch das.

Entspann dich, Richard, versuchte er, sich zu beruhigen. Du bist auf einem Campingplatz, was soll da schon groß passieren? Und es muss ja auch nicht dauernd überall das große Verbrechen lauern, die Vorstellung ist nichts als eine dumme Berufskrankheit von dir.

Ungeachtet dessen freute er sich bereits auf das Frühstück in freier Wildbahn, war es doch ein gewisses, aber kalkulierbares Abenteuer. Wenn er sich nur nicht wie auf dem Präsentierteller fühlen würde. Schon gestern Abend hatte er diese unangenehme Öffentlichkeit nach einem beamtenhaft korrekten Zeltaufbau unter Zuhilfenahme der vergilbten Aufbauanleitung und einer Wasserwaage ertragen müssen. Und beileibe niemand sollte ihm womöglich noch neugierig auf die vom heimatlichen Metzger mitgebrachte Stadtwurst bei der Brotzeit stieren und kontrollieren, wie viele Flaschen Bier er köpfte. Denn bei seiner geliebten fränkischen Stadtwurst, einer groben Fleischwurst mit Majoran, war Richard eigen, die wollte er in Ruhe genießen. Ein derartiges aufdringliches Interesse hatte er nämlich von seinem weiteren direkten Nachbarn mit Caravan und Fürther Kfz-Kennzeichen befürchtet, der ihm gleich nach Ankunft auf dem Campingplatz seine Hilfe und eine Flasche Prösslbräu angeboten hatte. Doch wider erstes Erwarten schienen er und seine Gattin recht angenehme Zeitgenossen zu sein. Den restlichen gestrigen Tag hatte der Fürther entweder eine Flasche in der Hand oder die Angel in die Naab gehalten, während sie sich um die dreiköpfige Kinderschar im Alter von Windelhose bis Kindergarten kümmerte.

Die Nachbarn mit dem gesunden Liebesleben kamen laut Autokennzeichen aus Nürnberg. Nicht zu fassen, da verreiste Richard einmal alle Jahrzehnte, dann auch noch nur in die Oberpfalz, und wen traf er? Franken.

Von den Nürnbergern hatte er bisher mehr gehört als gesehen. Und hätte Richard eine Zeugenaussage machen müssen, wer den »Knaus-Südwind« neben ihnen bewohnte, er wäre kläglich gescheitert.

Sein Magen vermeldete Hunger. Aber vom Frühstück waren Richard und sein verfressenes Organ noch weit entfernt. Denn für ein richtiges Frühstück bedurfte es der wunderbaren Schwarzer Kipferl, für die der waschechte Franke während seines Naabtal-Urlaubs gern auf seine gewohnten Kaisersemmeln und das Bauernbrot vom Kleinmichlgseeser Dorfbäcker verzichtete. Die knusprigen Kümmelbrötchen aus Roggen- und Weizenmehl, die von Hand geformt wurden und deshalb verschiedene Formen hatten, waren ein Hochgenuss. Um seine importierte fränkische Stadtwurst nicht nackert oder bloß mit Senf essen zu müssen, hatte er sich gestern gleich eine Tüte davon besorgt. Es war Liebe auf den ersten Biss gewesen. Die krossen Kipferl hatten ihn sogar mit dem Umstand versöhnt, dass er als Single-Mann beim Einkaufen im Campingkiosk genauestens begutachtet worden war, und zwar nicht nur von den Frauen.

Nur eine Frage hatte er sich gestellt: Sah er so gefährlich aus oder so attraktiv? Oder war man einfach nur neugierig auf den Neuzugang, der weder eine Partnerin noch eine Traube Kinder oder einen Hund mit sich führte und auch keine Angel ins Wasser hielt? Was ihn vermutlich ein wenig suspekt im Auge jedes Proficampers machte. Vielleicht hatten die Stirnfalten des Erstaunens aber auch nur in seiner Krawatte ihren Grund gehabt, deren er sich erst kurz vor dem Zubettgehen respektive In-den-Schlafsack-Krabbeln entledigt hatte.

Aber auch ein kinderloser Single brauchte einmal Urlaub, besonders als Vize-Dienststellenleiter der Polizeiwache in Kleinmichlgsees, wenngleich sein Heimatort ein völlig trostloses Kaff war, wo Verbrechen wirklich nicht alltäglich waren.

Doch ein bisschen musste Richard noch auf seine Kipferl warten, denn das kleine Lädchen am Campingplatz Oberbürzl öffnete erst um acht Uhr, und bis dahin war noch über eine Stunde Zeit. Richard zog den Reißverschluss seines Zeltes zu, als er zu hören glaubte, wie die lüsternen Nachbarn ihren Wohnwagen verließen. Für so frühen menschlichen Kontakt war er noch nicht bereit. Er wühlte in seinem Rucksack nach Zahnbürste, Duschgel, Deo und nach frischer Unterwäsche, Handtuch und Waschlappen. Wenn er jetzt die sanitären Einrichtungen aufsuchte, hätte er bestimmt gute Chancen auf eine freie Duschkabine. In seiner Jogginghose stieg er barfuß in die Birkenstockschlappen und verließ seine Lagerstatt, nachdem er sich versichert hatte, dass die Nachbarn Leine gezogen hatten. Das war eines der ganz wenigen Dinge, die ihm bisher am Campen gefielen: Er konnte sogar untertags wie ein Lump herumlaufen, weil die anderen es auch taten. Allerdings bedeckte er seinen nackten Oberkörper mit einer Regenjacke.

Duschen war für Richard eine höchst intime Angelegenheit. Die Vorstellung, dass sich mehrere nackte Menschen Kabine an Kabine einseiften und abbrausten, befremdete ihn. Selbst daheim, wo er mit seiner Schwester Trudel und seinem Schwager zusammenwohnte, schloss er generell die Badezimmertür hinter sich ab. Gleichgültig, was er in diesem Raum vorhatte, es ging niemanden etwas an. Insbesondere die begleitenden Geräusche.

Richard schaltete das Licht im dunklen Waschraum ein.

Die Röhren über ihm flackerten an. Kritisch betrachtete er sich in einem der Spiegel, die über der Waschbeckenreihe angebracht waren. Musste er sich rasieren? Er ging näher an den Spiegel heran, neigte seinen Kopf. Wurden seine Haare allmählich dünner? In seinem Alter, mit knapp über vierzig, hätte er sich darüber nicht gewundert. Oder – grau? Schwer zu sagen, weil sich die Natur bei der Ausgabe seiner glatten Haarpracht nicht für eine einheitliche Farbe hatte entscheiden können. In seinem Kurzhaarschnitt fanden sich sowohl hellbraune wie blonde Haare, teilweise hatten sich sogar ein paar rötliche dorthin verirrt. Wenigstens hatte er, bis auf ein paar nette Lachfältchen, noch keine nennenswerten Furchen im Gesicht. Erleichtert atmete er auf, beendete den morgendlichen Check und betrat eine der Duschkabinen.

Drinnen entkleidete er sich, hängte seine Klamotten an den Haken, packte Duschgel, Waschlappen, Handtuch, Deo und Rasierzeug aus seinem Kulturbeutel aus und legte sich alles säuberlich parat. Dann warf er eine Fünfzig-Cent-Münze in einen kleinen Kasten, drehte erst das heiße, dann das kalte Wasser auf, mischte beides zu einem angenehmen Lauwarm, ließ das Nass auf sich prasseln und seifte sich ein.

Richard hatte gerade das Wasser ausgestellt, balancierte auf einem Bein und verteilte auf dem anderen an der Wade etwas Duschgel, als plötzliches Gekicher aus der Duschkabine neben ihm ihn um ein Haar das Gleichgewicht verlieren ließ. Er hielt den Atem an. Eindeutig! Trotz des Wassergeplätschers war er sich sicher: Neben ihm giggelte eine Frau.

»Zuckermauserla, mein Zuckermauserla!« Das genüssliche Gebrumme eines Mannes wurde lauter. Also war die Dame nicht allein in der Nachbarkabine, sonst hätte Richard vermutet, dass sie sich womöglich versehentlich zu den »Herren« verirrt hatte. Aber da war ganz deutlich auch ein Kerl mit von der Partie. Und Richard hätte seinen kriminalistischen Hintern verwettet, dass die Teilnehmer an diesen heiteren Wasserspielen nebenan seine Nürnberger Nachbarn waren. Das war ja die Höhe!

Wäre er nicht von oben bis unten weiß eingeschäumt gewesen, er hätte fluchtartig den Waschraum verlassen. So aber brauste er sich eilig und laut ab, frottierte sich leidlich Arme und Beine und turnte flugs in seine frischen Klamotten. Das schamlose Kichern im Rücken, schlurfte er aus dem Waschraum. Was sollte er sich grämen? Gut, sie hatten ihn beim Duschen gestört, aber wie hieß es so schön? Wer ko, der ko.

Am Zelt angekommen, warf er das feuchte Handtuch auf das Überdach zum Trocknen, und weil es noch immer eine gute halbe Stunde bis zum Frühstück war, beschloss er, einen Morgenspaziergang zu machen und sein Smartphone aus dem Auto zu holen. Bis vor Kurzem war er mit einem simplen Handy ausgekommen, aber mit seinem neuen elektronischen Spielzeug konnte er sogar Fotos schießen. Und gestern Abend hatte er mehrfach einen Specht klopfen gehört, vielleicht würde ihm der Bursche ja jetzt vor die Linse fliegen.

Aus der Ferne sah er ein Pärchen Hand in Hand nahen. So verliebt, so turtelnd. Kulturbeutel und Handtücher verrieten, woher sie kamen. *Nein, vielen Dank, nicht die schon wieder.* Richard schlug einen Bogen, um den beiden nicht über den Weg zu laufen.

Hätte er geahnt, wie wichtig dieser Moment in wenigen Stunden sein würde, er hätte ganz genau hingesehen. Aber wenn man morgens loszog, um einen Specht zu fotografieren, dachte man doch nicht an Mord.

Rascheln im Wald

Manfred ging bewusst langsamer, um ihr auf den Hintern glotzen zu können. Sonja sah verdammt sexy aus. Und in ihrem grauen Nadelstreifen-Businesskostüm und den Lackstöckelschuhen fiel sie auf dem Campingplatz so wenig wie ein Schimpanse im Dirndl auf. Der schwarze Schlapphut und die übertrieben große Sonnenbrille, ihre Tarnung, verstärkten den Kontrast noch mehr. Manfred belächelte ihre Verkleidung, denn jeder, wirklich jeder, dem sie begegneten, würde sich an die auffallend hübsche Frau in High Heels und besonders an ihren extravaganten Hut erinnern. Ihm hingegen nahm man den Camper sofort ab. Shorts, Schlappen, T-Shirt und ein seliges Grinsen im Gesicht, das vor allem auf das Konto seiner Geliebten ging.

Manfred konnte nicht widerstehen und griff ihr von hinten an die Pobacken. Natürlich quietschte Sonja laut auf.

»Ich könnt schon wieder, Zuckermauserla.«

»Ich auch, mein Süßer«, schnurrte sie. »Aber der Job ruft.«

Sie verließen den Campingplatz. Die Imbissbude schräg gegenüber war noch geschlossen. Ein Stück liefen sie am Waldrand entlang und ließen das abbruchreife Häuschen, von dem sich der Verputz wie abgestorbene Haut nach einem Sonnenbrand pellte, unbeachtet rechts liegen. Dabei hatte es eine herrlich schaurige Vergangenheit. Doch auch die hölzernen Warnschilder – »Betreten auf eigene Gefahr!« – waren unterdessen wurmstichig geworden, kaum jemandem fielen sie auf, und niemand respektierte sie.

Sonja bewegte sich so sicher in ihren High Heels, als wären es Sneakers. Manfred hatte irgendwo gelesen, dass Stöckelschuhe erst ab zehn Zentimetern Absatzhöhe diese Bezeichnung verdienten. Sonjas erreichten die allemal. Wozu brauchte eine Büromaus solche Geschosse?, wunderte er sich kurz, unter dem Schreibtisch waren die doch gar nicht zu sehen.

Und nachdem ihr Wagen noch immer nicht in Sicht war, fragte er sich schließlich auch, ob sie nicht die Orientierung verloren hatte. »Sag mal, wo hast du denn um Himmels willen geparkt?« Vom Campingplatz war längst nichts mehr zu sehen. Sie waren gefühlt zehn Minuten unterwegs und gingen immer noch den Forstweg entlang, auf dem Privatautos eigentlich nichts verloren hatten.

Sonja wackelte mit dem Zeigefinger vage in eine Richtung. »Ich wollt halt, dass man meinen Wagen auf gar keinen Fall von der Straße aus sehen kann. Auch für den Fall, dass Simon Verdacht geschöpft hat.«

So gesehen konnte Manfred von Glück reden, dass sie ihr Fahrzeug nicht aus reiner Vorsicht kurz hinter der Stadtgrenze von Regensburg abgestellt hatte.

»Du denkst im Ernst, dass dein Mann hierherkommt? Aber woher sollte er von unserem Liebesnest wissen? Und hast du nicht erzählt, dass er beruflich in Chemnitz ist?«

»Trau keinem Mann, nicht einmal, wenn es dein eigener ist. Oder besonders dann«, gab Sonja eine ihrer seltsamen Lebensweisheiten von sich und zwinkerte ihrem Lover kokett zu. »Außerdem warst du es doch, der mich unbedingt zum Auto begleiten wollte«, schmollte sie.

»Natürlich«, bestätigte Manfred mit einem lustvollen Knurren und zog sie an sich. Bei Sonja hatte man wenigstens was in der Hand, sie war ein richtiger Feger.

»Geh, pass doch auf meine Frisur auf!«, maulte sie, schmunzelte aber.

Endlich standen sie vor Sonjas Reiskocher und küssten sich leidenschaftlich. Er selbst würde ja niemals einen Japaner fahren.

»Kommst du heute Nacht wieder?«, fragte Manfred hoffnungsvoll.

»Der Simon wollte zwar erst morgen von seiner Geschäftsreise zurück sein, aber ...« Sie zuckte mit den Schultern. »Wenn ich mit ihm telefoniert habe, weiß ich mehr.« Dann riss sie die Augen auf. »Hast du das gehört?«

Manfred zuckte mit den Schultern.

»Im Wald. Pst! Hörst du nichts?« Sonja presste sich panisch die Hände auf ihre Brust. Sie war blass geworden. »Mein Mann«, flüsterte sie.

»Ach was!«, winkte Manfred leichthin ab.

»Pst!«, machte Sonja erneut. Sie ging leicht in die Knie und ließ ihren Blick durch den Wald wandern.

Die ist ja völlig von der Rolle, dachte Manfred. Oder sollte das wieder so eins ihrer heißen Spielchen werden? So wie die Nummer gerade in der Herrendusche? Warum nicht, er war dabei.

»Ich schau nach.« Er flüsterte nun ebenfalls, nickte verschwörerisch und verschwand im knackenden Unterholz. Vielleicht käme sie ja nach.

Hie und da hörte sie ihn rascheln. Es war doch Manfred, oder?

Sie kaute auf ihrem Daumennagel, eine schlechte Angewohnheit, die sie sich vor Jahren eigentlich abgewöhnt hatte. Die Nervosität hatte sie zurückgebracht wie einen bösen Geist. Wo er nur blieb?

Ihre Armbanduhr mahnte sie zum Aufbruch. Spätestens um neun Uhr wollte sie doch in der Arbeit sein, normalerweise fing sie sogar schon um acht an. Dann endlich wurden die Geräusche wieder lauter, und Manfred kam zurück.

»Keine Panik, das war sicher nur ein Igel oder eine Maus.« Ungläubig krauste sie die Stirn. »Wo warst du so lange?«

»Pinkeln. Konnte doch nicht wissen, dass du mich in den Wald entführst, drum hat es pressiert«, grinste er. Er startete einen unkeuschen Angriff, doch sie entwand sich ihm.

»Da! Wieder!«

Nun war es aber mal gut! Manfred blies genervt die Backen auf. Entweder hatte sie Lust auf Sex oder sollte fahren. Aber dieses Hin und Her … Dann hörte er es auch. Es raschelte tatsächlich im Wald. Manfred lauschte angestrengt. Und waren da nicht sogar entfernt Schreie zu vernehmen? Aber bestimmt war das nicht Sonjas Ehemann, der wie Rumpelstilzchen durchs Gebüsch sprang. Das war allein ihr schlechtes Gewissen, das sie in Panik versetzte, so Manfreds Meinung. Sonja und er waren sozusagen aus der gleichen Branche und hatten sich bei einer überregionalen Veranstaltung der IPA, ein Zusammenschluss von Angehörigen des Polizeidienstes, kennengelernt. Ratzfatz hatte es zwischen ihnen gefunkt. Seitdem fuhr er zum Angeln auf den Oberbürzler Campingplatz an die Naab. Wobei ihm bislang auch die fränkischen Gewässer für sein Hobby getaugt hatten. Zum Glück verabscheute seine Frau seinen Sport und nutzte seine Abwesenheit, um sich mit Freundinnen zu treffen – oder so. Er hinterfragte nicht, was sie tat. Wann er seine Angelwochenenden einlegte, hing von Sonjas Ehemann ab, der Vertreter für Blumenübertöpfe und Blumenampeln und somit häufig in ganz Deutschland auf Achse war. Wenn er auf Gartenmessen fuhr, sogar am Wochenende, so wie am vergangenen. Heute, am Montag, würde Sonja direkt vom Campingplatz ins Polizeipräsidium Regensburg fahren, wo sie als Schreibkraft im Betrugsdezernat arbeitete.

Er wiederum war bei der Kripo in Nürnberg und wollte dieses Mal mehr als nur zwei Tage in der schönen Gegend und hoffentlich mit seinem Zuckermauserla verbringen. Die Scheidung von ihren Ehepartnern hatte nie zur Debatte gestanden. Sie wollten nur eine prickelnde Affäre. Er war fünfundvierzig, Sonja achtunddreißig, somit waren sie nicht mehr die Jüngsten. Es war ein Glücksfall, dass das Schicksal sie so unkompliziert zusammengeführt hatte.

Als die Geräusche nicht verstummten, wurde auch Manfred hellhörig. Das war kein Tier, kein Wind, aber was dann? Er konnte die Laute nicht zuordnen. Es hörte sich an, als würde jemand fluchend auf den Boden stampfen. Und war es möglich, dass jemand sogar üble Beschimpfungen ausstieß? »Du Schwein! Du Drecksau!«

Er schaute Sonja an.

»Du bleibst hier.« Schon stapfte er los, wollte sich einen Weg durchs Dickicht bahnen.

»Lass mich nicht allein!« Sie packte ihn am Arm.

»Ich bin doch gleich zurück.«

Aber sie gab seinen Arm nicht frei, dessen Muskeln er angespannt hatte.

»In deinen Stöckelschuhen kannst du nicht mit. Bleib hier.« Und sie ließ los.

Eine Weile noch hörte sie, wie er sich entfernte. Dann nichts mehr, selbst wenn sie sich auf dieses Nichts konzentrierte. Auch die zornige Stimme war verstummt. Es herrschte Totenstille. Ohne es zu merken, hatte sie sich den Nagellack von ihrem Daumennagel gepult. Warum kam Manfred denn nicht zurück?

Mutig machte sie ein paar Schritte auf den mit abgestorbenen Tannennadeln und dürren Ästen bedeckten Moosboden und zerriss sich dabei prompt die Nylonstrümpfe. Wahrscheinlich wäre es doch besser, bei ihrem Wagen zu bleiben. Die Gedanken an die Uhrzeit, ihre Arbeit, sogar an Simon waren ganz weit nach hinten gerückt.

»Manfred?«, rief sie zögerlich, doch erhielt keine Antwort.

Was sollte sie tun, wenn Manfred nicht zurückkehrte? Die Polizei rufen? Niemals. Ihre Affäre durfte nicht auffliegen, weder ihr Mann noch die Kollegen durften davon erfahren. Aber sie musste etwas unternehmen. Sie öffnete den Kofferraum. Manchmal vergaß sie ihre Sportklamotten darin. Ihre Turnschuhe könnte sie jetzt gut gebrauchen, mit ihren High Heels kam sie auf dem weichen Waldboden nicht weit. Aber ihre Sporttasche war nicht da. Kurz befühlte sie den Wagenheber. Eine Waffe, sie brauchte eine Waffe. Doch sie fand nichts, was sie notfalls zu ihrer Wehr einsetzen könnte. Nur eine Flasche Scheibenreiniger, den Eiskratzer, eine gelbe Einkaufsklappbox, Plastikbeutel … Vielleicht doch der Wagenheber? Wütend und enttäuscht schlug sie den Kofferraumdeckel wieder zu.

Dass nun überhaupt kein Knacken und kein Rascheln mehr zu hören waren, nicht einmal das Zwitschern eines Vogels, jagte ihr noch mehr Angst ein als die Geräusche zuvor. Sie fühlte sich wie aus der realen Welt gehoben und in eine fremde Realität verpflanzt. Das Buch von Marlene Haushofer »Die Wand« fiel ihr ein. Was, wenn sie sich plötzlich mutterseelenallein hinter einer unüberwindbaren durchsichtigen Wand befand, abgetrennt von jeglichem Leben?

»Manfred!«

So weit konnte er doch nicht in den Wald gegangen sein. Ihre Wut wendete sich gegen ihn. Dass Männer einfach nicht mitdachten! War ihm denn nicht klar, dass sie sich allein fürchtete?

Sein Handy! Hektisch wühlte sie in ihrer Handtasche nach dem Smartphone und rief ihn an. Er ging nicht ran, doch in der Ferne hörte sie es klingeln. Sie nahm ihr Telefon vom Ohr und lauschte. Das Klingeln kam näher. Ein Stein fiel ihr vom Herzen, und sie beendete den Anruf. *Manfred, Gott sei Dank.* Aber auf seine Ausrede war sie gespannt. Und warum brauchte er so lange?

Dann sah sie ihn. Vornübergebeugt, mit schleppendem Schritt, gesenktem Kopf und hängenden Schultern bahnte sich Manfred seinen Weg durch den Wald. Schien weder auf größere Äste noch auf stacheliges Gestrüpp zu achten. Sonja war klar, dass etwas mit ihm nicht stimmte.

Sie schleuderte sich die Schuhe von den Füßen, um ihm entgegenzueilen, bereute ihren Entschluss aber sogleich. Spitze Steinchen und Stöckchen stachen in ihre Fußsohle. Doch der Schmerz war in dem Augenblick vergessen, als Manfred nur noch wenige Meter von ihr entfernt war.

»Um Gottes willen, was ist denn los?«

Er sackte vor ihr auf die Knie und hob schwerfällig den Kopf. Sein Gesicht war kalkweiß, die Lippen blutleer, Schweißperlen standen auf seiner Stirn. »Hol Hilfe«, ächzte er. In seiner Brust steckte ein Messer.

Foto ohne Specht

Kein Specht. Manchmal glaubte Richard, ihn am Baum Löcher klopfen zu hören, doch das Tier spielte wohl Verstecken mit ihm. Sobald er sich ihm näherte, hielt der Vogel inne. Dann, nach einer kurzen Pause, folgte wieder ein Klopfgeräusch, und Richard stakste in dessen Richtung. Dabei bewegte er sich äußerst vorsichtig, stelzte fast wie ein Flamingo und gab das Bild eines recht seltsamen Vogels ab. Er hatte nämlich Bammel vor den Zecken. Die hielten sich zwar angeblich eher am Wald- und Wiesenrand auf, aber er mochte diesbezüglich kein Risiko eingehen. Was für eine Vorstellung – ein hässliches Insekt, das sich in sein Fleisch bohrte und sich dann mit seinem Blut vollsaugte!

Nach einer guten Viertelstunde gab Richard die Verfolgungsjagd des Spechts auf. Lediglich von einem glänzenden grünen Käfer und einer Schnecke mit bräunlichem Haus hatte er ein Bild geschossen, eine magere Ausbeute für eine Fotosafari. Und mittlerweile war ihm jegliches Getier auch egal, denn Richard befürchtete stark, sich verlaufen zu haben. Das kam davon, wenn man ausschließlich mit dem Kopf nach unten oder dem Blick in die Baumwipfel durch die Welt ging. Sein Gefühl sagte ihm, dass er sich links halten musste, da, wo es abwärtsging, um wieder auf die Straße und zum Campingplatz zu gelangen. Plötzlich horchte er auf. Waren da Stimmen? Wo Stimmen, da auch ein Weg, schlussfolgerte Richard und ging frohgemut auf die Geräusche zu.

Doch da! Wieder der Specht! *Jetzt gehörst du mir ...* Richard fummelte sein Handy aus der Hosentasche, wählte die Fotofunktion, hielt das Telefon in die Richtung des Klopfens und drückte mehrfach ab, mit und ohne Blitz. Das war das Schöne an den Smartphones, man konnte wahllos Fotos machen und später den Mist wieder eliminieren, ohne Geld zu verschwenden. Früher, mit den richtigen Filmen, hatte man sich sein Objekt noch genau ausgewählt und mit jedem Foto gegeizt. Er würde das Ergebnis in Ruhe in seinem Zelt überprüfen. Hatte er den Specht eingefangen, gut, wenn nicht, sollte der Flatterich bleiben, wo der Pfeffer wuchs.

Doch wo waren denn plötzlich die Stimmen? Hatte er sich in den wenigen Minuten der Vogelpirsch erneut verirrt? Dass man aber auch so gar nichts sah. Nur Bäume und Büsche um ihn herum. Alles war gleich. Seufzend studierte er sein Handy. Irgendwo konnte man doch dieses GPS einschalten. Aber wo? Es war aber auch ein Kreuz, dass er sich bisher so wenig mit seinem Smartphone beschäftigt hatte, nun bekam er die Rechnung dafür. Brauchte er für das GPS ein Netz? Gestern auf dem Campingplatz hatte der kleinste Balken schwach geflackert, bevor es eine Zeit lang ganz Essig gewesen war. Natürlich würde er den Urlaub leicht ohne Internet und den ganzen Schmarrn überleben, aber in dieser Situation wäre ein Navi schon schön gewesen. Verdrossen stromerte Richard frei Schnauze weiter. Sollte er vielleicht wie Hänsel und Gretel Brotkrumen streuen oder Bäume markieren? Aber er hatte nichts für solche Zwecke eingesteckt. Rote Bändchen zum Beispiel. In Gedanken sah er sich wie der Osterhase durch den Forst hoppeln und, statt bemalte Hühnereier zu verstecken, Geschenkbändchen mit Schleifen an die Äste binden. Er musste tatsächlich lachen, wohl am meisten über seine eigene Unfähigkeit. Das durfte er wirklich niemandem erzählen, er, ein erfahrener Polizist, hatte sich in einem Waldstück nahe einem belebten Campingplatz verirrt.

Ratlos hielt er inne und betrachtete erneut nachdenklich sein Smartphone, das just in dem Moment wie vom Teufel geritten klingelte. Gerade noch konnte er das Ding, das ihm vor Schreck aus den Fingern geglitten war, wieder auffangen.

Acht Uhr. Richard hatte ganz vergessen, dass er sich den Wecker auf Kipferl-Zeit eingestellt hatte. Die Wecker-App hatte ihm Maria, seine Kollegin in Kleinmichlgsees, gezeigt. Wenn er denn jemals aus diesem Urwald wieder herausfand und in den Genuss eines frischen Kipferls käme!

Doch als würde ihm sein knurrender Magen den Weg aus dem Baum-Labyrinth zeigen, stand Richard innerhalb kürzester Zeit auf einem Waldpfad. Er ging an einem alten Haus und dem Imbissbüdchen vorbei und wurde von der bayerischen Flagge am Eingang des Campingplatzes begrüßt.

Eine lange Schlange hatte sich bereits vor der Theke des kleinen Campingladens gebildet. Richard rückte geduldig Meter um Meter vor und studierte dabei die Waren, die angeboten wurden. Von Dosenravioli bis zur »BILD«-Zeitung gab es in dem Minishop, wie man auf Neudeutsch Läden dieser Art so schön bezeichnete, sozusagen so gut wie alles. Als er an der Reihe war, kaufte er vorsorglich gleich acht Kipferl, außerdem ein Glas Erdbeermarmelade und Butter. Da er vom letzten Abendbrot noch ein Stück Stadtwurst übrig hatte, konnte das Frühstück beginnen.

Zurück am Zelt musste er feststellen, dass seine Nachbarn schon rechte Schlamper waren. Auf dem Campingtisch standen noch immer Gläser, zwei leere Rotweinflaschen, eine aufgerissene Chipstüte, halb heruntergebrannte Kerzen, ein Feuerzeug und ein Autan-Spray herum. Richard grinste schräg. Die Nürnberger hatten halt anderes, Besseres zu tun, als aufzuräumen. Wobei das fidele Pärchen offenbar ausgeflogen war. Oder vielleicht wieder in der Dusche zugange.

Richard rückte seinen Klappstuhl in die Sonne, mit Blick auf die Naab. Während er in seinem kleinen Gaskocher Wasser für seinen Nescafé heiß machte, öffnete er gierig die Brötchentüte, biss herzhaft von einem Kipferl ab und sank mit geschlossenen Augen gegen die Stuhllehne. So war Urlaub. Vielleicht würde er sich ja doch noch ans Campen gewöhnen. Die Chancen waren zwar relativ gering, dennoch wollte er dieser fremden Lebensweise zumindest eine Chance geben.

Und da war er wieder. Als wollte er ihn provozieren, hämmerte ein Buntspecht gegen den Baum ihm schräg gegenüber. Längst ging es Richard nicht mehr um den Vogel, sondern ums Prinzip. Er fuhr hoch, krabbelte in sein Zelt, holte den Autoschlüssel aus seinem Rucksack, den er wiederum in seinen

Schlafsack gerollt hatte, krauchte rückwärts wieder aus dem Zelt hinaus, schloss sein Auto auf und nahm das Smartphone aus dem Handschuhfach, das er just vor fünf Minuten dort verstaut hatte.

Mit dem Handrücken fuhr er sich über die schweißbedeckte Stirn. Daran musste er dringend etwas ändern. Er fand es gut, ein ordentlicher und pflichtbewusster Mensch zu sein und alles hinter sich wegzuräumen, aber auf dem Campingplatz müsste er sich von dieser Einstellung vermutlich etwas befreien. Als er mit dem Handy in der Hand den Baum betrachtete, war der Specht natürlich fort.

Also ließ sich Richard wieder nieder, brühte sich seinen Morgenkaffee auf und halbierte ein weiteres Kipferl. Kauend öffnete er die Fotogalerie seines Handys. Vielleicht hatte er den Vogel vorhin im Wald ja doch erwischt. Er wischte sich von Bild zu Bild, vergrößerte erfolglos Ausschnitte und löschte die entsprechenden Fotos wie auch die verwackelten Aufnahmen. Aber beim letzten Bild traute er seinen Augen nicht. Je stärker er das Foto vergrößerte, umso unheimlicher wurde das, was er darauf sah. Ihm stellten sich die Nackenhaare auf. Eine hässliche, verzerrte Fratze schien ihn anzustarren. Eine Waldkreatur, die auch ein Yeti sein könnte. Oder doch nur eine Baumwurzel im blassen Morgenlicht? Was war das? War es tot? Betrachtete er gerade eine Leiche, oder spielten ihm seine Augen einen Streich? Schnell schaltete Richard sein Handy aus.

Er war wirklich urlaubsreif.

Letzter Atemzug

Das Messer in Manfreds Brust war so unwirklich. Sonja kapierte nicht gleich, was los war. Manfred rappelte sich hoch, taumelte auf die offen stehende Autotür zu und fiel seitlich auf den Fahrersitz. Sein Gesicht war grau, der Glanz in seinen Augen erloschen. Er versuchte zu sprechen, aber seine Kehle schien zu eng, tonlos formten seine Lippen Worte. Sonja stürzte auf ihn zu, strich ihm über die nass geschwitzten Haare, nahm seine Hand und erschrak zutiefst. Auf seiner Stirn standen Schweißperlen, aber sein Körper war eiskalt.

Sonja hörte sich seinen Namen wie aus weiter Ferne schreien. Dazu immer wieder die Frage: »Was ist passiert?«

Sie versuchte, ihn in die Senkrechte zu bringen, aber Manfred lag schwer wie ein Stein vornübergebeugt auf dem Armaturenbrett, seine Beine hingen noch aus dem Wagen.

»Wer war das?« Verzweifelt schüttelte sie ihren sterbenden Liebhaber, und ihre Handflächen wurden blutig.

Manfreds Atem ging gurgelnd und röchelnd.

Sonja stand das blanke Entsetzen ins Gesicht geschrieben. »Manfred! Manfred!«, schrie sie ihn an. Tränen liefen ihr über die Wangen, sie rieb sie mit den Händen weg und verteilte dabei das Blut in ihrem Gesicht. Als sie wieder ihren Freund streichelte, besudelte sie auch ihn.

Manfred sackte immer mehr in sich zusammen, das Leben verließ langsam seinen Körper. Er schnappte nach Luft, nahm drei tiefe Atemzüge, atmete noch einmal aus. Dann war es vorbei. Manfreds Herz hatte aufgehört zu schlagen.

Sonja schrie auf und ließ sich dann schluchzend auf den Boden neben ihren Wagen sinken.

Wenige Minuten später zitterte sie noch immer am ganzen Leib. Wie automatisch zog sie ihr Handy aus der Handtasche. 110 oder 112?, überlegte sie. Ihr Finger kreiste über dem

Zahlenfeld, aber ihr Kopf war leer. In dem Moment klingelte es.

»Caro«, stand auf dem Display.

Sie nahm das Gespräch entgegen. »Du musst herkommen«, sagte sie ohne eine Begrüßung. »Manfred ist tot! Komm, bitte! Sofort!«

Caroline Perchinger-Böck hatte ihre Freundin und Kollegin eigentlich nur daran erinnern wollen, dass Montag war, der Alltag begonnen hatte und sie besser schleunigst das Lotterbett, das sie seit Wochen sporadisch mit dem Nürnberger Kripobeamten teilte, verlassen sollte. Morgens, speziell am Montagmorgen, genehmigten sich die zwei Frauen vor Beginn der Arbeit meist einen Caffè Latte aus dem Präsidiumsautomaten im Stehen, um den aktuellen Klatsch und die News des Wochenendes auszutauschen. Auf Sonjas Nachricht war Caro beileibe nicht vorbereitet. Wer wäre das an ihrer Stelle schon gewesen?

»Was?«, fragte sie perplex, während es in ihrem Hirn ratterte.

»Ich steh oberhalb vom Campingplatz Oberbürzl an einem Forstweg. Manfred und ich, wir haben Stimmen gehört. Ich dachte, es wäre Simon. Manfred ist dann in den Wald, und als er zurückkam, hatte er ein Messer in der Brust. Jetzt ist er tot.«

Noch mehr Aussagen, die Caro nur noch stärker verwirrten. »Ich kann nicht einfach aus dem Präsidium weg, Sonja. Ich muss gleich bei einer Vernehmung dabei sein.« Caroline war wie Sonja Schreibkraft im Polizeipräsidium Regensburg, allerdings in einem anderen Dezernat. Aber hängen lassen wollte sie ihre Freundin auch nicht. »Ich werde den Hannes anrufen. Mein Bruder soll sich zu dir auf den Weg machen. Aber warum hast du nicht gleich die Polizei informiert? Vor allem … Mädel … Pass bloß auf! Der Mörder ist vielleicht noch ganz in deiner Nähe!«

Die Härchen auf Sonjas Armen stellten sich auf. Daran hatte sie im Schock noch gar nicht gedacht. Sie biss sich auf die Unterlippe und starrte in den Wald. Der Mörder von Manfred könnte tatsächlich noch immer in der Nähe sein und ihr auflauern.

Leichenentsorgung

Hannes Perchinger war sich bereits bewusst, dass er eine Straftat beging, als er mit dem Mountainbike den Weg entlangfuhr und Sonja am Waldrand mit beiden Armen winken sah. Sein Bauchgefühl war eindeutig. Von Weitem sah sie wie aus dem Ei gepellt aus. Als er näher kam, bemerkte er, dass sie sogar Pumps trug. Dass Frauen sich das freiwillig antaten, auch wenn sie ein Hingucker waren. Aber Haxen hatte Sonja, Donnerwetter, und was für welche!

Sie eilte auf ihn zu, ihr Schluchzen immer wieder durch einen Schluckauf unterbrochen. Als sie ihn am Oberarm packte, hätte sie sie beide um ein Haar zum Fallen gebracht.

»Langsam, langsam, Sonja«, versuchte er, sie zu beruhigen, und stieg von seinem Mountainbike. Von Nahem betrachtet sah sie furchtbar aus. Überall im Gesicht getrocknetes Blut.

»Der Manfred ist in den Wald, weil ich dachte, der Simon spioniert uns nach«, begann sie, übereilt zu erzählen. »Und dann kommt er wieder raus, und in seiner Brust steckt ein Messer. In meinen Armen ist er gestorben, verstehst du, Hannes? In meinen Armen!«

Caros Bruder war natürlich über das gschlamperte Verhältnis von Sonja mit dem Nürnberger Typen von der Kripo bestens informiert. Sein Schwesterchen war eine alte Plaudertasche, die ein Geheimnis nicht selten nur eine Nanosekunde lang für sich behalten konnte. Immerhin behauptete sie, bei den Kollegen im Präsidium über das Techtelmechtel wie ein Grab zu schweigen. Unter Busenfreundinnen sei so ein Verrat ein absolutes No-Go, denn immerhin sei Sonja verheiratet, so Caro. Diese sensationelle Story nicht brühwarm von Büro zu Büro zu tragen musste seiner Schwester mächtig schwerfallen. Wahrscheinlich waren ihr Hals und ihre Zunge deshalb längst dick angeschwollen. Und womöglich wartete sie nur auf die Initialzündung, um dann genüsslich alle Details ausplaudern zu können, die in ihr schäumten und brodelten wie kochende Milch kurz vorm Überlaufen. Der Mord an Sonjas Lover könnte so eine Detonation sein, überlegte Hannes.

Wenn es denn ein Mord war … Er musste sich selbst von der Lage überzeugen – und zuallererst davon, dass der Mann tatsächlich tot war.

Er ging zum Wagen, fühlte Manfred den Puls und beugte sich zu dessen Mund hinunter. Eindeutig: kein Atem mehr.

»Vorsicht«, sagte Sonja, und Hannes warf ihr einen scharfen Blick zu.

Wieso Vorsicht? Er ist doch schon tot. Er zückte sein Handy.

»Was hast du vor?«

»Ich rufe die Polizei.«

Wieder fasste Sonja ihn überraschend grob am Arm. »Das darfst du nicht! Nicht die Polizei!«

»Sonja. Jemand hat deinen Manfred erstochen, und der Kerl ist immer noch da draußen.« Hannes nickte in den Wald. »Wir müssen die Polizei informieren.«

»Nicht. Die. Polizei.« Fast schien es, als hätte sie bei jedem Wort am liebsten mit dem Fuß aufgestampft.

Hannes zog die Augenbrauen zusammen. »Aber du warst das nicht selbst, oder? Du hast ihn nicht erstochen?« Ein schrecklicher Verdacht keimte in ihm auf.

Den Sonja sofort vehement zunichtemachte. »Spinnst du? Das war ein Verrückter im Wald!«

Impulsiv reckte sie sich, wohl um dem Gesagten Nachdruck zu verleihen, und deutete mit einem Arm hinter sich. Dann brach sie wieder in Tränen aus, und ihre nicht wasserfeste Wimperntusche hinterließ schwarze Rinnsale auf ihren Wangen.

Hannes, zwar ein Ein-Meter-fünfundneunzig-Kerl mit ansehnlichen Muskeln, die von der Arbeit in seiner Kfz-Werkstatt stammten, legte unbeholfen den Arm um sie. Einen Bären von Mann hätte er locker mit der Faust zu Boden gestreckt, aber gegen eine weinende Frau war er machtlos. Mit der anderen Hand schob er sich ein paar dunkle Haarfransen aus der Stirn und kratzte sich verlegen am Kinn. Er wusste nicht, wohin sonst mit ihr.

»Vielleicht war es ja der Hoi-Mann«, versuchte er einen dummen Spruch.

Sonjas Wasserfall versiegte, und sie schaute ihn aus feuchten Augen neugierig an. »Wer?«

»Sag bloß, du hast noch nie etwas vom Hoi-Mann gehört?«, meinte Hannes überrascht.

Sonja murmelte ein »Hm-hm-nein« und schnäuzte sich in das Papiertaschentuch, das sie bereits mehrfach benutzt hatte und das nur noch ein feuchter Klumpen in ihrer Faust war.

»Wenn früher die Mannsbilder nach dem Wirtshausbesuch spät durch den Wald nach Hause gingen, konnte es durchaus sein, dass plötzlich Wind aufkam.« Hannes ahmte rauschende Windböen nach. »Dann hörten sie eine Stimme rufen: ›Hoi-hoi!‹«

Sonja reagierte nicht.

»Aber wehe, wenn sie das seltsame Männlein, das die Rufe ausstieß, verspotteten oder einfach nur Pech hatten«, erzählte er weiter. »Dann sprang es ihnen in den Nacken, und sie mussten den Hoi-Mann den ganzen Weg bis zu seinem Hof tragen. Darum besser nie den Hoi-Mann verarschen, gell, Sonja?«

»Wie gruselig. Gab es den Hoi-Mann denn wirklich? Und wenn ja, was ist mit ihm passiert?«, fragte sie wie ein kleines, naives Mädchen. »Hat man ihn erwischt und weggesperrt?«

Nun war guter Rat teuer. Sagte er ihr, dass man Sagengestalten nicht einfach in den Kerker sperren konnte und sie in den Erzählungen der Menschen jahrhundertelang weiterexistierten, jagte er ihr in ihrem labilen, traumatisierten Zustand vielleicht eine so große Angst ein, dass sie nie wieder in den Wald gehen oder nachts durch die Stadt bummeln würde. Dennoch schien ihm ein aufklärendes Wort angebracht.

»Das ist doch nur eine Geschichte, die sich die alten Leute früher in den Stuben erzählt haben. Als es noch kein Fernsehen und kein Netflix gab und man sich mit schaurigen Sagen und Legenden die Zeit vertrieben hat.«

Sonja kaute auf ihrer Unterlippe. Etwas in ihr arbeitete. »Und wenn das mit Manfred doch der Hoi-Mann war?«

Bravo, Hannes Perchinger, das hast du ja sauber hinbekommen, dachte er und verdrehte die Augen.

»Also, was machen wir jetzt? Sollten wir nicht doch die Polizei rufen?«, lenkte er rasch ab, das Handy noch immer in der Hand, erhielt aber nur ein störrisches Kopfschütteln zur Antwort. Hannes konnte nicht glauben, in was für eine Situation er da geraten war. Was erwartete Sonja von ihm? Dass er den Toten einfach wegbeamte und so tat, als wäre nichts geschehen?

»Ich darf mit ihm nicht in Verbindung gebracht werden«, antwortete sie erstaunlich sachlich. »Die von der Schutzpolizei würden doch wissen wollen, was ich in aller Herrgottsfrühe auf dem Campingplatz zu suchen gehabt habe und warum ein Toter in meinem Wagen liegt. Dann würden sie eins und eins zusammenzählen und die Kripo einschalten. Schlimm genug, dass die sich dann das Maul über mich zerreißen würden, aber irgendwann würde auch mein Mann von meiner Affäre erfahren.« Sonja schnaufte theatralisch. »Warum, meinst du, verkleide ich mich, wenn ich Manfred besuche, immer mit einem großen Sonnenhut und einer riesigen Sonnenbrille? Richtig, damit mich ja niemand erkennt.« Wieder überzog Tränenglanz ihre Augen. »Besuchte. Wenn ich Manfred besuchte«, verbesserte sie sich.

Das muss man sich halt überlegen, bevor man was mit einem Mann, der nicht der eigene ist, anfängt, dachte Hannes grimmig. Dennoch war er bereit, ihr zu helfen. »Na gut. Ein Vorschlag zur Güte: Dann legen wir ihn eben in den Wald und rufen anonym die Polizei an. Oder hoffen, dass ein Spaziergänger ihn findet und das für uns übernimmt.« Schon schob er sich die nicht vorhandenen Hemdsärmel hoch. Hannes trug nur T-Shirts und im Winter Pullover, weil er Single war und Bügeln verabscheute.

»Aber wir können den Manfred doch nicht wie einen Sack Altkleider in den Wald schmeißen!«, begehrte Sonja auf.

Nun platzte es aus dem sonst so stoisch ruhigen Hannes doch heraus: »Zu deinem Techtelmechtel willst du nicht stehen, aber trotzdem machst du so ein Gedöns um ihm.«

Sie blinzelte ihn an.

Und bevor wieder ein Wasserfall aus ihr heraussprudeln konnte, packte Hannes Manfred von der Beifahrerseite aus beherzt unter den Armen und zog ihn mit zusammengebissenen Zähnen stückweise zu sich herüber.

»Wohin willst du mit ihm?«, wimmerte Sonja.

»Ich versuche, ihn rüber auf den Beifahrersitz zu ziehen. Na los, hilf mit.«

»Und dann?«

Hannes zerrte weiter an dem Toten, dass alles danach aussah, als würde er einen Bandscheibenvorfall riskieren. »Wir bringen ihn ins Spukhäusl, da hat er es schön warm.«

Sonja verstand nicht. »Ins was?«

»Sag mal, was weißt du überhaupt über diese Gegend? Den Hoi-Mann kennst du nicht und das Spukhäusl auch nicht.«

»Ich lebe eben schon lange in der Stadt«, maulte sie verschnupft.

»Schräg gegenüber vom Campingplatz steht ein verlassenes Haus. Man kann es durch die Bäume hindurch sehen. Nach dem Krieg hat sich darin ein tragisches Unglück ereignet ...« Hannes vermied bewusst das Wort »Mord«. »Seitdem steht es leer und verfällt. Um das Haus ranken sich Gerüchte, dass es darin spukt. Natürlich ein gefundenes Fressen für Geisterjäger, spiritistisch Angehauchte und Sensationstouristen, die sich an manchen Tagen die Türklinke in die Hand geben. Besonders schlimm ist es an Allerheiligen, Allerseelen und Halloween. Wobei, Türen – und auch Fenster – gibt es da schon lange nicht mehr.«

Sonjas Augen waren immer größer geworden. »Und da willst du den Manfred lassen?«

Hannes stöhnte genervt. Irgendwo hatte seine Gutmütigkeit auch Grenzen. Der Mann war tot und eindeutig ein Fall für die Kripo. Und früher oder später würde Sonja sowieso auffliegen, das war so sicher wie das Amen in der Kirche. Aber dass ihr nun das Spukhaus nicht gut genug für ihren toten Lover war, das war schon mehr als nur ein bisschen gaga.

»Soll ich ihn vielleicht auf den Campingplatz zurückfahren und auf eine Sonnenliege betten?«, fuhr er sie an. Und weil er sah, dass sie wieder die Nummer mit den Kleinmädchenaugen abziehen wollte, wischte er genervt mit der Hand durch die Luft. »Nichts gibt's! Der Manfred kommt ins Spukhäusl. Und jetzt pack endlich mit an.« Eine seltsame Energie durchflutete ihn, er wollte die Chose so schnell wie möglich erledigt wissen.

Und offenbar war Sonja nun doch mit seinem Vorschlag einverstanden. »Da wird er wenigstens nicht nass, wenn es regnet«, meinte sie treuherzig.

Allerdings war sie ihm keine große Hilfe, auch wenn sie ihr Bestes gab.

Als sie schließlich in den Fond hinter Manfred kletterte, entging ihr, dass ihr Schlapphut von der Rückbank, wo sie ihn erst vor Kurzem achtlos hingeworfen hatte, auf den Waldboden gerutscht war.

Währenddessen legte Hannes sein Mountainbike quer in den Kofferraum, den er ein Stück weit offen lassen musste. Aber das kurze Stück runter bis zum Spukhäusl würde es schon gehen. Er gurtete Manfred an und stieg nun selbst in den Wagen. Die Leiche neben ihm war ihm unangenehm. Hannes war sonst nicht so zartbesaitet, aber mit einem toten Menschen, den er nicht einmal kannte, eine Spritztour zu unternehmen, das war nicht okay, nein, wirklich nicht. Und hinter sich hörte er Sonja schon wieder die Nase hochziehen. Er betete, der Herrgott im Himmel möge doch bitte ein Auge zudrücken.

Die Zeit drängte. Hannes war sich bewusst, dass sich die Urlauber, kaum hätten sie ihr Frühstück verputzt, auf die Fahrräder schwingen oder ihre Rucksäcke schultern und Wald und Flur überschwemmen würden. Ein Wunder oder Riesenglück, dass bisher kein Jogger den Waldweg entlanggekommen war. Innerlich verfluchte er sich. Warum machte er bei dieser irrsinnigen Aktion überhaupt mit? Sonja war noch nicht einmal sein Typ, sodass er sie mit seiner Hilfeleistung hätte beeindrucken wollen. Und bei Caro hatte er damit wirklich was gut.

Er ließ den Japaner an. Sonja schniefte mit gesenktem Kopf. Nun regte sich doch Mitleid für sie in ihm. Schon grausam, dass das Mädel genau hinter ihrem toten Lover saß. Und auch über seinen Rücken rieselte ein seltsamer Schauer. Es war nicht alltäglich, dass der Tod neben einem hockte.

Hoffentlich trieb sich niemand im Spukhäusl herum. Hannes hatte gehört, dass angeblich ab und an furchtlose Tramper oder Liebespaare mit abartigen Vorlieben die Nacht dort verbrachten. Man erzählte sich die skurrilsten Geschichten. Und hoffentlich war die Schmidpfandlerin noch nicht in ihrer Imbissbude, um den Grill und die Fritteuse anzuheizen.

Sonja schaute währenddessen über die Schulter zur Heckscheibe hinaus und zuckte plötzlich zusammen. Auch Hannes wandte jetzt den Kopf. Jemand kam aus dem Wald und hob seine Beine dabei wie ein Storch. Zum Glück machte der Waldweg eine Biegung, wodurch das Trio und ihr Japaner gerade noch rechtzeitig aus dem Blickfeld des Wanderers verschwanden.

»Das war knapp«, sagte Sonja mit vom Weinen roter Nase.

Hannes hatte den Mann ebenfalls im Rückspiegel gesehen, sorgte sich allerdings in dem Moment mehr um die Entsorgung des toten Manfred als um den merkwürdigen Wanderer. Oder, und bei dem Gedanken zog es ihm dann doch unwillkürlich den Magen zusammen, war das Manfreds Mörder gewesen?

Schlapphut

War er schlagartig zum Camper geworden? Oder zum
Schlamper? Diese Fragen beschäftigten Richard, während er
seinen Kaffeehumpen, den Löffel, das Messer und sein Vesperbrettla in die quadratische Plastikspülschüssel und diese dann
in den Kofferraum von seinem Golf stellte. Normalerweise
würde er sich sofort in die Waschküche bequemen, um das
Geschirr beziehungsweise das Brettla abzuspülen. Aber heute
eilte es nicht, sein erster richtiger Urlaubstag lag ewig lang vor
ihm, und womöglich würde er sich später darüber freuen, eine
Aufgabe zu haben. Außerdem scheute er sich ein wenig davor,
mit anderen Campern in Reih und Glied und Spülbecken an
Spülbecken seine Tasse, auf der sein eigenes Konterfei aufge-
druckt war – eines der zahlreichen und wenig einfallsreichen
Geschenke seiner Schwester Trudel –, ins Wasser zu tauchen,
während seine Spülnachbarn Teller mit undefinierbaren, womöglich sogar angetrockneten Substanzen und Batzen mit
Spülschwämmen bearbeiteten. Bei so einem Anblick konnte
einem doch alles vergehen. Aber der wirkliche Grund, den
Abwasch aufzuschieben, war das im Wald geschossene Foto.
Es ließ Richard nicht zur Ruhe kommen. Ihm war schon klar,
dass, sollte er unbeabsichtigt ein Yeti-ähnliches Wesen foto-
grafiert haben, es mit Sicherheit schon weitergezogen war.
Aber was, wenn es doch eine Leiche gewesen war?

Und wenn er in das Foto mehr hineininterpretierte, als da
tatsächlich war? Mit seiner blühenden Phantasie sah er womöglich wieder einmal DAS Verbrechen des Jahrhunderts vor
seinen Füßen – oder bunte Kühe auf der Weide tanzen. Aber
irgendwann könnte es auch einmal ganz anders sein! Jawoll!
Und dann würde er zur Stelle sein, Richard Staudinger.

Hin oder her, er musste der Sache auf den Grund gehen.
Und etwas Bewegung nach dem Frühstück schadete ihm
nicht. Vom Campingplatz zum Wald war es im Prinzip nur

ein lächerlich kurzes Stück, und seinen in die Jahre gekommenen Golf müsste er sowieso am Waldrand abstellen, also konnte er auch gleich zu Fuß gehen. Hoffentlich verirrte er sich nicht wieder.

Vorsichtshalber steckte er sich zwei Kipferl und eine kleine Flasche Wasser in den Rucksack und suchte noch einmal die Toiletten auf. Kaum befand er sich in dem gekachelten Raum, schellte schon wieder sein Handy, aber diesmal war es nicht der Wecker, sondern die Trudel. Seine Schwester hatte aber auch ein Gespür dafür, in den unpassendsten Augenblicken anzurufen. Die anderen beschäftigten Männer schauten vorwurfsvoll zu ihm herüber. Jaja, heute schleifte doch jeder sein Smartphone mit sich herum und verschmolz regelrecht mit dem Display, aber wenn sein Handy ein einziges Mal beim Pinkeln läutete, dann war das ein Weltuntergang. Aber mittendrin konnte er ja schlecht abbrechen.

»Trudel!«, plärrte er, als er kurz darauf wieder im Freien war, seine Schwester an, die einfach nicht aufgelegt hatte.

»Warum gehst du denn nicht ran, Richard? Hast du immer noch nicht gecheckt, wie dein Handy funktioniert?«

»Ich war auf dem Klo!«, plärrte er noch lauter. »Was gibt's so Wichtiges?«

»Nichts. Ich wollte nur wissen, wie es dir geht«, sagte sie entgegen ihrem sonstigen Naturell erstaunlich kleinlaut. Eigentlich fühlte sich seine Schwester immer im Recht, und wenn mal nicht, gab sie es keinesfalls zu.

Richard hingegen war das Gegenteil eines gewohnheitsmäßigen Schreihalses, doch über ihren Anruf ärgerte er sich noch immer. Trudel und seine Chefin Frischkes, die Revierleiterin von Kleinmichlgsees, schienen sich gegen ihn verbündet zu haben, was an sich schon einem Wunder gleichkam, herrschte zwischen ihnen doch eine, seiner Meinung nach, gewisse Rivalität um seine Gunst. Trudel wollte ihn voll und ganz als ihren kleinen Bruder beanspruchen, Paula Frischkes indes war der Ansicht, er habe werktags zwischen acht und siebzehn Uhr ausschließlich auf ihr Kommando zu hören.

Aber die Frauen hatten ja keine Ahnung! Dennoch hatte er sich von ihnen zu diesem Campingzwangsurlaub belatschern lassen, denn beide waren sie der Meinung gewesen, dass er, Richard, urlaubsreif sei und endlich ein bisschen was von der Welt sehen müsse. Nur deshalb war er nach langem Hin und Her, das einem ungleichmäßigen Tauziehen zwischen zwei starrköpfigen Frauen und ihm geähnelt hatte, mit seinem Zelt in der Oberpfalz gelandet.

Seine Schwester hatte gar nicht schnell genug seinen Rucksack mit Wäsche und seinem Kulturbeutel beladen und ihn auf den Dachboden zum Zeltsuchen scheuchen können.

Kurzerhand würgte Richard Trudel ab, was sonst auch nicht seine Art war. Eigentlich war er viel zu harmlos und zu gut für diese Welt, aber jetzt war er entschlossen, loszumarschieren, und daran würde ihn auch seine Schwester nicht hindern können.

So lächerlich kurz war das Stück dann doch nicht. Insbesondere, da er sich eine Abkürzung überlegt hatte, um rasch zu der Stelle zu gelangen, wo er den Yeti vermutete. Er musste einmal im Kreis laufen, ehe er dort ankam, wo er bereits am Morgen aus dem Wald gebrochen war. Kurz hörte er das Geräusch eines wegfahrenden Autos, war aber viel zu sehr damit beschäftigt, über einen kleinen Graben zu steigen, als dass er aufgeblickt hätte. Und dann fiel es ihm ins Auge. Was lag denn da? Ein schwarzer Lappen? Nein, das war ein Hut aus einem weichen Material, sodass man ihn flach zusammenlegen konnte. Ein schwarzer Schlapphut. Trug man solche Hippiehüte wieder? Einem Instinkt folgend steckte er ihn in seinen Rucksack.

Dann versuchte er sein Glück noch einmal im Wald und streunte herum. Doch er hatte es ja schon geahnt: Es war sinnlos. Ganz gleich, wohin er sich bewegte, ein Baum glich dem anderen. Der Yeti war nicht zu finden. Und eine Leiche genauso wenig. Wohl oder übel gab Richard sich damit zufrieden, dass er sich getäuscht haben musste.

Als er beim Verlassen des Waldes die Imbissbude entdeckte,

war er kurz verdutzt, freute sich dann aber, doch eine Abkürzung gefunden zu haben, die er wahrscheinlich nie im Leben wiederfinden würde. Außerdem roch es hier sehr gut. Nach Bratwürsten.

Ein überbordendes Glücksgefühl machte sich in Richard breit, wenn er an die vor ihm liegenden zwei Wochen Urlaub dachte. Eigentlich hatte er sich noch vor Reiseantritt einen Plan machen wollen, welche Sehenswürdigkeiten er wann besichtigen würde. An seinem letzten Arbeitstag hatte er damit auf der Wache begonnen, indem er ein Blatt Papier mit Stift und Lineal fein säuberlich in mehrere Längsspalten und eine Querspalte für die Überschrift geteilt hatte. Seine Kollegin Maria hatte ihm dabei neugierig über die Schulter geschaut und ihn ausgelacht. »Du hast wohl noch nie etwas von Excel gehört?«

Ich bin doch nicht auf der Brennsuppe dahergeschwommen, hatte er innerlich geschnaubt. Excel war ihm viel zu geschäftlich, zu unpersönlich. Für seinen Urlaub bedurfte es etwas mit mehr Gefühl. Dennoch hatte er das Blatt bald zusammengeknüllt und in den Papierkorb geworfen. Er hatte nicht gewusst, wo er anfangen sollte. Und ob er das wirklich wollte: seinen Urlaub von A bis Z verplanen.

Wo es so wunderbare Attraktionen gab, die unverhofft aus dem Boden wuchsen – wie diese Imbissbude. Für solche Herrlichkeiten wollte Richard offen bleiben und sie auch genießen. Das Wasser lief ihm augenblicklich im Mund zusammen. Aber die Welt war anscheinend nicht auf Richards Spontaneität vorbereitet. Denn obwohl auf dem Rost Bratwürste brutzelten, war der Imbiss unbesetzt, wie Richard feststellte, als er näher kam. Gleichzeitig fiel ihm ein, dass er gar kein Geld eingesteckt hatte. Seine Geldbörse lag vor Dieben sicher in seinem Auto. Dann sollte es halt an diesem Vormittag nicht sein, seufzte er innerlich. Das Imbissbüdchen würde bestimmt noch länger stehen.

Bei seinem Zelt angekommen, klappte Richard seinen Stuhl

auf und beobachtete den Fürther eine Weile beim Angeln. In seiner Naivität war er davon ausgegangen, dass man beim Angeln nur unbewegt dastand, die Angel in der Hand, den Blick aufs Wasser gerichtet. Aber der Fürther fummelte ständig an seinen Ruten herum, derer drei er am Ufer aufgestellt hatte. Einen Fisch zog er trotzdem nicht heraus.

Von den Nürnbergern war kein Mucks zu hören. Zum Glück.

Nach Monaten der endlosen Schufterei war es für Richard seltsam, nun hier zu sitzen und in die Landschaft zu schauen. Nicht, dass er sonst ein Energiebündel gewesen wäre – seine Freizeitbetätigungen ließen sich eindeutig unter dem Oberbegriff »Couchpotatoing« zusammenfassen –, aber ein latentes, kleines schlechtes Gewissen saß ihm dennoch im Nacken. Andererseits war es *sein* Urlaub, und so streckte er die Beine noch weiter aus und beschloss, dass eine Angelschnur einzuholen und wieder auszuwerfen nie sein Hobby werden würde. Jeder sollte schließlich nach seiner Fasson glücklich werden.

Unbewusst fuhr sich Richard mit der Zunge über die Lippen. Ob er noch einmal zu dem Imbiss und den Bratwürsten gehen sollte? Sein Magen rebellierte mittlerweile nachhaltig, und das war nur allzu verständlich. Erst hatte man ihn auf gegrillte Würste heißgemacht, aber dann war unten nichts angekommen. Und bequemer käme er kaum an ein Mittagessen.

Richard erhob sich und holte den Geldbeutel aus seinem fahrbaren Hochsicherheitssafe. Bei einem anschließenden Verdauungsspaziergang könnte er ja das Gelände erkunden. Irgendwo sollten sich laut Campingplatzflyer ein Minigolfplatz und ein lauschiger, von Schilf gesäumter Teich mit quakenden Fröschen befinden.

Doch er kam nicht bis zu den Bratwürsten, denn aus der Campingplatzwirtschaft drang ihm ein herrlicher Geruch von Schweinshaxen oder Schweinsbraten in die Nase. Wie magisch angezogen bog er noch vor der Rezeption und der Schranke nach links zu dem urigen Haus mit den Geranien an den Balkonen ab und betrat das gemütliche Lokal. Immer der Nase nach sozusagen.

Und dann stand sie vor ihm, wie einem bayerischen Reiseführer entsprungen. Vollbusig, in einem rosa Dirndl, das hellblonde Haar zu einem lockeren Dutt mit Blüten darin hochgesteckt und mit einem Lächeln, dass Richard das Herz aufging.

»Du bist neu hier, gell? Servus, ich bin die Mona Bögerl. Die Wirtin. Und du?«, strahlte sie ihn an und führte ihn zu einem freien Tisch am Fenster.

»Richard Staudinger«, sagte er fasziniert.

»Magst was essen, Richard?«

Er nickte brav, die Mona noch immer anlächelnd.

»Meine Brüstl könnt ich dir empfehlen.«

Monas Brüstl

Cut!
Richards Mimik erstarrte. Hatte ihm die Wirtin gerade ihre Brüste angeboten?
»Mit Sauerkraut oder Erdäpfelsalat?«, hakte sie nach.
Unwillkürlich schaute Richard der Mona in die tief ausgeschnittene Auslage. In seinem Geiste umrahmten Sauerkrauthäufchen ihren Busen. Er hatte noch immer nicht die Sprache wiedergefunden.
In dem Moment trug eine Bedienung einen Teller mit knusprig gebratenem Schweinebauch, im Fränkischen »Bündla« genannt, an ihm vorbei, und Richard erkannte den einzigartigen Duft sofort wieder.
Als Mona nickte, verstand Richard endlich. Die Wirtin hatte nicht von ihrer, sondern von einer Schweinebrust gesprochen. Er lächelte. Wie sagte man doch so schön? Andere Länder, andere Sitten.
»Ja, dann nehm ich Ihre Brüstl«, sagte er, und es fiel ihm schwer, nicht gierig zu schmatzen.
»Wir duzen uns hier auf dem Campingplatz, Richard.«
»Ist recht, Mona, gern.«
Sie legte ihm die warme Hand auf seine Schulter. »Du gefällst mir. Du scheinst ein Mann zu sein, der weiß, was er will, und dem es schmeckt. Vielleicht ein dunkles Bier dazu?«
Diesmal nickte Richard, obwohl er mittags eigentlich nur ungern Alkohol trank. Aber auch die Mona schien genau zu wissen, was sie wollte.
Das dunkle Bier mit einer wie zementiert stehenden Schaumkrone war ausgesprochen süffig und gehaltvoll wie ein Bockbier. Es schoss Richard sofort in den Kopf und machte ihn leicht wie eine Engelsfeder. Unter seinem Einfluss wagte er sogar einen weiteren Blick auf Monas weiße Dirndlbluse und sah ihre rosigen Knödl nun mit Kartoffelsalat und krau-

ser Petersilie garniert. Das konnte nur an dem Teufelsgebräu liegen.

Die Schwarte krachte beim Beißen, das Brüstl selbst war saftig, und der sämige Erdäpfelsalat, so hatte schon Richards Großmutter ihren Kartoffelsalat genannt, passte perfekt dazu. Mit dem leichten Räuschlein fühlte Richard sich wie im Himmel.

Mona hatte sich zu ihm gesellt und begonnen, ihn auszufragen. Anscheinend eine Berufskrankheit, die ihm nicht fremd war. Bereitwillig berichtete er ihr von seinem Familienstand: ledig, aber eine Schwester. Als Berufsbezeichnung gab er zuerst »Beamter« an, denn Richard hatte festgestellt, dass die Leute häufig beklommen reagierten, wenn er sich als Polizist vorstellte. Egal, ob sie etwas auf dem Kerbholz hatten oder nicht. Aber in diesem Fall schickte er doch noch nach: »Bei der Polizei.«

Und Mona schien keine Berührungsängste mit der Staatsgewalt zu haben. Sie setzte sich sogar auf den Stuhl neben ihm.

»Was kann man denn hier in der Gegend so machen, wenn man nicht angelt?«, wollte er danach von ihr wissen, schließlich konnte er ja schlecht mit der Tür ins Haus fallen und fragen, ob sie verheiratet war. Solche Indiskretionen lagen ihm nicht. Obwohl ihn ihr Familienstand natürlich interessierte. Einen Ehering konnte er zwar nicht entdecken, aber vielleicht durfte sie in der Küche auch einfach nur keinen Schmuck an den Händen tragen.

Nicht etwa, dass er anbandeln wollte ... Jedenfalls nicht gleich in den ersten paar Minuten. Außerdem war er nicht gerade der Typ Mann, für den Frauen sofort Haus und Hof im Stich ließen. Seine Figur war eher unsportlich und er selbst normal groß. Und was seine Haare betraf, da ließe sich vielleicht noch etwas retten, wenn er nicht immer zu Fredl, dem Dorffriseur, ginge. Aber schöne Augen hatte er – das hatten nicht nur die Frischkes und seine Schwester gesagt. Sondern auch der Fredl, und der musste das immerhin wissen, der war vom anderen Ufer.

»Wandern, Kanufahren, Ausflüge in die Regensburger Altstadt und in den Dom, zur Walhalla, nach Passau, nach Riedenburg und zur Falknerei auf der Rosenburg oder nach Schwandorf mit seinem Felsenkeller-Labyrinth und dem Erlebnisbad«, zählte sie auf und holte kurz Luft. »Nett sind auch eine Donauschifffahrt oder eine Radtour an der Donau entlang. Und natürlich kannst du in der Naab schwimmen gehen und bei mir einkehren«, lachte sie.

Richard schätzte sich glücklich. Bei der Wirtin Mona schien er ein Stück von »daheim« gefunden zu haben.

»Also, ich glaube nicht, dass ich in der Naab schwimmen gehen werde«, stellte er dennoch fest, als er daran dachte, wie käsig er war.

»Ah geh, aber warum denn nicht? Hast du etwa schon das Gerücht vom steinalten Waller gehört, der nachts Jagd auf die Enten macht? Angeblich soll er einem Badegast sogar untertags in die Ferse gebissen haben. Vielleicht frisst er ja bald kleine Kinder«, sagte Mona todernst, zwinkerte ihm aber zu.

Richard nickte nachdenklich, denn mit einem hatte er schon immer ein Problem gehabt: Er verstand die Frauen einfach nicht.

Eine halbe Stunde später hätte Richard fast einen Kran gebraucht, um sich wieder von der Holzbank mit kariertem Sitzkissen zu erheben, so pappsatt war er. Er musste sich unbedingt bewegen. An seinem ersten Urlaubstag würde er damit schon die dritte Wanderung unternehmen. Alle Achtung! Und das, obwohl er sonst kein Mensch war, dem körperliche Betätigung Freude verschaffte.

Er überlegte, in den nächsten Ort Oberbürzl zu gehen, aber der, das entnahm er einer Wanderkarte, die im Restaurant auslag, war zwei Kilometer entfernt. Das wäre kein kleiner Spaziergang mehr, sondern ein Gewaltmarsch. Und außerdem … legten sich die Tiere nicht auch lieber in den Schatten, um zu verdauen? Und was in der Natur gang und gäbe war, konnte einfach nicht verkehrt sein.

Aber wenigstens ein paar Schritte wollte er vorher noch machen, damit sich das reichliche Mahl »setzen« konnte. Selbstverständlich mehr aus Neugier denn aus Hunger wollte er dem Imbissbüdchen einen Besuch abstatten. Die Landstraße davor führte links Richtung Schwandorf und Oberbürzl und rechts grob Richtung Regensburg.

Und tatsächlich, als er davorstand, war der Imbiss nicht mehr verwaist.

Der Imbiss war eins dieser typisch weißen Büdchen, deren Anblick allein fette, goldene Pommes und krosse, leckere, wenn auch ungesunde Würste versprach. Eine attraktive Frau, sie war um die vierzig, lachte Richard auffordernd entgegen. Ihr pechschwarzes Haar hatte sie zu zwei dicken Zöpfen geflochten und sich keck schräg ein weißes Hutschiffchen auf den Kopf gesetzt. Beachtenswert waren auch der tiefe Ausschnitt ihrer rot-weiß gestreiften Kittelschürze und die blauen Augen, die Richard anstrahlten. Nur kurz ließ er sich von einem handgeschriebenen Pappschild ablenken: »Taschenlampenleihgebühr: 1 €«.

Wofür brauchte man bei Lenis Bratwürsten denn eine Taschenlampe?

»Grüß Gott«, sagte die Leni. »San Sie hier aufm Campingplatz?«

»Ja, seit gestern.«

»Ich bin die Leni, die Schmidpfandler Leni.«

Richard war verunsichert. Sollte er Leni Schmidpfandler die Hand geben, wie es sich gehörte? Aber über den Würschdlasgrill hinweg? »Staudinger, Richard«, sagte er nur.

»Was willst denn zu deinen Würsteln?«, fragte sie, wechselte zur vertrauten Anrede und klapperte dabei mit der Wurstzange. »Du magst doch ein paar Schweinswürstel, oder?«

Aha, registrierte Richard, man duzte sich also auch noch im Dunstkreis des Campingplatzes.

»Ich bin nicht hungrig«, sagte er. »Ich hab gerade im Wirtshaus vom Campingplatz gegessen, der Wirtin ihre Brüstl.«

Lenis eben noch fröhliche Miene schaltete schlagartig auf

Schlechtwetter um. »Das kann ich mir vorstellen, dass die dir ihre Brüstl wie sauer Bier angeboten hat«, erwiderte die Schmidpfandlerin eingeschnappt.

Oha! Die Damen können sich wohl nicht riechen.

»Aber deine Würstchen duften auch fabelhaft! Einfach unwiderstehlich«, meinte Richard nonchalant, um die Situation zu retten. »Das sind solche wie in der ›Historischen Wurstkuchl‹ in Regensburg, gell?« Und war sofort ins nächste Fettnäpfchen getappt.

»Pah! Wegen denen ihrer Würstel brauchst du nicht nach Regensburg.«

»Da hast du natürlich recht.« Richard war voll in seinem Wurstelement. »Ich bin ja sowieso mehr ein Fan von den fränkischen Landbratwürsten und natürlich von unseren kleinen Nürnberger Bratwürschdla.«

Leni schaute immer saurer drein.

Richard bemerkte seinen Fauxpas erst jetzt, aber besser spät als nie. Schnell versuchte er, aus dem verbalen Schlamassel wieder herauszurudern. »Und deine Würschdla schauen auch wirklich ganz anders aus, aber sehr lecker, wenn ich es mir genau überlege ...« Ein guter Mittelweg, denn damit diskreditierte er weder seine geliebten einheimischen Rostbratwürste, noch trat er den Schmidpfandlschen Würsteln auf die Zipferl.

»Na, mal schauen, ob ich mir nicht auf dem Rückweg ein Pärchen genehmige«, schickte er noch rasch hinterher.

»Wo willst du denn hin, Richard?«

Vors Zelt auf meinen Klappstuhl in die Sonne, dachte er spontan, konnte es aber schlecht sagen, ohne seine Glaubwürdigkeit zu verlieren. Also winkte er vage in Richtung Wald, wobei der wirklich das letzte Ziel war, das er erneut anzupeilen gedachte.

»Zum Spukhäusl?«

Richard machte ein Gesicht. Richard war bekannt und gefürchtet für die Gesichter, die er schneiden konnte. Und sein Repertoire war groß und immer abrufbar – je nach Situation halt.

»Du hast noch nie vom Oberbürzler Spukhäusl gehört?«

»Wird wohl so ein Hokuspokus sein«, tat Richard seine Unwissenheit ab, obwohl er schon interessiert war.

»Ist es nicht. Das Haus ist unbewohnt, aber voller Geister«, sagte die Schmidpfandlerin geheimnisvoll. »Nur ein Stück den Weg da entlang, dann siehst du es schon.«

Richard erinnerte sich an den alten Schuppen, war aber dennoch voller Zweifel. »Ich glaub nicht an Geister. Und erst recht nicht fürchte ich mich vor einem baufälligen Hexenhäuschen. Da drin hätte ich mehr Angst, dass mir ein loser Ziegelstein auf den Kopf fällt.«

»Du glaubst mir nicht? Na, warte nur ab«, meinte die Imbissbesitzerin süffisant. Dann beugte sie sich gefährlich nah über den Würstelgrill und flüsterte mit Grabesstimme: »Grausliche Dinge haben sich dort schon zugetragen. Sogar ein Mord. Ein Mord, Richard!«

Der zog eine Augenbraue hoch und dachte sofort an seine Chefin. Paula Frischkes wäre jetzt hellauf begeistert. Die gebürtige Berlinerin war der Liebe wegen nach Franken umgesiedelt. Nach dem Ende der Beziehung war sie in Bayern geblieben, dann vom Polizeipräsidium Mittelfranken zur Dienststellenleiterin befördert, aber auch nach Kleinmichlgsees versetzt worden. Auf dem Papier ein steiler Aufstieg. Für sie jedoch eine Tragödie. Denn die flotte, junge Großstädterin war in einem verschlafenen Kuhdorf gelandet, in dem sich Fuchs und Hase gute Nacht sagten.

»Und der Mörder? Hat man den schon? Ist der Fall aufgeklärt?« Richard hing der Schmidpfandlerin an den Lippen.

»Nein, aber das ist auch schon lange her. Nach dem Krieg, in den fünfziger Jahren, hat in dem Haus eine Familie mit zwei Kindern gelebt. Ganz unscheinbare, brave Leute waren das. Aber eines Nachts wurden Vater und Mutter von einem mysteriösen Fremden getötet.« Leni strich sich mit dem Daumen über ihre Kehle. »Mit einem Messer. Alles war voller Blut. Der Mörder ist nie gefasst worden, ist also noch immer unter uns.«

Wenn er denn noch lebt, dachte Richard. Die fünfziger Jahre waren schließlich schon etwas her. Aber schaurig war die Geschichte allemal. »Und was ist mit den zwei Kindern passiert?«

»Sie wurden vom Mörder im Keller eingeschlossen und sind erbärmlich verhungert«, sagte Leni und hörte sich an, als würde ihr dieser Teil der Erzählung besonders gefallen. »Niemand hat die Familie vermisst, schon gar nicht die kleinen Würmchen. Zwei und vier Jahre alt waren die Mädchen, sagt man. Bestimmt haben sie um Hilfe gerufen, aber niemand hat sie gehört. Den Campingplatz gab es damals ja noch nicht. Da war nichts ringsum, nur Wald.« Sie zog den Oberkörper zurück, die Hitze des Rostes war wohl selbst ihr, die sie gewohnt war, zu arg. Mit dem Finger winkte sie Richard zu sich, sodass nun er, fasziniert von der Horrorstory, sich über den Grill beugte.

»In manchen Nächten kann man die Schreie der Kinder noch heute hören!« Leni schloss die Augen und rief mit schauerlicher Stimme: »Hiiilfe! So helft uns doch!«

Richard betrachtete sie. Vielleicht hätte sie lieber Schauspielerin als Grillmeisterin werden sollen.

Mit einem Ruck riss sie die Augen wieder auf. »Außerdem flitzen sie durch den Wald und kichern. Die Geister der Kinder.«

Richard zuckte zurück, schnüffelte. Etwas roch angebrannt.

»Nach dem Vorfall wollte niemand mehr dort leben.« Lenis Stimme war wieder normal. »Und, Richard, magst Senf zu die Würstel?«

Oberpfälzer Würstel-Brüstl-Krieg

Kauend und nachdenklich kehrte Richard zum Campingplatz zurück. Dieses Spukhäusla musste er googeln oder sich zumindest darüber in der Spülküche austauschen. Gestern war er beim Abwaschen seines Vesperbrettlas und des Bestecks in ein Gespräch unter Oberpfälzer Dauercampern eingebunden worden, bei dem es um die turnusmäßige Gasprüfung von Wohnwagen ging. Da er dabei rasch als Neucamper aufgeflogen war, hatten ihn die alten Hasen in die Gesetze der Spülküche eingeweiht. Wenngleich er mit ihrem Dialekt nicht gleich auf Anhieb klargekommen war. Abwasch sei am Campingplatz Männersache, erklärten sie ihm. Das Spülbecken habe man hinterher sauber auszuwischen, die Stöpsel gehörten der Allgemeinheit und so weiter und so fort. Anschließend wechselten sie nahtlos zu anderweitigen Campinginterna und schimpften sich auch über einen Dauercamper aus Kelheim den Ärger von der Seele. Der hatte die Hecke um seinen Stellplatz nämlich zu niedrig geschnitten. Irgendwann hatte sich Richard getrollt, denn als die Einheimischen so richtig in Rage gerieten, verstand er kein einziges Wort mehr. Er war halt Franke.

Aber bestimmt konnten die beiden aus dem Nähkästchen plaudern, wenn es um Sagen und Geister in der Umgebung ging. Um Monsterwaller, spukende Kinder …

Richard hing schlapp in seinem Campingstuhl, die Beine hatte er ausgestreckt, die Arme ließ er kraft- und saftlos baumeln. Als er sich seinen momentanen Anblick vorstellte, fiel ihm spontan die fränkische Redewendung ein: Der liegt da wäi a prellter Fruusch. Und so fühlte er sich auch, wie ein geprellter Frosch. Er hätte wirklich nicht so viel essen sollen. Dann fielen ihm die Augen zu.

Traumlos und mit halb offenem Mund schwebte er durch eine dunkle Welt, bis ein helles Sirren ihn zurückholte. Reflexartig patschte er sich an den Hals. »Drecksschnaken!«, entfuhr es ihm, bevor er die Augen öffnete.

Eine graue Wolke hing vor der Sonne, es sah so aus, als würde sie jeden Moment hinter dem bewaldeten Hügel verschwinden. Hatte er sich selbst schnarchen gehört? Wo war er eigentlich? Ach, ja. Campingplatz.

Sein Kreuz tat weh. Richard versuchte, möglichst elegant wieder aufzustehen. Während seines Schlummers war er gefährlich schief von seinem unbequemen Klappstuhl gerutscht. Morgen würde er ins Regensburger Donaueinkaufszentrum oder in einen Laden für Campingzubehör fahren und sich eine bequemere Sitzgelegenheit kaufen.

Richards Kehle war staubtrocken. Er klappte den Mund auf und zu. Wahrscheinlich lag das an den würzigen Würschdla von der Leni. Vor seinem inneren Auge wuchs ein schönes, kühles Bier.

Er schlappte über den Campingplatz und sah Mona in ihrem engen Dirndl schon von Weitem vor der Wirtschaft stehen. Bis an sein Lebensende würde er bei gebratenen Bauchscheiben, den Bündla, an die mit weißer Spitze dekorierten Brüste der Wirtin denken müssen. Ein freches Grinsen stahl sich auf seine Lippen. Mona war etwa in seinem Alter, eine saubere Person und bestimmt eine gute Partie. Die Kerle mussten doch Schlange bei ihr stehen. Es sei denn, es gäbe einen Herrn Bögerl.

Neben Mona lungerte ein junger Kerl herum, einer der Beiköche. Seine Haare standen ihm strubblig vom Kopf ab, die Hände hatte er in den Hosentaschen vergraben, seine weiße Jacke war vorbildlich sauber. Womöglich war er gestern erst volljährig geworden, so blässlich und unscheinbar, wie er da neben seiner Chefin an der rauen Hauswand des Campingrestaurants lehnte.

»Heute Abend spielt bei uns eine Volksmusik-Kapelle«, begrüßte sie Richard.

Reflexartig, ohne die leiseste Chance, sein Grauen anstandshalber wenigstens halbwegs zu verbergen und damit die schöne

Mona nicht zu beleidigen, verzog Richard den Mund, als hätte er in eine Zitrone gebissen. Volksmusik und Blaskapellen waren absolut nicht sein Ding. Mit einem verlegenen Hüsteln und Sich-auf-die-Brust-Klopfen versuchte er, seine Gesichtsentgleisung zu überspielen. »Livemusik unter der Woche?«

»Weil der Fleischhauer Bertl doch seinen fünfzigsten Geburtstag feiert. Getränke musst du selbst zahlen, aber Tanz und Musik sind gratis«, klärte sie ihn auf.

»Ich wollte heute eigentlich früh ins Bett.«

»In deinem Urlaub? Aber geh, Richard!«

»Wirklich. Ich hol mir im Kiosk jetzt ein paar Biere, und dann mach ich mich in meinem Zelt lang.« Er strahlte sie an. Oder sollte er sich ihr zuliebe doch überwinden?

Die männliche Küchenhilfe hatte ihn während der kurzen Unterhaltung nicht aus den Augen gelassen, ihn schon direkt aufdringlich mit starrem Blick durchbohrt. Nun flüsterte der junge Mann Mona etwas ins Ohr.

»Jaja, du hast recht, wir müssen«, sagte sie daraufhin und streichelte Richard zum Abschied sanft über den Oberarm. »Also, wenn du später doch noch fit bist, ich würde mich freuen.«

Richard bezweifelte zwar, dass die Wirtin in dem zu erwartenden Trubel auch nur eine Minute Zeit für ihn erübrigen könnte, fühlte sich durch ihre Äußerung aber nun persönlich eingeladen. Vielleicht würde er ja zur vorgerückten Stunde, wenn sich das größte Tamtam um den Fleischhauer Bertl gelegt hätte, einen Blick in die Wirtsstube werfen.

Der Beikoch war bereits in der Küche verschwunden, doch Mona stand noch an Ort und Stelle. Richard wollte das Gespräch gern noch ein wenig in die Länge ziehen, aber da er nicht gerade ein Meister im Small Talk war, suchte er krampfhaft nach Gesprächsstoff.

»Ich wollte mir mal das Spukhäusla anschauen«, platzte er schließlich heraus und hoffte, die Mona würde sich spontan anbieten, ihn zu begleiten. Wenn die Wirtin denn jemals eine Pause machte. Er sah sie immer nur arbeiten.

»Das Spukhäusl?« Sie winkte ab. »Hat dich die Leni also schon mit ihrem Schmarrn belästigt! Glaub der bloß nichts.«

»Dann stimmt das also nicht mit den Morden?«

»Doch, schon. Das erzählt man sich jedenfalls. Aber deswegen spukt es dort doch nicht«, schnappte sie. »Geister! Für Geister habe *ich* keine Zeit. Aber ich kann ja auch nicht den lieben langen Tag mit der Würstelzange klappern und dabei ratschen. Ich muss richtig arbeiten für mein Geld.«

Richard war erstaunt über den scharfen Wind, der ihm da entgegenblies. Zwischen den Damen herrschte wohl eine gewisse Rivalität, der Oberpfälzer Würstel-Brüstl-Krieg.

»Geister, die spuken …«, regte Mona sich weiter auf. »Das hätte die Leni vielleicht gern. Der ihr Imbiss läuft doch überhaupt bloß wegen dem Spukhäusl. Weil da immer ein paar Verrückte kommen und Geisterbeschwörungen veranstalten oder sich als Zombies verkleiden und Selfies machen und die dann ins Netz stellen.« Mona seufzte. »Du hast ja keine Ahnung, wie deppert die Leute sind.«

Richard verdrehte die Augen. Als Polizist hatte er jede Menge Ahnung davon.

»Aber wem sage ich das? In deiner Polizeiwache tun sich sicher auch oft menschliche Abgründe auf.« Sie sahen sich an und nickten im Einklang.

»Jedenfalls tät wegen der Leni ihrer Schweinswürstel bestimmt keiner was bei der ihrem Imbiss kaufen.« Sie schüttelte sich übertrieben, als wären die Würstel vergammelt.

Bevor Richard noch zwischen die Fronten der rivalisierenden Damen geriet, enthielt er sich eines Kommentars, verabschiedete sich und ging weiter, um etwas gegen seinen Durst zu unternehmen.

Später schlurfte er mit drei Flaschen Bier und einer Tüte Salzbrezeln aus dem Campinglädchen zurück zu seinem Zelt. Es war noch immer schwül.

Fernsehen wäre jetzt schön gewesen. Aber vielleicht würde es seinem Geist und den Augen guttun, mal eine Zeit lang nicht zwangsberieselt zu werden. Keine Nachrichten. Nicht wissen, was schon wieder Entsetzliches und Empörendes in der Welt passiert war. Sich nicht über Politiker und Präsidenten aufregen müssen. Über den Fußballverein. Ach, herrlich. Stattdessen nur die Natur. Eine wilde Geräuschkulisse aus Vogelstimmen und Froschgequake. Und – Richard patschte sich an die Wade – Schnaken!

Nachdem er die anderen zwei in der Kühlbox eingelagert hatte, die am Zigarettenanzünder im Golf angesteckt war, gurgelte Richard das erste Bier sofort weg. Eine Wolkendecke hatte sich unheilvoll über dem Campingplatz ausgebreitet, als wollte sich gleich ein heftiger Regen auf ihn ergießen. Richard mochte Gewitterstimmungen, die berühmte Ruhe vor dem Sturm. Auch jetzt war es still zwischen den Wohnwagendächern und den Zeltgiebeln. Dann stutzte er. Im Campingwagen des Nürnbergers tat sich etwas. Die würden doch nicht schon wieder …?

Das geht dich nichts an, Richard!

Also räkelte er sich auf seinem unbequemen Klappstuhl, legte die Hände in den Schoß, und seine Lider wurden schwer. Doch kurz bevor er wegnickte, blinzelte er und schaute sich um. Seltsam. Er wurde einfach das Gefühl nicht los, beobachtet zu werden. Aus den Augenwinkeln sah er, wie sich der Vorhang hinter der Scheibe des Wohnwagens bewegte. Er riss den Kopf herum, um demonstrativ mürrisch in das Fenster zu starren, und der Vorhang wurde mit einem Ruck zugezogen. Dann herrschte wieder Ruhe. Nichts rührte sich mehr.

Der Campingtisch seines Nachbarn war nach wie vor nicht abgeräumt worden. Auch das Anti-Mückenspray, das Richard dringend gebrauchen konnte, lag noch immer da. Sollte er mal an die Campingwagentür klopfen und fragen, ob er sich ein paar Zischer Autan genehmigen durfte?

Er reckte sich und wollte gerade aufstehen, da wurde die Tür, die einen Spalt breit offen gestanden hatte, zugezogen. Als hätte ihn jemand heimlich durch die Ritze betrachtet und seine Gedanken gelesen. Also, merkwürdig waren diese Leute schon.

Sein scharfer kriminalistischer Spürsinn war zu neuem Leben erwacht. Oder wollte jemand heimlich den Wagen verlassen, und er, Richard, sollte das nicht mitbekommen? Er legte den Kopf in den Nacken und schaute dem grauschwarzen Wolkenspiel zu. Nein, das ergab doch keinen Sinn.

Er stellte sich tot. Streckte die Beine aus und schloss die Augen. Aber natürlich nur so weit, dass er noch immer das Geschehen um ihn herum im Blick hatte. Er ließ seinen Kopf auf die Schulter fallen und rang sich sogar ein falsches Schnarchen ab. Und tatsächlich. Die Tür öffnete sich langsam wieder, und ein Fuß mit einem Flip-Flop tauchte auf. Leider konnte Richard wegen seines gesenkten Kopfes nur den unteren Teil des Menschen ins Visier nehmen, nicht aber dessen Gesicht. Doch die rosa lackierten Fußnägel und die türkisfarbenen Schuhe, die mit Glitzerzeugs beklebt waren, gehörten definitiv zu einer Frau. Mit zusammengebissenen Zähnen hob Richard gaaanz langsam den Kopf.

Aber warum stellte er sich eigentlich so an? *Er* hatte doch nichts zu verbergen. Eben!

Richard blickte abrupt hoch, und die Tür ging – schwups! – wieder zu.

Da stimmte doch was nicht. Es war wirklich an der Zeit, dass er als Polizist eingriff. Richard schoss so schnell, wie es sein Fitnesszustand zuließ, hoch und fasste sich sogleich ins Kreuz. Herrschaftszeiten, was war denn das für ein Schmerz? Hoffentlich kein Hexenschuss? Gleichzeitig fiel ihm ein, dass er sich hier auf fremdem Terrain befand. Die Oberpfälzer Polizei sorgte hier für Recht und Ordnung, er hatte nichts zu melden. Also nahm er wieder Platz und rieb sich das Kreuz. Er hatte Zeit. Er konnte warten.

Allerdings nicht seine Blase. Das Bier trieb. Das war jetzt wirklich ein unpassender Moment. Andererseits, was gingen ihn die fremden Leute an? Eben, nichts. Nur bespitzeln sollten sie ihn nicht. Also machte er sich auf den Weg zu den sanitären

Anlagen. Schon wieder. Über mangelnde Bewegung während seines Urlaubs konnte er sich nicht beklagen.

Plötzlich klatschten fette Tropfen auf den warmen Asphalt, und Richard sputete sich. Er war zwar nicht aus Zucker, aber er fand es unangenehm, ungewollt nass zu werden.

Kaum war er im Männertrakt angekommen, klingelte sein Handy. Das konnte doch nicht wahr sein! War er vielleicht bei der »Versteckten Kamera«, waren hier irgendwo Webcams angebracht? Wenn er wenigstens allein gewesen wäre, aber nein. In den Kabinen nebenan erleichterten sich gerade zwei Herren.

Trudel!

In seiner Not drückte er sie weg und schaltete das Handy gleich ganz aus. Das würde später bestimmt ein Theater geben. Kein Mensch, nicht einmal er, ihr kleiner Bruder, schmiss die Trudel ungestraft aus der Leitung, wenn sie einen Mitteilungsdrang verspürte oder neugierig war.

Hernach wusch er sich die Hände, legte sich einzelne Haarpartien zurecht und strich sich über seine Bartstoppeln. Er musterte sich im Spiegel. Eine Rasur wäre allmählich nicht verkehrt gewesen. Und ein Besuch beim Herrenfriseur war auch fällig. Immerhin hatte sein Nasenrücken etwas Sonne abbekommen, was ihm gut stand.

Eigentlich war Eitelkeit nicht Richards Schwäche, aber wusste er, was der Abend noch brachte? Genau. Vielleicht schaute er später ja doch kurz in der Campingwirtschaft vorbei.

Das Gewitter grollte noch immer in der Ferne. Es war vorbeigezogen. Der Regen hatte sich mit wenigen Tropfen begnügt, und die Luft war wie frisch gewaschen. Richard atmete tief ein und fühlte eine unbändige Energie. Es wäre schade gewesen, sie nicht zu nutzen. Das Spukhäusla kam ihm in den Sinn, das nicht weit entfernt liegen dürfte.

Doch auf dem Weg dorthin müsste er Lenis Imbissbude passieren und womöglich schon wieder Würste essen. Andererseits stand sein Abendessen noch aus. Aber schon wieder Würschdla?

Doch das Glück war ihm hold. Als Richard sich daran vorbeischlich, hatte der Schmidpfandlsche Imbiss bereits geschlossen. Und da war er auch wieder, sein Freund, der Specht. Gab der Bursche denn nie Ruhe? Wobei er ja an Baumstämme klopfen musste, wenn er fressen wollte, wahrscheinlich hatte er einfach nur Hunger. Außer dem Vogel waren nur Richards Schritte zu hören. Es war unglaublich dampfig, der Wald war in nebliges Licht getaucht. Endlich sah er durch die Bäume den Giebel des Spukhäuslas schimmern. Er erkannte einen Erker oder kleinen Vorbau und ging weiter den Trampelpfad entlang.

Er hatte ein Hexenhaus wie aus »Hänsel und Gretel« erwartet, wurde aber enttäuscht. Die schlammig braune Fassade des einstöckigen Hauses bröckelte vor sich hin, sodass schon blanker Stein und wurmstichige Holzbalken hervorschauten. Zahlreiche Dachziegel fehlten, als hätte ein Sturm eine Schneise ins Dach gezogen. Zudem waren manche Fenster mit Holzlatten zugenagelt, und aus dem Boden krochen seltsame Wurzeln wie Arme, über die Richard steigen musste, um ins Haus zu gelangen. Vorsichtig ging Richard im ersten Raum umher und musste sich eingestehen, dass er sich unwohl fühlte. An einer der Wände, die mit Kreuzen und eigenartigen Symbolen beschmiert waren, hing ein blinder Spiegel in geschwungenem Goldrahmen. Überall standen Kerzenstummel, auf dem Boden und in den Ecken lagen leere Flaschen, verschlissene Kartons und Undefinierbares. Dazu stand ein merkwürdiger Geruch in der Luft.

Richard kniff die Augen zusammen. Erst jetzt bemerkte er, wie dunkel es war, und ahnte, warum Leni Taschenlampen für einen Euro verlieh.

Er zückte sein Handy, wollte ein paar Fotos machen und sie sich später in aller Ruhe ansehen. Wegen der bedrückenden Umgebung hatte er keine Lust, sich länger als nötig hier aufzuhalten. Dabei stellte er fest, dass das Handy noch immer ausgeschaltet war. Die Trudel würde Amok laufen! Kaum war er wieder mit der Welt verbunden, schellte das Telefon, als hätte seine Schwester nur auf diesen Moment gewartet. Richard wischte über den grünen Hörer.

»Um Himmels willen!«, plärrte sie ihm so laut ins Ohr, dass Richard meinte, ein Echo im Spukhäusla zu hören.

»Lebst du noch? Ich hab mir schon Sorgen gemacht! Ist was passiert? Du hast mich einfach weggedrückt. Du kannst mich doch nicht einfach wegdrücken, Richard!«, überschüttete sie ihn.

»Ich war auf dem Klo«, sagte er, während sein Finger bereits über der roten Taste zum Auflegen kreiste wie eine Cessna ohne Landeerlaubnis über dem Nürnberger Flughafen. »Was willst du?«

»Nur wissen, wie es dir geht.«

»Gut, ich habe Urlaub.«

»Brauchst du etwas, Richard? Soll ich vorbeikommen?«

Er war immer noch angefressen, weil ihn die Frauen übertölpelt und in die Sommerfrische geschickt hatten – mehr oder weniger gegen seinen Willen. Schließlich hätte er seinen Jahresurlaub auch auf dem Sofa und vor dem Fernseher genießen können. »Bloß nicht!«, entfuhr es ihm.

Die Trudel war sofort verschnupft. »Wenn du auf meine Anwesenheit keinen Wert legst, dann eben nicht.«

»Danke, Trudel, aber ich komme sehr gut allein zurecht«, erwiderte Richard, so ruhig er konnte, dann fuhr er herum. Ein schabendes Geräusch erklang hinter seinem Rücken. Als würde jemand mit einem Gegenstand an der Wand entlangkratzen. Vor und zurück. Vor und zurück in gleichmäßigem Rhythmus. Trieb sich außer ihm noch jemand hier herum? Hatte ihn das Telefonat mit seiner Schwester so abgelenkt, dass er den Neuankömmling nicht bemerkt hatte? Auf einen Schlag hörte das Schaben auf, und Richard ließ das Handy sinken. Im Hörer quakte noch immer seine Schwester. Mechanisch drückte er sie weg.

Er musste sich auf die andere Stimme konzentrieren, vielmehr auf mehrere Stimmen. Er hörte sie kichern. Ganz hell. Leise wie aus einer anderen Welt. Es waren Mädchen. Eine Schweißperle kullerte Richard die Wirbelsäule hinab. Er war nicht allein in dem Haus. Oder anders gesagt: Er *war* allein im Haus. Was ihm noch viel mehr Angst machte. Denn was oder wer sich da so amüsierte, lebte schon lange nicht mehr.

Der Hoi-Mann

So überraschend, wie sie erklungen waren, verstummten die Stimmen wieder, und Richard begann daran zu zweifeln, dass sie überhaupt da gewesen waren. Womöglich hatte die unheimliche Atmosphäre ihn sich das Lachen nur einbilden lassen. Die Neugier war ihm gründlich vergangen. Auch wenn er sich nur in diesem einen Raum umgesehen hatte, langte es ihm für heute. Er konnte ja wiederkommen, aber dann tagsüber.

Richard schätzte sich als viel zu sachlich und korrekt ein, um an Geister zu glauben, und dennoch beunruhigte ihn etwas, das er nicht näher benennen konnte.

Unterdessen war es draußen so finster geworden, dass kein Licht mehr in das Spukhäusla drang. Bei jedem zweiten Schritt stolperte er über Unrat auf dem Boden. Richard musste sich eingestehen, dass er nervös war. Handy-Taschenlampe!, durchschoss es ihn. Aber als der helle Lichtschein in eine Ecke fiel, wirkte seine Umgebung nur noch gespenstischer. Als wäre das Schaben und Kichern dorthin gehuscht und würde nur darauf warten, Richard erneut zu erschrecken.

Und wenn es doch nur Kinder gewesen waren, die vor dem Haus spielten oder ihm Angst einjagen wollten? Du glaubst doch bitte nicht an Geister, versicherte sich Richard.

Als er Minuten später wieder im Wald stand, ärgerte er sich über seine lächerliche Furcht. Das kam doch nur von dem Geschwätz der Schmidpfandlerin. Schon als Kind war er für Unheimliches empfänglich gewesen, hatte die Schwarz-Weiß-Krimis von Edgar Wallace in sich aufgesogen, sich aber später nicht allein aufs Klo getraut.

Schnellen Schrittes setzte sich Richard in Bewegung, um wieder auf den sicheren Campingplatz zu kommen. Und traute seinen Augen nicht, als er im Biergarten der Wirtschaft Leni bei einer Maß Bier sitzen sah. Sie hatte den Krug bereits zur Hälfte geleert.

»Richard!«, rief sie ihm zu, und mehrere Köpfe sahen sich nach ihm um, da sie ihm beidhändig zu sich winkte.

Während er sich ihr gegenübersetzte, wunderte er sich, dass sie bei der Rivalin einkehrte. »Feierst du auch Geburtstag?« Leni schüttelte den Kopf, dass ihre geflochtenen Zöpfe nur so flogen. »Sind mir zu viele Leute. Ich wollte nur mein schnelles Feierabendbier trinken.«

Kritisch betrachtete Richard den Maßkrug, den er persönlich nicht mit einem »schnellen« Bier in Verbindung gebracht hätte. Als die Bedienung vorbeikam, bestellte er eine Halbe Dunkles, obwohl ihm ein Wasser lieber gewesen wäre. Aber er wollte keinen ungeselligen Eindruck machen und außerdem die Leni ausfragen. Nach den Kindern im Spukhäusla.

Unauffällig pirschte er sich an das heikle Thema heran. Fragte sie als Kennerin, wenn nicht sogar als Hüterin des Spukhäuslas, nach ihrer geschätzten Meinung, schmeichelte sich bei ihr ein.

»Du bist doch sicher öfter dort, oder?«

Wieder ließ Leni die Zöpfe fliegen. »Ich? Ich war schon ewig nicht mehr im Häusl. Ist doch eh bloß altes Gerümpel drin, und außerdem stinkt es nach Hundepisse«, behauptete sie, ohne rot zu werden.

»Aber früher warst du doch sicher mal dort?«

»Jaaa«, antwortete sie gedehnt.

»Und hast du damals Stimmen gehört?«

»Wieso?«, wurde die Leni doch hellhörig. »Hast *du* etwa Stimmen gehört?«

»Das war der schaurige Hoi-Mann.« Auf Richards eine Schulter legte sich eine Pranke, die ihn in die Knie gezwungen hätte, hätte er nicht auf einer hölzernen Bierbank gesessen. Sie gehörte zu einem bärtigen Einheimischen, der wohl der Geburtstagssause entflohen war, um frische Luft zu schnappen. Während er Richard als Stütze missbrauchte, schaukelte er auf den Beinen, die in einer speckigen Lederhose steckten, verdächtig hin und her. Sein alkoholgeschwängerter Atem ließ ebenfalls auf ein paar Maß Bier schließen.

Während Leni und der Bärtige in schallendes Gelächter ausbrachen, stand Richard das Unverständnis ins Gesicht geschrieben.

Wer war denn das nun wieder, der Hoi-Mann? Er hatte ja keine Ahnung gehabt, dass die Oberpfalz so voller Mysterien war. Die hatte er eigentlich in den Tiefen des Bayerischen Waldes vermutet, aber na gut, so weit war der ja auch nicht entfernt.

»Du kennst den Hoi-Mann nicht, Richard?« Leni hob ihren Bierkrug und nahm einen tiefen Schluck, bevor sie sich mit dem Handrücken den Mund abwischte.

Der Bärtige torkelte derweil weiter, und Richard konnte nicht umhin, auf dessen Beine zu starren. Das war ihm bei einem Mann zuvor noch nie passiert, aber die gestrickten Wadenstrümpfe mit dem auffälligen Zopfmuster waren wirklich ein Blickfang.

»Vor dem Hoi-Mann musst du auf der Hut sein, wenn du nachts aus dem Wirtshaus kommst. Es könnte nämlich sein, dass er dir auf den Buckel springt, um sich von dir tragen zu lassen. Und dann ruft er: ›Hoi-hoi!‹« Sie sprach wieder mit ihrer Geisterbahnstimme. »Aber wag es ja nicht, frech zu ihm zu werden, dann verpasst er dir eine Watschen, dass dir Hören und Sehen vergeht. Und bedank dich immer schön mit einem ›Vergelt's Gott‹, gell!«

»Und wieso heißt der Typ Heu-Mann? Weil er aus dem Heustadl hervorhüpft?« Richard war zwiegespalten. Einerseits regte die Schmidpfandlerin ihn mit ihren Ammenmärchen auf, andererseits konnte er einfach nicht weghören. Wie bei einem Horrorfilm, bei dem man den Fernseher nicht ausschaltet, sondern gespannt und ängstlich auf den nächsten Schocker wartet.

»Aber nein. Weil er laut ›Hoi, hoi!‹ ruft, wenn er dir erst auf dem Rücken sitzt.«

Womit der Ausdruck »Einen sitzen haben« für Richard endlich einen Sinn ergab. Oder hatten die Mannsbilder den Hoi-Mann früher vielleicht nur als Ausrede für ihre Ehefrauen erfunden, wenn sie allzu spät aus dem Wirtshaus nach Hause gewankt waren?, überlegte Richard, während er bemerkte, wie die Würstelverkäuferin ihn anlächelte.

Die Leni war schon ein Hingucker, genau wie die Mona, stellte er fest. Jede auf ihre Art. Die Mona, so fesch und aufgeweckt. Und die Leni mit ihren dicken Zöpfen, den gletscherblauen Augen und den Gruselgeschichten. Wobei er der Schmidpfandlerin gegenüber doch eher gemischte Gefühle hegte. Er traute ihr sogar zu, dass sie heimlich Séancen durchführte, um mit der verblichenen Urgroßmutter ein Pläuschchen zu halten.

Und just tauchte in der Wirtshaustür, die in den Biergarten führte, die Mona auf und stemmte die Fäuste in die Seiten. Richard fürchtete schon ein Gezänke zwischen den Rivalinnen, aber die Mona ignorierte die Wurst-Leni und lächelte ihm schelmisch zu. Weil Leni unterdessen ihre Banknachbarin in ein Gespräch verwickelt hatte, nutzte Richard die Gunst des Moments, bezahlte sein Bier bei der Bedienung und klopfte mit einem »Gute Nacht allerseits« auf den Tisch. Da die Mona indes wieder in der Küche verschwunden war, marschierte er in Gedanken versunken der Wohnwagensiedlung entgegen.

Er würde wohl mit der unbeantworteten Frage danach einschlafen müssen, ob schon andere Besucher des Spukhäuslas die Kinderstimmen gehört hatten.

Auf dem Spaziergang zu seinem Zelt hallte Lenis Warnung noch immer in ihm nach: »Und bedank dich immer schön mit einem ›Vergelt's Gott‹, gell!« Richard schüttelte den Kopf. Der Hoi-Mann – so ein Gschmarri! Wie der Franke so schön sagte.

Später sinnierte Richard in den Sternenhimmel – über ihm stand der Große Wagen. Auch in dieser Nacht wollte er – sofern das Wetter mitspielte – mit dem Kopf im Freien schlafen. Gedanken kamen und gingen. Was wäre, wenn er sich jetzt vom Boden lösen und einfach ins All fallen würde?

Aber nichts dergleichen passierte. Richard blieb in seinem

Schlafsack auf der Isomatte liegen. Die rauchige Luft eines Lagerfeuers wehte herüber, und dann, ganz urplötzlich, fiel ihm die Trudel wieder ein, ein Blitzgedanke, so schnell wie eine Sternschnuppe. So früh wie möglich würde er sie morgen anrufen. Nicht dass seine Schwester noch auf den Trichter käme und ihn tatsächlich hier besuchte. Er hatte seine Trudel lieb wie sonst nichts, aber sie konnte einem ganz schön auf den Geist gehen. Und im zunehmenden Alter immer mehr. Wobei zu klären blieb: in ihrem zunehmenden Alter oder in seinem? Dann schob sich wieder das Spukhäusla in seinen Gedankenstrom. Eigentlich nur ein verwittertes Haus. Verwüstet, stinkend. Aber die Geschichten, die sich darum rankten, machten es zu einer Besonderheit, sodass sogar eine Imbissbudenbesitzerin davon profitierte. Ihn hatte das Spukhäusla auch in seinen Bann gezogen. Und dann dieser Hoi-Mann!

Unwillkürlich fiel Richard der Nachtgiger ein, der im Fränkischen sein Unwesen trieb und dem nachgesagt wurde, dass er unartige Kinder und die, die nicht ins Bett wollten, fraß. Und nächtliche Herumtreiber von der Straße wegschnappte.

»Gäih hamm in dei Bedd, sunsd huld diich der Nachdgicher!«, das hatte die Oma des Öfteren zum kleinen Richard gesagt.

Aber war an solchem Gerede nicht auch immer ein Funken Wahrheit dran? Was wusste man schon, wer oder was durch die Nacht schlich, während man im süßen Schlummer lag? Richard war nahe dran, doch ganz ins Zelt zu kriechen. Doch dann siegte die Müdigkeit.

Ruprechts Arme und Beine zitterten. Der Tremor begleitete ihn schon länger, war aber nicht der Grund für das Schlottern. Das rührte von einem neuen Schock her. Dazu noch der Hunger. Außer den beiden Äpfeln hatte er seit gestern Morgen nichts mehr gegessen. Aber auf dem Campingplatz würde sich schon eine Kleinigkeit finden, die er sich schnell einverleiben konnte. Damit schadete er niemandem, redete er sich ein. Keiner von den Campinggästen litt Hunger, das bewiesen schon ihre gut genährten Körper und die monströsen Wohnmobile, die viele von ihnen fuhren. Nein, mit knurrendem Magen gingen die nicht ins Bett. Wenn überhaupt, würden sie sich höchstens wundern, wenn aus der Kühlbox oder dem Vorzelt ein Happen fehlte.

Früher wäre er lieber verhungert, als zu stehlen. Aber da hatte er es auch nicht für möglich gehalten, einmal auf der Straße zu landen. Damals hatte er noch einen Job gehabt, eine Frau und eine Wohnung. Zuerst hatte ihn seine Frau verlassen, und der Wodka wurde für eine Weile zu seinem Seelentröster. Dann verlor er den Job und die Lust auf ein stetes, geordnetes Leben. Da er jedoch nicht zu den Pennern auf der Straße gehören wollte, verkroch er sich mit seinen wenigen Habseligkeiten, die ihm geblieben waren, in den Wald. Wenn man ihn aufspürte, zog er weiter und verschwand erneut. Auch jetzt zwang man ihn eigentlich wieder, seine Habseligkeiten zusammenzuraffen und zu verschwinden, und doch musste er bleiben. Er hatte noch etwas zu erledigen.

Der Kopf lag wieder vor dem Zelt. Entweder war der Mann so groß, dass er nicht komplett hineinpasste, oder er liebte so wie er die frische Luft und seine Freiheit. Er schlief unruhig, schien sich mit einem Problem zu plagen. Unter den Lidern rollten seine Augen hin und her. Ruprecht streckte seine Hand mit den knorrigen Fingern unter der dreckigen Decke aus, die er über seine gestern »erworbene« Fleecejacke geworfen hatte. Er war versucht, dem Mann über die Wange zu streicheln, hielt sich dann aber doch zurück und sah sich um. Er bewunderte die Ordnung, die um das kleine Zelt herum herrschte. Tisch und Stuhl waren zusammengeklappt. Ein Paar Schlappen standen akkurat nebeneinander. Ganz anders als bei den Nachbarn des Kopfs. Deren Campingtisch quoll über vor dreckigem Geschirr – und obenauf lag eine aufgerissene Tüte Chips!

Ruprecht krallte sie sich in Windeseile und entfernte sich ein paar Schritte. Gierig schob er sich eine Handvoll »Ofenchips mit 30 % weniger Fett« in den Mund und verzog vor

Enttäuschung den Mund. Das Knabbergebäck war feucht und weich geworden. Dennoch würgte er auch den kleinsten Krümel hinunter.

In der Ferne sah er einen Mann, der anscheinend von den Toiletten zurückkehrte. Ruprecht duckte sich hinter einen Wohnwagen, wo ein elektrischer Rasenmäher und ein Rechen standen. Er befühlte den Rechen prüfend, überlegte. Doch was sollte er damit? Als es wieder völlig ruhig war, sah er sich weiter um. Neben einem Zelt lagen Heringe und ein Hammer. Das Werkzeug konnte er gebrauchen. In der Wildnis einen Hammer zu besitzen war nie schlecht, und sei es, um sich zu verteidigen. Wie nötig das war, hatte er erst heute wieder erlebt. Erneut fing Ruprecht zu bibbern an. In dem Moment hätte er alles dafür gegeben, sich in einem der Wohnwagen wie ein Tier in eine Ecke zusammenrollen zu können. Aber diesen Luxus würde er in diesem Leben wohl nicht mehr erfahren. Ruprecht knurrte leise.

Wiggerl und Kasperl

Hochnebel lag über dem Naabtal. Schlotterkälte war in Richards Schlafsack gekrochen und hatte seine Füße auf Eiszapfen-Niveau heruntergekühlt. Sein Gesicht war starr. Kurzzeitig war er in der Nacht komplett ins Zelt verschwunden, hatte es aber nicht lange ausgehalten und den Kopf wieder ins Freie gestreckt. Ein Froschkonzert aus ausdrucksstarken »Oaks« und »Oakoakoaks« hatte ihn mit dem Gefühl, sich im Amazonas-Dschungel zu befinden, in den Tiefschlaf gleiten lassen. Jetzt, als er wieder wach war, schienen die quakenden Lockrufe leiser zu werden. Oder wurden sie nur von dem in der Dämmerung einsetzenden bunten Vogelgezwitscher übertönt?

Bis die Sonne richtig über den Hügel kam und Richards klamme Sachen erreichte, würde es noch ein bisschen dauern. Dann aber, wenn ihre Strahlen die Wiese küssten, wäre es im Nu warm. Hoffte er wenigstens.

Was für eine Nacht, was für Träume! Wie hatte er sich von dem Waschweibergeschwätz nur so beeinflussen lassen können? Als Krönung hatte er sich tatsächlich eingebildet, eine Kreatur in Menschengestalt sei über den Campingplatz gehuscht und habe ihn mit ihren knotigen Fingern berühren wollen! Den ekelerregenden Gestank glaubte er jetzt noch in der Nase zu haben. Womöglich war der Grund für seine Alpträume aber auch das dunkle Bier vom vergangenen Abend, das einem Bock sehr nahekam, und Bockbier hatte er noch nie vertragen. Ab heute, so schwor sich Richard, würde es für ihn nur noch Malzbier geben.

Er drehte den Kopf und blinzelte rüber zu den Nürnbergern. Heute keine Liebesspiele? Auf dem Campingtisch herrschte noch immer Chaos, nur die angebrochene Chipstüte fehlte, die hatte wohl zwischenzeitlich der Wind weggeblasen. Zu gern hätte Richard auf seine Uhr geschaut, aber dazu hätte er den Arm aus dem Schlafsack nehmen müssen. So blieb ihm nichts anderes übrig, als die Zeit zu schätzen. Die Sonne ging um fünf Uhr auf, und hell war es bereits. Aber den vielen Campern nach zu urteilen, die mit Kulturbeutel und Handtuch bewaffnet zu den Duschräumen liefen, ging es bereits auf sieben Uhr zu.

Indem Richard sich wie eine fette Schlange wand, bewegte er sich Zentimeter für Zentimeter ins Zelt. Als er sich gänzlich in dessen Innerem befand, war ihm durch die außergewöhnliche Fortbewegungsart immerhin schon etwas wärmer geworden. Er ruckelte den Reißverschluss stückweise nach unten, schälte sich aus ihm heraus und zog sich einen Pullover über. Gestern war es doch nicht so kalt gewesen, oder fror er heute einfach stärker? Voller Tatendrang schnappte er sich seinen Kulturbeutel, sein Handtuch und Geld für die Kipferl.

Nach einer ausgiebigen heißen Dusche, das feuchte Handtuch noch über der Schulter, betrat er den Campingladen, um sich sein Frühstück zu kaufen.

Die Stimmung in dem kleinen Geschäft war seltsam. Niemand schien an der Theke anzustehen, obwohl sich die Menschen in dem Raum drängten. Jeder redete mit jedem, jeder schien mehr als der andere zu wissen. Hände wurden vor Münder geschlagen, manchen stand die Angst ins Gesicht geschrieben.

Während er artig rechts und links fragte, ob er an der Reihe sei, bahnte sich Richard seinen Weg zum Verkaufstresen. Man winkte ihn durch, was ihm ebenfalls eigenartig vorkam, wo doch sonst überall penibel darauf geachtet wurde, dass sich niemand vordrängelte.

»Fünf Kipferl, bitte.«

Die rothaarige Verkäuferin griff nach einer Papiertüte, war aber sichtlich nicht gewillt, sie mit Brötchen zu füllen. »Haben Sie schon gehört? Es gab einen Mord.«

Bevor sich das Wort »Mord« in seinem Hirn verankern konnte, fragte sich Richard noch, warum das Verhältnis zwischen seiner Lieblings-Kipferl-Verkäuferin und ihm ein weitaus distanzierteres zu sein schien als noch am vergangenen Morgen. Gestern war sie wesentlich freundlicher gewesen, oder duzte man sich nach einem Mord nicht mehr?

Aber Moment, hatte sie »Mord« gesagt? Das erklärte natürlich einiges. Auch den Menschenauflauf.

»Gestern Nacht ist im Spukhäusl ein Mann ermordet worden.« Die Rothaarige spitzte überlegen die Lippen. Sie genoss es sichtlich, ihm die Neuigkeit zu verkünden.

Richard stellten sich sämtliche Haare auf. Gestern Nacht? Im Spukhäusla? Aber da war er doch auch dort gewesen! »Um wie viel Uhr?«, platzte er heraus.

»Na, das weiß ich nicht. Aber die Leni hat ihren Imbiss um achtzehn Uhr dichtgemacht. Da soll kein Besucher mehr im Spukhäusl gewesen sein, sagt sie. Im Moment ist dort ja wohl sowieso nicht besonders viel los.«

Richard dachte nach. Er selbst war um etwa halb neun zu dem verlassenen Haus gegangen und eine halbe Stunde später wieder auf den Campingplatz zurückgekehrt. Unfassbar. Nach ihm war noch jemand im Spukhäusla gewesen und hatte einen Menschen umgebracht! Das war ja absolut grauenhaft! Womöglich in dem Raum, in dem Richard gestanden hatte, als ihm das unheimliche Kinderlachen einen Schauer über den Rücken getrieben hatte.

Andererseits war es auch möglich, dass der Tote schon länger in einem der anderen Räume gelegen hatte, die sich Richard nicht angesehen hatte. Wobei gegen diese Theorie sprach, dass sich im Spukhäusla immer wieder Geistertouristen herumtrieben, die wahrscheinlich mutiger und neugieriger waren als er. Aber war ihm nicht der seltsame Geruch aufgefallen? Etwa Leichengeruch? Doch auch das war reine Spekulation. Dennoch entkam Richard ein angeekelter Laut.

»Weiß man denn schon, wer der Tote ist?«, fragte er.

Die Verkäuferin zuckte leidenschaftslos mit den Schultern. War es dem Herrn denn nicht genug, dass sie von einem waschechten Mord ganz in der Nähe des beschaulichen Campingplatzes Oberbürzl berichten konnte?, schien ihr Blick zu sagen.

Richard seufzte stumm. Er würde der Polizei wohl oder übel melden müssen, dass er sich an dem möglichen Tatort aufgehalten hatte. Hoffentlich geriet er deshalb nicht in Verdacht! Und dennoch hätte Richard jetzt gern seine Kipferl gehabt.

»Fünf Kipferl, bitte«, wiederholte er deshalb.

Die Rothaarige schien sich gerade an die Papiertüte in ihren Händen zu erinnern, da fiel Richard noch etwas ein. »Ist die Polizei beim Spukhäusla?«

Sie ließ die Papiertüte wieder sinken. »Sicherlich, aber zwei von denen steigen schon hier auf dem Campingplatz herum.«

Als sich auch die anderen Kunden hinter Richards Rücken zu drängeln begannen, erhielt er endlich sein lang ersehntes Frühstück.

Vor dem Laden schien Leni nur auf ihn gewartet zu haben. »Hast du schon gehört?«, überfiel sie ihn, ohne dass er ihr einen guten Morgen hätte wünschen können. »Im Spukhäusl liegt eine Leiche! Ein Mann ist ermordet worden. Und wenn ich meinen Imbiss nur fünf Minuten später geschlossen hätte, wäre ich dem Mörder direkt in die Arme gelaufen«, behauptete sie. »Wahrscheinlich wäre dann ich anstelle des armen Mannes tot!« Sie schlug die Hände wie zum Gebet zusammen und reckte sie in den Himmel.

»Pah! Wer will dir schon was tun!«, höhnte die Mona, die hinter Richard wie aus dem Nichts aufgetaucht war.

Unwillkürlich zog er den Kopf ein.

»Tsss! Meine Haare sind jedenfalls noch nicht gefärbt!«, schoss die Leni zurück.

Unfreiwillig war Richard in einen Streit zwischen zwei Frauen geraten, die mit Methoden kämpften, von denen er keine Ahnung hatte. Denn was hatte die Haarfarbe mit dem Mord zu tun? Nein, er verstand die Frauen einfach nicht.

»Dir kommt die Leich doch ganz recht, Leni. Jetzt werden Leute von der Presse und jede Menge Polizei hier auftauchen.

Außerdem viele Neugierige. Und du erhoffst dir, dass dir der eine oder andere ein paar von deinen verkohlten Würsteln abkauft«, provozierte die Mona. Und leise, aber laut genug für die Leni und Richard, fügte sie noch hinzu: »Wenn es denn sonst schon keiner tut.«

»Dir geht doch nur der Arsch auf Grundeis, weil du, wenn sich die Herrschaften bei mir satt gegessen haben, auf deinen zähen Brüstln hocken bleibst!«, schoss die Schmidpfandlerin kreischend zurück.

Die Mona lachte nur hell auf, dann marschierte sie zurück in ihre Wirtschaft. Ihr Dirndl, heute ein hellblaues mit weißer Schürze, schwang im Takt ihrer Schritte mit wie bei einem Tanz.

Und auch die Leni schien sich nicht weiter über den Disput aufzuregen, registrierte Richard überrascht. Er an ihrer Stelle wäre stinkbeleidigt gewesen. Aber anscheinend stritten sich die beiden schon länger und nahmen die derben Sticheleien nicht mehr ernst.

»Der Tote soll ein Gast vom Campingplatz sein. Die Polizei war schon beim Willy, weißt schon, beim Platzwart, um im Anmeldebuch nachzuschauen«, wusste die Leni.

»Ist bekannt, wer ihn gefunden hat?«

»Der Waldeis Wiggerl mit seinem Hund. Der geht um fünf herum immer von Oberbürzl mit dem Kasperl Gassi. Er hat ihn frei laufen lassen, und auf einmal war er verschwunden. Da hat der Wiggerl gerufen: ›Kasperl! Kasperl! Kaspeeerl!‹« Leni rief so laut nach dem Waldeis Wiggerl seinem Hund, dass sich einige Gäste nach ihr umdrehten. »Bis der Wiggerl den Kasperl im Spukhäusl hat bellen hören. Der Wiggerl ist also durchs ganze Häusl dem Kläffen nachgegangen. Und da lag sie dann, die Leiche.«

»Sag mal, woher weißt du das eigentlich alles?« Richard war verblüfft darüber, wie viele Einzelheiten die Leni in der relativ kurzen Zeit seit dem Mord erfahren hatte. Oder hatte sie sich die schlicht, einfach und ergreifend aus den Fingern gesogen?

»Ich kenn den Jokel von der Polizei. Wir sind auf dieselbe

Schule gegangen. Abgesehen davon hab ich heute meinen Imbiss etwas früher aufgemacht, weil ich den Getränkelieferanten für meine Softdrinks erwartet habe, der kommt immer recht zeitig. Und was soll ich dir sagen, so ein Zufall, da kam plötzlich der Jokel mit seinem Kollegen im Streifenwagen dahergefahren.« Richard bemerkte, dass die Leni auch gern mit den Händen redete. »Sie durften mir natürlich nichts sagen – oder zumindest nicht viel. Und konnten es ja auch noch gar nicht. Also bin ich ihnen zum Spukhäusl gefolgt. Wer sich nichts traut, kommt schließlich auch zu nichts.«

Richard betrachtete die Leni genauer. Die Polizei sollte sich ernsthaft überlegen, sie in ihren Dienst zu nehmen.

»Sag mal, apropos Imbiss und Kanufahrer: Wer kümmert sich denn gerade um deinen Grill?«, fiel ihm plötzlich ein.

»Jessas, da hast recht. Ich muss wirklich weiter!«, rief die Leni, deutete aber im Davoneilen noch auf Richards Kipferl-Tüte. »Iss nicht so viel von den trockenen Semmeln, sonst hast du später keinen Appetit mehr auf meine Würstel!«

Zurück an seinem Zelt klappte Richard seinen Stuhl und den Tisch auf und braute sich mit dem Gaskocher seinen Pulverkaffee. Als er hungrig in das erste Kipferl biss, kam ihm ein Gedanke. Durfte er denn überhaupt in aller Ruhe frühstücken? Musste er nicht erst mit der Polizei reden?

In dem Moment knackte es im Lautsprecher, der den Campingplatz beschallte, und Lisl Eberspacher, die Frau des Platzwarts, verbreitete lautstark eine Meldung, die Richard fast von seinem Stuhl haute.

»Herr Polizeiobermeister Richard Staudinger aus Kleinmichlgsees in Mittelfranken möchte sich bitte umgehend an der Rezeption melden. Ich wiederhole: Herr Polizeiobermeister Richard Staudinger aus Kleinmichlgsees in Mittelfranken möchte sich bitte umgehend an der Rezeption melden!«

Richard wurde flau im Magen. Zu Hause musste etwas Schreckliches geschehen sein, sonst würde man ihn doch nicht an die Rezeption zitieren. Oder brauchte man ihn im Zusammenhang mit dem Mordfall?

Er ließ alles stehen und liegen, sogar das angebissene Kipferl, hastete über den Platz und riss die Tür der Rezeption auf. »Hier bin ich«, japste er. »Ich bin Richard Staudinger.«

»Sie möchten bitte Ihre Schwester anrufen«, entgegnete die Platzwartsfrau. »Sie sagt, es ist dringend.«

»Bitte was?«, krächzte er mit trockenem Hals. Dann bedankte er sich und lief zurück zu seinem Zelt und dem Handy, das er gestern Abend wieder ausgeschaltet hatte. Dabei entdeckte er die zwei Streifenpolizisten, die um den Wohnwagen des Nürnbergers schlichen. Wahrscheinlich brauchten die Uniformierten doch seine Hilfe, man hatte sie zu ihm geschickt, aber sie vermuteten ihn in dem Wohnwagen und nicht in einem Zelt, dieser windigen, für einen Beamten nicht standesgemäßen Behausung.

»Guten Morgen, Kollegen«, begrüßte er die beiden.

Wie einstudiert zogen die Männer synchron ihre rechten Augenbrauen hoch.

»Staudinger, Richard Staudinger.«

Der Vollbärtige mit der Knollennase hob wissend den Zeigefinger. »Ah, der Polizeiobermeister aus Mittelfranken. Wir haben gerade die Durchsage gehört. Pfüa di, Kollege!«

Der dürre blonde Riese tippte sich an die Dienstmütze.

Richard zückte seine Geldbörse und zeigte seine Dienstmarke, um sich auszuweisen. »Ich wohne übrigens da«, sagte er peinlich berührt und deutete auf sein Zelt. »Der Wohnwagen ist von den Nürnbergern.«

Irritiert blickten sich die Polizisten um.

»Schön, dass du zeltest«, sagte schließlich der Bärtige. »Das habe ich in meiner Jugend auch gern gemacht. Ich bin der Jokel Dirnbacher. Und das ist mein Kollege Hubert Reusch. Polizeirevier Beichting.«

»Wieso ›von den Nürnbergern‹?«, hakte Reusch sogleich nach. »Angemeldet ist nur ein Mann.«

»Ach so? Gestern Morgen hatte er jedenfalls Damenbesuch. Ich habe die beiden lautstark im Wohnwagen gehört …«

Richard hoffte, dass die zwei kapierten und er nicht näher auf das Vergnügen des Pärchens eingehen musste. »Und als ich kaum später unter der Dusche war, hatten die beiden noch mal in der Nebenkabine, äh ...«

»Sex?«, fragte Dirnbacher, und Richard nickte vielsagend.

»In den Herrenduschen?«

Wieder Nicken.

»Sauber!« Dirnbacher blies vollbackig Luft aus. »Jetzt ist er jedenfalls tot.«

»Der Nürnberger ist die Leiche vom Spukhäusla?« Richard blieb der Mund vor Staunen offen stehen.

»Spukhäusl«, verbesserte ihn Reusch grinsend, indem er das L übertrieben betonte.

Richard zuckte mit den Achseln. Die Aussprache war ihm noch gar nicht aufgefallen. Aber in einer Woche unter Oberpfälzern würde er sich schon noch an den fremden Dialekt gewöhnen.

»Ich glaube, ihr solltet wissen, dass ich gestern auch im Spukhäusl war«, erstattete er Bericht. »Von etwa halb neun eine Viertel- oder maximal halbe Stunde lang. Allerdings habe ich mich nur im ersten Raum im Erdgeschoss aufgehalten und kann somit nicht sagen, ob der Tote zu diesem Zeitpunkt schon in einem der anderen Zimmer lag.«

Die bislang freundlich-gemütlichen Mienen der beiden Beamten verwandelten sich in misstrauische. »Und was hast du dort gemacht?«, fragte Dirnbacher.

Richard stöhnte. Hatte er es doch geahnt, dass die Geschichte ein ungutes Licht auf ihn werfen würde, so oder so. Gleichzeitig nahm er es als Lehre. Nun wusste er endlich, wie sich ein Zeuge fühlte, der von der Polizei vernommen wurde.

»Wenn ich ehrlich bin, war ich aus reiner Neugier dort. Die Besitzerin der Imbissbude hat mir so eine Schauergeschichte aufgetischt, dass ich mir diesen Ort einmal mit eigenen Augen anschauen musste.«

Die Polizisten winkten im Einklang ab. Sie wirkten so eingespielt wie ein altes Ehepaar. Wahrscheinlich fuhren sie schon längere Zeit miteinander Streife.

»Die Leni und ihre Geschichten!«, seufzte Dirnbacher. »Und nun zur Personenbeschreibung der Dame aus dem Wohnwagen, Richard. Ich darf doch Richard sagen, Kollege?«

Richard schabte betreten mit dem Fuß im Gras. »Das tut mir jetzt wirklich leid, aber ich habe die Frau nicht gesehen.«

»Allmächd!«, zog Reusch ihn mit einem beliebten fränkischen Ausdruck auf.

»Weder im Wohnwagen noch unter der Dusche hat sie sich mir – verständlicherweise – gezeigt. Sie ist mir zwar später mit dem Mann entgegengekommen, aber da war sie so weit entfernt, dass ich ihr Gesicht nicht sehen konnte.«

»Bist du denn gar nicht neugierig auf die Dame gewesen?«, wollte Dirnbacher wissen.

Das fragte sich Richard im Nachhinein auch. »Tut mir leid«, sagte er. Aber dann hellte sich seine Miene auf. »Moment mal! Ich habe sie doch gesehen. Gestern Abend hörte ich Geräusche im Wohnwagen, und es war mir, als würde mich jemand beobachten.« Er deutete zum Campingwagenfenster. »Jemand schien den Wagen verlassen zu wollen, ohne von mir gesehen zu werden. Die Tür ging einen Spalt auf, jemand guckte vorsichtig heraus und verschwand dann wieder im Inneren.« Richard lachte verlegen. »Leider muss ich gestehen, dass ich lediglich einen Frauenfuß mit rosa lackierten Nägeln in türkis glitzernden Flip-Flops sehen konnte. Wieder kein Gesicht.«

»Immerhin etwas«, meinte Dirnbacher, der sich mit einem Kuli Notizen auf einem kleinen Spiralblock machte.

»Wisst ihr, wie lange der Mann schon im Spukhäusl liegt?« Richard wäre irgendwie erleichtert gewesen, wenn er sich nicht fast eine halbe Stunde mit einer Leiche im selben Haus aufgehalten hätte, ohne es zu merken. »Und wie er ums Leben gekommen ist?«

»Anhand der Schleifspuren gehen wir davon aus, dass der Mann an einem anderen Ort zu Tode kam und anschließend ins Spukhäusl geschleppt wurde. Wann genau die Tat geschah, lässt sich natürlich nicht feststellen, und von einem

Mord sprechen wir derzeit auch noch nicht. Da der Mann sein Portemonnaie mit Geld, Ausweis und sonstigen Papieren bei sich hatte, können wir auch einen Raub ausschließen.«

Die Uniformierten warfen sich Blicke zu, Jokel Dirnbacher räusperte sich. »Na ja … Aber das, was ich dir jetzt sage, muss strengstens unter uns bleiben: In der Brust des Mannes steckte ein Messer.«

Schleifspuren. Richards Gesicht glühte. Die hatte er gar nicht bemerkt. Er war so von diesem Geisterdings besessen gewesen, dass er das Offensichtliche übersehen hatte. Seine Chefin, die Frischkes, würde zu Recht den Kopf über diese Nachlässigkeit schütteln. Aber es war auch dämmrig gewesen, verteidigte er sich selbst. Und es blieb immer noch die Möglichkeit, dass die Leiche erst nach seinem Besuch ins Spukhäusl geschleift worden war.

Dirnbacher und Reusch betrachteten den Wohnwagen. Schließlich klopfte Reusch an die Tür und war sichtlich erstaunt, als sie sich öffnen ließ. Er beugte sich ins Innere, schaute nach rechts und links. »Das soll sich mal die Spurensicherung ansehen.«

Der Campingplatzlautsprecher krachte und knarrte schon wieder. Dann plärrte Lisl Eberspacher: »Polizeiobermeister Richard Staudinger, bitte rufen Sie Ihre Schwester an! Ich wiederhole: Polizeiobermeister Richard Staudinger, bitte rufen Sie Ihre Schwester an! Sofort!«

Jokel Dirnbacher grinste breit. »Besser, du erledigst das jetzt.«

Das fand Richard auch und begann, hektisch nach seinem Autoschlüssel zu suchen. Als er ihn gefunden hatte, lief er zum Wagen, schloss auf, öffnete das Handschuhfach, griff sich sein Smartphone und wollte es anschalten. Der Akku war leer!

Hatte er die Handy-Taschenlampe brennen lassen?

Kalter Schweiß brach ihm aus. Wenn er nicht schleunigst mit Trudel in Kontakt trat, würde die noch die Polizei alarmieren. Er sauste zurück zu seinem Zelt und fummelte das

Täschchen mit dem Ladekabel aus seinem Rucksack heraus. Dann drängte sich ihm eine Frage auf, die er sich schon länger stellte: Durfte er während des Akku-Ladevorgangs überhaupt telefonieren? Wie viel war wahr an der Mär, dass der Akku dabei explodieren konnte? Denn eine Explosion wollte er nun wirklich nicht riskieren, während er die Trudel an der Strippe hatte. Allerdings ging seine Schwester unter Garantie davon aus, dass er sie mutwillig nicht zurückrief beziehungsweise aus der Leitung kickte. Er beschloss, auf Nummer sicher zu gehen und das öffentliche Telefon an der Rezeption zu benutzen. Richard sperrte seine Habseligkeiten in sein Zelt, verabschiedete sich von den Kollegen, die immer noch am Wohnwagen des Nürnbergers standen, und marschierte los. Zu spät sah er Leni auf sich zukommen.

Jetzt nicht!

»Und?«, fragte sie und hakte sich bei ihm unter.

Beharrlich ging er weiter, ohne zu antworten. Die Leni mit ihm mit.

»Hast du mit dem Jokel sprechen können? Sag schon, hat er dir was erzählt?«

»Über laufende Polizeiermittlungen darf die Polizei keine Auskunft geben«, murrte er endlich. Was dachte die sich eigentlich dabei, ihn aushorchen zu wollen?

»Aber du bist doch die Polizei! Nun red schon, Richard. Ich sag's auch nicht weiter.«

Woher wusste sie überhaupt, dass er Polizist war? Von ihm? Na ja, die Leni bekam alles heraus. Aber vielleicht hatte sie auch einfach nur die Lautsprecherdurchsage gehört und eins und eins zusammengezählt. »Ich weiß gar nichts.«

»Na gut, dann sag ich dir eben was, Richard. Das ist der Fluch. Der Fluch vom Spukhäusl. Ich persönlich setze ja keinen Fuß in dieses furchtbare Haus. Denn wer sich dort hineinbegibt, Richard, der ist verflucht!«

Richard schnaubte. Dass Leni ihre neugierige Nase nicht ins Spukhäusl steckte, nahm er ihr nicht ab.

Plötzlich zog sie ihren Arm aus seinem hervor. »Huhu,

Jutta! Warte mal!« Und rannte davon, die nächste arme Seele auszupressen oder vollzuquatschen.

Die Würstel würden heute schwarz werden, fürchtete Richard.

Wieder erfüllte die Luft ein verdächtiges Knistern. »Herr Staudinger! Bitte sofort ans Telefon! Ich wiederhole: Herr Staudinger! Telefon!!!« Lisl Eberspachers Stimme war panisch.

Genauso panisch riss Richard eine Minute später die Tür zur Rezeption auf. »Bin ja schon da!«

Mit geröteten Wangen hielt die Frau des Campingplatzwarts ihm den Hörer hin, und er ergriff ihn.

Trudel schrie, lachte, weinte. Bestimmt zwei Minuten lang – ohne Pause.

»Bist du noch dran, Richard?«

»Natürlich, aber du lässt mich ja nicht zu Wort kommen. Es ist alles in Ordnung, Trudel. Mein Handy-Akku war nur leer. Wenn was ist, rufe ich dich schon an.«

»Aber du kannst mich doch nicht immer wegdrücken! Ich bin deine Schwester!«

»Ist denn etwas in Kleinmichlgsees passiert?«, ignorierte er ihre Beschwerde und wartete eine Sekunde. »Also – nein.« Dann begann er doch, sich zu erklären: »Trudel, Schwesterherz, ich möchte einfach nur in Ruhe Urlaub machen. So wie du und die Frischkes es für mich geplant habt.«

»Aber soll ich nicht doch vorbeikommen? Wie machst du denn das mit dem Essen, und was ist mit deiner Schmutzwäsche?«

»Ich ernähre mich von der Wirtin ihren Brüstln und drehe die Unterhose nach jedem Duschen von innen nach außen!«

Er grinste und legte auf. Daran würde die Trudel bis zum nächsten Telefonat ordentlich zu knabbern haben. Richard sehnte sich nach den Zeiten zurück, als man aus dem Urlaub am Gardasee eine Ansichtskarte geschickt hatte, die erst vierzehn Tage später ankam.

Ein Frankenbulle in der Oberpfalz

Richard fuhr nach Regensburg, rangierte vor einer Metzgerei in eine Parklücke, ging in den Laden und kaufte Grillfleisch, auch wenn er damit bei Leni keinen Blumentopf gewinnen würde. Aber er wollte auch nicht ständig in der Campingwirtschaft einkehren oder an der Imbissbude essen. Einerseits ging solch ein Luxus ins Geld, andererseits wollte er das Cowboyfeeling live erleben, am Lagerfeuer seine Steaks zu brutzeln – und so die Freiheit genießen, die von den Campern so gepriesen wurde. Auch wenn er mit dem Freiheitsbegriff noch immer so seine Probleme hatte: Denn war es Freiheit, wildfremden Menschen derart auf die Pelle zu rücken, dass man jeden Furz – wortwörtlich – hörte? Schnell wischte er den Gedanken beiseite. Er würde sich schon noch akklimatisieren und einer von ihnen werden – vielleicht.

Anschließend schraubte er sich im Regensburger DEZ, dem Donaueinkaufszentrum, die Serpentinen der Parkhausauffahrt hoch und besorgte weiteren überlebenswichtigen Proviant: Zwiebeln, Grillsoßen, Chips, eine Flasche Rotwein, einen Sixpack Helles, Mineralwasser, Schokolade, Rei in der Tube, Ravioli in der Dose und Grillkohle. Außerdem erstand Richard einen Billiggrill, der hoffentlich seinen Resturlaub durchhalten würde.

Als er auf dem Parkdeck wieder ins Auto stieg, genoss er kurz den herrlichen Panoramablick über die Stadt und bis zum Dom und entschied sich spontan für eine kleine Rundfahrt durch die City. Doch kaum hatte er seinen Golf auf die Hauptstraße gelenkt, hatte er den Dom auch schon aus den Augen verloren und fuhr ungewollt in Richtung Neutraubling.

In seiner Not hielt er vor einem Baumarkt an, denn ein Baumarkt erfüllte jedes Männerherz mit Freude, und kaufte sich eine klappbare Sonnenliege mit fünfstufig verstellbarer

Rückenlehne und flexiblem Sonnendach. Die würde seinem Urlaub die Krone aufsetzen, jawoll!

Sein Rückweg führte ihn durch Oberbürzl. Das verschlafene Nest erinnerte ihn an sein geliebtes Kleinmichlgsees: eine Kirche, ein Wirtshaus, ein Bäcker, ein Metzger, ein Tante-Emma-Laden und Schluss. Wobei, in Oberbürzl gab es noch eine Dönerbude. So multikulturell war sein Heimatort dann doch noch nicht.

Kurz vor dem Campingplatz musste er wohl oder übel Lenis Imbiss passieren. Hoffentlich sprang sie ihm nicht wie eine Wegelagerin vors Auto. Innerlich bereitete er sich schon auf ein Gespräch und auf die wortreiche Verweigerung ihrer Schweinswürstel seinerseits vor.

Doch als er vorbeifuhr, stand vor ihrem Büdchen eine Traube Menschen, auf die die geschäftstüchtige Frau heftig gestikulierend einredete. Bestimmt beschrieb sie den Leichenfund gerade als blutrünstige Tat eines wahnsinnigen Serienmörders, aus dessen Fängen sie sich gerade noch so in letzter Sekunde hatte retten können. Und das Ganze garnierte sie mit dem todbringenden Fluch des schaurigen Spukhäusls. Vorgetragen mit ihrer Gruselstimme klingelte da sicher die Kasse. Richard sah, dass einige Leute sogar Selfies mit ihr machten. Wenn es gut für die Leni lief, würde sie sich morgen auf der Titelseite der »BILD«-Zeitung wiederfinden: »Oberbürzler Wurstkönigin entkommt durch ein Wunder den Fängen eines Serienmörders!«

Überraschend unbeobachtet gelangte Richard zu seinem Zelt. Der Wohnwagen des Nürnbergers war während seiner Abwesenheit versiegelt worden.

Richard studierte die Bedienungsanleitung des Grills. Der Aufbau schien kein Hexenwerk zu sein. Und wenn das Ding dann stand, würde er sich ein paar saftige Schweinenackensteaks machen. Lecker! Plötzlich hörte er in seinem Auto das Handy klingeln und stutzte. Hatte die Trudel denn noch immer nicht kapiert, dass der Sinn von Urlaub Erholung war? Und er sich am besten erholte, wenn man ihn in Ruhe ließ?

Aber das Display vermeldete den Anruf seiner Chefin. Richards Herz rutschte ihm unversehens in die Hose. Es würde doch nicht etwa ein Verbrechen in Kleinmichlgsees geschehen sein, das seine Anwesenheit erforderte? Sein schöner Urlaub …

»Ja, Staudinger?«, meldete er sich zaghaft.

»Hallo, Herr Staudinger, hier ist Frischkes«, zwitscherte seine Vorgesetzte mit ihrer üblichen Fröhlichkeit. »Wie geht es denn so?«

Die Frage verstärkte sein Misstrauen nur noch. Die rief bestimmt nicht einfach so aus Menschenfreundlichkeit an und erkundigte sich nach seinem Befinden. Da steckte doch was dahinter. »Gut.«

»Wirklich alles in Ordnung?«

Sein Misstrauen nahm gigantische Ausmaße an. »Ja.« Wut regte sich in ihm. Warum sagte sie nicht einfach, dass er seinen Rucksack packen, das Zelt in den Kofferraum werfen und sich auf die A 3 Richtung Nürnberg begeben sollte?

»Brauchen Sie vielleicht Hilfe, Herr Staudinger?«, fragte die Frischkes jetzt hoffnungsvoll.

»Öh, nö danke«, antwortete er etwas verwirrt. »Die Trudel hat auch schon angerufen und sich Sorgen wegen meiner Schmutzwäsche gemacht. Aber das kriege ich schon selbst hin.«

Kurzes Schweigen in Kleinmichlgsees. »Eigentlich rufe ich nicht wegen Ihrer schmutzigen Oberhemden und Socken an. Sondern wegen des Leichenfunds.«

Was war er naiv! Er hätte es sich doch denken können. Weshalb sonst? Daheim war seine Chefin mit den dünn gesäten Strafdelikten wie dem Verlust einer Brieftasche und den Gartenzwerg-Diebstählen völlig unterfordert. Was sie brauchte, war eine ordentliche Straftat, am besten einen Mordfall, möglichst blutrünstig und verzwickt. Und er hatte einen solchen heute frei Haus geliefert bekommen.

»Da muss ich Sie enttäuschen. Für die Ermittlungen ist die Kripo Regensburg zuständig, da mische ich mich nicht ein.«

»Jajajajaja, das weiß ich doch. Trotzdem werden Sie doch

nicht faul in einem Liegestuhl herumliegen, an einem Fläschchen Bier nuckeln und den Kollegen bei der Arbeit zusehen, oder?«

Sehnsüchtig glitt Richards Blick über die noch in Folie eingeschweißte Liege und den Sixpack, der in der Sonne stand und gerade warm wurde.

»Nein, natürlich nicht, Herr Staudinger! Sie werden sich umhören, mögliche Zeugen befragen, die Örtlichkeiten überprüfen, ganz einfach den Regensburger Kollegen unter die Arme greifen, wie ich es auch tun würde. Im Internet heißt es, dass der Tote aus Nürnberg stammt. Damit war er immerhin ein direkter Nachbar von uns Kleinmichlgseesern.«

Typisch Berliner Schnauze, dachte Richard. Wenn die Frischkes einmal in Fahrt kam, hatte er als – so behauptete man – wortfauler Franke keine Chance mehr. Aber Moment mal …

»Das wissen Sie aus dem Internet?«

»Selbstverständlich. Lesen Sie denn keine Nachrichten, Herr Staudinger?«

Endlich erwies sich die neumodische und hochmoderne Technik mal als hilfreich beziehungsweise Entschuldigung für ihn. »Das Netz ist hier sehr schwach. Mal hat man eines, mal nicht. Außerdem ist der Akku von meinem Handy leer.«

»Wir telefonieren gerade, Herr Staudinger.«

Er drückte sich das Handy auf den Bauch, damit er seufzen konnte, ohne dass seine Chefin es hörte. Unglaublich, dass die Kunde von diesem – noch nicht einmal bewiesenen – Mordfall es schon bis ins Frankenland geschafft hatte. Lag die schnelle Verbreitung am mysteriösen Spukhäusl? Immerhin liebten die Menschen solche Geschichten. Oder hatte die findige Leni auch einen Draht zur Presse?

Er fasste sich ein Herz. »Der Nürnberger war hier auf dem Campingplatz mein direkter Nachbar.«

Die Frischkes stieß einen erfreuten Schrei aus. »Was für ein Glück, was für ein unglaublicher Zufall. Und weiter, Herr Staudinger?«

»Er hatte Damenbesuch. Ich war unfreiwilliger Mithörer von heißen Liebesspielen.«

»Herr Staudinger!«

»Aber ich konnte doch nichts dafür! Ich war nicht involviert, nur Ohrenzeuge. Jedenfalls wurde der Nürnberger heute Morgen von einem Mann gefunden, der den Kasperl, seinen Hund, Gassi geführt hat. Von der Frau fehlt jede Spur, aber ich glaube, ich habe sie gestern noch gesehen. Da hat sie sich vor mir versteckt. Allerdings ist das Einzige, was ich von ihr zu Gesicht bekommen habe, ihr Fuß und ein Flip-Flop.«

Richard überlegte. Durfte er seine Chefin einweihen? Ja, entschied er schnell, schließlich war sie auch die Polizei.

»Und ich weiß noch etwas, Frau Frischkes, aber das muss wirklich unter uns bleiben: In der Brust des Toten steckte ein Messer.«

Paula Frischkes pfiff durch die Zähne. »Und da sagen Sie mir noch einmal, Sie würden sich nicht einmischen.«

»Das war so auch nicht beabsichtigt. Aber mein Zelt steht sozusagen mittendrin im Fall. Ich kann mich gar nicht heraushalten, selbst wenn ich es wirklich wollte.«

Seine beste Informationsquelle, die Leni, verschwieg er ihr bewusst. Nicht dass die Frischkes sich noch versehentlich bei Trudel verplapperte und die bereits die Hochzeitsglocken läuten hörte. Er wusste nämlich, dass seine Schwester ihn nur allzu gern unter die Haube gebracht hätte. Und eine Wurstunternehmerin mit ausgeprägtem Hang zum Ratschen als Schwägerin wäre genau ihre Kragenweite.

»Könnten Sie mir einen riesigen Gefallen tun, Frau Frischkes? Beruhigen Sie meine Schwester insofern, dass sie weiß, dass hier kein ausgeflippter Mörder herumläuft und die Gespensterstory von dem Fluch des Spukhäusls pure Erfindung ist.«

Paula Frischkes lachte, hielt dann aber inne. »Was denn für eine Gespensterstory, Herr Staudinger? Davon haben Sie mir ja noch gar nichts erzählt.«

Und weil er seine Vorgesetzte im Großen und Ganzen

mochte und es für sie als »Preiß« in Franken auch nicht immer ein Zuckerschlecken war, weihte er sie in die schaurige Vergangenheit des Spukhäusls und bei der Gelegenheit auch gleich in den Mythos des Hoi-Manns ein.

Und hoffte im Stillen, dass die Frischkes nicht schon eine Spritztour ins Naabtal plante.

Nach dem überstandenen Telefonat riss Richard die Schutzfolie von seiner Sonnenliege. Alsdann begab er sich in die Waagerechte, schloss die Augen und gedachte, sich aus dieser Position so schnell nicht wieder zu erheben. Doch unverhofft verdunkelte sich die Sonne und machte auch noch Geräusche. Es hörte sich ganz so an, als würde sie sich schnäuzen, aber das war doch eher unwahrscheinlich. Richard, im Wegdösen begriffen, blinzelte und sah den Fürther Angler, dessen Bekanntschaft er schon gemacht hatte, breitbeinig vor sich stehen. Gerade ließ er ein Taschentuch in seiner Hosentasche verschwinden.

»Iich wollt dich ned wecken.«

»Schon gut«, murmelte Richard und machte die Augen wieder zu. Vielleicht ging seine Taktik ja auf, und der Mann zog Leine.

»Host schon ghört vom Nachbarn?«

»Dass er tot ist? Ja.« Richard klappte die Augen wieder auf.

»Iich bin übrigens der Axel von der Moststraße.« Der Fürther schob seine Fäuste in die Seitentaschen seiner unförmigen Shorts. Sichtlich stammte die kurze Hose nicht aus der aktuellen Sommerkollektion – und auch nicht aus der vorherigen. Wenigstens verlangte dieser Axel keine offizielle Begrüßung mit Händeschütteln. Richard durfte also liegen bleiben. Doch er kam ins Grübeln.

War der Axel ein Hochwohlgeborener von und zu aus der Moststraße? Oder besaß er einfach nur einen so wohlklingenden Namen wie die Moderatorin Enie van de Meiklokjes? Oder hatte der Angler nur ausdrücken wollen, dass er in der Moststraße in Fürth wohnte? Vermutlich die wahrscheinlichste Erklärung.

»Fuhrunternehmer«, schickte der Fürther Störenfried noch hinterher.

»Ich bin der Richard aus Kleinmichlgsees.«

Axel patschte sich mit einer Hand aufs Gesäß. »Wie heißt des Kaff?«

»*Damit* hat es jedenfalls nichts zu tun«, maulte Richard.

»Gehst mit a Bier trinken?«

Richard wollte nicht ungesellig sein, noch lieber aber wollte er endlich seinen Urlaub fortsetzen. Wenn man ihn denn endlich mal ließe, Herrschaft, Sackl Zement! Und dann waren da noch seine Steaks …

»Du kannst von mir eins haben.« Richard deutete auf den Sixpack, den er in der prallen Sonne vergessen hatte.

Der Fürther verzog zu Recht den Mund. »Pfui Deifl!« Er stupste mit dem Fuß Richards Sonnenliege an. »Etz lass dich halt nicht so hängen, Richie!«

Richie! So weit kam es noch. Schon in seinen Flegeljahren hatte er es gehasst, wenn ihn die Kumpels Richie nannten. War er vielleicht ein Richie-Typ? Nie und nimmer. Aber bevor er sich mit dem Angler auf eine ellenlange Diskussion einließ, schluckte er die Beschwerde über den Spitznamen lieber hinunter und rollte sich von der Sonnenliege, um seine Geldbörse zu holen.

»Deine Frau mag nicht mit?«

Axel winkte ab. »Und du? Was treibst du so, jobmäßig, maan iich?«

»Polizei.«

»Donnerwetter!«, machte Axel überrascht. »A Frankenbulle in der Oberpfalz!«

Frankenbulle? Richard grinste. So hatte ihn auch noch niemand genannt. Die Bezeichnung gefiel ihm deutlich besser als »Richie«.

Die Männer schlurften eine Weile einträchtig schweigend nebeneinander her. Als ihnen der appetitanregende Duft aus der Wirtshausküche bereits entgegenwehte, sagte Axel: »Gestern hat den toten Nürnberger noch a Frau in seinem

Wohnwagen besucht. Mit ganz schee Holz vor der Hüttn. So heimlich, wie die rumgetan haben, waren die bestimmt ned verheiratet, jedenfalls ned miteinander, wenn du verstehst.« Axel zog mit dem Zeigefinger ein Augenlid nach unten. »Iich hab die sogar beim Schnackseln belauscht.«

»Du auch?«, rutschte es Richard heraus.

»Laut genuch woren die ja. Alle Achtung!« Der Fürther nickte anerkennend. »Bloß blicken lassen hat sie sich ned. Womöglich ist sie die Mörderin«, sagte er so nebenbei wie jemand beim Bestellen von Bratwürsten: Bitte mit viel Senf.

Also war auch Axel auf eine Sensation aus.

»Ihren Fuß habe ich gesehen«, konnte Richard immerhin etwas zur Unterhaltung beitragen.

Eine junge Frau kam ihnen entgegen. Sie trug ein Käppi mit Schirm, tief in die Stirn gezogen, und eine Sonnenbrille, die ihr restliches Gesicht fast gänzlich verdeckte, dazu Jeans und ein weites Schlabber-T-Shirt. In einem Kleid hätten die Kerle bei ihrer Figur sicher auf ihre Beine geschaut, aber so fiel deren Blick auf ihre Füße. Die Frau beschleunigte ihren Schritt und war schon an ihnen vorbei, als bei Richard der Blitz einschlug. Das war sie!

Vielmehr: *Das waren sie.* Die Füße mit den rosa lackierten Zehen und die türkisfarbenen Flip-Flops mit dem Glitzerzeugs.

Er starrte der Frau nach. »Das ist sie!«, schrie er und sah, wie sie davonrannte, als wäre der Teufel hinter ihr her. Und das in Flip-Flops. Sapperlot! »Axel, da! Die Mörderin, hinterher!«

Kleinmichlgsees

Kriminalkommissarin Paula Frischkes legte den Hörer auf und lehnte sich in ihrem Bürostuhl zurück. Ernüchtert schaute sie sich in der kleinen Polizeiwache um. Nie hätte sie es für möglich gehalten, dass sie den Staudinger jemals beneiden würde. Der hockte in diesem Moment wahrscheinlich in scheußlich altmodischen Bermudas auf seinem Klappstuhl und ließ sich bei einem kühlen Bierchen die Sonne auf die behaarten Beine scheinen. Eine Vorstellung, mit der sie hätte leben können. Aber dass er sich als Zeuge mitten in einem potenziellen Mordfall befand, das brannte wie Feuer in ihrer Brust.

Denn hier in Kleinmichlgsees passierte einfach ... nichts! Wie konnten Menschen nur so gottesfürchtig und grundehrlich sein? So stinklangweilig? Einer musste doch mal die Finger langmachen, mit dem Nachbarn in Streit geraten oder sich ordentlich prügeln. Sie verlangte ja nicht einmal, dass jemand eine Waffe zückte oder dem Ehegatten oder der -gattin Rattengift ins Müsli mischte, aber wenigstens ein Wohnungseinbruch, bitte! Polizeimeisterin Maria Heberle, ihre Kollegin, hatte Staudingers Uralt-Fall während seines Urlaubs übernommen: die unlösbaren Gartenzwerg-Diebstähle. Seit Jahren verschwanden immer wieder bemützte Burschen aus den Vorgärten der Kleinmichlgseeser. Und noch immer keine Spur von ihnen, kein Verdächtiger. Richard Staudinger biss sich daran die Zähne aus. Manchmal war Paula vor Langeweile so verzweifelt, dass sie sich wünschte, selbst diese peinliche Akte zur Bearbeitung übernommen zu haben.

Und nun war da dieser Leichenfund, den man dem Staudinger regelrecht vor die Füße geworfen hatte. Auch wenn der Fall außerhalb seiner Zuständigkeit lag, war es doch seine Pflicht als Staatsbeamter, sich zu kümmern. Oder unterlag ihr das als seiner Chefin? Ein Hoffnungsschimmer glomm bei dem Gedanken in ihr auf.

Die schöne Berlinerin schlug ihre schlanken Beine übereinander und fixierte die Uhr an der ihr gegenüberliegenden Wand. Der Minutenzeiger wollte einfach nicht von einer der großen Zahlen zur anderen rutschen. Es würde noch Ewigkeiten dauern, bis sie endlich von ihrem Bürostuhl hochspringen und rufen könnte: »Feierabend!«

Ein Ritual, das eigentlich Richard Staudinger allabendlich vollzog. Wieder spürte sie einen Stich in der Magengegend. Sie nahm doch nicht etwa die Schrullen ihres Kollegen an? Oder vermisste den Brummel gar?

Lag er mit seiner karrierefeindlichen Einstellung vielleicht am Ende gar nicht so falsch? Unvorstellbar, dass sie einmal so werden würde: dass sie pünktlich um fünf den Bleistift fallen lassen und das Verbrechergesindel Verbrechergesindel sein lassen würde. Wo sie doch als überehrgeizig verschrien war. Andererseits fehlte es in Kleinmichlgsees eben ganz massiv an Verbrechern! Nein, nein, nein! Sie atmete tief durch. Unerquickliche Situation hin oder her, so tief war sie noch nicht gesunken. Und dennoch klebte ihr Blick jetzt an dem Sekundenzeiger.

Als das Telefon klingelte, erschrak Paula, so selten tat es das. Die Stimme, die sie hörte, schob jeglichen unguten Gedanken beiseite. Es war Hauptkommissar Andreas Weck von der Mordkommission Nürnberg, und er wirkte auf ihr Gemüt wie die Frühlingssonne auf keimende Krokusse. Während gemeinsamer Polizeiarbeit waren zwischen ihnen zarte Bande entstanden, sodass sie sich inzwischen regelmäßig trafen. Paulas Herz klopfte erfreulich schneller.

»Und? Mit morgen alles klar?«

»Ja. Ich freue mich«, antwortete Paula. Wie schön, dass er sich versichern wollte, dass ihr Date auch wirklich stattfinden würde.

»Treffen wir uns in der Innenstadt beim Japaner, oder musst du vorher noch shoppen?«, fragte der gut aussehende Kommissar.

»Keine Panik, Andreas, mein Kleiderschrank ist randvoll.

Wenn du willst, hole ich dich im Präsidium ab. Oder nein, am besten, wir treffen uns gleich im Sushi-Restaurant.« Sie rollte mit den Augen. Was war sie heute wieder entscheidungsfreudig.

Wenn sie ehrlich war, wäre Paula nur allzu gern vorher noch durch die Fußgängerzone in Nürnberg gebummelt, aber ein längeres Treffen mit Andreas war ungleich reizvoller als eine neue Bluse oder neue Schuhe.

»Ich habe übrigens Neuigkeiten für dich. Du wirst platt sein«, warf er ihr ein Häppchen zu. Nach dem sie natürlich sofort schnappte wie Fiffi nach einem Stück Wurst.

»Erzähl!«

»Morgen.«

»Nein, jetzt. Du kannst mir doch nicht erst den Mund wässrig machen und dann nichts verraten. Erzähl, erzähl, erzähl!« Endlich kam etwas Schwung in den Tag.

»Es geht um den Mord in Regensburg.«

»Regensburg? Du meinst die Leiche, die in der Nähe des Campingplatzes von unserem Staudinger gefunden wurde, oder? Also ist es doch Mord?«

»Davon geht man ganz stark aus«, relativierte Andreas. »Der Tote ist ein Kollege von uns. Er war bei der Kripo. Die Nachricht von seinem Tod hat sich hier natürlich wie ein Lauffeuer verbreitet.«

»Davon hat mir der Staudinger gar nichts gesagt.«

»Weil er es wahrscheinlich noch nicht weiß«, vermutete Andreas.

»Was habt ihr noch?«, fragte sie begierig. Und ergänzte dann: »Das muss ich dem Staudinger gleich berichten.«

»Warum? Der Richard macht da doch nur Urlaub.«

Paula stutzte kurz. Bei Andreas' Äußerung war ihr bewusst geworden, dass sich die Kollegen längst duzten, während Staudinger und sie beim formellen Sie geblieben waren. Sie wahrten immer noch höfliche Distanz.

»Blödsinn. Selbst der Staudinger kann sich nicht Augen und Ohren zuhalten und seinen Bauch in der Sonne brutzeln lassen, wenn ganz in seiner Nähe ein Kollege getötet wurde.«

Sie stellte sich vor, was sie an seiner Stelle tun würde. Auf jeden Fall wäre sie Stammgast auf dem Regensburger Revier. »Paula? Hallo!«, platzte Andreas in ihre geistige Abwesenheit. »Wir treffen uns aber schon noch morgen zum Sushi, oder fährst du gleich in die Oberpfalz?«

Eine gute Frage. Über die musste sie ernsthaft nachdenken.

Kollegin Maria hatte sich bereits in den Feierabend verabschiedet, und Paula sperrte die Polizeiwache ab. Als sie sich umdrehte, stand Trudel Bickel wie aus dem Boden gestampft vor ihr. Paula zuckte prompt zusammen.

»Wir haben einen Fehler gemacht«, sagte Richards Schwester, ohne mit einer Begrüßung Zeit zu verschwenden. »Ich bin mir nicht mehr sicher, ob meinem Bruder diese Reise bekommt. Er verhält sich äußerst seltsam.«

Paula unterdrückte ein gereiztes Aufstöhnen, das ihr das Auftauchen der Nervensäge beinahe entlockt hätte. »Inwiefern seltsam?«, fragte sie stattdessen. Sie hatte den überkorrekten Staudinger eigentlich schon immer für ein bisschen eigenartig und seine Einstellungen für altmodisch gehalten. Dass sie nicht auf der gleichen Wellenlänge waren, war offensichtlich. Er hielt sie im Gegenzug bestimmt für überdreht und großstädtisch.

»Wenn ich ihn anrufe, drückt er mich meistens weg«, begann Trudel Bickel aufzuzählen. »Er behauptet, ohne mich klarzukommen. Aber, Frau Frischkäs, ich bitte Sie! Er ist immer noch mein Bruder. Wer kümmert sich denn um seine Wäsche? Wer kocht für ihn?«

Frischkes wie kess, nicht wie Käse, dachte Paula zum gefühlt tausendsten Mal. »Ihr Bruder wird halt ins Wirtshaus gehen. Die Oberpfälzer Küche ist doch bekannt für deftiges –«

»Mein Bruder ist sein fränkisches Essen gewohnt!«, wurde Paula sofort unterbrochen. »Der braucht seine Kniedla am Sonntag, und richtige Bratwürste gibt es in der Oberpfalz auch nicht!«

»Aber wenn Ihr Bruder die Unterwäsche mal drei Tage

lang trägt, macht ihm das bestimmt nichts aus«, goss Paula noch Öl ins Feuer, obgleich sie davon überzeugt war, dass Staudinger sich niemals derart gehen lassen würde.

Trudel schoss hoch wie eine Rakete. »Aber mir! Mir macht das was aus. Wenn der wie ein Ferkel herumläuft, fällt das doch auf mich zurück!«

Bevor die Kleinmichlgseeserin noch in Tränen ausbrach, nahm Paula sie vorsorglich in den Arm. »Sie müssen jetzt ganz tapfer sein, Frau Bickel. Vielleicht wird Ihr Richard auch nur erwachsen.«

Trudels Augen wurden groß. »Der Richard? Erwachsen? Niemals!« Aus ihrer Schürzentasche – Paula war geschockt: Gab es heute tatsächlich noch Hausfrauen, die Schürzen trugen? – fischte sie zwei Nimm2-Bonbons heraus, von denen sie eins Paula reichte und eins selbst auswickelte und sich in den Mund steckte.

Paula lächelte. Auch der Staudinger griff in haarigen Situationen zu den gefüllten Fruchtbonbons und lutschte sie lautstark. Anscheinend hatte er sich diese Angewohnheit von seiner Schwester abgeguckt.

»Und dann diese Aussage. Ich soll ihn in Ruhe lassen, denn er macht Urlaub! Als ob ich seinen Urlaub stören würde.«

Paula biss sich auf die Unterlippe. Sie konnte sich den Staudinger nur schwer in Badehose und mit einem kühlen Bierchen am Ufer der Naab stehend vorstellen. Und das, obwohl sie den Kollegen schon weitaus weniger bekleidet gesehen hatte, als sie vor einer Weile undercover in einem Swingerclub ermittelt hatten. Ganz nackt waren sie, der Staudinger und Kollegin Maria dabei natürlich nicht gewesen, hatten aber reichlich viel Fleisch zeigen müssen. Doch das war eine ganz andere Geschichte und Paulas erster Mordfall in Kleinmichlgsees gewesen. Denn ab und an passierten hier doch Verbrechen.

Und dann unterlief Paula ein dummer Fehler. »Womöglich ist er wegen des Leichenfundes in der Nähe des Campingplatzes abgelenkt und meint es gar nicht so«, sagte sie leichthin.

»Leiche?« Trudel riss die Augen auf. »Was denn für eine Leiche? Es ist doch kein Mord geschehen?«

Ach herrje, die Trudel hatte also noch gar nichts gewusst. Wie kam Paula nur wieder aus der Situation heraus? Konnte sie das Gesagte irgendwie abschwächen? Aber ein Leichenfund blieb ein Leichenfund. Und der war immer entsetzlich.

»Jaaa«, begann sie, noch immer überlegend.

Da tönte aus der Ferne ein fröhliches Stimmchen: »Juhuu, Paula! Machsd grod Feierabend?«

Fredl, der schwule Dorffriseur, stöckelte auf gewagten Slingpumps daher. Sein Minirock war schärfer als der der Kommissarin. Er kniff die Augen zusammen, denn eine Brille kam für den mittlerweile in die Jahre gekommenen Fredl partout nicht infrage, und fuhr Paula durch das glatte blonde Haar, das ihr unspektakulär auf die Schultern fiel.

»Mir könnerd dir amol widder a schöne Frisur machen«, stellte er fest. »Do is ja überhaupt ka Fassong mehr drin!«

»Fasel doch nichts von Haaren, Fredl! Der Richard schwebt in Lebensgefahr. Auf seinem Campingplatz geht ein Mörder um.« Trudel wühlte in ihrer Schürzentasche und zog ein weiteres pappiges Bonbon hervor.

»Nein!«, rief Fredl entsetzt, aber Paula konnte ihm ansehen, dass er innerlich jubilierte. Was für eine schöne Story, die er seinen Kundinnen morgen zur Dauerwelle präsentieren würde.

Fredl ging noch einen Schritt auf die Kommissarin zu. »Was ist denn genau passiert?«

Aber erstens wusste Paula selbst nicht mehr als die paar Bröckchen, die aus der Oberpfalz und Nürnberg zu ihr durchgedrungen waren, und zweitens hätte sie den beiden Plaudertaschen auch nicht mehr verraten, wenn es anders gewesen wäre.

An ihrer statt gab die Trudel Vollgas. »Du weißt doch, dass der Richard Urlaub auf einem Campingplatz im Naabtal macht.« Sie zerrte den Friseur am Blusenärmel, als wollte sie ihn wach rütteln. »Und da ist ein Mord geschehen. Ja, gell, da schaust du! Da läuft einer herum und bringt wehrlose Camper um. So ist es doch, Frau Frischkäs?«

Da Trudel eh keine Ruhe geben würde, antwortete Paula: »In der Nähe des Campingplatzes wurde ein toter Mann gefunden, das ist richtig. Aber ob es Mord war und um wen es sich bei der Leiche handelt, ermittelt die Kriminalpolizei in Regensburg noch.«

»Natürlich war es Mord! Warum sonst sollte sich die Kripo einschalten?«, echauffierte sich die Trudel.

Paula nickte. »Wahrscheinlich war es Mord, wahrscheinlich«, murmelte sie und beschloss, diesem unerquicklichen Gespräch ein Ende zu machen. »Jetzt muss ich aber los, ich hab's eilig«, sagte sie und umrundete Trudel und den Friseur.

»Fährst nach Nürnberg nei zu deinem sexy Kommissar?«, fragte Fredl schlau.

Paula zwinkerte ihm zu. »Morgen. Dann haben wir ein Date«, flüsterte sie.

Fredl ließ seine Finger wie eine schnippelnde Schere auf- und zuschnappen. »Nur a weng die Spitzen, Frau Kommissarin?«

Paula lehnte höflich ab. Der Fredl hatte ihr einmal versehentlich einen Bob geschnitten, der zu allem Überfluss auch noch ungewollt asymmetrisch war. Außerdem hatte sie gerade keinen Kopf dafür, im wortwörtlichen Sinn.

Hoffentlich weiß Andreas morgen schon mehr Interna von dem Fall an der Naab, dachte sie, als sie sich von der kleinen Gruppe entfernte. Und dass es fraglich war, ob sie wirklich noch bis zum Wochenende warten konnte, um den Staudinger auf seinem mörderischen Campingplatz zu besuchen.

Schnellläuferin

Axel setzte zum Sprint an. Dafür, dass er einen ganz schönen Ranzen hatte, startete er erstaunlich leichtfüßig. Seine überschaubare Haarpracht wehte im Wind, und die Shorts mit ausgeleiertem Gummizug rutschten gefährlich weit über die Hüfte.

»Pass auf deine Hose auf!«, schrie Richard, bevor ihm der Gedanke kam, der Frau ebenfalls nachzulaufen. Er war zwar nicht so schnell wie sie, aber wenn er es geschickt anstellte, könnte er abkürzen und ihr vielleicht den Weg abschneiden. Was natürlich eine kluge Aktion gewesen wäre. Aber dafür musste er wissen, wohin sie laufen würde. Richard kombinierte und kam zu dem Schluss, dass sie eventuell automatisch und ohne nachzudenken dorthin fliehen würde, wo sie sich auskannte. Also zum Wohnwagen des Toten.

Richard bewegte sich mit so hohem Tempo, dass seine Fortbewegungsart durchaus als Rennen durchgehen konnte. In Sichtweite seines Zeltes und des Campingwagens wurde er langsamer und machte einen Bogen, um von hinten – sozusagen – angreifen zu können. Und tatsächlich. Die Frau duckte sich keuchend hinter den Wohnwagen und starrte um dessen Ecke nach vorn, wo von Axel noch nichts zu sehen war. Hatte er sie aus den Augen verloren, oder war ihm die Puste ausgegangen? Richard schätzte den kompakten Fürther auf etwas über vierzig, da hüpfte man auch nicht mehr wie ein junger Gott über die Wiese.

Dich krieg ich!, jubilierte Richard still, fragte sich aber gleichzeitig, wie er die Frau schnappen sollte, ohne ein Riesentamtam zu veranstalten. Wahrscheinlich würde sie schreien, um sich treten, kratzen und beißen. In seiner Laufbahn als Polizist war er von solchen Attacken bisher verschont geblieben, aber bei allem, was man in der Zeitung las und im Fernsehen sah, konnte einem schnell mulmig werden.

Reden, sagte er sich. Er musste mit der Frau reden. Sie befand sich in einer absoluten Ausnahmesituation und hatte bestimmt Angst. Was immer sie auch getan hatte, sie fürchtete sich vor den Folgen – vielleicht bereute sie längst ihren Fehler. Wenn sie denn die Mörderin des Nürnbergers war.

Als Richard sich ihr langsam näherte, fuhr sie herum. Beschwichtigend hob er die Hände. »Grüß Gott, ich bin Richard, und das da drüben ist mein Zelt.«

Tatsächlich schob sie ihre Sonnenbrille ein Stück Richtung Nasenspitze, betrachtete ihn und warf auch einen kurzen Seitenblick auf das Zelt. Richard wertete das als einen kleinen Sieg. Dann aber rannte sie so schnell los, dass Richard sie bald nur noch als winzigen Punkt ausmachen konnte.

Die Schmach, abgehängt worden zu sein, fachte seinen Ehrgeiz an, und er hetzte hinter ihr her. Auch wenn er im Nullkommanichts Seitenstechen hatte.

Nach hundert Metern hechelte Axel von rechts herbei. »Die Schupos … Die woren noch am Platz … Die suchen mit …«, keuchte er und ließ sich gegen einen Baum fallen, um nach Luft zu schnappen. »Lass die amol machen.«

Aber das kam für Richard gar nicht in die Tüte! Er nahm die Schlappe persönlich. In gemächlicherem Tempo schlenderte er zum Bootsanlegesteg, wo gerade zwei Männer aus einem Kajak kletterten. Wenn er sich möglichst unauffällig bewegte, sich nicht von den anderen Campern abhob, die auf dem Gelände unterwegs waren, würde er nicht weiter auffallen. Im Gegensatz zu einer sich nervös umblickenden Frau, die, wenn sie klug war, ihr auffälliges Käppi und die Sonnenbrille schon in die nächste Mülltonne geworfen hatte.

Und plötzlich – Richard hatte den Sanitärbereich erreicht, und sein Herz schlug ihm bis zum Hals – sah er sie hinter den Mülltonnen in die Hocke gehen. Er machte sich ebenfalls klein und schlich sich an, als er auch die türkisfarbenen Schläppchen mit den rosa lackierten Zehen hervorblitzen sah. Die Frau wollte davonrennen, stolperte aber über ihre eigenen Füße und fiel Richard in die Arme.

»Hopperla«, sagte er reflexartig, bevor ihm bewusst wurde, dass er womöglich die Mörderin gefasst hatte. »Polizei! Hiergeblieben!«, rief er, auch wenn sein sommerfrischlerischer Aufzug ihm nicht gerade Autorität verlieh.

Aber die Frau schien keine Energie mehr zu haben. Mit hängenden Schultern ließ sie sich den beiden Polizisten übergeben, die sich unterdessen an den Sanitäranlagen eingefunden hatten.

»Gratuliere, Kollege! Zum Glück bist du top in Form, sonst wär sie dir entwischt.«

Kurz krauste Richard die Stirn, aber er wurde tatsächlich nicht auf den Arm genommen.

Die junge Frau war nur noch ein Häuflein Elend. Jokel Dirnbacher sah sie scharf an. »Nehmen Sie bitte die Sonnenbrille ab und geben Sie mir Ihren Ausweis.«

Sie begann, in ihrer großen Handtasche zu wühlen.

»Kennen Sie Manfred Gelser?«, fragte er.

Zu schnell schüttelte sie den Kopf.

»Aber er war doch Ihr Freund.«

Sie schwieg und sortierte übertrieben energisch verschiedene Gegenstände in ihrer Handtasche um.

»Dann erklären Sie uns bitte, was Sie hier auf dem Campingplatz machen.«

Die Frau hob den Kopf und nahm die Hand aus ihrer Tasche. »Ich habe mir nur den Campingplatz angeschaut, weil ich hier vielleicht meinen nächsten Urlaub verbringen will.«

»Mit Wohnwagen oder Zelt?«, fragte Dirnbacher, dem deutlich anzusehen war, dass er ihr nicht glaubte.

»Das weiß ich noch nicht«, erwiderte sie patzig.

Auch Richard kaufte ihr die Erklärung nicht ab, hielt sich aber aus der Befragung heraus.

Endlich reichte die Frau dem Beamten ihren Ausweis.

Dirnbacher las laut vor: »Caroline Perchinger-Böck. Aus Pielenhofen! Also, ich bitte Sie, Frau Perchinger-Böck. Pielenhofen ist keine dreißig Kilometer entfernt, und da wollen Sie hier Urlaub machen?«

»Warum denn nicht? Ich find's superschön hier. Und es reicht, wenn Sie mich mit Perchinger anreden, von dem Böck bin ich geschieden.« Sie spielte die Coole, aber Richard nahm sie ihr nicht ab.

Axels Keuchen war bereits zu hören, als von ihm noch nichts zu sehen war. »Do seid ihr ja.«

Für Richard stellte sich viel eher die Frage, wo *er* so lange gewesen war. Ein Bierchen bei der schönen Mona zischen und jetzt auf geschäftig machen? Er grinste vielsagend. »Hast dich verlaufen?«

»Iich hob amol austreten müssen«, erklärte Axel verschmitzt. Unerwartet fixierte er Caroline Perchinger und ging einen Schritt auf sie zu, sodass sie verwirrt vor ihm zurückwich. »Des is die aber ned, die Schneggn mit dem Holz vor der Hüttn!« Mehr zu Richard gewandt fügte er hinzu: »Die wor rothaarig, aber die do ist blond und kleiner.«

Richard versuchte, sich daran zu erinnern, wie der Nürnberger und die Frau ihm am gestrigen Morgen nach dem Duschen entgegengekommen waren. Der Fürther könnte recht haben. Und plötzlich war da noch etwas, ein Gedanke, den er aber nicht greifen konnte. Und im nächsten Moment war er ihm schon wie ein glitschiger Fisch zwischen den Fingern ins Irgendwo entflutscht.

Der Kollege Reusch schickte den Fürther fort, doch Richard durfte bei der Befragung der Verdächtigen mit dabei sein, was ihn mit gewissem Stolz erfüllte.

»Also gut!«, murrte Caroline Perchinger unwillig. »Ich hatte den Manfred gerade erst kennengelernt. Vorgestern. Ich war drüben in Schmidmühlen einkaufen, da steht er plötzlich vor dem Warenregal neben mir und fragt mich, ob ich ihm ein Müsli empfehlen kann. Es war mir klar, dass er mich nur anbaggern wollte. Aber er war so nett und charmant, hat mir erzählt, dass er hier Kurzurlaub macht, und da haben wir uns auf einen Kaffee in seinem Caravan auf dem Campingplatz verabredet.«

Als sie nicht weiterredete, schauten die drei Polizisten sie erwartungsvoll an. Richard fragte sich, ob sie gerade im Kopf ihre Lügengeschichte weiterspann.

»Gestern wollte ich ihn also besuchen«, begann sie wieder, »doch Manfred war nicht in seinem Wohnwagen. Ich hatte an der Rezeption gefragt, welcher seiner ist.«

Was für ein ausgemachter Schmarrn. Richard hatte Mühe, sich zurückzuhalten. »Warum haben Sie dann nicht draußen in der Sonne auf ihn gewartet, sondern in seinem Wohnwagen? Dem eines eigentlich Fremden? Ich habe Sie nämlich beobachtet, wie Sie immer wieder herausgelugt haben, gerade so, als wollten Sie nicht gesehen werden.« Richards Stimme klang sanft und doch auch ein klein wenig tadelnd.

»Sie täuschen sich«, wehrte Caroline Perchinger ab. »Ich hab immer wieder rausgeschaut, um zu sehen, ob Manfred nicht endlich kommt. Dummerweise hatte ich mir seine Handynummer nicht geben lassen.«

»Und was wollten Sie heute auf dem Campingplatz?«, bohrte Richard nun schärfer nach. Er konnte es gar nicht leiden, wenn man ihn für dumm verkaufen wollte. Ohne es zu merken, hatte er die Befragung übernommen, doch seine Kollegen schienen nichts dagegen zu haben.

Caroline Perchinger rieb sich die Arme, als würde sie frösteln. »Wegen meinem Jeansjackerl, das ich im Wohnwagen vergessen hatte.«

»Bitte?« Die Erklärung hatte Richard nicht erwartet. Und zu allem Überfluss vibrierte in dem Moment auch noch in seiner Hosentasche das Handy, dessen Ton er zum Glück ausgestellt hatte. Um der erneuten Blamage zu entgehen, öffentlich mit Namen ausgerufen zu werden – wie der kleine Richie, der aus dem Kinderparadies abgeholt werden möchte –, trug er sein Telefon jetzt immer bei sich. Ließ es jetzt aber in seiner Hose weiterbrummen und nahm den Faden routiniert wieder auf. »Wegen Ihrem Jeansjäckla sind Sie also heute noch einmal hergekommen?«

Sie lächelte schwach als Antwort.

»Und warum sind Sie vor mir davongelaufen?« Richard

stieß den Zeigefinger in die Luft. »Was sage ich! Gerannt sind Sie! Geflohen. Und versteckt haben Sie sich auch! Sie halten uns wohl für bescheuert?«

»Verdammter Mist noch mal«, murmelte sie leise. Dann laut: »Ich sag gar nichts mehr.«

Das war der Moment, in dem Polizeiobermeister Dirnbacher entschied, die Pielenhofenerin mit auf die Wache zu nehmen.

Wolpertinger und sonstiges Gesocks

Angst hatte den Campingplatz wie ein feiner Nebel eingehüllt. Es gab kein anderes Thema als die Leiche. Selbstredend hielt man sich nicht an die vorsichtige Umschreibung der Polizei und sprach von »Mord« und von dem »Mörder«, der noch auf freiem Fuß war. Was sollte die Tötung eines Menschen sonst sein? Er war einer von ihnen gewesen – ein Camper. Die These, dass die arme Seele sich zum Sterben aus eigener Kraft ins Spukhäusl geschleppt hatte, wurde allseits als wenig glaubhaft abgetan. Obwohl die schaurig-schöne Theorie von der schwarzen Macht, die ihn ins Spukhäusl gelockt hatte, schon auch etwas gehabt hätte.

Allmählich machte sich auch Misstrauen breit, schließlich konnte es jeder von ihnen gewesen sein. Und es war zu einfach, einen Fremden oder den Typen vom Stellplatz nebenan zu verdächtigen, der einem schon länger »merkwürdig« vorgekommen war.

An diesem Abend begrüßte Mona in ihrer Wirtschaft gerade eine größere Gesellschaft, die einen Tisch reserviert hatte, nahm sich aber dennoch die Zeit, um Richard zuzuwinken, der im Biergarten saß. Als alle Gäste im Lokal verschwunden waren, beendete er sein Studium der Speisekarte und ging auf sie zu.

»Komm doch rein, ein Tisch für dich wäre noch frei«, strahlte sie ihn an.

»Danke, aber ich werfe mir heute lieber ein Schwein auf meinen Grill«, flachste er.

»Dann vielleicht morgen?«, kokettierte sie. Schon im Gehen begriffen drehte sie sich noch einmal um. »Du hast also eine Verdächtige geschnappt? Bist du im Urlaub immer so fleißig?«

»Sie ist mir wortwörtlich in die Arme gefallen. Aber woher weißt du das?«

»Auf einem Campingplatz kennt jeder jeden. Außerdem habe ich überall meine Spitzel, die vor allem die Neuankömmlinge genau beobachten. Was sollen sie denn sonst den ganzen Tag treiben? Sie schauen und tratschen – und ich bin das Sammelbecken, in dem alle Infos bei einem Bierchen zusammenfließen.«

In der Tat konnte Richard schon nach seinem kurzen Aufenthalt bestätigen, dass auf dem Campingplatz eine gewaltige Gerüchteküche brodelte. In den drei Tagen, die er hier war, hatte er schon erfahren, dass Mona verheiratet gewesen war, ihr Mann aber verstorben war oder sich aus dem Staub gemacht hatte. Und dass sie seither das Wirtshaus allein schmiss.

»War der Nürnberger eigentlich Stammgast hier?«

Mona schüttelte den Kopf. »Meist kam er nur übers Wochenende zum Angeln. Nahm höchstens mal einen Brückentag mit. Aber immer ohne Frau. Obwohl man sich erzählt hat, dass er verheiratet war. Merkwürdig, dass die nie dabei war. Wo es doch so schön bei uns ist. Wunderbar, um zu relaxen. Aber vielleicht war er ja auch gar nicht mehr verheiratet, wer weiß das schon?« Sie blickte nachdenklich an ihm vorbei. »Das mit dem Damenbesuch war jedenfalls neu. Ich dachte, es ginge ihm wirklich nur um Fische.«

Und damit marschierte die Mona zurück in die Wirtsstube, wo sie bis spät in die Nacht mit gleichbleibendem Lächeln und ihrer zuvorkommenden Art Speisen und Getränke servieren würde.

Grillen war nicht sein Ding, stellte Richard fest. Eigentlich hätte er es wissen müssen. Er liebte Gegrilltes, aber allein die Montage des windigen Blechgrills mit seinen wackligen Beinen stellte ihn vor eine Herausforderung. Und nachdem er die bewältigt und Grillkohle aufgeschüttet hatte, stand er auch schon vor dem nächsten Problem. Sie wollte sich einfach nicht anzünden lassen.

Aber er konnte seine Schweinesteaks doch nicht roh essen!

»Soll iich dir helfen?« Axel von der Moststraße streunte um Richards Lager herum, das Feuerzeug bereits in der Hand.

Richard stieß einen Seufzer aus. »Gern!« Und ließ sich auf den Boden plumpsen.

»Grillanzünder, ein Muss für alle, die kanne Grillmeister sind.« Axel hielt ihm ein Würfelchen unter die Nase, bevor er es auf die Kohlen warf. »Mei Frau, die Sibylle, hot an fabelhaften Kartoffelsalat und a Zaziki gmachd, danach leckst du dir die Finger. Wenn du Lust host …?«

Richard zuckte mit den Schultern. Warum nicht. Er würde sich eine kleine Beilagenportion bei der Sibylle von der Moststraße holen.

Doch Axel pfiff schon auf zwei Fingern. »Bille, bring is Zeug und unsere glaan Scheißerla rüber, mir essen heut beim Richie!«

Im Nu hatte Axels Frau Campingstühle herbeigeschafft, einen größeren Tisch an Richards Tischwinzling angedockt, Schüsseln, Teller und Besteck darauf verteilt und drei in der Nase popelnde Zwerge auf die Klappstühle gesetzt. Den verwaisten Stuhl des Nürnbergers hatte sie auch annektiert – er brauchte ihn ja ohnehin nicht mehr.

»Hallo, Richie, ich bin die Bille«, stellte sie sich nebenbei vor, während sie eine Kühlbox öffnete, die fast größer war als der Kofferraum von Richards Wagen. Dann packte sie mit beiden Händen fränkische Bratwürste, Bündla und Nackensteaks aus.

Ob sein Wackelgrill das überlebte? Richard hatte so seine Zweifel.

Bald zog eine lecker duftende Rauchschwade über den Campingplatz, dessen Anblick aus der Ferne eher an einen Waldbrand denken ließ. Später, nach einer zweistündigen Grill- und Futterorgie, konnte Richard sich kaum noch rühren. Die Nasenbohrer waren schon zum heimatlichen Wohnwagen geflitzt, als Bille noch das schmutzige Geschirr einschließlich Richards Teller und Besteck in zwei Spülschüsseln räumte und dann damit ebenfalls wortlos davontrabte.

Richard lümmelte in seinem Campingstuhl. »Wo geht sie hin?«, fragte er Axel über seinen angeschwollenen Bauch hinweg.

»Abspülen, wos sonst«, sagte der Fürther, der genauso bewegungsunfähig schien.

»Aber da müssen wir doch helfen!«

»Lieber ned. Die Bille kriechd an Anfall, wenn mir uns einmischen.«

Richard wagte das zu bezweifeln. Eher glaubte er, dass das nur eine faule Ausrede von Axel war. »Abspülen ist auf dem Campingplatz Männersache«, stellte er fest.

»Ned in Fürth«, belehrte ihn daraufhin Axel und erzählte von seiner neuen Satellitenschüssel. Denn ohne Fernsehen sei das ja schließlich kein Urlaub. Angeln und abends Fußball glotzen, und zwar vierzehn Tage lang, das sei seine Art der Erholung.

Wie sie gemeinsam so mit ausgestreckten Beinen in den Stühlen fläzten – Richards Blick war unwillkürlich auf den Wohnwagen des Nürnbergers gerichtet –, ließ er seinen Gedanken freien Lauf. War es ein Eifersuchtsdrama gewesen? Hatte die zierliche Perchinger ihrem Manfred ein Messer in die Brust gerammt? Oder war jemand aus anderen Gründen ganz schrecklich sauer auf ihn gewesen? War er mit jemandem in Streit geraten? Gab es den Fluch des runtergekommenen Hauses wirklich? Schlich jemand nachts heimlich um den Campingplatz herum und ermordete Männer?

Eiskalt lief es Richard den Rücken herunter. Heute Nacht würde er seinen Kopf *im* Zelt lassen. Oder sollte er den Urlaub ganz knicken und nach Hause fahren? Hatte die Trudel recht, und das hier war ein gefährlicher Ort? Aber irgendwie war doch das ganze Leben ein gefährlicher Ort.

»A Schnäpsla?«, fragte Axel in seine Gedanken hinein.

»Habe leider keins zu bieten.«

»Aber die schöne Mona hat an wunderbaren Haselnussschnaps.«

Mona servierte die erste Runde, trank aber verständlicherweise nicht mit. Axel und Richard stießen mit den Stamperln an.

»Auf die sauberen Frauen«, sagt der Fürther und hängte seine Augen an Monas Dirndlspitze am Ausschnitt.

Auch Richard schaute ihr nach, als sie zurück in die Küche lief. »Deine ist doch genauso sauber«, sagte er, obwohl er die Bille nicht allzu genau betrachtet hatte. Eine etwas rundliche und praktisch angezogene Frau, aber bei drei Kindern wären Minirock und Stöckelschuhe ja auch lachhaft gewesen. Die hellbraunen Strähnen waren mit einem Gummi zu einem Pferdeschwanz zusammengebunden gewesen.

»Die hob iich ja gmaand«, sagte Axel lustlos und hob zwei Finger Richtung Bedienung.

Es blieb nicht bei den zwei Runden. Kaum hatten sie die Schnäpse gekippt, orderte Axel nach. Und wieder und wieder. Sie kamen ins Philosophieren, wie das bei steigendem Alkoholpegel unter Männern halt leicht passiert, und Axel offenbarte Richard ein Geheimnis, vielmehr rutschte es ihm heraus: Er war Fan des 1. FCN. Für einen Fürther ein absolutes Unding!

Richard war das im Prinzip wurst, aber Axel bestand darauf, sich zu erklären. Er sei gar kein echter Fürther, sondern stamme aus Zerzabelshof, einem Nürnberger Stadtteil, aus dem er vor über dreißig Jahren in die Nachbarstadt gezogen sei. Doch sein Herz schlage noch immer für den »Glubb«.

»Dass iich ka echter Fürther bin, hört mer manchmal«, behauptete Axel. »Die Fürther und die Nürnberger reden nämlich unterschiedlich. Aber iich red ja suwiesu mehr Hochdeutsch als Dialeggd.«

Eine kühne Behauptung, wie Richard fand. »Ich hab genug, Axel, und muss an die Luft«, versuchte er, sich zu artikulieren, und erhob sich vorsichtig. Besonders standfest war er nicht mehr, und seine Beine bewegten sich seltsam. Fast gelang es Richard, nicht jeden Stuhl anzurempeln, als er zum Tresen eierte und dort einen Geldschein für die Zeche zurückließ.

Fuß vor Fuß setzend gelangte er ins Freie, atmete mehrfach tief ein und aus und stellte dann erst fest, dass er dringend das stille Örtchen aufsuchen musste. Aber zurück ins Wirtshaus kam gar nicht in Frage, wo er dem Saufgelage doch gerade erst entkommen war.

Aber da war noch etwas … Was hatte er noch gleich die ganze Zeit gewollt? Allmächd! Die Trudel.

Längst war das in Intervallen vibrierende Handy in seiner Hosentasche verstummt, längst hatte seine Schwester aufgegeben. Doch als er jetzt ihre Nummer wählte, war sie wieder so schnell am Telefon, dass sich ihm der Verdacht aufdrängte, dass sie es in ihrer Schürzentasche herumgetragen hatte, um ja nicht seinen Rückruf zu verpassen. Richard stellte sich auf ein anstrengendes Telefonat ein.

»Ich weiß, ich weiß, du willst nicht gestört werden«, legte sie gleich los, klang aber immer noch leicht angesäuert. »Aber wieso hast du mir nichts von dem Mord erzählt?«

»Wozu?« Selbst wenn er gewollt hätte, hätte er keine intelligentere Antwort herausgebracht. Er litt unter einem Haselnussschnaps-Blackout.

»Weil das gefährlich für dich sein könnte, wenn da ein Mörder frei herumläuft?«

»Trudel … Trudel … Äh … Wenn es danach geht, dürfte niemand mehr das Haus verlassen.«

»Hast du was getrunken, Richard? Das ist ja noch gefährlicher. Wenn dich der Mörder in einem solchen Zustand angreift, kannst du dich ja nicht einmal mehr verteidigen!«, ereiferte sie sich.

»Ja«, erwiderte Richard und hoffte, damit alle Fragen im Kollektiv beantwortet zu haben. Doch als er die Trudel Luft holen hörte, kippte er noch ein Schäufelchen drauf. »Ihr Frauen wart es, die entschieden habt, dass ich Urlaub machen soll. In einem Zelt! Mitten in der Wildnis! In der Oberpfalz! Zu dritt seid ihr mir auf den Sack gegangen. Du, die Frischkes und sogar die Maria, ihr seid mir in den Rücken gefallen. Und jetzt bin ich hier, und das passt dir auch wieder nicht.«

So! Da hatte sie es. Er grinste breit wie Garfield. Von wegen betrunken! Diese Ansprache war längst überfällig gewesen.

»Wie redest du denn mit mir? Auf den Sack gehen!«

»Doch nur, weil ich aufs Klo muss und du mich aufhältst.«

»Immer, wenn wir telefonieren, musst du aufs Klo«, schmollte sie.

»Da versteck ich mich vor dem Mörder, Trudel.«

»Denkst du denn, der muss nicht auch einmal?«, gackerte sie, wohl um das letzte Wort zu haben.

Richard legte auf und eilte dorthin, wo selbst der Kaiser zu Fuß hinging.

Die Frischluft schien die Wirkung des Alkohols noch zu verstärken. Personen, die ihm begegneten, sahen aus wie verzerrte Zwillinge, und auf dem Weg stolperte er über Unebenheiten, die gar nicht da waren. Richard verabscheute seinen Zustand. Er verlor nicht gern die Kontrolle über sich. Nun hoffte er, dass die Promille sinken würden, wenn er sich ein wenig bewegte.

An der Straßenkreuzung vor dem Campingplatz kam Richard ins Grübeln. Welche Richtung? Oberbürzl oder Spukhäusl? Ein Spaziergang an der Landstraße entlang lockte ihn im Prinzip genauso wenig wie das Risiko, dem Hoi-Mann im finsteren Tann zu begegnen. Gerade war er einfach nur froh, sich selbst auf den Beinen halten zu können, da wollte er den Kerl nicht auch noch auf dem Buckel haben.

Lenis Imbiss, den er vor sich sah, war um die Uhrzeit längst geschlossen. Richard blickte zurück. Der Campingplatz lag da wie ein wohlbehütetes Dorf, bis auf das ferne Gelächter der Nachtschwärmer, die aus Monas Wirtsstube torkelten, war nichts zu hören. Die Laternen funkelten, teilten sich ebenfalls in Zwillinge, warfen bizarre Lichter auf ihre Umgebung. Und dann lief Richard einfach los. Hinterher würde er sich fragen, ob ihn das Spukhäusl magisch angezogen oder die Neugier ihn unterbewusst dorthin gelenkt hatte.

Im Wald war es verdammt still. Doch wären ihm Knurren, Zischen und Grunzen wirklich lieber gewesen?

Richard blieb stehen und lauschte. Konnte ein Wald absolut keinen Laut von sich geben? Wenigstens ein Blättchen musste sich doch regen oder ein Käfer, eine Maus, ein Igel. Irgendein Krabbelviehzeug musste hier doch leben!

Dann sah er sie. Eine kleine Lichtkugel, die zwischen den Bäumen hin- und hersprang wie ein Kobold, der ihn necken wollte.

Na warte, dich krieg ich! Richard hielt sich nahe dem Waldrand. Das Licht wanderte so zügig weiter, als liefe es vor ihm davon. Aber gerade nur so schnell, dass Richard ihm folgen konnte. Und blieb er stehen, hielt auch das Licht an. Was war denn das für ein eigenartiges Spiel?

Natürlich hätte Richard rufen können, aber er befürchtete, das Licht würde dann wie ein aufgeschrecktes Insekt einfach in den Wald flattern. Und Richard wollte es schnappen, wollte herausfinden, was es war, auch wenn er momentan nur mäßig gut zu Fuß war. Doch plötzlich war das Licht verschwunden.

Richard blieb stehen und sah sich um. Er war so in die Verfolgung vertieft gewesen, dass er gar nicht gemerkt hatte, wie weit er gegangen war. Und wie dunkel es um ihn herum war! Mit einem Mal war der Wald voller Geräusche, deren Lautstärke anschwoll und wieder abnahm. Ein Keckern, das Rufen eines Käuzchens, ein Sirren, ein Schmatzen. Sogar der Mond hatte sich verkrümelt, und Richard hatte nicht einmal eine Taschenlampe, um mit ihr in dieses düstere Gewirr aus Baumstämmen und Ästen zu leuchten.

Sein Handy! Verdammt, wo war nur diese Taschenlampen-App versteckt? Gestern im Spukhäusl hatte sie doch auch funktioniert. Richard war überzeugt davon, dass die wenigsten Leute sie auf Anhieb fanden. Wie auch? Schließlich beschäftigte man sich nicht damit, wenn man sie nicht brauchte. Anders als jetzt! Wütend wischte und drückte er auf dem Display seines Handys herum, aber nichts passierte. »Drecksglumb! Elendiges!«

Wie ein begossener Pudel trabte Richard zurück und hasste seinen Rausch. Bis er die Schritte hörte. Wollte das denn überhaupt kein Ende nehmen? So betrunken war er doch auch wieder nicht, dass er sich die Erscheinungen nur einbildete.

Was war denn das für ein blödes Spiel? Blieb Richard stehen, stoppten auch die ihm folgenden Schritte. Oder waren es seine eigenen Schritte, die er wie eine Art Echo vernahm?

Richard rannte los. Blieb abrupt stehen. Lauschte. Am lautesten war sein eigener Atem zu hören. Da ist keiner, Richard!, redete er sich gut zu.

Und wenn es der Hoi-Mann war? Was hatte die Leni ihm noch geraten? »Vergelt's Gott«, sollte er sagen.

Aber so weit kam es noch! Sich bei einem Typen, der sich von ihm auf dem Buckel durch den Wald schleppen lassen wollte und der eindeutig seiner angeschickerten Phantasie entsprungen war, auch noch zu bedanken! Einen Dreck würde er tun!

Wut und Adrenalin ließen ihn weitermarschieren. Ohne hätte sich Richard bestimmt mitten auf dem Waldboden ausgestreckt, so groggy war er.

An diesem Spukhäusl musste er auch noch vorbei, und das unbehagliche Gefühl ließ sich einfach nicht ausknipsen. Höchstwahrscheinlich hatte der tote Camper nur wenige Meter neben ihm gelegen, während er sich in dem Haus umgeschaut hatte. Vielleicht hätte er ihm noch helfen können. Vielleicht war der Nürnberger wie er jetzt angesäuselt durch den Wald spaziert, bevor man ihn umgebracht hatte.

Abgesehen vom Warum, *was* war dann passiert? Die junge Frau mit den Flip-Flops, diese Perchinger, konnte ihn allein unmöglich durch den Wald getragen oder gezerrt haben. Wenn sie die Mörderin war, dann hatte sie mindestens einen Helfer oder eine Helferin gehabt. Und wenn es doch jemand, aus welchen perversen Gründen auch immer, auf Männer abgesehen hatte, die nachts allein unterwegs waren? Unfug. Seit wann gab er etwas darauf, was seine Schwester sagte? Na ja, musste er sich eingestehen, eigentlich schon immer … Richard blieb wie angewurzelt stehen.

»Hiiilfe! So helft uns doch!«, wimmerte es leise.

Ihm gefror das Blut in den Adern. Doch diesmal kam der Hilferuf der Kinder nicht aus dem Spukhäusl, sondern aus dem Wald! Trieben etwa wieder ein paar Kids einen Schabernack mit ihm, indem sie ihm eine Geistererscheinung vorgespielt hatten? Und wenn nicht?

Das ist doch lächerlich, ermahnte er sich. Du bist ein gestandenes Mannsbild, ein Polizist im Staatsdienst, wenn auch einer mit zu viel Haselnussschnaps intus. Schuld ist nur der Suff!

Noch immer hielt Richard sein Smartphone in der Hand. Wenn er das Weinen der Kinder aufnehmen würde, könnte er hernach in aller Ruhe überprüfen, ob es wirklich gewesen war. Und falls dem so wäre, könnte er darüber lachen, weil er an einen Kinderstreich glaubte, oder sich fürchten, weil er dann einen Beweis dafür hätte, dass es hier tatsächlich nicht mit rechten Dingen zuging. Als Richard erneut auf seinem Handy herumdrückte, blitzte es einige Male auf. Wahrscheinlich hatte er gerade völlig depperte Selfies geschossen, na bravo.

Wie schaltete man gleich wieder auf Video um? Mist noch einmal! Ah! Das sah doch schon besser aus. Er blieb regungslos stehen, hoffte, die Mädchen würden wieder rufen. Aber nichts, nur sein Magen knurrte. Dann ein Käuzchen, wenigstens etwas. Er konnte sich das Ergebnis dieser Aktion schon vorstellen: Später im Zelt würde er sich an seiner Visage mit rufendem Käuzchen als lautmalerischer Untermalung erfreuen können.

Richard schaltete sein Handy aus.

Und musste dann lachen. So was von herzhaft lachen, dass er sämtliche weißen Frauen, Hoi-Männer, Nachtgiger, kopflosen Ritter, Werwölfe, Wolpertinger, Kobolde und sonstiges Gesocks garantiert in die Flucht schlug.

Richard, was bist du nur für ein Hornochse!

Doch auch, wenn er sich einen Hornochsen schimpfte, wusste er in seinem tiefsten Inneren, dass in diesem Wald etwas Unheimliches vor sich ging. Und das Spukhäusl ein Geheimnis verbarg.

Knieküchla

Richard schlug die Augen auf. Ein Gedanke waberte durch sein Gehirn: Wo bin ich? Ach ja – Campingplatz. Dann wurde die Frage schon schwieriger. Welcher Tag war heute? Am Sonntag war er angekommen, also war heute Mittwochmorgen. Er zog den Reißverschluss seines Zeltes auf. Erfreulicherweise hatte er keinen Kater, sondern nur einen Brand. Wo war denn seine Mineralwasserflasche hingekommen? Er hatte sie bewusst über Nacht vor dem Zelt stehen lassen, damit das Wasser schön kühl blieb. Doch sie war weg. Da war auch noch Pfand drauf gewesen, Sauerei! Was für ein Mensch klaute denn eine angefangene Flasche Labertaler Mineralwasser?

Er krabbelte aus seinem Zelt. Wieder lag Hochnebel über dem Tal, es war frisch, aber die Luft herrlich. Mit ausgestreckten Armen machte Richard ein paar leidliche Kniebeugen. Dann sah er wieder eine Wasserleiche auf der Naab vorbeiziehen. Doch dieses Mal passte er auf, schritt mit hoch angehobenen Knien über die Zeltschnüre, ging näher ans Ufer und schaute genauer hin. Phhh, Wasserleiche! Es waren lediglich Gestrüpp und ein paar Enten, die sich stromabwärts treiben ließen.

Richard kehrte zu seinem Zelt zurück, klappte seinen Campingstuhl auf, nahm Platz und kratzte sich an seinem Dreitagebart. Das mit den drei Tagen kam sogar genau hin, denn zuletzt hatte er sich in seinem Badezimmer daheim rasiert. Seufzend streckte er die Beine aus. In Kleinmichlgsees stiegen seine Nachbarn, die Trudel und die Kolleginnen gerade aus ihren Betten oder standen unter der Dusche, um sich anschließend ihrer täglichen Arbeit hinzugeben. Er hingegen lümmelte selbstzufrieden vor seinem Indianerzelt und schaute auf ein munter dahinplätscherndes Flüsschen, das in dichtes Schilf und saftiges Grün gebettet war. Und musste sich nur darüber Gedanken machen, welchen Belag er heute für sein Frühstückskipferl wählen sollte.

Die Erinnerung an die seltsame letzte Nacht verdrängte er. Es gab keine im Wald geisternden Kinder, die um Hilfe riefen. Er sollte wirklich nicht so viel auf Lenis Gequatsche geben.

Als er lange genug Löcher in die malerische Landschaft gestarrt hatte, suchte Richard etwas motivationslos sein Waschzeug zusammen. War es denn wirklich nötig, sich jeden Tag zu duschen, zu kämmen und zu rasieren? Er war den ganzen Tag in der Natur, sollte er ihr dann nicht auch ein wenig ihren Lauf lassen? Das lästige Rasieren hatte er eh bereits eingestellt, weshalb er jetzt immer erschrak, wenn er im Spiegel dem Stoppelfeld auf seinem Kinn begegnete.

Als es brummte, dachte Richard im ersten Moment an eine Hornisse. Aber nein, es war etwas Schlimmeres – sein Handy in seinem Rucksack. Das war wirklich lästig. Was oder wer gab den Menschen eigentlich den Freibrief, ihn ständig anzurufen – ihn zu stören? Was war denn schon wieder so hochwichtig?

Wenigstens warnte ihn das Display vor: die Frischkes!

Die Befürchtung, sie könnte ihm den Urlaub kürzen, hatte er unterdessen nicht mehr. Es wäre auch zu unwahrscheinlich, dass über Kleinmichlgsees urplötzlich eine Verbrechensserie hereingebrochen war. Für Richard war klar, was seine Chefin morgens um halb acht (!) zum Telefon hatte greifen lassen: der Mord.

»Ich hoffe, ich habe Sie nicht geweckt. Aber ich weiß ja, dass Sie Frühaufsteher sind, Herr Staudinger.«

»Nur, wenn ich im Dienst bin.«

»Nun, der Tote ist ein Kollege von uns, Herr Staudinger. Von der Kripo Nürnberg. Er heißt Manfred Gelser, ist verheiratet und hat auf dem Campingplatz gelegentlich Angelurlaub gemacht – ohne Frau. Die hasst nämlich Angeln. Andreas und unser Lieblingskollege Dietrich Gutmut kannten ihn. Und mittlerweile ist es auch definitiv, dass es Mord war, Herr Staudinger. In Manfred Gelser steckte bei seinem Auffinden nämlich ein Messer, auf dem keine Fingerabdrücke von ihm

nachweisbar sind. Ergo Mord. Was sagen Sie nun, Herr Staudinger? Herr Staudinger?«, überfuhr sie ihn mit ihrer üblichen
forschen Art.

Der Herr Staudinger sagte erst einmal gar nichts. Der
musste nämlich die Informationsflut erst einmal verarbeiten.

»Aber das wissen Sie sicher schon alles«, fuhr die Frischkes
fort. »Sie sitzen ja an der Quelle.«

»Überhaupt nichts weiß ich, ich bin nämlich im Urlaub.«
Und viel zu sehr mit Geistern und Hoi-Männern beschäftigt, als dass ich Zeit hätte, mich um einen realen Mordfall zu
kümmern, dachte er bitter.

»Wo waren Sie gestern Abend? Warum sind Sie nicht an
Ihr Handy gegangen?«

»Weil ich es nach Feierabend ausmache«, versuchte er einen
Witz.

»Was? Weiberabend?«, verstand seine Chefin miss.

»Auch. Und es sind gleich zwei. Weiber.« Das hätte er
vielleicht nicht sagen sollen. Auch wenn die Frischkes und
die Trudel sich nicht grün waren, wenn es darum ging, die
tagesaktuellen Neuigkeiten des in der Fremde weilenden Kol-
legen/Bruders zu verbreiten, hielten sie garantiert plötzlich
zusammen wie Pech und Schwefel. Aber seine Chefin hatte
anscheinend gar nicht zugehört.

»Wenn ich heute noch mehr erfahre, werde ich Sie natürlich auf dem Laufenden halten. Ich treffe mich nämlich mit
Andreas, also mit Kommissar Weck«, tat sie förmlich.

»Sie haben ein Rendezvous mit dem Weggla?« Weggla war
der Spitzname des Kommissars.

»Hm-hm.« Sie seufzte. »Und was machen Sie heute noch
so?«

»Ich muss noch einmal ins DEZ, ich brauche Socken.«

Die Frischkes kicherte. »Sie könnten Ihre auch einfach
waschen. Fehlt Ihnen die Trudel vielleicht doch?«

»Um Gottes willen, bestimmt nicht! Und ich brauche
auch nur ein paar dicke Wintersocken für nachts, wenn es
im Schlafsack kalt wird.«

»Haben Sie nicht gerade indirekt erwähnt, dass Sie Damenbekanntschaft gemacht haben?«

Richard seufzte. Sie hatte also doch zugehört. »Ja. Aber keine, die ich in meinen Schlafsack lasse. Und was gibt es so in Kleinmichlgsees? Was macht die Maria?« Erst jetzt wurde ihm bewusst, dass er seinen Heimatort bislang nicht groß vermisst hatte. Wirklich überraschend, wo er doch sonst so heimatverbunden war. Aber seine Kollegin, die Maria, die ging ihm schon ab.

»Wir haben doch bald Käwa.«

Richard musste schmunzeln. Da war seiner Chefin doch tatsächlich ein »wir« über die Lippen gekommen, wo sie sich doch mit Händen und Füßen dagegen wehrte, eine Kleinmichlgseeserin zu werden. Aber Käwa! Fränkisch würde sie nie lernen, nicht in hundert Jahren. Das hieß Kärwa! Oder Kirta! Aber schon allein ihr Versuch war reizend, das musste er sich eingestehen.

»Und Maria passt auf, dass im Vorfeld nichts passiert.«

Natürlich. Das Ereignis des Jahres. Aber ehrlich, was sollte denn groß passieren? Wobei, immerhin würde Kleinmichlgsees wie immer einen Kärwabaum haben. Und den galt es gegen die Burschen und die Mädels aus dem Nachbarort Ingreisch zu verteidigen. Die waren nämlich eine ganz hinterlistige Bande. Zwischen den beiden Orten, die praktisch nahtlos ineinander übergingen, bestand eine jahrhundertealte Hassliebe, deren Ursprung längst nicht mehr zu ergründen war.

Aber Hauptsache, man hatte einen Grund zum Stänkern, wie jetzt in der Kirchweihzeit. Wenn es gut lief, gab es sogar eine ordentliche Schlägerei. Und hernach trank man mit blutigen Nasen miteinander ein Versöhnungsbier, und bis zur nächsten Kärwa herrschte wieder Frieden. Es sei denn, es ging um die Weiberleut, dann konnte sich die Stammesfehde schon länger hinziehen.

»Noch liegt der Käwabaum in der Scheune beim Michl-Bauern«, erzählte die Frischkes wie selbstverständlich weiter.

»Entastet ist er schon, geschmückt wird er morgen. Aufgestellt, aber das wissen Sie ja selbst, wird er am Freitag.«

Nun bekam Richard doch a bisserla Heimweh. Der Kirchweihbaum wurde traditionell neben dem einzigen Wirtshaus von Kleinmichlgsees, dem »Goldenen Hirsch«, aufgestellt. Und es gab einen Tanzboden auf dem Marktplatz. Und hie und da Freibier von der Wirtin Resi, je nach Laune. Denn die Resi war ein Urvieh und stemmte den Betrieb, ganz wie die Mona, ohne Mann und nur mit ihren eigenen Händen. Sie konnte ein Fass so anstechen, dass so mancher Bürgermeister, dem einmal im Jahr diese Ehre mit großem Tamtam zuteilwurde, vor Neid erblasste. Aber bei der Resi war das an der Tagesordnung – und sie schaffte es mit einem Hammerschlag! Was ihr ein enormes Ansehen in der Gemeinde verschafft hatte.

»Außerdem ist die Maria schwer mit dem Küchlabacken beschäftigt. Gemeinsam mit ihrer Oma bäckt sie in einem inoffiziellen Wettstreit um die Wette gegen Ihre Schwester.«

Richard konnte das lockere, leicht fettige und mit Puderzucker bestreute Schmalzgebäck förmlich auf seiner Zunge schmecken.

»Ihre Schwester bäckt natürlich die katholischen, die Knieküchla. Maria die evangelischen, die Kissen.«

Richard war sprachlos. Die höchst diffizile Unterscheidung ging der Berlinerin wie selbstverständlich über die Lippen – und vor allem ohne einen Hauch von Ironie. Denn da die Einwohner von Kleinmichlgsees zu gleichen Teilen den beiden Konfessionen angehörten, war das ein heikles Thema. Katholik wie Protestant behauptete, dass seine Küchla die besseren seien.

Das Hefeteiggebäck wurde in Schmalz schwimmend ausgebacken und dann mit Puderzucker bestreut. Die evangelische Variante ging auf wie Kissen. Die Knieküchla oder auch Ausgezogenen hatten angeblich daher ihren Namen, dass die Bäckerinnen früher den Teig so hauchdünn über ihrem Knie auszogen, dass man dadurch einen Liebesbrief hätte lesen können. Der charakteristische dicke Rand bildete sich erst beim Ausbacken.

Unterdessen glaubte Richard, augenblicklich wie eine nicht gegossene Primel eingehen zu müssen, sollte er nicht sofort in ein Küchla beißen können, und wenn es ein evangelisches wäre.

»Ich kann nicht glauben, dass Sie sich das Highlight des kulturellen Lebens von Kleinmichlgsees entgehen lassen, Herr Staudinger.«

Aha, dachte Richard, da war er wieder. Der Spott. Natürlich konnte sich Kleinmichlgsees nicht mit Berlin messen, aber selbst ein Kaff hatte seine Vorzüge, wenn sie ihm auch gerade nicht einfallen wollten.

»Maria munkelt ja«, fuhr die Frischkes fort, »Sie würden sich absichtlich vor dem Käwatanz drücken.«

Darauf wollte Richard nun ganz bestimmt nicht eingehen. Seine Lust, die heiratswilligen Dorfgrazien über den Tanzboden zu schieben, hielt sich in überschaubaren Grenzen. »Die Tanzerei überlasse ich gern Ihnen und der Maria«, erwiderte er dennoch.

»Ich kann mich gerade noch beherrschen«, gestand die Frischkes. »Und Maria hat ihre ganz eigene Methode, Kontakt mit den Käwaburschen aufzunehmen. In ihrer Funktion als Polizistin bewacht sie mit denen nämlich den Käwabaum.«

Richard schmunzelte versonnen.

»Ich hoffe inständig, dass der Baum geklaut wird«, jammerte seine Chefin plötzlich. »Dann passiert hier wenigstens irgendetwas. Sie wissen gar nicht, wie ich Sie um den Mord beneide.«

Sensationstourismus

»Na, host mit deinem Schneggerla telefoniert, Richie?«

Richard winkte hektisch mit beiden Händen ab. »Der Herr bewahre, das war meine Chefin.«

»Und?«

»Und was?« Richard verstand nicht. Als seine Vorgesetzte war sie für ihn ein Neutrum. Sie hätte praktisch nackt vor ihm stehen können, er hätte sie ignoriert. Schlimm nur, dass bei dem Gedanken plötzlich sein Kopfkino ansprang. Wie sollte er dieses Bild je wieder aus dem Kopf bekommen? Die Frischkes nackt!

»Was machst denn für a Gsicht?«

Richard wusste nur einen Ausweg: »Hast du gestern noch die Flasche Haselnussschnaps niedergemacht?«

»Klar! Die Mona hat auch a paar Stamperla mitgetrunken.«

Richard nickte. Wie er die clevere Geschäftsfrau einschätzte, hatte sie ihr Glas unbeachtet mit Wasser aufgefüllt. Aber auch Axel von der Moststraße sah erstaunlich frisch aus.

»Weiß mer schon mehr über den Mord?«, erkundigte der sich jetzt. »Du sitzt doch an der Quelle.«

»Aber nicht an der Oberpfälzer.«

Allmählich verspürte Richard doch den Drang nach einer Dusche oder zumindest Katzenwäsche. Auf jeden Fall musste er sich die Zähne putzen. Aber Axel schien sich nicht daran zu stören, dass Richard frisch aus dem Bett beziehungsweise Schlafsack kam.

Blitzartig verschwand er in seinem Wohnwagen und kam mit einer Thermoskanne Kaffee zurück. »Hol dei Tasse, Richie. Heut trinkst amol an echten Bohnenkaffee, ned dei Pulverkaffeebrühe.«

»Ein Kipferl hast du nicht zufällig auch dabei?«

»Billeeeee!«, plärrte der Nachbar. »Komm her und bring die Weggla mit.«

Wenige Minuten später hatte sie wie die bezaubernde Jeannie in Windeseile Richards Campingtisch in einen überbordenden Frühstückstisch verwandelt. Es gab sogar Joghurt, Müsli, gekochte Eier, Schinken, Lachsscheiben in einer Tupperbox und aufgeschnittene Grapefruit. Doch Sibylle nahm nicht Platz. »Esst ihr mal schön, ich muss mich um die Kleinen kümmern.«

Richard griff ordentlich zu, während Axel vernehmlich seinen Kaffee schlürfte.

»Hältst du heute gar nicht die Angel ins Wasser?«

»Die stecken schon seit zwaa Stunden am Ufer, Richie. Do host du noch gepennt.« Axel ließ seinen Blick über den Tisch schweifen und suchte dann den Boden darunter ab. »Soach amol, hob iich gestern mein Flaschenöffner hier aufm Tisch liegen lassen?«

Richard grinste. »Willst du dir das erste Bier genehmigen?«

»Naa, wergli ned. Aber unser Flaschenöffner hängt normalerweise immer an einem Haken überm Kühlschrank. Und do isser ned.«

Richard kratzte sich nachdenklich an seinem Raspelbart. »Sag mal … Hast du auch schon einmal den Eindruck gehabt, dass nachts jemand über den Campingplatz streunt und Sachen mitgehen lässt?«

»Kinder?«

»Vielleicht.«

»Wieso froagsd du?« Axel rollte eine Scheibe Schwarzwälder Schinken zusammen und schob sie sich in den Mund.

»Gestern Nacht dachte ich, jemand hätte sich über mich gebeugt, während ich vor mich hin dämmerte. Der hat gestunken wie ein Iltis. Bis heute Morgen war ich der Meinung, ich hätte nur schlecht geträumt, aber jetzt ist meine Mineralwasserflasche verschwunden.«

»Die Bille vermisst auch a Geschirrhandtüchla und an Waschlappen. Die woaren zum Trocknen an der Wäscheleine.«

Axel und Richard zogen beide wie einstudiert ihre Schultern hoch. Wahrscheinlich nur ein Dumme-Jungen-Streich, was sonst.

Später am Vormittag machte Richard Wäschekontrolle. Er zählte, wie viele saubere Unterhosen er noch hatte, nahm eine Geruchsprobe von seinen Socken und hielte die T-Shirts gegen das Licht. Kleine Flecken übersah der sonst so überkorrekte Beamte dabei geflissentlich. Wer wie ein Tier auf der Erde schlief und über offenem Feuer gebratenes Fleisch von einem Plastikteller aß, durfte auch Spuren dieses Lebens an seiner Bekleidung tragen. Eine gewisse Verwahrlosung war beim Camping doch unvermeidlich.

Er blickte zur Naab, wo Axel an seinen Angeln herumfummelte. Kurz beobachtete er ihn. Der Fürther, der geborener Nürnberger war, holte die Angelschnur ein, um sie anschließend wieder auszuwerfen. Richard seufzte. Da vertiefte er sich lieber in die Tageszeitung, die er im Laden auf dem Campingplatz gekauft hatte. Natürlich war der Mord an dem Camper das Riesenthema, die erste Seite des Regionalteils zierte ein Foto vom Spukhäusl. Auf ihm hielt ein Absperrband vor dem Haus die Schaulustigen zurück. Leicht verschwommen waren Personen im Hintergrund zu sehen, und Richard glaubte, in einer davon Leni zu erkennen. Er lächelte. Hatte sie es also doch in die Zeitung geschafft.

Was seine Kollegen aus Beichting und Regensburg unterdessen wohl ermittelt hatten? Wenn der Nürnberger Camper tatsächlich ein verheirateter Kriminalbeamter war, wie die Frischkes ihm erzählt hatte, und noch dazu außerehelichen Damenbesuch empfangen hatte, lag ein Mord aus Eifersucht natürlich sehr nahe. Die meisten Mordfälle wurden innerhalb der Familie oder im Freundeskreis begangen.

Was wohl mittlerweile am Spukhäusl los war? Richard kramte nach einer Erinnerung. War in der vergangenen Nacht das Flatterband noch gespannt gewesen?

Da er sich dringend bewegen musste, wollte er vor lauter Brüstln, Würsteln, Grillgut und Schnäpsen nicht ansetzen, brach er zu einem Spaziergang auf. Er hatte den ganzen Vormittag mehr oder weniger auf seinem Stuhl lümmelnd verbracht und war noch immer ungewaschen. Also ließ er seine Zahnbürste und die Zahncreme in die rechte und das Duschbad in die linke Hosentasche seiner Jogginghose gleiten, warf sich das Handtuch über die Schulter und machte sich auf den Weg.

Er hatte seinen Aufenthalt in den Sanitäranlagen schnell hinter sich gebracht, als sein sehnsüchtiger Blick Richtung Campingladen wanderte. Das Frühstück von Bille war üppig ausgefallen, doch zu seinem ganz großen Glück hatten die Kipferl gefehlt. Stattdessen hatte es labbrigen Discounter-Toast gegeben. Eine Beleidigung für den Lachs. Aber sonst hatte die Fürtherin wirklich ein uneingeschränkt großes und liebendes Herz bewiesen. Vielleicht, weil sie ihn für einen Single hielt, der bemuttert werden musste? Aber vielleicht ließ sie auch generell niemanden hungern. Auf ihre ganz eigene Art war die Bille schon toll, fand Richard, allerdings sollte sie sich auch mal ein paar Minuten für sich gönnen.

Eben war sie mit einem Korb Wäsche an ihm vorbeigelaufen. In der Spül- und Waschküche standen Waschmaschinen und Trockner in einer langen Reihe, wahrscheinlich würde sie dort den Großteil des Vormittags ihres Urlaubstages verbringen.

Kaum hatte es Richard am Laden vorbeigeschafft, fing seine Nase auch schon ein leckeres Düftchen ein, das ihn in seinen Bann zog. Und je näher er der Campingwirtschaft kam, desto stärker roch es nach frisch gebratenen Brüstln. Er hielt inne. Von den Balkonkästen mit den Geranien im ersten Stock tropfte das Wasser. Eine der Bedienungen war dabei, die Blumen zu gießen. Wider Erwarten blieb Richard standhaft und ging weiter. Nach dem reichhaltigen Frühstück war für ihn Nulldiät angesagt, mindestens bis zum Abendbrot.

Es war wirklich ein herrlicher Tag. Der milde Sonnenschein und das leichte Lüftchen ließen ihn frühlingshaft daherkommen, doch Richard ahnte, dass er schnell dampfig werden konnte. Das DEZ und seine warmen Socken hatte er vergessen, wie auch seinen legeren Aufzug und das Handtuch über der Schulter. Er lief einfach, wohin es ihn zog.

Vor Lenis Imbiss stand eine Traube Wanderer, bewaffnet mit Walkingstecken und Rucksäcken. Richard passierte sie ungesehen. Kaum war er im Wald, fragte er sich, warum das Spukhäusl so einen Sog auf ihn ausübte. Warum ging er nicht einmal auf der anderen Seite der Naab im Wald spazieren? Oder am Fluss entlang Richtung Schmidmühlen oder Kallmünz? Warum mietete er sich kein Kanu oder Fahrrad? War er einfach nur zu träge, um etwas Neues auszuprobieren?

Oder wollte er eine Bestätigung dafür, dass das Spukhäusl genau das war, wonach es aussah: ein verfallenes Haus? In dem man bedauerlicherweise einen toten Menschen abgelegt hatte.

Im Wald ist es nachts immer unheimlich, und ich bin ein Mensch, der sehr phantasievoll ist, begann Richard zu überlegen. Wahrscheinlich beschäftigt mich das Kinderschicksal von damals viel mehr, als ich glaube, sodass ich mir nur eingebildet habe, die Rufe der Mädchen zu hören. Aber ich kann ihnen nicht mehr helfen, sie sind längst tot.

Doch kaum war er zwanzig Meter tief in den Wald eingedrungen, bemerkte Richard vereinzelte Zettel, die an den Bäumen hingen. Je näher er dem Spukhäusl kam, desto mehr wurden es. Dann vernahm er Gebrabbel. Die Haare auf seinen Armen stellten sich auf, ein Kribbeln im Nacken versetzte ihn in Alarmbereitschaft. Doch es waren keine Kinder, die jetzt lachten. Es waren Erwachsene. So hatte er sich das nicht vorgestellt. Anscheinend hatte der Zeitungsartikel die Menschen hierhergelockt. Oder hatte Leni gar eine Zweigstelle ihrer Imbissbude am Spukhäusl errichtet? Und falls nicht, lag das wahrscheinlich allein daran, dass sie keine Genehmigung vom Grundstückseigentümer erhalten hatte. Wer das wohl war? Die Gemeinde oder eine Privatperson? Er sah sich die Flyer genauer an, die jetzt so gut wie an jedem fünften Baum pappten. Sie zeigten Lenis Imbiss samt Würstel sowie einen Lageplan. Sicher hatte sie auch dafür nicht die ausdrückliche

Erlaubnis. Aber das i-Tüpfelchen war der Werbeaufsteller keine zehn Schritte vom Spukhäusl entfernt: Leni in voller Lebensgröße, wie sie lächelnd einen Teller mit einer Würstel-Pyramide darbot. Wenn die Frau etwas machte, dann mit Leidenschaft.

Die Sensationstouristen und Gaffer waren damit beschäftigt, Selfies zu machen und Videos zu drehen. Besonders entsetzlich fand Richard die Typen mit Totenkopf-T-Shirts und weiß geschminkten Gesichtern. Er ging weiter, bis er an die Stelle kam, an der er vor zwei Tagen den Schlapphut gefunden hatte. Und hörte wieder den Specht.

»Du kannst mich gernhaben, Vogel!«, brummte Richard. Nach einer gefühlten Stunde, die sich mit einem Blick auf die Uhr als zehn Minuten entpuppte, kehrte er wieder um. Die Menge der Gruftis hatte sich ein wenig gelichtet, dafür scharten sich nun Wanderer um das schaurige Haus. Wahrscheinlich wären sie auch ins Innere gegangen, aber noch war der Zutritt polizeilich untersagt. Auch die Wanderer hielten ihre Smartphones hoch, doch einige wandten sich auch um und beäugten Richard misstrauisch. Er konnte nur sehr schwer an sich halten, nicht »Buh!« zu machen.

Wieder am Imbiss, rief Leni ihn mit beiden Händen wedelnd zu sich.

Richard stöhnte. Er konnte sie wirklich gut leiden, war aber überhaupt nicht scharf auf eine weitere ihrer absurden Geschichten.

»Hast schon gehört, Richard? Die Leich war einer von euch, von der Polizei in Nürnberg. Den musst du doch gekannt haben, erzähl mal!«, forderte sie ihn auf und belegte eine Semmel mit zwei Würsten. »Senf?«

Er wollte das Bratwurstweggla schon ablehnen, kannte aber bereits Lenis Hartnäckigkeit und kapitulierte.

»Gern. Ich kenne zwar einige aus dem Präsidium, aber ihn kannte ich nicht.« Er suchte nach seinem Portemonnaie, aber außer Handtuch, Duschgel, Zahnbürste und -pasta hatte er nichts dabei. »Ich habe das Geld im Zelt vergessen«, sagte er.

»Die Würstel gehen für dich heut eh aufs Haus. Wolltest du in der Naab schwimmen?«, spielte sie auf das Handtuch über seiner Schulter an. »Redet man unter euch Kollegen denn nicht über den Mordfall?«, fragte sie, als Richard nicht reagierte.

»Zu den Nürnbergern habe ich momentan keinen Kontakt, und die Regensburger kennen mich gar nicht.«

Leni zog eine Schnute. »Schade. Was die aus Beichting wissen, hat mir der Jokel schon erzählt.«

Richard biss in die Würste, die wirklich saugut schmeckten und überhaupt nicht verbrannt waren. In dem Punkt stimmte er mit der Mona nicht überein.

»Aber wenn du was erfährst, dann kommst du zu mir, gell, Richard?«

»Versprochen«, log er. Ganz sicher würde er nicht wider seine Verschwiegenheitspflicht handeln. »Und danke für die Würstla.«

»Dann brauchst wenigstens nicht bei der Mona einzukehren«, zickte sie.

Richard biss erneut in das Bratwurstweggla. Während er kaute, richtete er seinen berufsmäßig scharfen Blick pfeilgerade und unbeweglich auf Leni. Ohne ein Wort. Ungewollt und von Richard ungeahnt machte dieser Blick manche Menschen nervös. Denn bei Richards gutmütiger Erscheinung erwarteten die allerwenigsten einen Blick, der ein dickes Ende befürchten ließ. »Warum hackt ihr zwei eigentlich ständig aufeinander rum? Das ist doch nicht bloß ein Würstel-Brüstl-Krieg.«

Leni wurde tatsächlich ein wenig verlegen. »Ach, die alte Ratschkattel!«, wand sie sich. »Die ist doch bloß neidisch, darum gönnt sie mir die Wurst auf dem Brot nicht. Vielleicht ist sie auch so, weil ihr der Mann davongelaufen ist. Aber mit so einer Bissgurn hält es ja niemand länger aus.«

»Ist ihr Mann denn nicht gestorben?«

»Pah!«, schrie die Leni nun aus Leibeskräften. »Das hätte die wohl gern. Sitzen hat er sie lassen!«

Was war nur zwischen den Frauen vorgefallen, dass sie so wütend aufeinander waren? Richard würde hinter das Geheimnis der Damen schon noch kommen, immerhin hatte er einen viel längeren Atem, als man ihm gemeinhin zutraute. Selbst seine Chefin, die Frischkes, stempelte ihn gern als phlegmatischen Bürostuhlpupser ab und nahm lieber alles selbst in die Hand. Doch in ihm schlummerten verborgene Talente, die nur geweckt werden wollten, und der Urlaub schien ihm wie gemacht dafür.

Richard zog sich ordentlich an. Halbwegs zumindest, er musste ja nicht auf die Wache, wo Uniform Pflicht war. Sein Oberhemd wies zwar etliche Falten an Stellen auf, wo sie nicht hingehörten, und es roch auch nicht mehr nach Persil, aber es stank immerhin nicht – also konnte es auf dem Campingplatz als frisch durchgehen. Und seine braune Sonntagsstoffhose war auch noch leidlich in Schuss. Er hatte die Birkenstockschlappen gegen Halbschuhe getauscht und saß schon hinter dem Steuer seines Golfs, da grübelte er noch immer, wohin er fahren sollte. In Richtung Schwandorf oder Regensburg? Oder frei Schnauze? Aber selbst bei letzterer Möglichkeit müsste er sich zuerst für eine Richtung entscheiden.

Also fuhr er nach Oberbürzl, wo, nach geschlagenen zwei Minuten Fahrzeit, sein Ausflug endete. Denn Richard hatte einen Biergarten mit uraltem Baumbestand, traditionellem Ambiente, schönen Holzbänken und einer Bedienung entdeckt, die Maßkrüge und Eisbecher in den Garten trug, dass es eine Sünde gewesen wäre, den sonnigen Tag nicht mit einem Aufenthalt in der »Goldenen Gans« zu krönen.

Er parkte direkt vor dem Wirtshaus und stand nun vor dem Problem, welches schattige Plätzchen das seine werden würde. Er hatte die Qual der Wahl, denn unter der Woche war der Biergarten nicht besonders gut besucht. Nachdem er sich entschieden hatte, bestellte Richard einen Eiskaffee.

In seiner Laufbahn als Polizist hatte sich eine Begabung herauskristallisiert: Richard konnte Menschen ausfragen, ohne dass sie es merkten. Aber er musste sich gar nicht bemühen, denn die Wirtin, die ihn bediente, kam rasch von selbst auf das Thema Nummer eins zu sprechen. Was die Frau verlauten ließ, kam ihm verdammt bekannt vor und sorgte bei ihm für Verwunderung. Ob die Leni ihre Nachbarschaft über eine spezielle Campingmord-WhatsApp-Gruppe auf dem Laufenden hielt?

»Ich an Ihrer Stelle würde meinen Wohnwagen nachts gut absperren, wenn Sie auf dem Campingplatz bleiben wollen«, riet ihm die ausgebuffte Wirtin abschließend. Und weil ihr sicher noch mehr zu entlocken war, verschwieg Richard, dass er beziehungsweise der Großteil seines Körpers nur in einem Zelt nächtigte, und fragte stattdessen ins Blaue hinein: »Die Caroline Perchinger kennen Sie aber nicht zufällig?«

Freudig klatschte die Frau in die Hände. »Die Caro? Natürlich kenn ich des Madl. Die ist doch von drüben aus Unterbürzl.«

»Ich dachte, die wohnt in Pielenhofen?«

Unaufgefordert nahm die Wirtin ihm gegenüber Platz. »Nach ihrer Heirat vor zehn bis fünfzehn Jahren ist sie mit ihrem Mann nach Pielenhofen gezogen. Von da ist es ja auch viel näher zu ihrem Arbeitsplatz. Sie arbeitet nämlich im Polizeipräsidium Regensburg. Aber geboren ist die Caro in Unterbürzl, Hausgeburt. Sie ist eine waschechte Unterbürzlerin. Fragen Sie, weil sie auf dem Campingplatz verhaftet worden ist?« Sie legte den Kopf schräg und strahlte ihn an.

Richard war baff. »Die arbeitet auch bei der Polizei?«

»Ja, als Schreibkraft.«

Manfred Gelser, der Tote, war Polizist in Nürnberg gewesen, und Caroline Perchinger arbeitete bei der Polizei in Regensburg: ein Zufall? Richards Kiefer mahlten.

»Sie denken doch nicht etwa, die Caro und der tote Kripomann hätten was miteinander gehabt? Nie im Leben hätte die mit dem was angefangen!«

»Und warum nicht?«

»Na, ein Polizist – der ist doch auch bloß ein armes Würstel.

Und noch dazu ein Camper – phhh!«, blies sie in die Luft. »Für die Caro müssen es im Urlaub schon die Malediven sein.«

Richard zog die Augenbrauen zusammen, vermied es aber, darauf hinzuweisen, dass er auch nur so ein armes Würstel war.

»Die Caro war schon immer aufs Geld aus. Wenn für sie jemand attraktiv sein will, muss er Kohle haben.« Die Wirtin rieb Daumen und Zeigefinger aneinander. »Und ein Haus und einen schnittigen Wagen. Oder einen SUV. Mit einem lumpigen Beamten gibt die sich nicht ab, auch wenn sie selbst nur Tippse ist.«

Schlürfend saugte Richard seinen Eiskaffee durch den Strohhalm. Laut Caroline Perchingers Aussage hatte sie sich mit dem Nürnberger auf einen Kaffee treffen wollen. Auf dem Campingplatz! Das passte doch überhaupt nicht zu dem, was die Wirtin erzählte. Er krauste die Stirn so angestrengt, dass sich seine Brauen zusammenzogen und ihm einen finsteren Ausdruck verliehen, und beschloss, sich mit seinen Kollegen von der Wache in Beichting in Verbindung zu setzen. Die sollten die Aussage der Wirtin dann an die Regensburger weitergeben.

»Aber solche Männer wachsen halt nicht wie Schwammerl aus dem Waldboden«, fuhr diese ungeachtet Richards Mimik fort. »Für die Perchinger Caroline muss der Richtige erst noch gebacken werden.« Sie klopfte kurz auf den Tisch, erhob sich und steuerte auf neue Gäste zu, die sich am Nebentisch niederließen.

In Richards Kopf fuhren die Fragen Karussell. Wenn die Perchinger wirklich so wählerisch war, warum hatte sie sich dann auf ein Date mit dem Kripo-Camper eingelassen? Und was hatte sie wirklich in dessen Wohnwagen gesucht? Die Jeansjackenerklärung nahm er ihr nicht ab. Womöglich war ihre Suche erfolglos geblieben. Würde sie vielleicht noch einmal zurückkehren? Aber wozu?

Um Spuren zu verwischen oder kompromittierende Beweise verschwinden zu lassen? War sie wirklich die Mörderin?

Quasimodo

Paula winkte ihrer Kollegin einen Abschiedsgruß zu und verließ früher als ursprünglich geplant die Wache. Der Reiz war zu groß. Wenn sie schon ein Date in Nürnberg hatte, bot es sich an, das mit einem Stadtbummel zu verbinden. Wobei sie bereits bestimmte Geschäfte und Boutiquen im Auge hatte. Sie stellte ihren Wagen im Parkhaus Katharinenhof ab und ging über den Lorenzer Platz in die Fußgängerzone. Bei der Wahl ihres Schuhwerks war sie in einen Zwiespalt geraten. Noch im Parkhaus hatte sie abgewogen: Sollte sie die Sneakers anbehalten, die sie zum Autofahren trug, oder die Pumps anziehen, die im Kofferraum lagen? Aber zu einem blauen, Knie umspielenden Kleid und einem Blazer gehörten einfach High Heels.

Sie bummelte die Königstraße entlang, ging dann ein Stück Richtung Hauptmarkt, wo im Dezember der Christkindlesmarkt stattfand, und lief durch die Karolinenstraße, um nach einem Schaufensterbummel und ein paar Abstechern in diverse Geschäfte zur Kaiserstraße zu gelangen. Als sie frisch aus Berlin nach Nürnberg gezogen war, hatte sie die Straßennamen kaum auseinanderhalten können, heute war das zum Glück anders. Tapfer die Fußschmerzen ignorierend, trug sie die erbeuteten Schnäppchen – einen weißen Spitzenbody und neue Flip-Flops – zum Sushi-Restaurant. Dort ließ sie sich mit einem Seufzer der Erleichterung an dem auf Andreas' Namen reservierten Tisch nieder und streifte sich die Schuhe von den Füßen. Eitelkeit hin oder her, unter dem Tisch sah es ja eh keiner.

Andreas war überpünktlich. Sie küssten sich, eine hauchzarte Berührung. Noch zeigten sie in der Öffentlichkeit kaum, dass ihre Beziehung den Status der kollegialen Freundschaft längst hinter sich gelassen hatte.

»Ich habe Neuigkeiten für dich. Beziehungsweise für unseren Urlauber«, sagte der Hauptkommissar grinsend, während er sein Jackett über die Stuhllehne hängte.

»Zum Mord an unserem Kollegen?«, fragte Paula hoffnungsvoll.

Als die Bedienung kam, bestellten sie eine Kanne chinesischen Sennatee. Kaum waren sie wieder allein, kniff Paula Andreas in den Arm. »Nun schieß schon los!«

Er berichtete von der verdächtigen Caroline Perchinger, ihrem seltsamen Verhalten und – logisch – auch davon, dass der fränkische Kollege an deren Festsetzung maßgeblich beteiligt gewesen war. Dann schickte er noch nach: »Manfred Gelsers Bekannte soll ebenfalls im Regensburger Präsidium arbeiten«, und schlug die Speisekarte auf.

»Ach nee, die beiden waren Kollegen?«, staunte Paula.

Andreas nickte. »Ich habe noch ein paar weitere Details für dich, aber wollen wir nicht erst bestellen?«

Die Sonne blendete Richard, immer wieder musste er blinzeln, als er auf der Landstraße von Oberbürzl zum Campingplatz fuhr. Rechts von ihm säumten felsige steile Hügel die Fahrbahn, in die alte Bäume ihre Wurzeln krallten. Links von ihm floss die Naab, auf der sich Schwäne und Enten treiben ließen. Auch einzelne Kajaks und Kanus mit Familien in Rettungswesten zogen vorbei. Durch das halb geöffnete Seitenfenster des Golfs wehte ein Lüftchen, und es roch nach Wiese und dem nahen Sommer.

Plötzlich sprang etwas Großes wie aus dem Nichts auf die Straße. Richard stieg auf die Bremse. Riss das Lenkrad herum. Das Tier war zurückgeschreckt, er hatte es nicht erwischt. Ein Glück. Dann knallte eine dreckige Pranke auf die Windschutzscheibe. Sie gehörte keinem Tier. Nie würde er die Fratze vergessen, die ihn zornig anstarrte. Das Gesicht war dreckig verkrustet, ein ungepflegter Bart wucherte von den Ohren bis zum Hals, Augen zuckten wie die eines Verrückten.

Klaus Kinski lebt!

Durch das geöffnete Fenster waberte plötzlich statt süßlichen Naturdufts ein abstoßend widerlicher Geruch. Der Kerl stank wie die Pest, und Richard stellte die Verbindung her. Wann war das gewesen? Gestern Nacht? Vorgestern Nacht? Ohne Vorwarnung duckte sich das Wesen weg, humpelte wie Quasimodo in den Wald. Ihm fehlte nur der Buckel.

Was war das?

Richard versuchte, sich zu beruhigen, zwang sich, gleichmäßig zu atmen. Fast schien es ihm, als zöge er die seltsamen Gestalten magisch an. War er vielleicht versehentlich in eine Posse geraten, die die Oberbürzler Gemeinde aufführte? Etwas in der Art wie die Oberammergauer Passionsspiele, wenn die gesamten Dorfbewohner die letzten fünf Tage im Leben Jesu schauspielerisch nachstellen? Oder wollte man ihn absichtlich erschrecken, vielleicht sogar vertreiben? Handelte es sich um ein Komplott der Oberbürzler?

Sein Pulsschlag hatte sich noch nicht ganz normalisiert, als er durch das Tor und durch die offene Schranke hindurch auf den Campingplatz fuhr.

Richard hatte sich nicht vorstellen können, wie unbequem es für einen ausgewachsenen Mann war, sich in einem Ein-Mann-Zelt umzuziehen. Im Stehen war es unmöglich. Und selbst im Sitzen musste er schlangenähnliche Verrenkungen und Verbiegungen machen, mit denen er sich locker beim Chinesischen Nationalzirkus hätte bewerben können. Als er endlich wieder seine geliebte Jogginghose trug, war er schon besserer Laune.

»Bierchen?«, hörte er Axel von der Moststraße draußen vor der Zelthaut fragen. »Eisgekühlt!«

Richard zog den Reißverschluss nach unten. »Gern. Was machen denn die Fische heute? Hat der Killerwaller schon angebissen?«

»Bei uns gibt's heut Abend nur Spaghetti«, sagte der Fürther aus Zabo, wie die Nürnberger den Stadtteil Zerzabelshof liebevoll nannten, traurig.

Auf einmal brummte das Handy in Richards Hosentasche. Er tippte schwer auf die Trudel, die sich bis jetzt an diesem Tag verdächtig zurückgehalten hatte.

Axel warf ihm zwei Kusshände zu und verschwand Richtung Naab.

»Depp«, sagte Richard, sah aufs Display und krabbelte aus dem Zelt.

Es war ... wieder einmal die Frischkes. Die war aber anhänglich. Wollte sie ihm vielleicht mitteilen, dass die Ingreischer den Kärwabaum gestohlen hatten? Oder man das Dieblager mit den gestohlenen Gartenzwergen ausgehoben hatte? Oder sollte er sie bezüglich des Mordes auf dem Laufenden halten? Aber war er vielleicht der Hüter von Oberbürzl?

Eine Weile ließ er sein Handy noch vibrieren, bevor er ranging: »Ja?«

»Sorry, Herr Staudinger. Ich hoffe, ich störe nicht? Aber ich habe Neuigkeiten, die zu köstlich sind, als dass Sie sie nicht gleich erfahren sollten. Ich bin gerade mit dem Andreas beim Sushi-Essen in Nürnberg, also mit dem Kommissar Weck ...«

Ein Krachen war in der Leitung zu hören, dann: »Servus, Richard. Schönen Urlaub noch!«

Er wollte zu einer Erwiderung ansetzen, als schon wieder seine Chefin am Telefon war. »Es ist praktisch ein Geschäftsessen«, druckste sie herum.

»Schon recht«, gelang es ihm endlich einzuwerfen. Die Turtelei der beiden war nur schwer zu übersehen. Kündigte das Weggla seinen Besuch auf der Wache an, wurden plötzlich die Haare toupiert, die Lippen angemalt und die Stöckelschuhe angezogen.

»Halten Sie sich fest, Herr Staudinger.«

Wenn sie doch nur endlich zum Punkt käme.

»Der tote Kollege Gelser hatte eine Geliebte ...«

»Das habe ich lauter und deutlicher gehört, als mir lieb war.«

»Äh, ja, richtig. Aber was ich sagen wollte: Im Präsidium

in Nürnberg hat er regelrecht damit geprahlt, dass er eine superheiße Braut in Regensburg hat. Sein Zuckermauserla, so hat er sie genannt. Und jetzt halten Sie sich fest«, wiederholte sie sich, »das Zuckermauserla arbeitet bei der Polizei in Regensburg.«

Richard horchte auf. Also doch die Caro Perchinger?

»Der Campingplatz in der Nähe von Regensburg bot sich als Treffpunkt für ihn und seine Affäre natürlich an. Seine Ehefrau glaubte, er würde dort fischen.« Die Frischkes hielt nur kurz inne. »Ist da was dran, dass Sie die Frau auf dem Campingplatz gestellt haben, Herr Staudinger?« Ihre Tonlage war etwas schriller geworden.

Richard lächelte. Von jeder Seite erhielt er Puzzleteilchen mit neuen Details zum Mordfall. Dass seine Chefin allerdings auch über seinen fragwürdigen Einsatz informiert war, passte ihm eher weniger in den Kram.

»Ach, was man so redet«, wiegelte er ab. »Aber ich könnte mir gut vorstellen, dass die Perchinger mehr weiß, als sie sagt. Von wegen, dass sie sich mit Gelser auf einen Kaffee treffen wollte. Das wäre doch ein zu großer Zufall, dass zwei Frauen im Regensburger Präsidium arbeiten und sich unabhängig voneinander mit dem Gelser verabreden.«

»Da haben Sie recht. Die wichtigste Zeugin ist derzeit auf jeden Fall die Dame, die Gelser regelmäßig im Wohnwagen besucht hat. Wirklich schade, dass Sie sie nicht gesehen, sondern immer nur gehört haben, Herr Staudinger.«

Aber wem sagte sie das, er hätte sich deswegen ja selbst ständig in den Hintern beißen können. Und leider hatte der Axel von der Moststraße ihr bloß auf den Busen und auch nicht ins Gesicht geschaut.

»Über Handyortung konnte ermittelt werden, in welcher Funkzelle sich Gelsers Handy befindet, aber da diese im Wald entsprechend groß ist, wurde das Telefon noch nicht gefunden«, fuhr die Frischkes fort. »Es braucht auch bloß unglücklich unter einen am Boden liegenden Zweig gerutscht zu sein, und schon hat man schlechte Karten, es je zu entdecken. Und anrufen geht auch nicht mehr, anscheinend ist mittlerweile der Akku leer. Auf jeden Fall befindet sich das Handy in der Nähe von Gelsers Auffindeort. Vielleicht wollte er noch Hilfe rufen, war aber zu stark verletzt und hat es fallen lassen.«

Sofort hatte Richard ein scheußliches Bild vor Augen: der blutende Kollege, wie er sich aus dem Wald schleppte.

»Und auf seinem Laptop ist nichts zu der Affäre zu finden. Entweder hat er aus Angst, seine Frau könnte sie entdecken, keine Bilder vom Handy auf den Laptop überspielt – oder er hat von seiner Zuckermaus keine gemacht, was aber schwer vorstellbar ist.«

Für die Frischkes war es das bestimmt. Er, Richard, hatte hingegen noch nicht einmal das Foto eines lumpigen Spechts auf seinem Smartphone.

»Sie sehen also, Herr Staudinger, es gibt jede Menge zu tun. Caroline Perchinger hat man nach einer kurzen Befragung laufen lassen, und nun ist sie wie vom Erdboden verschwunden. Wie es der Teufel so will, hat sie schon vor Wochen Urlaub beantragt und den jetzt auch genommen. Aber dass sie gar nicht mehr zu erreichen ist – das stinkt doch zum Himmel. Falls Sie sie also irgendwo sehen sollten, hängen Sie sich an sie dran.« Gekicher. »Dabei wollte man sie bei dem derzeitigen Stand der Ermittlungen hinsichtlich Gelsers geheimnisvollen Geliebten befragen. Nur weil sie eine Kollegin ist, hält man sich anscheinend noch zurück, sie zur Fahndung auszuschreiben.« Die Frischkes war voll in Fahrt.

»Aber lass dich nur nicht stressen, Richard!«, hörte er Andreas jetzt im Hintergrund rufen. »Du hast frei. Die Perchinger zu finden ist der Job der Regensburger Kollegen.«

»Papperlapapp, Herr Staudinger. Hören Sie nicht darauf, was der Andreas sagt. Wir sind immer im Dienst, nicht wahr?«

Richard schenkte sich eine Antwort. Früher oder später würde die Identität von Gelsers Gspusi so oder so rauskommen. Kein Mensch konnte ein Geheimnis bewahren, wenn der Druck von außen zu stark wurde. Und die Polizei würde Druck machen. Da war Richard zuversichtlich. Dafür brauchte man den Landgendarmen aus Kleinmichlgsees wirklich nicht.

»Steht der Kirchweihbaum denn schon?«, lenkte er ab.

»Aber was, der liegt noch wohlbehütet in der Scheune herum. Manchmal habe ich den Eindruck, die Kleinmichlgseeser warten nur darauf, dass er geklaut wird.«

Richard konnte vor sich sehen, wie sie die Augen verdrehte. Aber sie hatte das Prinzip einfach noch nicht verstanden – der Kärwabaum MUSSTE geklaut werden, wenn es eine richtige Kärwa werden sollte.

Plötzlich sah er durchsichtige Kleckse auf seinen Armen. Es wurden immer mehr. Richard schaute nach oben. Der Himmel war grau, es regnete fette Tropfen! Bevor er begreifen konnte, was los war, prasselte es auch schon vom Himmel runter.

»Ich muss Schluss machen«, plärrte er ins Handy, wischte die Frischkes weg, warf das Telefon ins Zelt auf die Luftmatratze, nahm das Bier, das Axel ihm hingestellt hatte, vom Tisch und hechtete selbst ins Trockene. Dort nuckelte er die Flasche aus, stellte sie vors Zelt, zog dann den Reißverschluss des Zeltausgangs bis auf ein kleines Stück zu und lugte hindurch.

Der Himmel war jetzt schwefelgelb, was an den Strahlen der tief stehenden Sonne lag, die die Wolken seitlich beleuchteten. Ein Grollen rollte unheilvoll durchs Tal, und der Regen trommelte immer vehementer aufs Zelt. Das Gewitter kam näher, die Blitzeinschläge wurden immer lauter. Da wurde eine Menge Energie freigesetzt. Immer wieder spähte er nach draußen. Keine Menschenseele weit und breit. Logisch. Was für eine eigenartige und doch faszinierende Stimmung.

Und doch hatte Richard eine Vorahnung, dass der Tag sich damit noch nicht begnügen würde. Da kam noch etwas nach.

Und er sollte recht behalten.

Nachtwanderungen

Nach einer Stunde Gepolter und Spektakel war der himmlische Spuk vorbei. Die Sonne lachte wieder unschuldig vom weiß-blauen Himmel herunter, als wäre eben nicht beinahe die Welt untergegangen.

Richard lag noch immer faul im Zelt, ihm war nicht nach Spaghetti mit Tomatensoße aus der Dose bei den Nachbarn als Abendbrot. Lieber machte er sich über seinen Schokoladenvorrat her und vertiefte sich in einen Krimi, den er im Drehständer vom Campingladen entdeckt hatte. Die leere Schokoladenverpackung auf dem Bauch und das Taschenbuch noch in der Hand schlief er bald tief und selig. Bis das Monster mit langen Krallen an der Zelthaut riss und ihn aus dem Schlaf hochschießen ließ. Ringsum war es zappenduster.

Meine Dienstwaffe!

Hatte er nicht dabei.

Urplötzlich musste er an eine ganz schreckliche Geschichte denken, die bei der Resi im Wirtshaus von Kleinmichlgsees vor Jahren kursiert war. Sie hatte ihn damals so beschäftigt, dass er sie noch immer nicht vergessen konnte.

Der Fall hatte sich auf einem Campingplatz auf einer Kykladeninsel zugetragen. Ihren Namen wusste er nicht mehr. Jedenfalls hatten nachts zwielichtige Gestalten mit einem Motorboot am Ufer angelegt, leise Zelte geöffnet und Geld und Wertsachen gestohlen, während die Camper schliefen. Doch auch vor Mord waren sie nicht zurückgeschreckt. Einem Mann, der aufgewacht war und sich wehrte, hatten sie die Kehle durchgeschnitten.

Gut, dass er *im* Zelt geblieben war – Platzangst hin oder her. Andererseits war er in dieser Zeltpelle gefangen und dem Angriff potenzieller Raubmörder wehrlos ausgeliefert. Richard schluckte. War da nicht der Motor eines Bootes zu hören? Unsinn!, schalt er sich. Motorboote waren auf der

Naab verboten. Außerdem war das Diebesgesindel schon vor seinem Zelt. Er konnte deutlich Schritte vernehmen. Ihm wurde noch mulmiger. Aber er hatte sich getäuscht, derjenige wollte nicht in *sein* Zelt, sondern machte sich am Wohnwagen des Nürnbergers zu schaffen! Und wer anders würde mitten in der Nacht dort einbrechen – als der Mörder? Oder die Mörderin?

Zahn für Zahn zog er den Reißverschluss nach unten und linste mit einem Auge ins Freie. Im Dunkeln konnte er erkennen, dass die Tür des Wohnwagens angelehnt war. Und hören, dass jemand das Wageninnere durchsuchte.

Was tun? Die Polizei rufen wäre mehr als albern gewesen – schließlich *war* er die Polizei. Richard seufzte genervt und ließ den Kopf hängen. Okay. Es blieb ihm ja nichts anderes übrig.

So geräuschlos wie möglich krabbelte er aus seinem Mini-Indianer-Tipi und griff sich die leere Bierflasche. Dann näherte er sich auf Zehenspitzen dem Wohnwagen. Kaum hatte er dessen Tür aufgezogen, erkannte er die Perchinger, die in eine außerordentliche Haus- respektive Wohnwagendurchsuchung vertieft war.

Richard wappnete sich vorsichtshalber gegen alles, zumindest mental, sogar dagegen, dass die Dame rabiat werden würde. Dass es die geborene Unterbürzlerin faustdick hinter den Ohren hatte, daran hegte er keinen Zweifel. Sein Griff um die Bierflasche, die er hinter seinem Rücken verbarg, wurde fester. Natürlich gedachte er nicht, sie der Oberpfälzerin über den Kopf zu ziehen, sondern sie ihr wie den Lauf einer Pistole in den Rücken zu bohren. »Hände hoch!«, rief er.

Die Perchinger riss tatsächlich die Arme in die Luft, drehte sich um und musterte ihn mit ängstlichem Blick. »Ach, Sie sind es«, atmete sie aus und wollte schon eine entspannte Haltung einnehmen.

»Oben lassen!«, herrschte Richard sie an, weil sie ihn nicht für voll zu nehmen schien und er das ziemlich persönlich nahm. »Ich bin von der Polizei Mittelfranken und erlaube mir,

Sie notfalls festzunehmen. Immerhin stehen Sie unter Mordverdacht.« Er hatte die Stimme gesenkt, um nicht den ganzen Campingplatz zu wecken und einen Aufruhr auszulösen. Das mit dem Mordverdacht war zwar ein bisschen geflunkert, aber er wollte der unverfrorenen Person gleich den Wind aus den Segeln nehmen. Richard ging etwas in die Hocke, stellte leise die Bierflasche auf den Boden und schaltete im Aufrichten das Licht ein.

Die Perchinger war den Tränen nah. »Aber ich hab den Mann nicht umgebracht, ich kannte ihn doch so gut wie überhaupt nicht. Ich bin bloß wegen dem depperten Jackerl da. Den halben Campingwagen habe ich deshalb schon auf den Kopf gestellt.«

Richard konnte seine Verwunderung nicht verbergen. »Wegen einem Jäckla brechen Sie hier ein?« Er machte ihr ein Zeichen, die Arme wieder herunterzunehmen. »Ist es vielleicht aus reiner Seide oder aus Kaschmir?«

»Nein, aber von Marc Jacobs, sauteuer und nagelneu. Ein Designerstück.« Sehnsüchtig schaute sie auf eine Aufbewahrungskiste. »Darf ich?«

Richard nickte.

Mit beiden Händen begann die Perchinger, sich durch Jeans und Herrensweatshirts zu wühlen. Schließlich schloss sie enttäuscht wieder den Deckel.

Suchte sie vielleicht gar nicht nach einem Jäckla, sondern – zum Beispiel – nach Rauschgift?, dachte Richard. Weil sie gar so versessen darauf war. Oder verstand er tatsächlich so wenig von Frauen, dass er es nicht begreifen konnte, dass sie wegen einer Jacke in einen polizeilich versiegelten Wohnwagen einbrach?

»Außerdem sind echt goldene Ohrringe in einer der Jackentaschen, Kreolen«, sagte sie.

Was die Sache für ihn nicht verständlicher machte.

»Wenn ich mich nicht verzählt habe, waren Sie jetzt schon drei Mal hier, um nach dem Jäckla zu suchen. So groß ist der Wohnwagen doch auch nicht.«

»Können Sie nicht mitschauen?« Sie blinzelte und setzte ein zuckeriges Lächeln auf.

So weit käme es noch! Dass er sich zu ihrem Komplizen machte.

Interessieren tat es Richard allerdings schon, ob die Perchinger ihm einen Schmarrn erzählte oder sich das dubiose Jäckla tatsächlich im Wohnwagen verkrümelt hatte. Er öffnete erst die Tür zur Nasszelle, ließ seinen Blick umherwandern, und dann den Kleiderschrank, der sich neben der Nasszelle befand. Vor seiner Nase hing eine weiße Jeansjacke, die bunt bestickt war. »Ist sie das?«

Caroline Perchinger stieß einen Jubelschrei aus und warf sich Richard an den Hals.

Sie roch gut. Wie Obstsalat. Die unverhoffte Nähe machte Richard verlegen.

Er nahm die Jacke vom Bügel. »Anziehen«, sagte er, um seine Verwirrtheit zu überspielen.

Die Perchinger tat brav wie ihr geheißen. Vorn herum war ihr die Jacke viel zu groß. Ihr fehlte eindeutig das Holz vor der Hüttn!

Sie bemerkte ihren Fehler sofort und verschränkte die Arme vor der Brust.

»Und nun sagen Sie mir, wem die Jacke gehört!« Richard hatte zu seiner Selbstsicherheit zurückgefunden.

Caroline Perchinger setzte sich auf das Ecksofa an den Tisch. »Was soll's, es wird ja doch bald herauskommen. Hat uns sowieso schon lange gewundert, dass die Kollegen nichts davon mitgekriegt haben, dass sie und ich privat miteinander abhängen. Vielleicht, weil es unterschiedliche Kommissariate sind. Und sie wollte sich eh stellen, es ging ihr bloß noch um das schöne Jackerl. Aber alles andere soll sie Ihnen selbst erzählen. Ich wasche meine Hände in Unschuld.« Sie fuhr sich mit Daumen und Zeigefinger über den Mund, als würde sie einen Reißverschluss zuziehen.

Ein plötzlicher Gedankenblitz ließ Richard den Wohnwagen verlassen. Als er zurückkehrte, schob er der verdutzten

Caroline Perchinger den Schlapphut hin, den er vor ein paar Tagen gefunden hatte. »Passt der vielleicht zum Jeansjäckla?«

Sie prustete los. »Um Himmels willen! Der stammt aus ihrer Faschingskiste, den würde sie doch nie auf der Straße tragen. Aber woher …?« Sie schluckte den Rest der Frage hinunter.

»Aus wessen Faschingskiste?«

Caroline Perchinger zögerte nur kurz. »Der von der Sonja, meiner Freundin und Kollegin.«

»Sonja und wie weiter?« Richard griff nach seinem kleinen Notizblock, der während der Arbeit immer in seiner Hemdtasche steckte. Er griff ins Leere.

»Sonja Schiebl, wohnhaft in Regensburg, arbeitet da im Betrugsdezernat.«

»Und war die Geliebte von Manfred Gelser?«

»Ja«, stieß sie erleichtert hervor. »Ich kenne den Mann gar nicht. Habe ihn nie gesehen. Das mit dem Date war eine Lüge.«

Richard setzte sich neben sie. »Und obwohl die Kollegen von der Mordkommission dringend nach Ihrer Freundin suchen, haben Sie sie gedeckt? Haben geschwiegen und es sogar auf sich genommen, selbst verdächtigt zu werden?«

»Mei, wir sind Freundinnen, da verrät man sich nicht und hilft einander.«

Eine bemerkenswerte Aussage, wie Richard fand. »Und die Sonja hat Sie mitten in der Nacht hierhergeschickt – nur wegen einer Jeansjacke?«

»Von Marc Jacobs.«

»Und sauteuer, ich weiß.«

»Sie wartet auf dem Parkplatz vor dem Campingplatz auf mich.«

Richard schoss hoch. »Was? Die soll herkommen, aber zack, zack! Und keine Fisimatenten, sonst sieht sie ihr Designerjäckla nie wieder!«

Sonja Schiebl war eine Augenweide, fand Richard. Wirklich schade, dass sie vielleicht eine Mörderin war. Ihr Smartphone, auf dem ihre Freundin sie angerufen hatte, hielt sie noch in der Hand, als sie in hohen Sandalen und mit einem Strickponcho, den sie über ihr leichtes Sommerkleid geworfen hatte, über den schwach beleuchteten Campingplatz lief. Die kleinen Pfützen auf der Wiese umrundete sie elegant wie eine Skirennläuferin die Tore beim Slalom, dann steuerte sie wie selbstverständlich auf Gelsers Wohnwagen zu. Sie gab Richard die Hand und sah sich wehmütig im Inneren um.

Ach, richtig, ging es Richard durch den Kopf, sie befanden sich ja im Liebesnest von ihr und dem toten Nürnberger.

»Soll ich uns einen Tee oder Kaffee machen?«, fragte Sonja Schiebl, während sie eine runde Blechdose öffnete. »Kekse sind auch noch da.«

Die hatte sich hier ja richtig heimisch gefühlt, stellte Richard fest. Für ein kurzes Techtelmechtel bewegte sie sich in Gelsers Wohnwagen viel zu selbstverständlich. Das passte dazu, dass Richard in der Nasszelle Haarspray und eine rosafarbene und eine blaue Zahnbürste entdeckt hatte.

»Kaffee, bitte, mit Milch«, sagte Caroline Perchinger.

Richard verdrehte die Augen. Die Frauen verkannten wohl den Ernst der Situation, dass sie jetzt ein gemütliches Kaffeekränzchen machen wollten. Trotzdem musste er höllisch aufpassen. Vielleicht führten die beiden ja etwas im Schilde, die meisten Giftmorde wurden bekannterweise von Frauen verübt.

Sonja Schiebl füllte den Wasserkocher und schaltete ihn ein. Aus einem Schränkchen über dem Gasherd nahm sie drei Tassen und stellte sie auf den Tisch. Eine vor Richard. Und dann begann sie zu erzählen.

»Am letzten Wochenende hatte ich ein ziemliches Stück vom Campingplatz entfernt meinen Wagen geparkt, damit ihn niemand sieht. Als wir gemeinsam zu ihm zurückgingen, hörten wir im Wald Geräusche. Der Manfred ging ihnen nach, weil ich Angst hatte, es wäre der Simon, mein Mann, der mir auf die Schliche gekommen war.« Sonja Schiebl sprach mit starrem Blick, als würde vor ihr ein Film ablaufen. »Manfred war eine Ewigkeit verschwunden. Als er endlich wieder auftauchte, habe ich nicht gleich kapiert, was passiert war. Erst als ich das Messer sah.« Sie war blass geworden.

»Und dann haben Sie beide ihn ins Spukhäusl geschafft«, vollendete Richard, der zwischen den Frauen hin- und herschaute, die Erzählung.

»Nein!«, begehrte Caroline Perchinger entsetzt auf.

»Nein, sie war nicht dabei«, sagte ihre Freundin und verfiel in Schweigen.

»Wir trinken jetzt unseren Kaffee, und dann rufe ich im Präsidium an«, sagte Richard und warf Sonja Schiebl ihr heißgeliebtes Jeansjäckla zu. Den Schlapphut würde er den Kollegen vom Kriminaldauerdienst übergeben.

»Ich bin froh, dass ich mir jetzt endlich alles von der Seele reden kann«, sagte Sonja Schiebl noch und seufzte. »Solange mein Mann, der Simon, nichts davon erfährt.«

Richard lächelte leicht. Diese Hoffnung wollte er ihr vorerst nicht nehmen.

Bis zum Eintreffen der Polizeibeamten hörte Richard von den Frauen die ganze Geschichte und erfuhr, wie Sonja Schiebl und ihr Bekannter Hannes Perchinger Manfred Gelser ins Spukhäusl geschafft hatten. Die Vorstellung eines Mörders, der im Wald auf seine Opfer lauerte, würde Richard mindestens eine schlaflose Nacht bescheren. Und ganz sicher würde er seine Spaziergänge und Nachtwanderungen mit sofortiger Wirkung einstellen.

Eingemauerter Franke

Ein neuer Morgen – und was für einer! Richard schlürfte laut. Nur mit einem Rucksack um die Welt reisen, mit dem Fallschirm aus einem Flugzeug springen; wem es denn gefiel. Er hatte ein anderes Bild von Freiheit. Zum Beispiel laut seinen Kaffee zu schlürfen! Normalerweise kassierte er dafür einen schrägen Blick. Beim Frühstücken von seiner Schwester, auf der Arbeit von seiner Chefin. Im Restaurant verkniff er sich das Schlürfen, das die beneidenswerten Chinesen genüsslich zelebrierten und das im Mittelalter gang und gäbe gewesen war. Damals hatte man halt noch gewusst, was Genießen war.

Er führte den Kaffeehumpen erneut zum Mund – und schlürfte. Lang und laut. Herrlich, anderen Campern dabei zuzuschauen, wie sie ihre Wohnwagen hin und her rangierten. Oder wie sie ihre fahrbaren Behausungen mit einem Mover, einer elektrischen Rangierhilfe, aus dem Handgelenk bewegten. Andere wiederum schleppten, kaum dass sie ihr Frühstücksbrötchen vertilgt hatten, bereits das Geschirr in die Spülküche. Oder putzten die Fenster ihrer Wohnwagen. Oder führten Hunde, groß wie Mondkälber, Gassi. Oder bestiegen Fahrräder. Oder warfen Angelschnüre aus. Oder schnippelten bereits Gemüse fürs Mittagessen. Der gemeine Mensch kann anscheinend nur schwer ohne Beschäftigung sein, stellte Richard fest. Er konnte das mittlerweile sehr gut.

Er war in die Beobachtung einer Karawane Holländer, die Vollprofis unter den Campern, vertieft, als Axel daherkam. Eine Kaffeetasse in der Hand, einen Klappstuhl unter dem Arm. Die ausgeleierten Badeshorts hingen ihm an den Hüften, die Flecken auf seinem T-Shirt gaben Aufschluss über sein Frühstück. Kirschmarmelade war dabei gewesen. Und Richard sah nicht besser aus. Er spürte seinen Bart auf der Brust kratzen, wenn er den Kopf senkte, und seine Jogginghose beulte an diversen Stellen aus und war auch nicht mehr aprilfrisch. Doch ihr gschlampertes Outfit war den beiden Franken nicht einmal ein Wimpernzucken wert, sie gaben sich keinerlei Eitelkeiten hin. Nach wenigen Tagen als Zeltler hatte Richard den Zwang abgelegt, wie aus dem Ei gepellt aussehen zu müssen. Immerhin waren sein Hals und die Füße gewaschen und er nicht nackt, das war die Hauptsache.

Wortlos ließ Axel sich an Richards Frühstückstisch nieder und stellte seine leere Tasse ab.

»Kipferl?«, bot Richard ihm an.

»Hm«, brummte Axel.

Der hatte heute aber eine Laune. »Schlecht geschlafen?«

»Schlecht geträumt.«

Richard schaufelte zwei Löffel Pulverkaffee in Axels Tasse, goss heißes Wasser drauf und warf zwei Würfelzucker dazu. Der Nachbar trank seinen Kaffee »halb süß«, das wusste er unterdessen. »Hast du nichts mitgekriegt heute Nacht?«

»Wor denn wos?«

»Die Polizei war da.«

Axel wuchs auf seinem Klappstuhl, seine Augenlider fuhren in die Höhe. »Wann?« Er nippte an seinem Kaffee, bevor Richard ihn warnen konnte. Prompt verbrannte sich der Zerzabelshofener die Zunge.

»So gegen zwei. Unser Herzchen war wieder im Wohnwagen.«

»Die?« Axel formte mit den Händen Brüste.

»Zuerst die Perchinger, die wir neulich geschnappt haben. Aber dann auch die«, Richard wollte Axels Geste imitieren, aber dann kam ihm das doch zu plump vor, »die andere.«

»Hör aaf!«, rief Axel.

»Ja, der Grund war wieder das Jeansjäckla. Aber vielleicht verarschen uns die beiden auch nur. Doch das soll jetzt mal schön die Polizei in Regensburg herausfinden.«

»Dann host du vielleicht den Mordfall gelöst? Die Mörderin gefasst?« Axel strahlte voller Stolz und schlug Richard auf die Schulter. »Gratuliere!«

»Noch steht nicht fest, dass sie die Mörderin ist.« Mehr wollte Richard zu den laufenden Ermittlungen nicht sagen. Wobei er recht viel mehr auch nicht wusste.

Als sie ihre Köpfe Richtung Campingplatzeingang drehten, sahen sie die uniformierten Streifenpolizisten aus Beichting nahen.

»Etz wird's spannend.« Axel war plötzlich putzmunter.

»Servus, Kollegen«, sagte Richard.

»Pfüa di, Kollege!«

»Glückwunsch«, erwiderte Dirnbacher und überprüfte die Tür des Wohnwagens.

»Ich habe wieder abgeschlossen und den Schlüssel den Kollegen vom Dauerdienst übergeben«, erklärte Richard. »Die Perchinger hatte den Ersatzschlüssel von Sonja Schiebl bekommen, sodass sie in den letzten Tagen munter im Wohnwagen ein und aus gehen konnte.«

Weil Axel unübersehbar Blumenkohlohren bekam, brachen die drei Polizisten zu einem Spaziergang Richtung Campingwirtschaft auf.

»Die Schiebl beharrt darauf, dass ein Unbekannter Manfred Gelser überfallen und ermordet hat. Wobei sie nur gesehen haben will, wie er aus dem Wald gewankt kam und dann vor ihren Füßen zusammengebrochen ist. Er konnte sich wohl noch bis zu ihrem Wagen schleppen und ist dann dort gestorben«, erklärte der Kollege Reusch.

»Aber warum hat sie nicht gleich die Polizei gerufen?«, wunderte sich Richard immer noch.

»Sie wollte ihre Affäre geheim halten.« Reusch machte mit der Hand Scheibenwischerbewegungen vor seiner Stirn. »Die Kollegen in Regensburg haben sie gefragt, warum sie den Mann nicht einfach an Ort und Stelle gelassen hat. Und weißt du, was sie geantwortet hat? Weil sie ihren Geliebten nicht wie einen Sack Altkleider am Waldrand habe liegen lassen wollen. Zum Abtransport der Leiche hat dann der Hannes Perchinger, der Bruder von der Caroline, herhalten müssen. Der kann sich jetzt wie die Schiebl auf ein Verfahren wegen

Strafvereitelung einstellen. Sofern die nicht doch noch tiefer in der Sache drinsteckt.«

»Das hast du gut gemacht, Richard«, lobte Dirnbacher erneut. »Gleich heute Morgen haben uns die Regensburger verständigt. Im Moment wird der Wald rund um die Stelle, wo Gelser erstochen wurde, nach Spuren abgesucht. Die Schiebl hat der Kripo vorhin den ungefähren Tatort gezeigt.«

Richard überlegte. Ob er die Stimmen erwähnen sollte, die er gehört hatte? Aber er wollte sich nicht zum Affen machen.

»Mich wundert, dass die Leni gerade nicht zu sehen ist und ihre Geschichten zum Besten gibt«, sagte er stattdessen verschmitzt.

»Weil die Schaulustigen der die Imbissbude einlaufen. Die Nachricht davon, dass die Polizei erneut angerückt ist, hat sich wie ein Lauffeuer verbreitet. Aber eigentlich würde die Schmidpfandlerin lieber als Berichterstatterin fungieren, als am Grill zu stehen«, meinte Dirnbacher grinsend.

Als die beiden Beamten sich verabschiedeten, luden sie Richard noch zu einem Besuch auf die Wache ein. Zufrieden mit sich begleitete er sie ein Stück und sah dem Streifenwagen schließlich hinterher, wie er vom Campingplatz fuhr. In der Ferne konnte er den tumultartigen Auflauf rund um den Schmidpfandlschen Imbiss erkennen.

Richard hatte geplant, den restlichen Tag für eine Besichtigung von Regensburg zu nutzen, da er in drei Tagen, am Sonntag, schon wieder nach Hause fahren würde. Rechtzeitig, um den Kirchweih-Montag noch mitzubekommen, aber zu spät, um beim Kärwatanz dabei zu sein.

Doch die Leni hatte ihn bereits entdeckt. »Richard! Komm doch mal geschwind!«

Er trabte ergeben näher. Heute würde er ganz bestimmt keine Würstla essen!

Leni wieselte aus ihrer Bude, während sie sich die Hände an einem Geschirrhandtuch trocknete. »Ich hab die Schiebl vorhin im Polizeiauto hocken sehen. Sag, hat die den Nürnberger umgebracht?« Sie zog einen Fingernagel an ihrer Kehle entlang.

»Keine Ahnung, bin ich vielleicht die Schiebl? Außerdem darf ich dir nichts sagen, selbst wenn ich wollte und könnte.«

»Geh, Richard!« Sie zupfte ihm am T-Shirt, sauste zurück in ihren Imbiss und kehrte mit einer Wurstsemmel zurück.

»Ich bin nicht bestechlich.«

Sie tat beleidigt. »Ich will dich auch nicht bestechen. Ich weiß einfach nur, dass du meine Würstel magst. Nimm!«

Und schon hatte er das Bratwurstweggla in den Händen. Aus Reflex wollte er hineinbeißen, aber die Schmidpfandlerin riss ihm den Snack wieder aus den Pfoten.

»Sorry, Richard. Ich hatte vergessen, dass du sie ja mit Senf magst.«

Er schaute ihr erst ausdruckslos hinterher, dann sich um.

Die Menschengruppe vor dem Imbiss, teils am Brötchen, teils an der Wurst kauend, diskutierte lebhaft den Mordfall. Wilde Spekulationen wurden geäußert. Manch einer schien während der Tat danebengestanden zu haben, so gescheit redete er daher.

Während Leni ihm geschäftig das Wurstweggla, aus dem jetzt vorn und hinten dicke Bahnen Senf quollen, wieder in die Hand fummelte, prahlte sie: »Das ist der Herr Staudinger von der Kripo Nürnberg, mein guter Bekannter.« Um seine Dienstbezeichnung richtigzustellen, ließ sie ihm keine Zeit, sondern flitzte wieder an ihren Grill, schnitt Semmeln auf, belegte sie mit Würsten und rief: »Heiße Würstel! Taschenlampen fürs Spukhäusl! Heiße Würstel!«

Als Richard seinen Kopf wandte, fiel ihm ein handgeschriebenes Schild auf: »Taschenlampenleihgebühr: 2 €«.

Hatte der Preis letztens nicht noch bei einem Euro gelegen? Na ja, wenigstens blieb der Bratwurstweggla-Preis stabil.

Er setzte sich auf einen Baumstumpf, aß und betrachtete sein Umfeld. Warum nur zog ein schauerlicher Mord Menschen so an?

Als Leni sämtliche anwesenden Spukhäusl-Besucher verköstigt und mit ihren Geschichten versorgt hatte, hockte sie sich neben Richard. Wahrscheinlich, um sich die Zeit bis zum nächsten Ansturm zu vertreiben. Erst da wurde er sich seiner Aufmachung bewusst. Er sah aus wie ein Sandler, hoffentlich roch er nicht auch so.

»Hab ich dir eigentlich schon erzählt, dass manche Historiker behaupten, dass es gar keine Kinder waren, die in dem Haus verhungert sind, sondern ein Mann? Höchstwahrscheinlich ein Wanderer aus Franken, den man beim Spaziergehen überfallen, ausgeraubt und anschließend im Keller eingemauert hat.« Sie verzog das Gesicht, bediente sich wieder ihrer Gruselstimme: »Dessen arme Seele spukt seither ruhelos durch das Haus und den angrenzenden Wald.«

Historiker!, dass er nicht lachte. »Das hast du doch eben erst erfunden«, sagte er und leckte sich den Senf von den Lippen. »Passt du deine Schauergeschichten jedem Zuhörer an? Von wegen Franke!«

»Aber schön gruselig, oder?«, kicherte Leni, dann entdeckte sie zwei Personen, die noch ohne Bratwurstsemmel waren, und hechtete zurück an den Grill.

Richard hatte mit einem Mal einen bitteren Geschmack im Mund. Oder war die Geschichte eine verdeckte Drohung gewesen? Sollte er nicht mehr im Wald herumschleichen? Ach was, Richard, rief er sich zur Räson, allmählich wirst du wirklich paranoid.

Oder?

»Akte X«

»Und?« Der Pseudofürther ließ sich neben dem Baumstumpf, auf dem Richard saß, auf den Erdboden plumpsen.

Nanu, wunderte sie Richard, was hatte den denn von seinem Wohnwagen und den Schuppentieren in der Naab vertrieben?

»Taugt des was?« Er deutete auf Richards Bratwurstweggla-Rest.

»Ja«, kaute Richard seelenruhig weiter.

»Aber die unsrigen Würstla sind besser, oder?«

»Anders.«

»Is di do dei Gspusi?« Axel ließ wirklich keine Gelegenheit aus, Richard eine Frau anzudichten.

Leni war gerade so in ihren Bratwurstverkauf vertieft, dass sie den potenziellen Neukunden aus Franken glatt übersah.

»Dei Bratwurstgspusi?«

Richard winkte lahm ab, musste über den Begriff aber schmunzeln. Bratwurstgspusi.

»Und?« Axel ließ nicht locker und nickte in die grobe Richtung des Spukhäusls. »Gibt's wos Neues?«

»Die Leiche ist immer noch tot«, antwortete Richard gelassen, dann mussten die Männer lachen. »Momentan suchen die Beamten den Wald nach Spuren ab.«

»Und des macht Sinn? Der Mörder wird ja wohl kaum hinter einem Busch hocken und ›Kuckuck‹ rufen«, zweifelte Axel.

Richard war sich da nicht so sicher. Was wusste man denn schon, wer oder was sich im Wald außer Quasimodo sonst noch herumtrieb?

»Und? Heut?« Axels Einsilbigkeit war beinahe verdächtig.

Richard dachte an die dicken Socken, deren Kauf er mit einem Bummel durch Regensburgs Altstadt und einem Blick in die schöne blaue Donau hatte verbinden wollen, ließ die Frage aber unbeantwortet. »Und ihr?«

»Angeln, wos sonst!«

»Unternimm doch mal was mit Bille und den Kindern«, schlug Richard vor, erhielt aber ebenfalls keine Antwort.

Gemeinsam trotteten sie zurück zum Campingplatz, und wie aus heiterem Himmel hatte er ein schlechtes Gewissen. Statt anderen kluge Ratschläge zu erteilen, sollte er sich lieber um seinen eigenen Kram kümmern.

An seinem Zelt verabschiedete er sich von Axel und rief seine Schwester an. Er ließ es lange klingeln, aber sie ging nicht ran. Richard schaute auf seine Uhr. Halb eins. Nach dem Mittagessen räumte Trudel eigentlich zuverlässig die Geschirrspülmaschine ein. Bei rumstehenden Tellern und Gläsern würde sie das Haus nicht verlassen. Etwas musste passiert sein. Panik krabbelte Richard den Nacken hoch und ließ seine Kopfhaut prickeln.

Endlich meldete sie sich mit einem gehetzten »Ja«, es folgten leise Flüche und dann ein Schrei, und Richard wusste, dass er mit seiner Vorahnung recht gehabt hatte. Er würde sich sofort in sein Auto schwingen und mit Bleifuß nach Kleinmichlgsees rasen.

»Was ist denn?«, presste Trudel in dem Moment heraus. Die drei Worte hörten sich so an wie: Jetzt nicht, ich habe keine Zeit!

»Nichts, Trudel. Ich bin es nur, dein Bruder.«

Geschirrgeklapper. »Ach, du! Sorry, aber ich bin im Stress. Hast du denn vergessen, dass morgen die Kärwa angeht?«

Richard schluckte. Das war ihm tatsächlich ein wenig vom Schirm geglitten.

»Ich backe gerade Kärwaküchla«, keuchte seine Schwester.

Und Richard sah sie mit hochrotem Kopf vor sich, wie sie sich mit mehliger Hand über die Stirn wischte. Die Küche stank nach heißem Fett. Es herrschte eine Temperatur wie mittags in der Sahara. Eierschalen lagen auf dem Boden, offene Mehltüten waren umgekippt, und über allem schwebte ein Puderzuckernebel.

Wenn die Trudel für die Kärwa Küchla backte, dann in rauen Mengen, damit niemand in Kleinmichlgsees während der vier Kirchweihtage Hunger leiden musste. Es war nicht ungewöhnlich, dass sie eine zweite Backschicht einlegte, wobei sie nicht die einzige Küchlabäckerin im Ort war. Was auf ein verfressenes Dorf schließen ließ.

»Daran habe ich wirklich nicht gedacht, tut mir leid«, entschuldigte er sich. »Bei mir ist alles gut, wollte ich dir bloß sagen.«

»Bist du gar nicht auf dem Klo?«, schaffte sie es dennoch, eine bissige Bemerkung anzubringen.

Die Richard geflissentlich überhörte. »Und bei dir? Alles okay?«

»Ich backe Küchla!«

Und wenn Trudel die produzierte, war nicht nur die Raumtemperatur unerträglich. Schon wegen der immer stärker werdenden Konkurrenz. In den letzten Jahren war ein regelrechter Küchlabäckerinnenboom ausgebrochen. Was wahrscheinlich an diesen vermaledeiten Kochsendungen und den Blogs lag, wo Hinz und Kunz schöne bearbeitete Bilder reinstellte und sich zum Starkoch respektive -bäcker erhob.

»Ruf doch mal die Maria an. Irgendwas ist auf der Wache passiert, aber ich hab nur mit halbem Ohr hingehört. Wie gesagt –«

»Du bäckst Küchla, ich weiß. Und ich rufe sie an. Mach's gut, Trudel.« Erleichtert legte Richard auf. Solange seine Schwester beschäftigt war, konnte sie ihm nicht auf den Wecker gehen.

Maria und er kannten sich schon Jahre und hatten ein sehr gutes Verhältnis. Aber wollte er wirklich wissen, was auf der Wache so Schlimmes passiert war? Wenn sie seinen Schreibtisch nicht auf die Straße gestellt und seine gute, alte Kaffeemaschine nicht gegen einen Kaffeevollautomaten ausgetauscht hatten, war die Welt für ihn in Ordnung.

Er hielt fünf Minuten durch. Dann siegte die Neugier. Doch seine Kollegin wimmelte ihn ähnlich hektisch ab wie zuvor seine Schwester. Die Ingreischer hatten den Kärwabaum geklaut.

Bevor er losfuhr, blätterte Richard in seinem »ADAC-Länderkarten-Buch Deutschland« von 1994, eine echte Rarität, die er stets in seinem Golf dabeihatte. Hie und da mochte sich bei der Straßenführung etwas geändert haben, aber die Ortschaften existierten noch. Und wenn er sich verfuhr, konnte er notfalls immer noch nach dem Weg fragen. Denn ein Navi besaß der Golf nicht. Wäre Richard jetzt zufällig in China gewesen, hätte er sich vielleicht einen Kopf gemacht, aber so …? Beichting war nicht aus der Welt, und die Polizeiwache kannte sicher jedes Kind. Den Ausflug nach Regensburg hatte er vertagt, den Dom, die Altstadt, die Steinerne Brücke und das Alte Rathaus wollte er sich für ein andermal aufheben.

Beichting war ein netter, ländlicher und sehr gepflegter Ort mit einer Hauptstraße, von der verwinkelte Gassen abzweigten. Die hiesige Polizeiinspektion war für Oberbürzl und Unterbürzl zuständig. Als Richard die Wache betrat, fühlte er sich sofort wohl. Als hätte man seinen Kleinmichlgseeser Arbeitsplatz in die Oberpfalz verpflanzt, nur das Mobiliar, das ähnlich altmodisch und abgelebt war, war anders angeordnet. Sogar die gelbliche Raufasertapete war ähnlich. Ein Kruzifix hing bei den Kleinmichlgseeser Polizisten allerdings nicht an der Wand.

Die Kollegen freuten sich riesig über sein Auftauchen und bedauerten im selben Atemzug, ihm kein Weißbier anbieten zu können. Wobei für Richard fraglich blieb, ob sie keines im Kühlschrank hatten oder sich an das Alkoholverbot in öffentlichen Ämtern hielten.

»Normalerweise haben wir es hier schön ruhig«, sagte Jokel Dirnbacher.

Richard nickte. Er wusste, was der Kollege meinte. Auch in Beichting lag der Hund begraben.

»Aber seit dem Mord klingelt ununterbrochen das Telefon. Jeder will von uns eine Auskunft haben«, stöhnte er.

Automatisch wanderten drei Augenpaare zum Telefon, das sich nicht rührte.

»Gerade haben wir es wirklich nicht leicht«, betonte Reusch.

»Mein Chef ist eine Frau und kommt aus Berlin«, spielte Richard seinen Trumpf aus, der ihm wie erhofft Beileidsbekundungen und jede Menge Achtung von den Kollegen einbrachte.

»Aber sie hat sich gut in Franken eingelebt, das muss man ihr lassen. Und Biss hat sie auch.«

»Apropos Frau. Die Regensburger haben das Alibi von Simon Schiebl überprüft, dem Ehemann der Geliebten des Opfers. Er war zum Zeitpunkt des Mordes beruflich in Chemnitz.« Reusch zog eine Schreibtischschublade auf und holte eine Schachtel Kekse heraus.

Allmählich wurde es Richard doch unheimlich. Befand er sich in einem Paralleluniversum von Kleinmichlgsees? Auch er hatte eine Geheimschublade, die unterste in seinem Schreibtisch, in der er neben allerlei Süßkram und seiner Klolektüre, einem Micky-Maus-Heft, auch eine Flasche Obstler versteckte. Ein Stamperl davon hätte er jetzt gebrauchen können. Zum Mutantrinken. Denn wie würden seine Kollegen reagieren, wenn er jetzt von der Fratze, dem wandernden Licht im Wald, kichernden Geistern im Spukhäusl und Quasimodo erzählte? Je länger Richard darüber nachdachte, desto besser gefiel ihm die Variante, nicht mit der Tür ins Haus zu fallen. Sonst hielten die ihn noch für völlig plemplem. Besser wäre eine subtile Annäherung an das Thema, vielleicht sprangen die Beichtinger Beamten ja auf den Zug auf.

»Sagt mal, gibt es in der Gegend eigentlich Landstreicher?«, fragte er so harmlos wie möglich.

Darauf wusste keiner der beiden eine Antwort. Ihrer Meinung nach fanden Obdachlose und Penner eher in der Stadt Unterschlupf.

»Das interessiert mich nur, weil mir gestern eine völlig verwahrloste Gestalt vors Auto gelaufen ist. Zum Glück ist nichts passiert, da ich nicht schnell gefahren bin, aber der Kerl sah wirklich erbärmlich aus.«

»Ah!«, machte Dirnbacher. »Wahrscheinlich bist du diesem Freak begegnet, der in einem Verhau im Wald lebt. Ich habe bisher nur von ihm gehört. Er zieht wohl immer wieder um.« Er klopfte mit dem Zeigefinger auf den Schreibtisch. »Meinst du, er könnte etwas gesehen haben?«

Darauf war Richard noch gar nicht gekommen. »Er könnte ein Zeuge sein«, sagte er dennoch.

»Der ist doch nicht ganz dicht. Aber wenn die Kollegen den Wald nach Spuren durchkämmen, werden sie sicher auf ihn stoßen«, ergänzte Reusch. Was für ihn völlig ausreichend schien, um gemütlich auf seinem Bürostuhl hocken bleiben zu können.

»Womöglich war es auch der Schrat, den ich letztens im Wald gehört habe.« Richard machte eine wegwerfende Handbewegung. »Er hat gelacht und um Hilfe gerufen.«

Seine Kollegen blickten ihn starr an. Dann sagte Dirnbacher wie selbstverständlich: »Ich glaube, du hast eher die toten Kinder aus dem Spukhäusl gehört.«

Richard wartete darauf, dass sie in schallendes Gelächter ausbrechen würden, aber nichts passierte. Vielmehr warfen sich die Männer einen dieser Blicke zu, die sagten: Und jetzt kein Wort mehr davon.

Die meinen es todernst!

»Mich wundert ja, dass Sonja Schiebl im Wald rein gar nichts gesehen haben will«, beendete Richard die unangenehme Stille. Wenn Dirnbacher und Reusch von sich aus nicht mehr auspackten, wollte er auf dem Thema nicht weiter herumreiten. Dann gab es in dieser Gegend eben diesen Aberglauben.

»Na ja, die Frau stand völlig unter Schock. Sie hatte einen totalen Blackout«, sagte Dirnbacher. »Was vielleicht auch erklärt, dass sie Manfred Gelser ins Spukhäusl gebracht hat. Ihr hätte doch klar sein müssen, dass man ihn früher oder später dort findet.«

Auf der Heimfahrt zum Campingplatz grübelte Richard immer noch über das Spukhäusl. Es hatte etwas Paranormales an sich, was einen Dinge tun und sehen und Sachen hören ließ, die nicht natürlich zu erklären waren. Oder besaß er womöglich übersinnliche Fähigkeiten, die sich erst in den Wäldern der Oberpfalz entfaltet hatten? Wobei die bestimmt nicht mystischer waren als der Nürnberger Reichswald, in dem er auch schon öfter Spaziergänge unternommen hatte. Unwillkürlich musste er an die Serie »Akte X« denken.

Vielleicht brauchte er einfach nur einen realen, handfesten Menschen, mit dem er über alles reden konnte. Und wenn eine mit beiden Beinen im Leben stand und ihn mit ihrem kernigen Humor von seinen eigenartigen Gedanken abbringen konnte, dann war es die Mona mit ihrem knusprigen Brüstl und dem phantastischen Erdäpfelsalat.

Die Trudel würde die Hände über dem Kopf zusammenschlagen, wüsste sie von seinen ernährungstechnischen Sünden. Jeden Tag Würstel und Brüstl, wo sie doch so großen Wert darauf legte, dass er reichlich Gemüse und Obst zu sich nahm. Aber was sollte Brokkoli haben, das in einem gebratenen Schweinebauch nicht vorhanden war? Bei dem Gedanken fiel ihm ein, dass Axel stolz versprochen hatte, heute Abend gebe es gegrillten Fisch aus der Naab. Richard stand dem skeptisch gegenüber. Sein Fisch musste viereckig und paniert sein und durfte ihm vor allem nicht beim Essen zuschauen. Ein Grund mehr, bei der Campingplatzwirtin einzukehren.

Wolken wie quellender Hefeteig hingen über dem Tal, als Richard sein Zuhause auf Zeit erreichte. Der von den Wetterfröschen angekündigte Regenguss hatte die Urlauber anscheinend veranlasst, es sich in ihren fahrbaren und aufstellbaren Behausungen gemütlich zu machen. Der Biergarten war verwaist, nur die zwei üblichen hartgesottenen Einheimischen tranken ihre Feierabendhalbe und wischten sich den Schaum aus den Schnauzern.

Richard nahm in der Wirtsstube Platz, wo lediglich über den Tischen am Fenster die Hängelampen brannten. Der andere Teil des Lokals lag im Dunkeln. Er war der einzige Gast, am liebsten wäre er wieder gegangen. Es war ihm unangenehm, dass sich die Küchenmannschaft, die Bedienung und Mona ausschließlich um ihn kümmerten.

Noch dazu herrschte eine ganz merkwürdige Stimmung. Fast meinte er, Monas Angestellte würden sich in der Küche streiten. Dann war wieder eine Zeit lang Ruhe, bis erneut hitzige Worte zu hören waren. Etwas später war Mona zu vernehmen, die ein Machtwort sprach. Manchmal tauchte ihr Beikoch Vinz hinter der Schanktheke auf und beobachtete Richard unverhohlen. Wollte er wissen, ob ihm das Brüstl schmeckte? Dann wieder standen der Beikoch und zwei Küchenhilfen in der Tür zur Küche, steckten die Köpfe zusammen und tuschelten.

Da war es bei der Leni ja um ein Vielfaches unterhaltsamer. Lieber ertrug Richard Gruselgeschichten als diese ungastliche Atmosphäre. Mona hatte sich nach ihrer Begrüßung nicht mehr blicken lassen. Was ihn ein bisschen enttäuschte. Also beeilte Richard sich, den Braten zu verzehren und schleunigst nach der Rechnung zu verlangen.

Fliegender Turnschuh

Gleich in aller Herrgottsfrühe breitete die Sonne ihre Strahlen über dem Campingplatz aus und ließ die Temperatur in Richards Zelt deutlich steigen. So schnell war er trotz des bockigen Reißverschlusses noch nie aus seinem Schlafsack gekrabbelt und in seine Schlappen gestiegen. Im Jogginganzug und mit ungekämmten Haaren flitzte er zu den sanitären Einrichtungen. Sollte er jemals im Leben noch einmal Urlaub auf einem Campingplatz machen, dann nur mit persönlichem Campingklo.

Anschließend schlenderte er deutlich entspannter zurück. Er sah immer mehr wie ein Strolch aus, fühlte sich aber prächtig. Die Sonne und der blaue Himmel kitzelten ein überbordendes Urlaubsfeeling aus ihm heraus. Seines Gestrüpps im Gesicht würde er nur mehr mit einer Sense Herr werden. An den Füßen trug er die Flip-Flops, die er gestern neben den Kipferln und der Tageszeitung im Campingladen erstanden hatte. An sich verbot schon die Bezeichnung »Flip-Flops« einem männlichen, fränkischen Beamten, so ein Schuhwerk zu tragen, das diese Bezeichnung sowieso nicht verdient hatte. Auch nicht im Urlaub. Aber wie gesagt: an sich. Und endlich traute Richard sich auch, die Jeans anzuziehen, deren Beine er mit Hilfe von Billes Papierschere auf Shortlänge gekürzt hatte. Zwar waren seine Füße in den Flip-Flops gelblich, die Waden braun und die Oberschenkel quarkweiß, aber das würde sich bald ändern. Wenn das Sommerwetter am Wochenende hielt, was es versprach.

Noch hatte Richard keine Ahnung, was ihn heute an diesem Bilderbuchtag erwarten würde, und so deckte er in heiterer Unwissenheit seinen Frühstückstisch. Und da ihm die Sonne genau ins Gesicht schien, setzte er seine schwarze Sonnenbrille auf und erinnerte damit an eine Edelmischung aus Mafioso und Schiffbrüchigem.

Richard schüttelte eine Papierserviette auseinander, die er gestern bei der Mona versehentlich in seine Hosentasche gesteckt hatte, und legte sie in die Mitte des Klapptisches. Neben sein Vesperbrettla platzierte er das Messer und stellte die dampfende Kaffeetasse dazu. Butter, Marmeladenglas, Wurstzipfel und Brötchentüte arrangierte er im Halbkreis drum herum. Er hatte sich »a bisserla« von der Bille inspirieren lassen. Schön!

Wohlgemut setzte er sich hin und winkte fröhlich Axel zu, der seinen Kescher gerade hektisch durch die Luft fahren ließ, als wollte er damit Schmetterlinge fangen. Um ihn herum, auf dem Wasser der Naab, tanzten Lichtreflexe.

Wenn er ehrlich war, beneidete Richard den Wahlfürther. Mit seiner Pseudoangelei hatte er ein wunderbares Alibi, um nichts tun zu müssen. Nicht mit den Kindern Memory spielen, nicht mit der gesamten Mischpoke die Naab entlangpaddeln. Niemand behelligte ihn mit Bitten, mit ihm zu kicken oder durch ein Museum zu latschen. Denn der Papa durfte nicht gestört werden. Er angelte. Nicht, dass jemand das von Richard verlangt hätte. Gewissermaßen kam er genauso gut weg wie Axel, nur die imaginäre Stimme seiner Schwester hockte ihm manchmal im Nacken.

Du kannst doch nicht einfach nur dasitzen und nichts tun!

Doch, ein Mann wie Richard konnte das sehr wohl. Und zwar stundenlang!

Die frühe Hitze schien sein Gehirn schmelzen zu lassen. Ein Sonnenschirm wäre nicht schlecht gewesen – oder Sonja Schiebls Schlapphut. Richard faltete sich aus dem Feuilleton der Zeitung einen Schiffchenhut und setzte ihn sich auf. Und dann wurde es spannend.

Drei Männer, vielleicht Freunde oder Kollegen, begannen, das noch immer schlampige Lager des Verstorbenen abzubauen. Warfen alles, was draußen rumstand, ins Innere und hängten den Wohnwagen an eine Anhängerkupplung.

Richard erhob sich und bot seine Hilfe an, stand aber letztendlich nur im Weg.

Minuten später waren sie fort. Nur ein vom Regen welliger Bierfilz blieb zurück. Richard wurde fast melancholisch. Wenigstens hatte der Nürnberger vor seinem Tod noch ein inniges Wochenende mit seiner Geliebten verbracht.

In dieser gedrückten Stimmung wanderten seine Gedanken nach Kleinmichlgsees. Kirchweihfreitag. Der Kärwabaum wurde aufgestellt, ach! Ein Hauch von Heimweh erfasste ihn nun zusätzlich, und er griff zum Handy.

Maria ließ das Telefon auf der Wache auffallend lange klingeln. Nicht einmal die Frischkes nahm den Hörer ab. Was hielten denn da für Sitten Einzug, wenn er nicht da war?

Als Maria endlich ranging, meldete sie sich nicht ordnungsgemäß mit Namen und Dienststelle, sondern plärrte nur entnervt: »Ja?«

In Richard regte sich das schlechte Gewissen. In Kleinmichlgsees schien der Ausnahmezustand zu herrschen, und er machte sich hier einen faulen Lenz. In Flip-Flops. »Ich bin es nur. Was ist denn da los bei euch?«

»Ach, Richard! Der Kärwabaum ist doch gestohlen worden, und die Kärwaburschen haben Blutrache geschworen, sich am Dorfplatz vor der Metzgerei versammelt und sind mit erhobenen Mistgabeln nach Ingreisch gezogen, wo es zur Schlägerei kam. Die Chefin wollte schlichten, aber du weißt ja, wie es ist. Wenn die Kerle sich fetzen, hält man sich besser raus. Ein noch nicht identifizierter fliegender Turnschuh hat sie an der Schläfe getroffen. Kurz war sie bewusstlos, die Frischkes, aber jetzt ist sie wieder in Ordnung. Außerdem gab es zahlreiche kaputte Bierkrüge, Veilchen, einen gebrochenen Daumen, und diverse Ingreischer Vorgärten wurden auch mutwillig zertrampelt. Kurz sah es so aus, als hätten wir deinen Gartenzwerg-Dieb, aber es war nur der Elmar, der besoffen durch die Blumenrabatten von der Stübinger Emmi getorkelt ist. Und zu guter Letzt hat sich die amtierende Kärwakönigin mit dem Bierkönig gezofft und daraufhin ihr Amt niedergelegt.« Maria holte ganz tief Luft.

Richard schüttelte den Kopf. Was war schon ein Mord gegen diese Fülle an menschlichen Verfehlungen? Nie hatte er das Naabtal lieber gehabt als in diesem Moment. In dem ein Gedanke in ihm heranreifte. Immerhin hatte Richard ganze *zwei* Wochen Urlaub genehmigt bekommen.

Der Nachteil an wenig Geschirr war, dass man eigentlich pausenlos abspülen musste. Der Vorteil, dass man nie viel abzuspülen hatte. Außerdem war es nett, sich mit den anderen Campern in der Spülküche zu unterhalten. Seine anfänglichen Ressentiments hatte Richard längst abgelegt. Es sei denn, er geriet mitten in eine Großfamilie, die ihr Geschirr im Umfang einer halben Kantineneinrichtung schrubbte und sich dabei lautstark untereinander mitteilte. Doch das war ihm bisher erst ein Mal passiert.

Heute hatte er Glück, die Spülküche war so gut wie leer. Lediglich ein wortkarger Eingeborener wischte mit einem Spülschwämmchen herum. Nach dem erledigten Abwasch warf Richard sich das Geschirrtuch über die Schulter, klemmte sich die Spülschüssel unter den Arm und schlenderte am Schwarzen Brett vorbei, das sich an der Rezeption befand. Auf den Aushängen wurden Wohnwagen und Wintervorzelte angeboten und Veranstaltungen wie etwa das legendäre Sautrogrennen angekündigt.

Da hörte er Mona nach ihm rufen, die im Eingang ihrer Wirtschaft stand.

»Morgen, Mona.«

»Mahlzeit, Richard.« Womit sie recht hatte, denn es ging gegen Mittag.

»Magst ein Bier? Immerhin hast du Urlaub.«

Er nickte, suchte sich einen Platz im Schatten und stellte sein bisschen Geschirr neben sich auf die Bierbank. Mona war flink mit einem Hellen mit schöner Schaumkrone zurück. Erleichtert atmete Richard auf. Das Dunkle hätte ihn zu dieser Uhrzeit wahrscheinlich umgebracht.

»Du kannst nicht zufällig kochen, oder, Richard?« Heute

trug die Mona ein himmelblaues Dirndl mit violetten Blüten am Ausschnitt, Veilchen vielleicht.

Richard wischte sich den Bierschaum vom Mund. »Rührei und Schinkennudeln.«

»Das würde mir fürs Erste schon genügen. Mein Koch ist nämlich weg.«

Erst jetzt bemerkte er die Kummerfalte zwischen ihren Augenbrauen. Auch ihre sonst so akkurate Hochsteckfrisur sah mitgenommen aus. Strähnen waren aus ihr herausgerutscht.

»Was meinst du mit ›weg‹?«

»Er ist einfach nicht zur Arbeit erschienen«, erwiderte Mona.

In dem Moment kam der Beikoch lustlos aus dem Wirtshaus gelatscht, sein glattes Haar fiel ihm bei jedem Schritt ins Gesicht. Nacheinander hielt er den Salz- und den Pfefferstreuer eines Tisches hoch und betrachtete den Inhalt, als hätte er noch nie Vergleichbares gesehen.

Hatte er Richard – erneut – abchecken wollen? Als möglichen neuen Koch?

Aber der Beikoch verschwand rasch wieder, scheinbar ohne die Füße beim Gehen vom Boden zu heben.

»Schnitzel und Bratwürste kriegen wir notfalls auch ohne Küchenchef hin. Die Salate und Garnituren machen die Küchenhilfen. Aber für die Braten, die Schweinshaxen, das Schweinebrüstl und den reibungslosen Ablauf brauche ich einen professionellen Koch!« Ihrem Gesicht war die Ratlosigkeit abzulesen.

»Hattet ihr Streit? War er schon vorher unzuverlässig?« Richard bremste sich, er wollte sich nicht wie ein Polizist anhören.

»Der Toni hat mich noch nie hocken lassen. Herrschaft, ausgerechnet jetzt zum Wochenende!« Sie stützte die Hände auf die Rückenlehne eines Stuhles.

Richard wunderte sich. Dafür, dass es in der Küche brannte, ließ die Mona sich ganz schön viel Zeit, um mit ihm zu reden. Aber einen Koch konnte er für sie leider nicht aus dem Ärmel schütteln. Wie gesagt – höchstens Rührei konnte er ihr anbieten.

»Okay, wir hatten gestern a bisserl Streit.«

Richard nickte. Hatte er sich doch nicht getäuscht. »Und du hast niemanden, der einspringen kann?«

»Schon, aber der taugt nichts. Wenn ich auf die Schnelle keine andere Lösung finde, kann ich am Wochenende nur kleine Gerichte anbieten. Eine Katastrophe. Bei dem Superwetter kommen die Ausflügler, Wanderer, Radler und Kanufahrer in Massen. Da muss das Rohr eigentlich voller Schweinsbraten sein!«

Sollte man vielleicht im Spukhäusl nach dem Toni suchen? Aber Richard verwarf den Gedanken sogleich wieder, er wollte keinen weiteren Toten heraufbeschwören. Vielmehr wollte er Mona das Händchen tätscheln und sie beruhigen. »Wohnt der Toni denn in der Umgebung?«

»In Kallmünz. Aber oben hat er auch eine Kammer, für wenn's nachts recht spät wird. Die Tür war offen, also hab ich reingeschaut, als er heute nicht erschienen ist. Das Bett ist unbenutzt.«

Immerhin ein erstes Indiz, dachte Richard.

»Und sein Motorrad steht hinter dem Haus«, ergänzte Mona.

»Dann ist er vielleicht mit einem Kumpel auf einen Absacker mitgefahren und hat bei dem übernachtet«, mutmaßte Richard.

»Sein Handy ist aus.«

Das war wirklich merkwürdig, fand Richard. Aber auch, wenn schon ein Mann ermordet worden war, war es noch nicht an der Zeit, den Teufel an die Wand zu malen. Vor allem, wenn ein Streit stattgefunden hatte. Vielleicht wollte der Koch seiner Chefin nur eins auswischen und machte einen auf stur und stumm. »Willst du die Polizei verständigen?«, fragte er.

Sie schüttelte den Kopf. »Der hat mich wegen gestern hängen lassen, ganz sicher. Aber dann braucht er gar nicht mehr wiederzukommen! Schluss ist!« Aus ihrer Wut sprach pure Verzweiflung.

Richard nahm einen langen Schluck. Mona stand noch immer neben ihm wie angewurzelt. »Um was ging es denn bei eurem Streit?«, horchte er nach.

»Ach, der Toni ist einfach nur eine Mimose. Immer muss alles nach seinem Kopf gehen.« Sie stieß sich vom Stuhl ab und lief davon.

Was der Auslöser des Streits gewesen war, wusste er immer noch nicht. Da hatte sich die Mona fein rausgezogen.

Leicht angezwitschert vom Hellen, das Geschirrhandtuch noch immer über der Schulter, spazierte Richard nach der Stippvisite bei Mona zu Lenis Imbiss.

»Ich will keine Würstel«, blockte er ab, als er davorstand. »Jedenfalls jetzt noch nicht. Sag mal, was ist denn mit dem Koch von der Mona?«

»Abgehauen ist er ihr. Wie all die anderen Männer davor auch.«

Die Frau war wirklich unglaublich. Wie kam es, dass sie alles wusste, noch bevor die Betroffenen selbst richtig schnallten, was los war?

»Wahrscheinlich haben die was miteinander gehabt.« Sie spitzte süffisant die Lippen.

»Weißt du das? Oder behauptest du es nur?«

»Ich hör halt, was die Leut so sagen.«

Er zwinkerte ihr kumpelhaft zu. »Und die haben gesagt, dass die Mona und der Toni miteinander …?« Richard verschlang seine Finger ineinander.

»Wundern tät's mich jedenfalls nicht.« Die Leni griff nach einem Brötchen und schnitt es auf.

»Wer den Camper ermordet hat, weiß man auch noch nicht«, überlegte er laut.

»Das ist doch klar, Richard. Die Schiebl Sonja war's. Mit der Perchinger als Komplizin. Die ist mir noch nie ganz koscher vorgekommen. Die stammt aus Unterbürzl, wusstest du das? Mit Senf, wie immer?«

Ergeben griff Richard erst nach seinem Geldbeutel und dann nach dem Bratwurstweggla. Aß er halt wieder Würstla. Vormittags. Nach dem Bier. Bevor ihm die Leni noch die Zange über den Schädel zog.

Das Geschirrtuch noch immer über der Schulter, die Spülschüssel unterm Arm und das Wurstweggla in der freien Hand marschierte Richard zurück zum Campingplatz. Es war Zeit für eine Siesta!

Er stutzte. Das war doch eindeutig sein Zelt! Ihm wurde flau im Magen. Der Reißverschluss des Zelteingangs war offen, und jemand kramte in seinen Sachen.

Richard stellte das Geschirr in die Wiese und schob sich den Rest Wurstweggla in den Mund. Dann griff er sich das Messer aus der Spülschüssel und ging langsam auf sein Zelt zu. Was er sah, war unfassbar.

Kümmelzoff

»Trudel! Was treibst du hier?«

Seine Schwester starrte auf das Messer. »Bist du bekloppt, Richard? Leg das Ding weg!«

Die Bewaffnung war ihm tatsächlich etwas peinlich, aber nach einem Mord war es doch normal, dass man Vorsichtsmaßnahmen ergriff. Richard warf das Messer in die Spülschüssel auf dem Boden.

Erst jetzt fiel es ihm auf. Wie sah es denn hier aus? Wie zu Hause! Auf seinem Klapptisch lag eine Spitzendecke, über die eine durchsichtige Schutzplastikdecke gebreitet war. In der Mitte stand eine Vase mit blühendem Gestrüpp. Sein Klappstuhl hatte einen Bruder bekommen, zudem fand sich neben seinem Zelt ein Beistelltisch, auf dem geblümte Porzellantassen sowie eine mit Papier ausgelegte Schachtel in der Größe eines Umzugskartons bereitstanden, die mit Kärwaküchla gefüllt war.

Kärwaküchla? »Jetzt sag, was machst du hier? Daheim ist Kärwa, da brauchen die dich doch!«

»Du brauchst mich offensichtlich mehr«, antwortete sie schnippisch und schob einen Finger durch die löchrige Ferse einer seiner dreckigen Socken. »Von deinen Unterhosen will ich gar nicht erst reden.« Sagte sie, hielt mit spitzen Fingern aber schon das Exemplar mit Leierbündchen in die Luft. Sodass es Hinz und Kunz sehen konnte!

Jetzt, wo der Wohnwagen des Nürnbergers fort war, fehlte ihm an einer Seite der Sichtschutz. Nur noch Axels Wagen schirmte ihn ab.

»Über meine Unterhosen wird hier und jetzt nicht diskutiert!«, plärrte Richard. Wie konnte es seine Schwester nur wagen, seine intimsten Wäschestücke den anderen Campinggästen zu präsentieren, das war doch wohl die Höhe!

»Ist das der Dank dafür, dass ich dich besuche? Krieg ich

nicht einmal ein Begrüßungsbussi?« Jetzt hielt sie die Unterhose weg und ihm demonstrativ die Wange hin.

Richard hatte ihre Taktik längst durchschaut. Trudel wusste, dass ihr Verhalten nicht okay war, dass er solche Aktionen hasste wie die Pest. Es war ja nicht gerade so, dass sein Tag auf sie gewartet hätte. Aber bei Familienmitgliedern mussten die eigenen Befindlichkeiten einfach hintanstehen. Besonders bei einer großen Schwester musste man sich beherrschen. Hinunterschlucken, was einem auf der Zunge lag. Etwa: *Steck dir deine zwanzig Küchla sonst wohin und gesell dich zur Leni. Ihr passt gut zusammen, die überfährt mich nämlich genauso rücksichtslos wie du. Vielleicht könnt ihr ja Schweinswürstelküchla machen, die der Renner werden!* Doch das dachte er nur. Richard durfte seinen Emotionen nicht freien Lauf lassen, dabei hätte es so gutgetan.

Und noch dazu diese Spitzentischdecke, dieser Porzellankokolores. Wie konnte sie nur so dreist sein, mit ihrem Weiber-Chichi in seine Männeridylle hineinzuplatzen?

»Freust du dich denn gar nicht? Ich habe uns sogar Kärwaküchla zum Kaffee mitgebracht.«

Wen meinte sie nur mit »uns« bei der Tonne Kärwaküchla, die sie hergekarrt hatte? Die Regensburger Domspatzen?

»Du störst meinen harmonischen Urlaubsrhythmus«, murrte er.

»Du und Rhythmus? Du weißt ja nicht einmal, wie man das schreibt!«

Womit sie recht hatte. Aus dem Stegreif wusste er das wirklich nicht. Widerwillig musste er lachen, und Trudel stimmte ein.

»Ich meine es doch nur gut.«

Allein dieser Satz! Richards Meinung nach brachte er das Übel gut auf den Punkt. Seine Schwester Trudel war eine übergriffige, penetrante Gutmeinerin.

»Was hast du da eigentlich auf der Schulter?« Prompt ging das Gemecker weiter: »Und wie du wieder aussiehst. Was ist denn mit deiner Hose passiert? Und diese – Gummischlappen!

Und deine Haare! Das ist doch keine Frisur. Und um Gottes willen, mit dem Bart hätte ich dich beinah nicht erkannt. So kannst du doch nicht herumlaufen! Was sollen denn die Leute von dir denken? Hast du vergessen, dass du eine Amtsperson bist?«

Richard musste sich ein Grinsen verkneifen. Trudel schien Teile ihres Monologes aus einem Songtext der Ärzte geklaut zu haben.

Und jetzt kam auch noch Axel angelatscht. Seine Shorts hingen mittlerweile so tief, dass sein Maurer-Dekolleté hervorblitzte.

»Wo worstn du? Iich hob dich schon vermisst«, sagte er und kratzte sich am Hintern. »Bei der Mona?«

»Auch, und dann bei der Leni.«

»Bei alle zwaa? Nacheinander? Donnerwetter, also des dät iich ned packen.« Wobei fraglich war, an welche Fleischeslust er dachte. Erst jetzt fiel ihm Trudel auf, und seine Augen wurden groß wie Golfbälle. Er deutete eine Verbeugung an. »Axel von der Moststraße, sehr angenehm.«

Depp, dachte Richard und bemerkte, dass Trudel feuerrot angelaufen war. Entweder rührte die veränderte Gesichtsfarbe noch von ihrem Anschiss oder von Axels Ausführungen. Doch Richard war nicht bereit, da auch nur irgendetwas richtigzustellen. Seine Genüsse gingen sie gar nichts an!

»Das ist meine Schwester, die Trudel«, erhellte er Axel. »Wenn ihr Bock auf Küchla habt, bring dich und deine Familie rüber. Wir machen Kaffee.«

Trudel wirkte pikiert, zog dann aber noch ein Ass in Form einer Thermoskanne mit Bohnenkaffee aus dem Ärmel.

Die Kinder hockten mit puderzuckerverschmierten Gesichtern am Boden, während Bille sich das Rezept für die Küchla geben ließ. Denn bessere habe sie noch niiie gegessen, wie sie nicht müde wurde zu betonen. Axel trank zu seinem dritten Küchla ein Bier, Richard war nach einem, das so gar nicht zu den vorangegangenen Würstla passen wollte, in den Küchlastreik getreten. Vielleicht wollte Mona die restlichen neunzig Stück ja auf die Speisekarte setzen? Als exotische, fränkische Spezialität.

»Da werden eure Kirchweihbesucher aber nicht begeistert sein, wenn sie keine von deinen Küchla bekommen. Goud sind die! Man merkt beim ersten Bissen, dass die handgemacht sind«, schwärmte Bille weiter.

»Das hier ist doch nur ein Bruchteil von meiner Produktion«, winkte Trudel gebauchpinselt ab.

Richard wunderte sich immer mehr über den Spontanbesuch seiner Schwester, die doch sonst meinte, die Kleinmichlgseeser Kärwa könne ohne sie nicht stattfinden.

»Ich wollte mich nur vergewissern, dass es dir gut geht und du allein zurechtkommst«, schien sie seine Gedanken zu lesen.

Wenn du jetzt noch mit meinen Unterhosen anfängst, schmeiße ich dich in die Naab, grollte Richard still, als er in der Ferne die zwei Beichtinger Sheriffs sich nähern sah.

Wie Bille waren sie höchst erfreut über Trudels Besuch, sprich über das süße Hefegebäck und den starken Kaffee. Wie vorausschauend, dass meine Schwester ihr gutes Geschirr eingepackt hat, sonst hätte man sich ja schämen müssen, dachte Richard lästerlich und grinste: Oh, Trudel!

»Gibt es was Neues?«, erkundigte er sich nach dem Stand der Mordermittlungen.

Jokel Dirnbacher wackelte mit dem Kopf und machte Handzeichen, die Richard erst nach ein paar Sekunden verstand. Er wollte später darüber reden.

»Wenn den Herren der Sinn noch nach etwas Herzhaftem steht, hätte ich auch ein paar kalte Fleischküchla zu bieten. Die waren zwar für meinen Bruder als Notration gedacht, aber er kommt ja gut ohne mich aus. Sagt er.«

»Ich komme wirklich gut allein zurecht, Trudel.« Und für seine Kollegen übersetzte Richard: »Sie meint Fleischpflanzerl.«

»Wir hätten da auch noch ein Schmankerl für dich«, sagte Dirnbacher zwei Fleischpflanzerl später. »Gleich.«

Trudel klaubte unterdessen ihren Hausstand zusammen und verstaute einen Berg Kärwa- und Fleischküchla für Richard in mitgebrachten Tupperboxen. So war seine Versorgung zumindest bis Sonntag gesichert. So überraschend Trudels Blitzbesuch gewesen war, so überraschend schnell beendete sie ihn auch wieder.

»Im Urlaub laufe ich herum, wie es mir passt, auch mit Löchern in den Käsesocken«, gab Richard ihr zum Abschied noch mit auf den Weg. »Und dass ich nicht verhungere, dafür sorgen schon die Mona und Leni. Und der Axel.«

»Aber tu mir einen Gefallen, Richard«, war ihre einzige Erwiderung, »bitte verwende Kondome!«

Grinsend winkte er ihrem Wagen hinterher, mit dem sie als Besucherin unerlaubterweise auf den Campingplatz gefahren war. Aber wer hätte sie daran hindern sollen? Mit einer Umzugskiste voller Kärwaküchla!

Da die Fürther sich ebenfalls wieder verzogen hatten, konnten die Polizisten endlich ungestört über den Mordfall reden.

»Der Waldschrat wurde gefasst«, verkündete Dirnbacher stolz. »Heißt Ruprecht Heinzl, geboren 1972 in Deggendorf. Haust seit Monaten im Wald in unserer Gegend und verweigert die Aussage. Er sagt nichts, weder Muh noch Mäh. Die Kollegen in Regensburg haben keine Ahnung, ob er so clever ist, zu schweigen, oder einfach nur geistig verwirrt. Allerdings soll er heftig reagiert haben, als man bei der Vernehmung auf die Vorfälle am letzten Montagmorgen zu sprechen kam. Hat wohl wild um sich geschlagen. Im Grunde ist er eine arme Sau. Natürlich nur, wenn er den Gelser nicht abgestochen hat.« Er schaute auf seine Armbanduhr. »Aber du, wir müssen jetzt wieder los.« Der Dienstgang hatte sich unerwartet in die Länge gezogen, vor allem unerwartet schmackhaft.

»Haltet ihr mich auf dem Laufenden?« Richard begleitete die Kollegen zu ihrem Streifenwagen. »Ich weiß, der Fall geht mich nichts an, zumindest nicht dienstlich. Aber irgendwie stecke ich doch auch mit drin.«

»Aber logisch tun wir das. Bei solchen Fleischpflanzerln hast du was gut bei uns«, schwärmte Reusch.

Monas Biergarten war brechend voll. Es roch nach Schweinsbraten, der auf den Tellern dampfte, und die Bedienungen kamen nicht hinterher, Nachschub aus der Küche herauszutragen. Neugierig warf Richard einen Blick hinein. Toni stand in voller Kochmontur am Herd.

»Er ist wieder da.« Mona tippte ihm von hinten auf die Schulter. Zwischen ihren Fingern klemmte eine glimmende Zigarette.

»Du rauchst?«, stellte Richard verblüfft fest.

»Eigentlich nicht. Normalerweise habe ich dafür gar keine Zeit. Aber das Theater heute Morgen hat an meinen Nerven gezerrt. Außerdem kann ich mich nicht einfach ausklinken und eine kurze Pause machen, die ich dringend nötig hatte, und die Zigarette ist die beste Alternative dazu.« Sie warf die Kippe auf den Boden, drückte sie mit der Schuhspitze aus und hob den Stummel auf.

»Wo war er denn, dein Koch?«, fragte Richard neugierig.

»Er hat geschmollt, weil ich seinen Schweinsbraten kritisiert habe. Toni ist ein toller Koch und schmeißt die Küche wie kein anderer, hat aber leider Starallüren wie eine Filmdiva.«

»Ich kann zwar bisher nur die Brüstl beurteilen, aber die schmecken wirklich lecker.« Richard fuhr sich mit der Zunge über die Lippen.

»Beim Schweinsbraten nimmt er zu viel Kümmel.« Mona strich ihm sanft über den Oberarm. »Und jetzt muss ich wieder. Servus, Richard.« Damit eilte sie davon.

Richard verdrehte die Augen. Das war ja nun wirklich ein Grund, die weiße Kochschürze in den Ring zu werfen: zu viel Kümmel!

Grausiges Einschreiben

Ein beängstigendes Brummen riss Richard aus dem Schlaf. Im Zelt war es taghell und warm, woraus er schloss, dass der neue Tag längst angebrochen war. Er fokussierte das Ziffernblatt seiner Armbanduhr. Es war bereits Kipferlzeit. Wobei er sich eingestehen musste, dass es ihn unterdessen stark nach dem dunklen Landbrot vom Kleinmichlgseeser Bäcker, einem Kaiserbrötchen oder einer Brezel gelüstete. Doch er wollte die rothaarige Verkäuferin nicht enttäuschen, die ihm unterdessen schon automatisch die Bäckerstüte mit frischen Kipferln befüllte, sobald er den Laden betrat. Was ja auch irgendwie herzig war.

Das Brummen war noch immer nicht verstummt. Das Ding, das es verursachte, musste groß wie eine Drohne sein.

Richard zog den Reißverschluss ein wenig nach unten und riss ihn sofort wieder hoch. Eine Hornisse!

Und nun? Nun saß er fest, in der Falle. Richard war auf dem Land aufgewachsen, und doch stellte er sich in der freien Natur manchmal so an wie ein Großstädter. Er mochte Bienen und konnte auch mit Wespen in friedlicher Koexistenz leben. Aber vor Hornissen hatte er höllische Angst. Die wahrscheinlich von der Geschichte stammte, die ihm einst sein Großvater erzählt hatte, wonach sieben Hornissenstiche ein Pferd und drei einen Menschen töten konnten.

Gerade jetzt, wo er sich endlich an das Lagerleben gewöhnt hatte, spuckte ihm dieses Monsterinsekt in die Suppe. Er konnte nichts tun, als abzuwarten, dass die Hornisse bald weiterflog.

Oder roch sie etwa seinen gebunkerten Vorrat an Kärwaund Fleischküchla? Aber das war kaum möglich, der lagerte doch im Auto. Oder hatte er vergessen, das Seitenfenster zu schließen?

Vorsichtig öffnete er den Zelteingang wieder. Die Morgenluft war rein, aber seine Campingfreude ein klein wenig getrübt. Da lief draußen vielleicht noch immer ein Mörder frei herum, und er fürchtete sich vor einer Hornisse.

Richard verzichtete auf ein ausgedehntes Frühstück, machte sich nur einen Pulverkaffee und rief dann auf der Beichtinger Wache an.

Jokel Dirnbacher hatte schon wieder interessante Neuigkeiten für ihn. »Es konnten keine Fingerabdrücke von Ruprecht Heinzl auf dem Messer, mit dem Gelser erstochen wurde, festgestellt werden. Allerdings fanden sich in seinem Verschlag im Wald zahlreiche Gegenstände, die er auf dem Campingplatz gestohlen hat. Auch die Wollhandschuhe mit abgeschnittenen Fingerspitzen, die Heinzl trug, als die Kollegen ihn im Wald gestellt haben, waren geklaut. Sämtliche Diebstähle hat er gestanden, aber mit dem Mord will er nichts zu tun haben. Immerhin redet er mittlerweile. Außerdem hat er behauptet, sein Lager wäre vor Kurzem von einem Unbekannten mutwillig verwüstet worden.«

Richard hörte Papier rascheln, als würde Dirnbacher ein Blatt umdrehen. »Und er reagiert immer noch völlig panisch, sobald man von dem Toten spricht. ›Das Messer ist nicht meins, das ist dem Spukhäuslmörder seins‹, wiederholt er dann immer. Die Kollegen aus Regensburg sagen, auf sie wirke er so, als fürchtete er um sein Leben. Merkwürdiger Typ.«

»Was er wohl damit meint? ›Das Messer ist nicht meins, das ist dem Spukhäuslmörder seins‹«, wiederholte Richard mit gekrauster Stirn.

Aber diesbezüglich konnte ihm Dirnbacher natürlich auch nicht weiterhelfen.

Richard ließ sich auf seinen Campingstuhl sinken und spielte in Gedanken mehrere Szenarien durch. Am plausibelsten war dieses: Sonja Schiebl war doch die Mörderin, hatte ihren Geliebten erstochen, nach der Tat mit ihrer Busenfreundin telefoniert und dann mit deren Bruder, Hannes Perchinger, den Toten ins Spukhäusl geschleppt, wobei Heinzl sie beobachtet hatte. Daher sein seltsamer Ausspruch. Aber warum sagte der Waldmensch dann nicht einfach, was er gesehen hatte? Und warum hätte die Schiebl ihren Lover in den Wald locken sollen, um ihn zu erstechen? Und dann der Aufwand, die Leiche in das Haus zu transportieren? Nein, nein, so stimmte das nicht.

Dann wollte der Waldschrat mit seinem wirren Gerede vielleicht nur von sich als potenziellem Verdächtigen ablenken? Oder spielte er damit auf den alten Fall aus den fünfziger Jahren an? Als die Familie ermordet worden war. Ob das Messer, die Tatwaffe von damals, noch existierte?

Richard zückte sein Handy und recherchierte im Internet. Aber das Ergebnis war mau. Die »Fans« des Spukhäusls stellten noch immer mit schöner Regelmäßigkeit Bilder ins Netz, aber was vor über sechzig Jahren geschehen war, war nicht herauszufinden.

Aber es musste doch noch Zeitzeugen geben. Oberbürzler, die damals schon hier gelebt hatten.

Es war das Zusammenspiel aus zu viel Freizeit und seinem berufsbedingten Wissensdrang, das ihn zu einer Undercover-Ermittlungstour aufbrechen ließ. Er würde ganz harmlos mit den Menschen plaudern, das war sowieso seine Stärke. Richard hatte ja keine Ahnung, dass er sich damit über die Jahre eine raffinierte Verhörmethode angeeignet hatte.

Und bei Mona musste er nicht einmal harmlos tun. Kaum auf den Busch geklopft, landete er einen Treffer ins Schwarze. »Wenn du dich für die wahre Geschichte vom Spukhäusl interessierst, kann ich dir meine Großeltern ans Herz legen. Sie haben damals alles mitbekommen. Besonders mein Großvater freut sich immer, wenn er darüber reden kann. Er war sozusagen ein Augenzeuge des Verbrechens.«

Vor Aufregung begannen Richards Ohren zu glühen. Er stand mit der Wirtin vor ihrem Wirtshaus. Wieder rauchte sie. Anscheinend kostete sie nicht nur der Koch Nerven, denn der arbeitete – wie Mona einwarf – wieder wie ein Viech.

»Und der Kümmel?«, fragte Richard grinsend, doch die Wirtin reagierte nicht. Hatte er es sich doch gestern gleich gedacht, dass der angeblich beim Schweinsbraten zu verschwenderisch verwendete Kümmel nur eine Ausrede gewesen war, um nicht mit dem wirklichen Grund des Streites zwischen Wirtin und Koch herauszurücken. Aber der ging Richard eigentlich auch gar nichts an.

Flugs holte Mona ihr Handy hervor und rief bei ihren Großeltern an. Sie lachten und schwatzten ein bisschen, dann kam Mona auf Richards Anliegen zu sprechen.

»Wenn du Zeit hast, kannst du gleich bei ihnen vorbeischauen«, sagte sie zu Richard, nachdem sie aufgelegt hatte, und nannte ihm deren Adresse in Oberbürzl.

Richard bedankte sich, kehrte zu seinem Zelt zurück, tauschte seine bequeme Jogginghose gegen eine ordentliche Stoffhose und streifte sich auch ein kurzärmeliges Hemd über. Das musste sein, Monas Großeltern sollten ihn schließlich nicht für einen Gammler halten. Dann machte er sich erwartungsvoll auf den Weg, überrascht darüber, wie gut es ihm tat, eine Aufgabe zu haben.

»Kommen S' herein und nehmen S' doch bitte Platz, Herr Staudinger.«

Monas Großeltern lebten in einer Wohnung mit Loggia und Balkon in einem Zweifamilienhaus. Das Wohnzimmer lud mit seiner altmodischen Gemütlichkeit zum Verweilen ein. Ein schwerer, dunkler Holztisch war mit dem guten Sonntagsporzellan und Stoffservietten eingedeckt, so als erwarteten sie prominenten Besuch. Auf dem Dreiersofa waren akkurat Kissen mit mittigem Knick aufgereiht. Richard durfte in einem Ohrensessel Platz nehmen und sah sich weiter um.

Über dem Sideboard hing ein alter Ölschinken, der Burschen und Mädchen bei der Heuernte zeigte. Die Farbe war an vielen Stellen aufgebrochen. Auf sämtlichen Flächen lagen Zierdeckchen und standen Hummelfiguren, in der Luft hing der Duft nach frisch aufgebrühtem Kaffee. Richard, der die Eheleute auf über achtzig schätze, fühlte sich geborgen wie einst bei seinen eigenen Großeltern.

Auch Fritz Moser hatte sich gesetzt und klopfte nun vorfreudig auf ein Fotoalbum mit braunem Ledereinband, das auf dem gedeckten Kaffeetisch bereitlag.

Dann begann er, von dem damals spektakulären Verbrechen zu erzählen, das niemals aufgeklärt werden konnte. Nach wie vor seien die Umstände mysteriös. Und nach wie vor umgebe das Haus der Familie Bachinger eine mystische Aura. Monas Großvater war Briefträger gewesen und damit einer der wenigen Menschen, die regelmäßig mit der Familie Kontakt gehabt hatten. An jenem Tag, sagte er zu Richard, habe er ein Einschreiben für Frau Bachinger dabeigehabt. Daher rühre sein ganz persönliches Interesse an den Geschehnissen.

Als der alte Mann eine Pause machte und Richard hochschaute, stellte Monas Großmutter, Anneliese Moser, gerade einen Gugelhupf auf den Tisch. Woher der so schnell gekommen war?, wunderte er sich. Oder gab es im Moser-Haushalt täglich frisch gebackenen Kuchen?

Schnell zog die grauhaarige alte Dame ihre blaue und mit kleinen Blümchen übersäte Kittelschürze aus, unter der sie ein Kleid mit weißem Kragen trug, und setzte sich zu ihnen. Sie goss Kaffee ein und legte jedem ein Stück Kuchen auf den Teller, dem Gast ein besonders großes.

Nachdem Richard sein Stück Gugelhupf, das wundervoll schmeckte, verzehrt hatte, griff er nach dem Fotoalbum und begann, sich die Schwarz-Weiß-Fotos anzuschauen, die erstaunlich gut erhalten waren. Es folgten Farbaufnahmen aus jüngerer Zeit mit Gelbstich. Leider schien Fritz Moser kein talentierter Fotograf gewesen zu sein. Die meisten Bilder waren verwackelt, die Köpfe oder Beine von den Personen darauf abgeschnitten. Unter die Bilder vom Spukhäusl hatten sich auch Familienfotos gemischt. Sie zeigten Mona als süßes kleines Mädchen beim Spielen mit ihren Geschwistern und Freundinnen und waren bei Familienfesten und Weihnachtsfeiern aufgenommen worden.

Kurz unterhielten sie sich über Mona, dann brachte Richard das Thema wieder auf das Spukhäusl zurück, und Fritz

Moser schien immer mehr aufzublühen. Wenn kleine Gedächtnislücken ihn innehalten ließen, überspielte er das mit einem herzhaften Lachen.

Die Familie Bachinger hatte damals völlig zurückgezogen in dem Haus außerhalb von Oberbürzl gelebt. Den Campingplatz gab es noch nicht. Nur höchst selten sah man Frau Bachinger im Ort oder die Eheleute mit den Kindern mit dem Linienbus nach Regensburg fahren. Einige Oberbürzler zerrissen sich das Maul darüber, dass sie so gar keine Anstalten machten, sich einzugliedern.

Den grausamen Tag würde Fritz Moser nie vergessen. Als er mit dem Einschreiben für Frau Bachinger vor deren Haus stand, bemerkte er, dass die Post, die er schon vor drei und fünf Tagen in den Briefkasten gesteckt hatte, nicht herausgenommen worden war. Und schon wieder stand die Haustür sperrangelweit offen, so wie an den Tagen zuvor. Moser klingelte. Und nahm dann den ekelhaft süßlichen Geruch wahr, der dem Haus entströmte. Der Geruch des Todes. Er machte auf dem Absatz kehrt und rief den Gendarm.

Richard stellte sich das Bild vor, das der Beamte damals vorgefunden hatte: Die Eheleute Bachinger in ihrem eigenen Blut liegend. Die Kehlen durchgeschnitten.

»Und die Kinder?«, fragte er, während ein Schauder ihm wie ein kaltes Tuch im Nacken lag.

»Ja, die Kinder«, murmelte Fritz Moser nachdenklich.

»Hatte man ihnen auch …?«

Der alte Mann sah hilfesuchend zu seiner Frau. »Die Kinder, Anneliese, was ist damals noch mal mit den Kindern passiert?«

»Ich habe gehört, sie seien verhungert«, griff Richard ihr vor. »Aber das ist nur ein Gerücht, oder?«

»Ich glaube, die Kinder fand man unten im Keller. Eingesperrt. Die waren auch tot«, zerstörte Anneliese Moser Richards Hoffnung. »Aber wissen S', Herr Staudinger, das alles ist schon so lange her, und die Geschichte ist schon so oft erzählt und verändert worden. Immer schauerlicher, immer schrecklicher ist sie geworden. Deshalb weiß ich gar nicht mehr hundertprozentig, wie es wirklich war.«

»Können Sie sich noch daran erinnern, von wem das Einschreiben war?«, wandte sich Richard an Monas Großvater.

Der legte zwei Finger ans Kinn, dachte nach. Nein, da war keine Erinnerung mehr.

»War es von einem Amt oder einer Privatperson?«

Fritz Moser schüttelte den Kopf. »Es tut mir sehr leid, Herr Staudinger. Wenn es mir noch einfällt, sage ich unserer Mona Bescheid.«

Die beiden wirkten erschöpft, doch eine Frage brannte Richard noch unter den Nägeln. »Sagt Ihnen dieser Satz etwas: ›Das Messer ist nicht meins, das ist dem Spukhäuslmörder seins‹?«

Fritz Moser zeigte keine Reaktion, doch die Augen seiner Frau leuchteten hell auf. »Das ist ein Kinderspiel. Ein Abzählreim, so ähnlich wie ›Ene, mene, muh – und raus bist du!‹.«

Sie lächelte verschmitzt. Und dann deutete sie nacheinander auf sich, ihren Mann und Richard, während sie sagte: »Das Mes-ser ist nicht meins, das ist dem Spuk-häusl-mör-der seins! Sie sind raus, Herr Staudinger!«

Richard saß wie angewurzelt in dem Ohrensessel.

»Natürlich haben wir unsere Kinder geschimpft, weil in dem Haus mehrere arme Menschen gestorben waren. Danach haben sie's halt heimlich gespielt. Das Verbotene ist immer viel aufregender als das Erlaubte. Im Spukhäusl haben sie sich auch herumgetrieben, obwohl sie es nicht durften.« Sie lächelte verschmitzt. »Noch heute kennen die ganz kleinen Buben und Mädel den Reim.«

Richard erhob sich dankend und begab sich mit Monas Großeltern in den Flur.

Sie standen schon an der Wohnungstür, als Fritz Moser sagte: »War es nicht vielmehr so, dass der Bachinger erst seine Frau und die Kinder und anschließend sich selbst umgebracht hat? War es nicht so, Anneliese? Weil sie verschuldet waren und der Bachinger keinen Ausweg mehr wusste? Wurde nicht erst im Laufe der Jahre behauptet, ein Fremder sei in ihr Haus eingedrungen und habe sie umgebracht?«

Ein erweiterter Suizid? Auf diese Möglichkeit war Richard noch gar nicht gekommen. Aber da war noch etwas, was ihm nicht aus dem Kopf ging. »Sagen Sie, ich werde aus dem Abzählreim einfach nicht schlau.«

»Der spielt darauf an, dass man das Messer nie gefunden hat, Herr Staudinger«, erklärte Fritz Moser. »Es blieb verschwunden. Als hätte sich in diesem unheimlichen Haus ein Loch aufgetan und es verschluckt.«

Was wiederum gegen einen Selbstmord sprach, wie Richard sofort bemerkte.

Das Ehepaar begleitete ihn auf die Straße, wo Frau Moser Richard fest die Hand drückte. »Das Haus ist kein guter Ort, Herr Staudinger. Halten Sie sich fern, es ist verflucht.«

Er nickte. Offenbar waren die Mosers nunmehr völlig durcheinander.

»Kommen Sie uns doch wieder einmal besuchen«, sagte Monas Großmutter noch zum Abschied, dann winkten sie und ihr Mann Richard nach, der anstatt zu seinem Wagen in den Ort schlenderte.

Normalerweise hätte er sich mit dem, was er erfahren hatte, begnügt. Er hätte beschlossen, dass der Bachinger-Fall nichts mit dem aktuellen Mord zu tun hatte, und wäre zum Campingplatz zurückgefahren, um seinen restlichen Urlaub zu genießen. Doch der alte Abzählreim, den der Waldschrat bei seiner Vernehmung zitiert hatte, ließ das nicht zu.

Polterabendgeschirr

Große Pfützen standen auf den Straßen von Oberbürzl. Während Richards Besuch bei den Mosers hatte es heftig geregnet. Die Luft wirkte jetzt noch sauberer als zuvor. Mit seinen Gedanken beschäftigt ging er durch den Ort. Er umrundete die Pfarrkirche und den Friedhof und entdeckte schließlich am Ende des Marktplatzes einen Tante-Emma-Laden. Für die aussterbenden Geschäfte mit Herz hatte er eine Schwäche. Auch in Kleinmichlgsees konnte sich noch immer ein kleiner Laden über Wasser halten – trotz der Lebensmittelketten allerorten. Und das Sortiment war oftmals nicht zu unterschätzen. Tatsächlich fand er in dem Oberbürzler Geschäft ein Paar Herrensocken in seiner Größe, aus dicker Wolle und mit Bündchen, die nicht einschnitten.

»Sind Sie nicht der Herr Staudinger vom Campingplatz?«, fragte ihn die Verkäuferin in der hellblauen Kittelschürze und mit der praktischen Kurzhaarfrisur, aber es klang mehr wie eine Feststellung.

Na hoppla, merkte Richard auf. Hier funktionierten die Buschtrommeln aber noch.

Seine erstaunte Miene schien der Verkäuferin nicht verborgen geblieben zu sein. »Die Anneliese war vorhin bei mir und hat eingekauft«, schob sie eine Erklärung hinterher. Was die Anneliese Moser eingekauft hatte, das schluckte die Schürzenträgerin schnell hinunter. Wahrscheinlich fiel das unter das Datenschutzgesetz.

»Sie interessieren sich also für das Spukhäusl?«, hakte sie neugierig nach, nachdem sie die Socken ordentlich in eine Papiertüte gepackt hatte und Richard nun das Wechselgeld herausgab.

Der nickte weiterhin stumm.

»Davon, was damals geschah, sind zwei Varianten im Umlauf. Nein, eigentlich sogar drei«, fing sie unaufgefordert zu schwatzen an. In ihrem Haar steckte ein silberfarbener Clip, der wohl eine vorwitzige Strähne zurückhalten sollte.

Richard musste den unüblichen Haarschmuck immer wieder anschauen. Das war kein Clip, sondern eine Büroklammer! Die wohl aus einer Notlage entstandene Kreativität der Oberbürzlerin fand er wirklich bemerkenswert, er verwendete Büroklammern ausschließlich, um Schriftstücke und Papiere zusammenzustecken.

»Eine ist die von dem geheimnisumwobenen Fremden, der ins Haus der Bachingers eingebrochen ist und ihnen die Kehlen durchgeschnitten hat. Aber warum hätte er das tun sollen?« Sie schaute Richard über den nicht vorhandenen Brillenrand hinweg an. Ihre Lesebrille hing am Halsausschnitt ihrer Schürze.

Richard ließ die Verkäuferin erzählen. Nur nicht den Redefluss unterbrechen, das war das A und O einer gelungenen Vernehmung.

»Sicher, das Haus lag damals noch weiter ab vom Schuss als heute. Aber wer die Bachingers nur ein bisschen kannte oder von ihnen gehört hatte, wusste, dass sie kein Vermögen besaßen. Und selbst wenn da ein Dieb eingebrochen wäre, warum hätte er die ganze Familie auslöschen sollen?«

Dafür fiel auch Richard keine Erklärung ein. Die Frau hatte sich anscheinend gründlich Gedanken gemacht. Erstaunlich, wo das Verbrechen doch schon so lange her war. Wahrscheinlich hatte der neue Mordfall die Gerüchte ums Spukhäusl wiederbelebt.

»Die zweite Variante wäre der angebliche Selbstmord.« Sie hielt zwei Finger hoch. »Die Bachingers sollen relativ isoliert gelebt haben. Und getratscht wurde damals wahrscheinlich noch mehr als heute. Wenn man auch nur einen Wurstzipfel erwischte, machte die Gemeinde gleich einen ganzen Wurstring daraus, wenn Sie verstehen, was ich meine.«

»Natürlich«, sagte Richard. Sobald man auch nur eine Kleinigkeit über jemanden erfuhr, bauschte man sie auf, bis aus einer Mücke ein Elefant geworden war.

»Der Bachinger galt als liebender Ehemann und guter Vater. Wenn so jemand in großen finanziellen Nöten steckt, bringt er dann seine Kinder um, um sie vor Armut zu schützen? Doch nur, wenn er völlig gestört ist!« Die Verkäuferin hatte sich in Rage geredet. Sie fächelte sich Luft zu, dann fuhr sie fort. »Aber gehen wir trotz allem nun einmal davon aus, dass der Bachinger damals tatsächlich völlig durchdrehte und zum Messer griff.« Sie nahm die Schere, die neben der Registrierkasse lag, und riss sie hoch.

Richard wich vorsichtshalber einen Schritt zurück. Nicht dass die leidenschaftliche Hobbyermittlerin die Tat noch nachspielen wollte.

»Diese Variante besagt, er habe seiner Frau die Kehle durchgeschnitten und dann im Blutrausch seine kleinen Kinder abgeschlachtet, bevor er sich selbst richtete. Aber haben Sie schon einmal von so einem Fall gehört, Herr Staudinger?« Sie legte die Schere wieder hin.

Richard enthielt sich einer Antwort. Es geschahen immer wieder grausame Tragödien, die unvorstellbar waren. Doch die Verkäuferin deutete sein Schweigen als Zustimmung.

Sie nickte selbstzufrieden. »Sehen Sie.«

Richard überlegte. Worauf wollte sie hinaus? Wenn es kein Mord und kein Selbstmord gewesen war, was dann?

»Und die dritte Version?«, brachte er sich nun doch endlich ein.

»Ein Fluch, der auf dem Haus liegt.«

Ach nööö … Richard ließ die Mundwinkel hängen. War es in Oberbürzl Tradition, einen Fluch oder Geister vorzuschieben, wenn man etwas nicht erklären konnte?

»Und wer soll das Haus verflucht haben? Ein Fluch ist doch nicht einfach so da.« Richard schnipste mit den Fingern.

Diesmal war es die Verkäuferin, die stumm blieb.

»Wer hat denn vor den Bachingers in dem Haus gelebt?«, erkundigte sich Richard. »Und wem gehört das Grundstück heute?«

»Das weiß ich nicht. Das war ja weit vor meiner Zeit. Ich bin ja gerade mal … vierzig.« Sie hüstelte.

Also fünfzig, vermutete Richard.

»Jedenfalls stimmt was nicht mit dem Haus«, wollte sie sich den Zauber der Bruchbude nicht miesmachen lassen. »Waren Sie schon einmal dort?«

Richard machte ein Gesicht, das rein gar nichts verriet. Sie sollte erzählen und sich nicht durch seine Reaktion beeinflussen lassen.

»Aber natürlich waren Sie. Dann müssen Sie doch zugeben, dass es dort unheimlich ist. Was immer damals geschehen ist, die ruhelosen Seelen halten sich noch immer dort auf. Und jemand muss endlich die Wahrheit ans Licht bringen, damit sie befreit werden«, sagte sie pathetisch.

Richard reagierte bewusst nicht. Sie erwartete doch hoffentlich nicht, dass er dieser Seelenretter war? Er nahm die Papiertüte mit seinen Socken, bedankte sich und verließ den Laden.

Als Richard in sein Auto stieg, warf er die Socken auf den Beifahrersitz und holte sein Smartphone aus dem Handschuhfach. Kein Anruf? Keine Trudel, keine Chefin, die sich um sein Wohl und seine Dreckwäsche Sorgen machten? Musste *er* sich etwa Sorgen machen?

Er verdrängte den Gedanken und googelte die Frage, die ihm nicht aus dem Sinn gehen wollte.

Tatsächlich gab es einige Fälle, bei denen sich Menschen eigenhändig die Kehle durchgeschnitten hatten. Schrecklich!

Kurz darauf stellte er seinen Golf wieder neben seinem Zelt ab. Wie angenehm ihm der Campingplatz vorkam. Obwohl das schaurige Haus nicht allzu weit entfernt lag.

Richard beschloss, sich bei Mona für das arrangierte Treffen mit ihren Großeltern zu bedanken. Aufschlussreich war der Vormittag auf jeden Fall gewesen.

Im Biergarten saß ein junges Paar bei einer Radlermaß, die

sich die beiden teilten. Aus Gewohnheit studierte Richard die Speisekarte, bevor er die Campingwirtschaft betrat. Die Gaststube lag im Dunkeln, wurde ausschließlich vom Licht aus der Küche und durch die Fenster ein wenig erhellt. Jetzt, am frühen Nachmittag, war nur ein Teil des Küchenpersonals anwesend, der Rest machte Pause. Monas Stimme war deutlich zu hören, klang aber nicht besonders fröhlich. Schon wollte Richard leise den Rückzug antreten, hielt jedoch inne. Hatte er da nicht seinen Namen gehört?

Und wenn dem so war, dann ging ihn das Gespräch sehr wohl etwas an.

Mit wem redete Mona? War sie dem Koch erneut wegen seiner Art des Würzens auf die Füße gestiegen? Aber was hätte sein Name mit Tonis Schweinsbraten zu tun? Nicht dass man am Ende noch ihm die Schuld in die Schuhe schob. Andererseits hatte er sich gewiss nicht über zu viel Kümmel am Braten beschwert, ganz im Gegenteil. Der Toni war ein guter Koch, er hatte ihn gelobt.

Dann tat es einen Schlag, Topfdeckel schepperten, und etwas fiel zu Boden und zerbrach. Da warf jemand mit Geschirr!

Kurz hegte Richard eine leise Hoffnung: ein Polterabend?

Dagegen sprach Monas Geschrei: »Ihr habt was? Sag es noch einmal! Seid ihr denn wahnsinnig?«

Schritt für Schritt bewegte Richard sich in Richtung Küche, wobei er sich an die Wand drückte. Noch immer konnte er niemanden sehen. Und bisher hatte er auch nur Mona gehört. Die zweite Person sprach aber auch wirklich zu leise.

Anscheinend versuchte sie, Mona zu beruhigen. Denn nun senkte diese ebenfalls ihre Stimme. Einige Satzfetzen konnte Richard dennoch verstehen.

»Das … Wahnsinn«, sagte die Mona tonlos. Und schluchzte dann.

War es an der Zeit, dass er einschritt? Als Polizist oder als … Na ja, die Bezeichnung »Freund« war vielleicht doch zu hoch gegriffen. Aber vielleicht als Mann mit breiter Schulter zum Anlehnen? Doch Richard brachte es nicht über sich, die Küche zu betreten. Das war nicht sein Terrain. Und dennoch musste er wissen, mit wem sich Mona derart stritt.

Waren Toni und sie vielleicht mehr als Koch und Wirtin?

War da Liebe im Spiel? Wie übel Liebesgeschichten ausgehen konnten, hatten alle auf dem Campingplatz ja gerade erst miterlebt.

Dann vibrierte sein Handy in der Hosentasche. Viel zu laut.

Verdammter Mist!, fluchte Richard stumm. Warum hatte er es nicht im Auto gelassen? Warum schleppte er wie jeder andere Depp sein Telefon schon überall mit hin? Unbesehen schaltete er das Ding ab. Am besten würde es fortan in diesem Modus bleiben, und er würde daran nur etwas ändern, wenn *er* telefonieren wollte.

In der Küche war es jetzt ganz still. Hatten sie ihn bemerkt? Das wäre ihm sehr peinlich gewesen. Gummisohlen liefen über den gekachelten Boden. Richard hielt den Atem an, sein Gehirn puzzelte schon Ausreden zusammen. Doch die Gummisohlen kamen nicht in den Gastraum, sondern gingen aus der Küche in den Biergarten. Richard sah von der dazugehörigen Person lediglich den Ärmel einer weißen Kochjacke. Leise wollte er den Rückzug antreten.

»Ich bin fassungslos!«, brauste da Mona auf.

»Machst du jetzt einen auf Trauer?« Der Koch. Recht frostig.

Aha. Richard blieb an Ort und Stelle. Dann waren sie zu dritt in der Küche gewesen. Kein Zwist unter Verliebten.

Mona zischelte Toni etwas zu.

»… statt dass du dankbar bist.« Wieder der Koch.

»… lieb von euch … Aber ihr seid doch verrückt … Wie konntet ihr …« Die Wortfetzen von Mona.

Richard war kurz davor, auszurasten. Wenn sie sich schon angifteten, dann doch bitte schön so laut, dass er es auch verstehen konnte. Er ging einen weiteren Schritt näher und lehnte sich unbedacht gegen die Tür. Die unter seinem Gewicht langsam aufschwang. Während Richard fiel, ruderte er erst verzweifelt mit den Armen, dann riss er die Hände nach vorn, um nicht mit der Nase zu bremsen. Aber da lag er auch schon auf dem Boden. Und stand genauso schnell, wie er gefallen war, wieder auf den Beinen.

Für Richards sonst so berüchtigte Unbeweglichkeit war das ein beachtlicher sportlicher Akt. Er begann zu pfeifen, als wäre nichts gewesen, und rieb sich die Hände an den Hosenbeinen ab. Dann drehte er seinen Kopf zur Küche hin. Tat so, als wäre er überrascht, jemanden zu erblicken.

Mona und Toni starrten ihn mürrisch an. Genauso der dritte Mann, der eben wieder aus dem Biergarten zurückkehrte. Es war der Beikoch Vinz.

»Oh, hallo«, lachte Richard gekünstelt. »Lasst euch von mir bloß nicht bei der Arbeit stören. Ich wollte mich nur für den Tipp mit deinen Großeltern wegen dem Spukhäusl bedanken, Mona.«

»Was hast du denn mit dem Spukhäusl zu schaffen?«, pampte ihn Toni plump-vertraulich an.

Bisher hatte Richard den Mann für umgänglich gehalten, aber diesen Tonfall mochte er gar nicht. Und ihm fiel auch keine passende Antwort ein. So eine coole, die dem Koch die Sprache verschlagen hätte.

»Jetzt lass doch den Richard in Ruhe«, herrschte Mona den Toni an.

Endlich hatte Richard Zeit, sie genauer zu betrachten. Ihre Augen waren rot gerändert, und sie war leichenblass. Als sie sich vom Herd abstieß, an dem sie sich festgehalten hatte, und sich ihm zuwandte, zitterten ihre Hände sichtbar.

»Freut mich, dass dir meine Großeltern geholfen haben. Sie haben sich vorhin schon gemeldet, weil sie mir sagen wollten, dass sie den Kaffeeklatsch mit dir genossen haben.«

Toni fixierte Richard, als überlegte er, ihm seine eigene Schwarte rautenförmig einzuritzen und ihn gesalzen und mit Kümmel bestreut als Ganzes ins Rohr zu schieben. Womit hatte sich Richard bei dem Koch nur so unbeliebt gemacht?

Auch Vinz strahlte nicht gerade Nächstenliebe aus. Er würgte einen Putzlappen, als wäre er Richards Gurgel. Sollte Richard vielleicht noch einmal betonen, dass er ein wahrer Bewunderer der Brüstl und auch des schlotzigen Erdäpfelsalats war?

Aber in der gegenwärtigen atmosphärisch aufgeladenen Stimmung hätten die Herren womöglich selbst sein Lob als Provokation aufgefasst. Dabei mochte Richard überhaupt keinen Streit, er war mehr so der Streitvermeider oder Streitschlichter. Dass er mit seiner Schwester ein wenig aneinandergeraten war, war die absolute Ausnahme der Regel und vielleicht urlaubsbedingt gewesen. Ein paar Tage Zeit für sich und die eigenen Gedanken konnten durchaus zu einer mentalen Besinnung führen. Jedenfalls schienen momentan in der Campingküche weder besonnene Worte noch flapsige Sprüche angebracht zu sein. Und bevor man ihn wirklich noch zu gefüllten Rinderrouladen verarbeitete, nickte Richard Mona lieber schnell und aufmunternd zu und trollte sich.

Womit hatte er sich nur den Unmut der Küchencrew zugezogen?, überlegte er, als er vor der Wirtschaft stand. War es, weil er Franke war? Stand ein regionales Problem dahinter? Aber so albern konnten die doch nicht sein.

Leni! War der Grund für ihr Verhalten, dass er bei Leni fremdging? Nahmen sie ihm das übel?

Ach du liebe Güte, allmählich wurde er paranoid. Wahrscheinlich waren die schwer arbeitenden Küchenkräfte einfach nur aus irgendeinem Grund, den man vor ihm verborgen hielt, gestresst und deshalb so ruppig.

Er musste dringend hier raus, er hatte schon einen Hütten-, vielmehr Campingplatzkoller. Außerdem war er so viel Freizeit nicht gewohnt. Seine letzten Urlaube hatte er in Kleinmichlgsees verbracht und war währenddessen von seiner Schwester mit Jobs eingedeckt worden. Rasen mähen, Garage ausmisten, Müll rausbringen. Tätigkeiten, die nicht in seinen normalen Aufgabenbereich fielen.

Mit den üblichen akrobatischen Verrenkungen zog er im

Zelt die Stoffhose aus, die er zu Ehren der Mosers angezogen hatte, und schlängelte sich in eine saubere Jeans. Axel hatte ihm einen Ausflugstipp gegeben: das an der Naab Richtung Regensburg gelegene Kloster Pielenhofen sowie die Klosterkirche am Adlersberg und die Brauerei. Alles war mit dem Auto in einer halben Stunde zu erreichen.

Als Richard an der Campingwirtschaft vorbeifuhr, sah er Vinz mit Besen und Kehrschaufel hinters Haus gehen. Anscheinend hatte er gerade die Scherben des zerbrochenen Geschirrs beseitigt.

Vinz' und sein Blick trafen sich. Und Richard lief es eiskalt den Buckel runter.

Brezelbestechung

Unverhofft tauchten die weißen Türme des Zisterzienserklosters Pielenhofen vor Richard auf, als er in den gleichnamigen Ort einbog und durch einen kleinen Steinbogen fuhr. Vorbei am Klosterstadl und der Klosterwirtschaft ging es über die Naab. Am langen Wehr spiegelte sich das imposante Kloster im Fluss und begeisterte Richard derart, dass er anhielt und, wider seinen Vorsatz, sein Smartphone wieder einschaltete und ein paar Fotos schoss. Rechts führte eine Straße zu einem weiteren Campingplatz an der Naab, der wegen seiner Lage und des nahe gelegenen Radwegs recht beliebt sein sollte. Das hatte ihm Axel jedenfalls erzählt. Vielleicht wäre der ja etwas für ihn, falls er seinen nächsten Urlaub wieder in der Oberpfalz verbringen wollte. Aber was dachte er denn für dummes Zeug? Das war definitiv sein letzter Campingurlaub. Obwohl …?

Richard fuhr durch den Ort Pettendorf und weiter zum Adlersberg. Dort wiederum befanden sich das Dominikanerinnenkloster und eine Brauerei, die auch einen süffigen Doppelbock im Angebot hatte. Bei der Brauereiwirtschaft angekommen, suchte sich Richard einen Platz in der Abendsonne im Biergarten. Er war noch gut besucht, und Richard fühlte sich an seinem Tisch beruhigend allein gelassen, ohne allein zu sein.

Aus fahrtechnischen Gründen musste er auf ein alkoholisches Getränk leider verzichten, aber ein Spezi tat es auch. Mit zwei Brezeln als Beilage.

Die Besichtigung der Klöster vertagte er auf ein anderes Mal, die Fotos, die er gemacht hatte, reichten für heute aus. Er würde sie Maria und Trudel später whatsappen, obwohl ihm diese Art der Kommunikation nicht lag. Seine Finger waren für die kleine Handytastatur einfach nicht gemacht. Vielleicht würde er ja nur das Foto schicken – ohne Text.

Als Clou versuchte er sich an einem Selfie, wieder einmal. Aber wieder wollte es ihm einfach nicht gelingen. Wie machten das die jungen Leute bloß? Richard zog auf jedem Selfie ein Gesicht wie ein angeschossener Elch, seine Augen stierten am Betrachter vorbei, und generell war immer mehr Hintergrund auf dem Bild als er.

Wozu auch ein Selfie?, dachte er und gab auf. Die Leute, mit denen er kommunizierte, wussten doch eh, wie er ausschaute.

Dann stutzte er. Die Stimme hinter seinem Rücken kannte er doch. Eindeutig. Eine Frauenstimme, die er erst kürzlich gehört hatte. Würde er unangenehm auffallen, wenn er sich jetzt umdrehte? Nicht dass sie sich von ihm belästigt fühlte.

»Hoffentlich verlieren wir deshalb nicht unsere Jobs …«

Es war Caroline Perchinger!

»Das kann mich die Ehe kosten. Seltsamerweise hält sich Simon mit Vorwürfen zurück.«

Das war jetzt Sonja Schiebl. Da sie in einem Biergarten saß, wurde sie anscheinend nicht des Mordes verdächtigt.

Aber warum gerade hier? Zufall? Aber nein, fiel es Richard ein. Die Perchinger wohnte ja in der Nähe, in Pielenhofen.

»Und wenn er doch früher aus Chemnitz zurückgekommen ist und im Wald war? Warum hätte ein wildfremder Mensch Manfred erstechen sollen? Das ergibt doch keinen Sinn.«

Neben Richard hatte sich eine Familie mit zwei kleinen Schreihälsen und einem Baby niedergelassen, das genauso eine große Klappe hatte wie seine Geschwister. Weil das Geplärr seine Lauschattacke erschwerte, beugte Richard sich weiter nach hinten.

»Aber die Kollegen haben das Alibi deines Mannes doch überprüft, es stimmt. Dass dieser Verrückte im Wald Manfred über den Weg gelaufen ist, war ausgesprochenes Pech. Außerdem …«

Was folgte, ging erneut im Kindergeplärr unter.

Richard mochte die kleinen Mäuse ja, aber konnten sie

nicht jetzt mal kurz den Schnabel halten? Gab es denn hier keine Kinderrutsche oder einen Sandkasten, zum Kuckuck noch mal?

Ohne zu überlegen, nahm er eine seiner beiden Brezeln, riss sie in zwei Hälften, beugte sich zum Nebentisch und drückte beide den Brüllmonstern in die Hände. Dem zahnlosen Baby natürlich nicht. Augenblicklich kehrte Ruhe ein, und die Kleinen schmatzten zufrieden vor sich hin. Die Eltern waren zunächst verwirrt, sogar ein bisschen angefressen, bedankten sich aber schließlich, offensichtlich selbst erfreut über den seligen Biergartenfrieden.

»Und wenn es dieser Waldfreak doch nicht war?«, hakte Sonja Schiebl gerade nach.

»Wer denn sonst, Sonja?«

»Aber warum soll er Manfred erstochen haben? Das ergibt keinen Sinn. Sie kannten sich doch gar nicht.« Sie zog die Nase hoch.

Richard konzentrierte sich, um der eher leisen Unterhaltung zu folgen.

»Hör auf, dir Gedanken zu machen«, riet ihr Caroline Perchinger mit sanfter Stimme. »Du wirst nichts herausfinden, und lebendig macht es Manfred auch nicht mehr.«

Erneut fing eines der Kinder zu quengeln an. Prompt stimmte das zweite Gör mit ein. Richard opferte seine zweite Brezel. Auch dieses Mal funktionierte sein Bestechungsversuch, doch dabei drehte er sich versehentlich um. Sonja Schiebl saß mit dem Rücken zu ihm, aber ihr gegenüber erstarrte Caroline Perchinger, als sie ihn sah. Dann setzte sie ein Lächeln auf. Und Richard lächelte zurück. Warum auch nicht.

»Grüß Gott, Herr Staudinger. Na, so ein Zufall«, sagte sie keck.

Auch Sonja Schiebl wandte sich nun um. Ihr war die Begegnung mit Richard sichtlich unangenehm.

»Hat Sie das gute Bier angelockt?« Caroline Perchinger zwinkerte ihm zu.

Richard hob sein Spezi. »Ich bin mit dem Auto da.«

Sie stand auf, ging um den Tisch herum und setzte sich neben Sonja. »Dann muss ich nicht so schreien«, erklärte sie. »Gibt es denn etwas Neues, Herr Staudinger? Ich meine – wegen dem armen Manfred.«

»Wahrscheinlich wissen Sie mehr als ich. Sie sitzen ja sozusagen direkt an der Quelle. Also?«

Wie auf Kommando schoss sie los: »Der Mörder kann nur dieser Waldmensch sein. Sein Lager im Wald befand sich nahe dem Tatort. Vielleicht wollte er Manfred ausrauben, und der wehrte sich, woraufhin der Freak ein Messer zückte. Dafür muss er in den Knast, finden Sie nicht auch, Herr Staudinger?«

Sonja Schiebl schluchzte kurz auf.

»Das haben nicht wir zu entscheiden.«

»Da haben Sie auch wieder recht.« Sie angelte sich ihr Bierglas, prostete ihm zu, trank einen ordentlichen Schluck und lachte dann. »Wir dürfen, wir sind mit dem Fahrrad da.«

Auf der Heimfahrt zum Campingplatz grübelte Richard über das mit den Damen geführte Gespräch nach. Auch der belauschte Teil hatte seinen Gedanken einen neuen Impuls gegeben, und er fragte sich, ob es möglich war, dass der Waldschrat und Manfred Gelser sich gekannt hatten. Außer wegen seines unerlaubten Lagers im Wald war er der Polizei zuvor nie aufgefallen, und dann sollte er einen arglosen Mann niedergestochen haben?

Hatte Gelser den Waldmenschen vielleicht in seinem Verschlag aufgespürt und ihn angesprochen? Hatte Heinzl sich bedroht gefühlt und war dann ausgerastet?

Als Richard sein Auto neben dem Zelt geparkt hatte, verspürte er den Drang nach einer Dusche. Mit Kulturbeutel und Handtuch machte er im Sonnenuntergang einen Spaziergang zu den Duschkabinen.

Das heiße Wasser belebte ihn sofort. Beinahe hätte er munter ein Liedchen geträllert. Als er wieder zu seinem Zelt ging, überkam ihn das beunruhigende Gefühl, verfolgt zu werden.

Richard drehte sich nicht um, stellte aber die Ohren auf. Tatsächlich, da stieg jemand hinter ihm her. Richard blieb stehen. Er konnte die Gegenwart des anderen spüren. Seine Sinne waren geschärft. Er ging weiter, fuhr dann abrupt herum und sah gerade noch eine schwarze Gestalt um die Ecke huschen. Er ging zurück und versuchte, in dem Dämmerlicht etwas zu erkennen. Die Gestalt war dort verschwunden, wo es zu den Müllcontainern ging. Aber als er dort nachschaute, war niemand da.

Richard krabbelte in sein Zelt, zog den Reißverschluss hoch. Noch immer fühlte er nachts manchmal eine gewisse Beklemmung, weil er in dieser Minibehausung ohne Fenster eingeschlossen war. Er hatte das Trauma seiner Kindheit nach all den Jahren noch immer nicht überwunden. Aber lieber das bisschen Unwohlsein ertragen, als sich völlig schutzlos in der Nacht und der freien Natur einem Mörder preisgeben zu müssen.

Er knipste seine batteriebetriebene Leseleuchte an, um noch in seinem Krimi zu schmökern. Normalerweise klemmte die Leuchte, ein Werbegeschenk eines Büroartikelversands, zu Hause über seinem Bett. Da fiel ihm ein, dass er Maria und seiner Schwester die Klosterbilder noch immer nicht geschickt hatte.

Die Nachricht an Trudel hob er sich für den nächsten Morgen auf. Sie würde sie jetzt sowieso nicht sehen. Sie war unter Garantie auf der Kirchweih, auf der hoffentlich nun endlich der Kärwabaum stand. Maria, der er kommentarlos die Bilder schickte, rief prompt zurück.

»Also, Richard, ich kann dir sagen: Bei uns geht es zu! Wir erleben derzeit Dinge, das glaubst du nicht. Da kannst du so was von froh sein, dass du auf deinem ollen Campingplatz herumgammelst«, zog sie ihn auf.

Ein bisschen fehlt mir die Maria schon, dachte Richard. Seine Kollegin war eine ehrliche Haut und immer lustig. Mit ihr an seiner Seite hätte er die unerklärliche Ablehnung der

Küchenmannschaft auf die leichte Schulter genommen und wäre mutig den Geisterstimmen auf den Grund gegangen. Sie waren ein gutes Team, eigentlich ausschließlich im Doppelpack im Einsatz, wenngleich das in einem kleinen Nest wie Kleinmichlgsees gar nicht nötig gewesen wäre. Ohne seine Partnerin ging ihm ein wenig der Elan ab, aber womöglich lag sein schlaffes Gefühl auch daran, dass sich sein Körper schon im Erholungsmodus befand. Mit Maria wäre er längst in der Naab schwimmen gewesen – schon um vor ihr nicht als Schlappschwanz dazustehen.

»Immerhin hatten wir einen Mord.«

»Ach ja, Frau Frischkes hat davon erzählt. Vor lauter Stress krieg ich ja gar nicht mehr mit, was in der Weltgeschichte so passiert.«

»Was hast du denn für einen Stress?«, murrte Richard. In Kleinmichlgsees hatte es noch nie Stress gegeben.

»Na, hör mal! Unser Kärwabaum ist immer noch nicht wieder da!«

Das war durchaus beachtlich. In der Kärwatradition von Kleinmichlgsees war es noch nie vorgekommen, dass der Kärwabaum am Kärwafreitag nicht aufgestellt war. Andererseits: Ohne Kärwabaumklau gab es keine Kärwa! Die Kärwa *war* der nächtliche Diebstahl des Baums! Der aber rechtzeitig wieder an Ort und Stelle zu stehen hatte. Seit über hundert Jahren war das schon so. Richard rätselte. War seine junge Kollegin am Ende überfordert? Die Auslöse des Kärwabaums war doch eigentlich ein Klacks.

Er stieß ein verächtliches »Phhh!« aus. »Na, wo wird er denn schon groß sein? In unserem geliebten Nachbarort natürlich. Wie jedes Jahr. Warum holt ihr ihn nicht einfach zurück?«

Maria tat eingeschnappt. »Als ob du das Prozedere nicht kennen würdest. Sinn und Zweck der ganzen Aktion ist die Entrichtung des Lösegelds für den entführten Baum, das Freibier. Derzeit laufen noch die Verhandlungen.«

Richard schob sich die Schuhe von den Füßen und zog die Socken aus. »Mit wem?«

»Mit dem Zirngibl Johannes.«

»Passt auf, dass der nicht zu unverschämt mit seiner Forderung wird«, gab Richard ihr seinen guten Rat.

Ach ja, fast vermisste er ein bisschen das lustige Treiben. Die Ingreischer stahlen den Kleinmichlgseesern den Kärwabaum, obwohl sie gar keinen richtigen Marktplatz hatten, wo sie ihn aufstellen konnten. Die Jungs stänkerten hin und her, es gab eine Prügelei, dann floss Freibier, und es regnete gratis Kärwaküchla. Spontan verspürte er ein kleines Heimweh und den Drang, auf der Stelle in sein geliebtes Frankenland zurückzufahren. Aber der Kärwatanz und das Schunkeln zu einer Musik, die ihm die Fußnägel hochrollte, um die man aber nicht drum herumkam, wenn man eine Maß Bier haben wollte, ließen ihn den Gedanken sofort wieder verwerfen.

»Und was gedenkst du jetzt zu unternehmen, Maria? Der Kärwabaum müsste doch längst stehen!«

»Nichts.«

»Wie? Nichts?«

»Sollen sie von mir aus Brennholz aus dem Baum machen. Für diese Kindereien habe ich keine Zeit. Viel größere Sorge bereitet mir, dass unsere Kirchweihkönigin ihr Amt niedergelegt hat!«

»Und nun?«, fragte er.

»Haben wir auf die Schnelle eine neue gewählt. Halt dich fest, ein paar haben sogar unsere Chefin vorgeschlagen.«

»Die Frischkes? Welcher Witzbold war das denn?«

»Unsere Nürnberger Würstla, die Herren von der Kripo Nürnberg. Oder zumindest zwei von denen. Der James Bond der Noris, Hauptkommissar Dietrich Gutmut, und unser Weggla. Die waren in Kleinmichlgsees, weil sie sich das Kärwabaum-Aufstellspektakel nicht entgehen lassen wollten.«

»Oder die Schäuferla von der Resi«, meinte Richard trocken. »Und wer trägt jetzt das Krönchen?«

»Die Uschi Vogel.«

Er stöhnte auf. »Da wäre die Frischkes tatsächlich die bessere Wahl gewesen.«

»Ich kann mich nur wiederholen: Sei froh, dass du nicht da bist, und genieß deinen Urlaub. Aber sag, ist es dir nicht langweilig? Den ganzen Tag faul in der Sonne liegen, das ist doch gar nicht dein Ding. – Richard? Richard, hörst du mir noch zu?«

Doch Richard war nur noch mit einem halben Ohr dabei, denn vor seinem Zelt ging etwas Merkwürdiges vor sich. »Du, Maria, ich mach Schluss jetzt. Wir sprechen uns wieder«, flüsterte er und wischte seine Kollegin weg.

Richards Zelt befand sich in der Nähe einer Straßenlaterne. Was einerseits praktisch war, weil es nicht stockfinster war, wenn er mitten in der Nacht dringend zu den Toiletten sausen musste. Andererseits sorgte die Lichtquelle für ungewöhnliche Schattenspiele, an die sich Richard unterdessen eigentlich gewöhnt hatte. Aber dieser Schatten war anders. Er bewegte sich um sein Zelt herum, hatte eindeutig Arme und Hände und blieb plötzlich stehen.

Richard hielt den Atem an. Die schwarze Gestalt vorhin nach dem Zähneputzen, als er den Waschraum verlassen hatte, und nun das.

Er dachte an seine geklaute Wasserflasche. Er hatte den Waldschrat in Verdacht gehabt, aber der konnte es diesmal ja nicht sein. Er war in Haft.

Jetzt wölbte sich der Schatten über sein Zelt, und die leisen Schritte bewegten sich auf seinen Eingang zu. Richards Kehle wurde trocken. Er war unbewaffnet und völlig wehrlos. Sogar sein Frühstücksmesser war unerreichbar, es lag in der Spülschüssel neben dem Auto. Dann wurde der Reißverschluss ganz langsam nach unten gezogen.

Enzianschnaps-Odeur

Eine Waffe! Er musste sich verteidigen. Und griff um sich.
Berührte seine Socken, die Schuhe. Das Taschenbuch … Seine
Leselampe. Sollte er sie dem uneingeladenen Gast direkt ins
Gesicht halten, um ihn zu blenden? Das Licht würde ihn zumindest verwirren. Hoffentlich. Als Richard nach der Lampe
griff, schaltete er sie versehentlich aus, was ihn nun selbst
verwirrte. Genau in dem Moment wurde der Reißverschluss
mit einem Ratsch ganz nach unten gezogen – und Richard
stieß seine Hand samt Leuchte nach draußen. Prompt folgte
ein Schrei.

»Herrschaftszeiten, Richie! Host du an Batscher?«

Ein unappetitlicher Alkoholgestank drang in Richards
Wigwam.

»Axel, du Vollhorst! Was treibst du denn hier!«

Der Halbfürther hockte im Gras und befingerte seine Nase.
»Hot dich der Hafer gstochen? Des hätt fei gscheid bleed
ausgehen können«, ignorierte er Richards Frage.

»Ach geh, du bist ja besoffen!«

»Ja«, grinste Axel und rollte die Augen, »und goud wor er.
Ein Gebirgsenzian!«

»Trotzdem kannst du doch nicht über den Campingplatz
schleichen und einfach Zelte aufmachen!«

»Iich hob ja bloß dei Zelt aufgemacht.«

»Was willst du? Doch hoffentlich nicht reinkommen.«
Richards Furcht und Wut ebbten ab und wollten einem erleichterten Lachen weichen.

Axel ließ sich nach hinten fallen und begann ebenfalls zu
kichern. »Bevuur iich zu dir ins Zelt neikrabbel, geh iich doch
lieber zu meiner Bille, Alter!«

Zusammen mit dessen Enzianschnaps-Odeur wehte jetzt
auch eine durchdringende Kälte ins Zelt. Richard schlüpfte
in seine Jacke, dankbar, dass er vergessen hatte, sie wie sonst

in seinem Wagen zu deponieren. Dann angelte er sich seine Leselampe und wartete, bis Axel sich wieder gesammelt hatte.

»Wo kommst du überhaupt her, mitten in der Nacht?«

»Iich wor beim Hofmeister Schorsch in Reihe zwölf und hob da einen gehoben.«

»Das waren mindestens fünfzehn.«

»Morgen kummst mit. Die sind dodal lustig, die Hofmeisters.«

Richard mühte sich aus dem Zelt und half Axel auf die Beine. »Vielleicht, aber du gehst jetzt schön brav zu deiner Frau.« Er schob den torkelnden Mehlsack in Richtung Heimat.

»Gute Nacht!«, plärrte Axel.

Richard war gerade dabei, einzuschlafen, als er Axels Schatten erneut vor seinem Zelt herumkrauchen sah und hörte. Was für ein Dummkopf. Aber dieses Mal konnte er ihm gestohlen bleiben. Bestimmt hatte Bille ihn zum Ausnüchtern an die frische Luft gesetzt. Geschah ihm ganz recht.

Richard stellte sich tot, aber Axel verschwand nicht. Genauso wenig wie ein seltsames Geräusch, das wie klimperndes Geld klang. Der Wahlfürther gab einfach keinen Frieden.

»Wenn du dich nicht sofort schleichst, kriegst du meine Leselampe noch mal auf die Nase, dann ist sie wirklich gebrochen!«, wütete Richard.

Und der Schatten machte sich davon.

Na bitte. Richard schlief sofort ein und wurde erst wieder von seinem eigenen Schnarchen wach. Draußen war es schon hell.

»Ein Dampf ist da herinnen«, sagte er zu sich selbst und zog den Reißverschluss seines Zeltes nach unten. Die Sonne schien ihm direkt ins Gesicht, als wollte sie ihn wach küssen. Richard grinste. So ließ er sich Urlaub gefallen, wenngleich sein Aufenthalt in der Oberpfalz heute eigentlich endete, denn heute war Sonntag.

In den vergangenen Tagen hatte er eine Technik entwickelt,

leichter aus dem Zelt zu kommen. Noch im Liegen rollte er sich zur Seite, zog die Beine an, gelangte mit mehreren Schwüngen auf die Knie und ließ sich dann nach draußen kippen, wo er langsam und ächzend auf die Füße kam.

Als er sich jetzt nach draußen fallen ließ, griff er in etwas. Bei der Berührung zuckte er zusammen. Fühlte noch einmal hin. Weich und fest. Er erkannte ihn sofort. Unfassbar. Sein Geldbeutel!

Spontan standen Richard die Haare zu Berge.

Wieso lag sein Geldbeutel vor dem Zelt? Im Freien? Über Nacht?

Mit zittrigen Fingern öffnete er ihn. Blätterte die Geldscheine durch. Zu seiner Schande musste er gestehen, dass er es nicht gemerkt hätte, hätte ein Zehner gefehlt. Jedenfalls war er sicher, dass der eine Fünfziger, den er gehabt hatte, noch da war.

Ein Dieb hätte sich den auf jeden Fall geschnappt. Hell genug war die Laterne, dass er ihn gesehen hätte. Richard durchsuchte seinen Geldbeutel weiter. Sein Ausweis, der Führerschein, die Versichertenkarte und sonstige andere Karten und Notizzettel waren auch noch da. Wobei sein Ausweis nicht an dem ihm angestammten Platz steckte, in dem vorderen Fach. Aber am merkwürdigsten war, dass sämtliche Münzen fehlten. Sein ganzes Kleingeld war weg.

Richard rekapitulierte den gestrigen Abend. Als er Axel auf die Beine geholfen hatte, musste ihm sein Portemonnaie aus der Jackentasche gefallen sein. Erstaunt krabbelte auch der Rest von Richard aus dem Zelt, um die Wiese vor seinem Zelt abzusuchen. Aber nichts. Keine Münzen.

Und dann versuchte er sich zu erinnern, ob es während seines Urlaubs hier in der Oberpfalz auch nur einen einzigen Tag gegeben hatte, an dem nicht irgendetwas Merkwürdiges geschehen war.

Er schüttelte den Kopf. Die Maria mit ihrer läppischen Kärwa brauchte gar nicht daherzureden! Phhh!

Boandlkramer

Ruprecht hatte die Hände tief in die Hosentaschen geschoben und ließ die Münzen durch die Finger gleiten. Sie fühlten sich gut an. Ein-Euro- und Zwei-Euro-Stücke. Fünfzig-Cent-Stücke und noch mehrere kleinere Münzen. Später könnte er sich damit wie selbstverständlich ein Eis kaufen. Niemand würde sich an seinem Aussehen stören. Er könnte sich sogar in den Biergarten setzen, ohne dass es Gemurre, giftige Kommentare und böse Blicke gäbe. Er würde gar nicht auffallen.

Er müsste nicht einmal mit ihnen reden. Könnte einfach nur sein Eis bezahlen und es essen. Wahllos zog er eine Münze hervor. Zwei Euro.

Eine Schönheit war aus Ruprecht nicht geworden. Doch seine in Tränen aufgelöste Schwester hatte auf ein Bad und einen Haarschnitt bestanden. Und sein Gesicht hatte sie mit einer Salbe behandelt.

Außerdem trug er jetzt den alten Anzug vom verstorbenen Vater. Aus dem dicken Stoff stieg ihm der altmodisch-vertraute Mief von Mottenkugeln in die Nase. Gab es unterdessen nicht angenehmere Mittel, um Kleidermotten aus dem Wäscheschrank zu verbannen? Komisch, dass er seinen eigenen Körpergeruch und den Gestank seiner versifften Klamotten nie wahrgenommen hatte. Doch selbst die hartgesottenen Polizisten hatte es gehoben, als sie ihn nach Waffen abgetastet hatten. Und erst Hella, seine Schwester! Sie hatte über seine Brechreiz auslösenden Ausdünstungen und seine verwahrloste Erscheinung die Hände über dem Kopf zusammengeschlagen.

Er war glimpflich davongekommen, denn die Bullen hatten ihn laufen lassen müssen.

Ruprecht ließ die Münzen in seiner Hosentasche klimpern. Vielleicht wäre er in einer Zelle sogar besser aufgehoben gewesen. Seine Gedanken kreisten wie ein Hamster in einem

Laufrad, sie drehten sich, ohne innezuhalten: Sie suchen den Mörder. Und der Mörder sucht mich. Und wenn er mich in die Finger kriegt, tötet er mich.

Aber wenigstens war er wieder in Freiheit, und die Bullen konnten ihn mal. Etwas Seltenes glitt über Ruprechts Gesicht. Ein Lächeln. Sein Alibi *waren* die Bullen.

Aus Angst hatte er beschlossen, sich für eine Weile in ein anderes Waldstück zu verkrümeln. Mit einem geschnürten Bündel war er losgezogen und wollte sich dort einen provisorischen Unterschlupf errichten. Den Rest seiner Siebensachen würde er nach und nach holen. Ahnungslos war er vor zwei Tagen zu seinem Hauptlager am Campingplatz zurückgekehrt, wollte noch ein paar Gegenstände sichern, hatte dann die Verwüstung entdeckt und hysterisch losgeheult. Das Fehlen des Messers, der Mordwaffe, war Beweis genug. Ruprecht war klar, dass *er* ihm ganz nah gewesen war. Und dass er Ruprecht töten würde, der ihn bei seiner eiskalten Tat beobachtet hatte.

Er war gerade dabei gewesen, die noch halbwegs heil gebliebenen Dinge fiebrig zusammenzuraffen und in einen Plastiksack zu stopfen, als ihn die Uniformierten geschnappt und nach Regensburg gebracht hatten. Den ganzen Wald hätten sie nach Spuren des Mörders und nach ihm, dem Waldschrat, durchsucht, hatten sie gesagt.

Erst hatte Ruprecht bei der Vernehmung beharrlich geschwiegen, aber als sie durchblicken ließen, dass sie davon ausgingen, er habe den Camper auf dem Gewissen, war er ausgerastet.

Wenn sie ihn erst einem Haftrichter vorführten, ein Haftbefehl erlassen würde, er in Untersuchungshaft käme, dann wäre der Knast unvermeidlich. Dann würde er, der aus der Gesellschaft verbannte Penner, für sehr lange Zeit gesiebte Luft atmen. Und Ruprecht kannte sich aus, was die Jurisprudenz betraf. Vor einer gefühlten Ewigkeit hatte er ein Jurastudium begonnen, hatte dann aber eine Stelle als Sachbearbeiter bei einer Versicherung angenommen. Als ihm – für ihn lange unbegreiflich – die Frau davongelaufen war, hatte er zur Flasche gegriffen. Was schließlich folgte: Auch der Job war irgendwann weg. Es war wie eine Spirale, die ihn immer mehr nach unten zog. Die verdammte Sauferei hatte ihm alles zerstört. Er war auf der Straße gelandet und nur noch Dreck für die anderen gewesen. Ein Hundehaufen. Heute war er zwar trocken, aber sein Status hatte sich nicht verbessert.

Ganz nah dran war er an der Verhaftung gewesen, ganz nah. Doch dann hatte er ihnen gesagt, er habe am Montagmorgen einen Unfall gesehen, der ganz woanders stattgefunden habe, und könne deshalb nicht der Mörder sein. Sie mögen doch nachfragen. Bitte. Und da der Unfall zur selben Zeit wie der Mord passiert war, hatte er somit ein Alibi.

Die Polizisten stellten ihm sogar eine Tasse Kaffee hin und legten zwei Doppelkekse aus einer Prinzenrolle an den Rand des Tellers. Und schlossen wieder die Fenster, die sie sperrangelweit aufgerissen hatten. Wegen seines penetranten Gestanks. Wegen seines Angstschweißes.

Als die Bullen ihn gefragt hatten, ob ihn jemand abholen solle und er einen festen Wohnsitz habe, war ihm seine Schwester eingefallen, die Hella.

Beinahe hätten sie sich nicht erkannt. Die vergangenen Jahre hatten Hella noch älter gemacht. Und auch sie war entsetzt gewesen, wie er aussah. Aber er war immer noch ihr Bruder. Da verzieh man sehr viel.

Nach Essen, Bad, neuer Frisur und Klamotten hatte er ihre Wohnung wieder verlassen. Ohne Verabschiedung. Wahrscheinlich hatte Hella von ihm, dem schwarzen Schaf der Familie, auch nichts anderes erwartet. Einmal ein Versager, immer ein Versager. Bei den Bullen hatte er behauptet, bei seiner Schwester fürs Erste bleiben zu wollen. Somit war er für sie erledigt gewesen.

Nie hatte er ernsthaft überlegt, sich bei seiner Schwester einzuquartieren. Da hockte der Boandlkramer schon in der Ecke und wartete auf seinen Einsatz. Er war ein Nachzügler gewesen, Hella war fast ein Vierteljahrhundert älter als er, über siebzig. Eigentlich in der heutigen Zeit noch kein Alter für den Friedhof. Aber Hella war schon lange tot, hatte noch nie richtig gelebt. Und Ruprecht hatte keine Lust, mit ihr zu verwelken. Bevor er mit den Marotten einer alten Frau in einer dunklen Mietwohnung versauerte, lebte er weiß Gott lieber in seinem Wald. Trotz all der Unbequemlichkeiten.

Die Münze in Ruprechts Hand war ganz warm, seine Handfläche feucht geworden. In seinem neuen Lager wäre er weit weg von dem, was ihm den Schlaf raubte. Aber er musste noch etwas geraderücken. Und dafür brauchte er Hilfe.

Dem unten am Campingplatz, der mit dem Kopf im Freien schlief, dem vertraute er. Weil der auch ein bisschen sonderbar war. Schon allein, dass er seine Schuhe und Schlappen so akkurat wie in einem Schuhschrank unter das Auto stellte, war bemerkenswert anders. Bei dem hatte er ein gutes Bauchgefühl. Selbst wenn er ein Bulle war. Er hieß Richard Staudinger und war aus Kleinmichlgsees, das hatte er auf dessen Ausweis gelesen, den er in der Geldbörse gefunden hatte. In einem Schlitz dahinter hatte der Dienstausweis gesteckt.

Der Kopf-Mann musste ihm helfen. Erst wenn der Mörder hinter Schloss und Riegel war, könnte Ruprecht wieder frei und ohne Angst leben.

Ruprecht kaufte sich kein Eis. Seit einer halben Stunde hockte er auf der Holzbank vor dem noch geschlossenen Würstelimbiss, hing seinen Gedanken nach und überlegte, wie es weitergehen sollte. Dann erhob er sich und huschte mit seiner Beute in das vertraute Waldstück. Außer den Münzen hatte er auf dem Campingplatz eine gefütterte Regenjacke mitgehen lassen. Damit und mit den anderen geklauten Klamotten und der Decke würde er überleben, es war noch warm genug. Ruprecht war deutlich kältere Tage gewohnt. Am wichtigsten war jetzt, dass er Augen und Ohren offen hielt.

Denn der Mörder würde nicht aufgeben.

Und auch vor einem dritten Mord nicht zurückschrecken.

Bierdimpfl

»Sonntag«, murmelte Paula mit hängenden Mundwinkeln. Sie saß am Küchentisch mit Blick auf den toten Marktplatz und rührte in ihrer Kaffeetasse.

War der Alltag in Kleinmichlgsees schon unerträglich langweilig, so war die Freizeit, insbesondere die Wochenenden, so wenig abenteuerlich wie eine Kaffeefahrt (getarnte Verkaufsveranstaltung) ins Blaue (schäbiges Gasthaus im Nirgendwo) mit heiterem Unterhaltungsprogramm (Anpreisung von überteuerten Gesundheitsmatratzen). Wobei selbst die noch ein gewisses Amüsementpotenzial hatte, hätte Paula sich doch mit dem schleimigen Promoter anlegen können.

Zu ihrem Entsetzen hatte sie die vergangenen Kärwatage und das Tamtam um den heiligen Kärwabaum sogar ein wenig genossen. Ein Getue war das gewesen. Ein Theater hatten die Landeier veranstaltet, aber nicht nur die Kirchweihburschen, deren Ehre eine ordentliche Watschen abgekriegt hatte. Auch die Alten hatten getan, als gelte es, die Stadtmauer von Kleinmichlgsees gegen die niederträchtigen Ingreischer zu verteidigen. Aber irgendwie hatte sie Spaß dabei empfunden. Wie tief war sie gesunken!

Paula rührte in ihrer Kaffeetasse, bis ihr das Geklimper des Löffels auf den Geist ging. Gedankenverloren strich sie nun mit dem Löffel über ihre Lippen.

Vielleicht hätte sie sich doch als Kandidatin für das Amt der Bierkönigin aufstellen lassen sollen. Drei Tage fröhliche Gesichter und Bierlaune, sie als Repräsentantin des Dorfs, dazu der sonntägliche Kirchweihzug durch den Ort, bestehend aus der winzigen und schräg spielenden Blaskapelle, drei mit Luftballons geschmückten Traktoren, dem dörflichen Gesangsverein, den Herren des Wirtshausstammtisches und der Schafkopfrunde sowie den bedirndelten Landfrauen. Überschaubar, aber immerhin! Und sie als Königin hätte mit dem

Bierkönig, einem o-beinigen, Lederhose tragenden Bierdimpfl, den Zug angeführt.

Bierdimpfl. Paula wusste unterdessen, was das Wort bedeutete. Es bezeichnete einen Wirtshaushocker, der ein Bier nach dem anderen hob. Ganz am Anfang ihres Aufenthalts in Kleinmichlgsees hatte sie »Biertümpel« verstanden, was für Gelächter unter den Kollegen gesorgt hatte. Aber mittlerweile hielt sie sich wacker als Berlinerin unter Franken. Der Herr Staudinger hatte ihr sogar Sprachunterricht erteilt.

»Bierdimpfl. Hinten mit drei l, damit man Sie auch versteht«, hatte er ihr erklärt.

Vor ihrem geistigen Auge sah Paula sich in einem glänzenden Dirndl mit aufreizendem Dekolleté. Der Bürgermeister setzte ihr gerade die Krone aufs Haupt … Das schöne Bild zerplatzte wie eine Seifenblase. Als Staatsdienerin durfte sie ja gar kein solches Amt annehmen, und nie hätte sie es Andreas gegönnt, dass er sich ins Fäustchen lachte.

Und was waren das überhaupt für absurde Gedanken!

Sie hasste Folklore. Sie konnte Blasmusik nicht ausstehen. Um Kirchweihen und Volksfeste machte sie generell einen Bogen. Auch, weil die guten alten Zeiten mit Autoscooter und Blümchenschießen endgültig der Vergangenheit angehörten.

Sie biss von ihrem Knäckebrot ab, das weich wie eine Schuheinlage war, und warf den Rest mit gerümpfter Nase zurück auf den Teller. Plötzlich begann sie zu kichern. Seit dem Desaster mit den feindlichen Ingreischern stand der Kirchweihbaum unter Bewachung. Ein Dörfler passte auf, während der, der sich die Stunden davor um die Ohren geschlagen hatte, eingerollt wie eine Katze tief und fest am Fuße des Baumes schlief.

Plötzlich dämmerte ihr eine Idee. Sie grinste. Niemand konnte ihr verbieten, einen Ausflug zu machen. Schnell trank sie ihren Kaffee aus, schlüpfte in ihre bequemen weißen Sneakers, die noch dazu perfekt zu den ausgewaschenen Jeans und der schwarz-weiß gestreiften Hemdbluse passten.

Das Wetter war blendend schön, und wann sonst kam sie schon mal in die herrliche Oberpfalz?

Nachdem sie den Inhalt ihrer Handtasche kontrolliert hatte, nahm sie die hellbraune Lederjacke vom Kleiderbügel, ließ einen letzten prüfenden Blick durch die Wohnung schweifen, zog dann die Tür zu und ging zu ihrem Wagen.

Ins Navi gab sie »Oberbürzl« ein.

Eine Frau muss tun, was eine Frau eben tun muss.

Grillwaller

Axel hatte einen heftigen Filmriss und einen Geschmack nach WC-Stein und toter Katze im Mund. Behauptete er jedenfalls.
»Kommt vom Enzian«, belehrte ihn Richard.
Von seinem nächtlichen Überfall wollte der Wahlfürther nichts mehr wissen. Doch seine Lüge wurde sofort bestraft. Er hielt sich den Kopf. Der Kater hatte anscheinend mit der Faust zugeschlagen.

Richard seufzte. In diesem Stadium war es sinnlos, Axel nach dem Geldbeutel und dem verschwundenen Kleingeld zu fragen. Außerdem hätte er gestern in seinem Vollrausch sogar eine vollbusige Nacktänzerin übersehen, wie sollte er sich da an eine Handvoll Münzen im Gras erinnern?

Was mochte er selbst wohl schon im Vollrausch alles verzapft haben, was am Morgen der Nebel des Vergessens verschluckt hatte?, überlegte Richard. Obwohl Vollräusche bei ihm nicht gerade an der Tagesordnung waren. Aber wenn er nur an die Möglichkeiten dachte, wurde ihm ganz schlecht: einem Madla die Ehe versprochen, Haus und Hof (was er nicht hatte) verpfändet, zu fremden Männern in die Koje gekrabbelt – ein Verbrechen begangen?

Was, wenn Axel ein zweites Ich, eine gespaltene Persönlichkeit hatte?

Er schüttelte den Gedanken ab. »Mir muss der Geldbeutel aus der Jackentasche gefallen sein, als ich dir auf die Beine geholfen habe«, erklärte er. »Und später hat sich jemand an meinen Geldmünzen bedient. Alles andere ist noch da.« Richard wunderte sich immer noch über den seltsamen Dieb. Vielleicht war es ein Kind gewesen? Welcher anständige Kriminelle klaute schon die Münzen und ließ die Scheine stecken?

»Iich wor's jedenfalls ned!«, verteidigte sich Axel und winkte mit beiden Händen ab. »Und wieso host du mir auf die Baaner geholfen? Ach so, auweia, sag nix. War iich so besoffen?«

Das fragte er noch?

Die Sonne stand schon höher, als Richard seinen Körper auf seine Sonnenliege verteilte. Die Beine lang, die Arme auf den seitlichen Lehnen, das Gesicht mit der Sonnenbrille der Sonne entgegen. Der Trubel um ihn herum störte ihn nicht. Wie jeden Tag in der letzten Woche wurden Wohnwagen von Anhängerkupplungen abmontiert und dann einrangiert. Oder andersrum. Dort, wo ein Wohnwagen länger gestanden hatte, blieb ein vertrockneter brauner Grasfleck zurück. Doch da in verschiedenen Bundesländern gestern die Ferien begonnen hatten, wurden die unschönen Stellen rasch von neuen Caravans verdeckt. Heute war besonders viel Betrieb. Zeitweise stauten sich die Wohnwagen und Autos vor der Anmeldung des Campingplatzes. Fast genoss Richard das rege Treiben, das ihn nichts anging. Denn er musste nichts tun. Und hatte auch nicht vor, *irgendetwas* zu tun.

»Mogst auch ans?«, fragte Axel plötzlich in seine Idylle hinein.

Richard spürte etwas Kaltes an seinem Oberschenkel und fuhr hoch. Der Möchtegern-Fürther hielt zwei Fläschchen Bier in der Hand, einem fehlte bereits die Hälfte des Inhalts, das andere reichte er ihm rüber.

Richards erstaunte Miene sprach Bände. Axels Leber hatte auch nichts zu lachen.

»Was denn, Richie? Bier ist doch ka Alkohol.«

Richard nahm ihm die Flasche ab, und sein Campingfreund ließ sich neben ihm im Gras nieder.

»Was ist denn mit den Fischen?« Richard deutete mit dem Bierfläschchen zum Ufer, wo drei Angelruten steckten, deren Köder im Wasser tanzten.

»Die beißen von selbst.«

Ob Axel wirklich so ein leidenschaftlicher Angler war?, überlegte Richard nicht zum ersten Mal.

»Du solltest dir wos aufsetzen«, sagte Axel und strich sich über das dünne Haupthaar. »Und ich auch.« Schwungvoll hievte er sich wieder hoch und verschwand im Wohnwagen. »Billeeee!«, rief er, und als er zurückkehrte, trug er eine schwarze Kappe und warf Richard einen Fischerhut zu, der auch schon länger im Umlauf war. »Für dich, därfst behalten!« Richard war zum Glück nicht eitel. »Danke.« Es war tatsächlich sofort angenehmer mit Kopfbedeckung. Die Sonne stach heute aber auch wieder heiß vom Himmel runter.

»Iich schau amol schnell nachm Kuno.« Axel war schon wieder aufgesprungen.

Der Kerl hatte wirklich Hummeln im Hintern. »Kuno?«, fragte Richard.

»Kuno, der Killerwaller.«

»Petri Heil!«

»Petri Dank! Bist heut Abend eingeladen. Zu Grillwaller mit Dünstgemüse. Du moggsd doch an Fiiesch?«

Richard verkniff sich jeden Kommentar. Eines stand für ihn fest: Nachdem er sein Grillfleisch neulich mit den Fürthern niedergekämpft hatte und sich sein Lebensmittelvorrat auf fünf trockene Kärwaküchla dezimiert hatte, würde es für ihn heute wieder einmal Brüstl und Erdäpfelsalat geben. Dem Grillwaller stand er skeptisch gegenüber. Da ertrug er lieber Monas schlecht gelaunte Küchencrew.

Was der Bauer nicht kennt, frisst er nicht!

»Zum Woassa obi, die Stroaßn afi und noachad links umi« oder so ähnlich, so hatte die rotbackige Frau des Platzwarts hinter dem Empfangstresen ihr freundlich den Weg zu Herrn Staudingers Zelt erklärt.

Paula hatte ihr – und sich selbst – nicht eingestehen wollen, dass sie auch des Oberpfälzer Dialekts nicht mächtig war. Die Worte waren in ihren Gehörgang eingedrungen, dann waren Vokale und Konsonanten wie Würfel in einem Würfelbecher durcheinandergeschüttelt worden und als unverständliche, seltsame Laute in ihrem Bewusstsein angekommen.

Aber so schwer konnte es ja nicht sein, Staudingers alten Golf und ein Zelt aufzuspüren, das beamtenhaft korrekt in die Landschaft gestellt worden war. Wahrscheinlich würde sie ihren Kollegen dabei überraschen, wie er seine Socken zusammenfaltete oder ein Sudoku löste.

Sie schimpfte ein bisschen mit sich selbst, weil sie eine vorgefertigte Meinung von ihm hatte. So schlimm war der Kollege auch wieder nicht. Vielleicht ein bisschen verkorkst und altmodisch, aber tief drinnen ein feiner und aufrichtiger Mensch, und das war das Wichtigste. Ihm vertraute sie blindlings.

Wenn er nur ein bisschen mehr aus sich machen und sich aus den Fingern seiner bestimmenden Schwester befreien würde, dann würde auch dieser Topf ganz sicher seinen Deckel finden.

Doch wo war der Topf? Wo hatte sich der Staudinger versteckt? Sie war doch zum Wasser *obi*, die Straße *afi* und dann links *umi* gegangen. Da entdeckte sie etwas abseits neben einem Wohnwagen mit Fürther Kennzeichen ein Zelt aus dem letzten Jahrhundert, vor dem zwei vergammelte Gestalten herumlungerten.

Ein Typ mit roten Augen, dem eine durchfeierte Nacht aus dem zerknautschten Gesicht sprang, hob seine Bierflasche zum Gruß. Neben ihm fläzte in einem Stuhl ein verkorkster Robinson-Crusoe-Verschnitt mit Sonnenbrand auf der Nase, unter der ein Bart unkultiviert in alle Richtungen wucherte. Auf seinem Kopf saß ein schreckliches Gebilde von Hut, und das T-Shirt, das er trug, zierten ein Grauschleier und Spuren einer undefinierbaren Mahlzeit. Die Jeans, deren Beine dilettantisch abgeschnitten worden waren, war schon wieder lustig anzuschauen. Ganz klar: Der Mann hatte Mut. Das bestätigte auch die schwarze Blues-Brothers-Sonnenbrille, die er gewagt mit Flip-Flops kombinierte.

Dann schlug bei Paula der Blitz ein, und sie schaute zweimal hin. Nee, oder? Das war ja der Staudinger! Ihr nächster Gedanke: Der Staudinger trägt Flip-Flops?

»Frau Frischkes!«

»Herr Staudinger! Sind Sie es wirklich?« Sie lächelte ihn kokett an. »Oder sind Sie Ihr Bruder?«

Ihr Kollege schoss wie eine Rakete hoch. Gut, es war keine allzu stark beschleunigte Rakete, aber immerhin. Augenblicklich versteckte er die Bierflasche hinter dem Rücken. Sich noch immer sammelnd stammelte er: »Ich habe gar keinen Bruder.«

»Das weiß ich doch.«

Der Typ neben ihm war ebenfalls hochgefedert und rieb sich die Hände am Hosenboden ab. »Ich bin der Axel von der Moststraße, grüß Gott.«

»Meine Chefin«, brummte Staudinger.

»Hab schon viel von Ihnen gehört«, meinte Axel anzüglich und in bemühtem Hochdeutsch.

»Ach ja? Was denn, Herr Staudinger?«

»Ach, der übertreibt nur«, wand sich ihr Kollege und machte eine wegwerfende Kopfbewegung. »Was hat Sie denn hierher verschlagen?«

»Ich habe tolle Neuigkeiten für Sie, Herr Staudinger.« Paula beugte sich ganz nah zu ihm. Eine ihrer Haarsträhnen fiel nach vorn und ihm direkt vor die Nase. Instinktiv pustete er sie weg. »Sie betreffen das Spukhäuslein«, flüsterte sie.

Richard war überrascht. Was konnte *sie* denn schon über das Spukhäusl wissen?

Doch die Frischkes war clever, wahrscheinlich hatte sie wieder in der geheimsten Geheimschublade gekramt. Und hartnäckig war sie auch, wenn sie etwas erreichen wollte. Seine Aufmerksamkeit war ihr jedenfalls sicher. Die vom Moststraßen-Axel allerdings auch. Mit hängender Unterlippe und glasigem Blick nahm er Millimeter für Millimeter Maß.

Heimlich zeigte Richard ihm den Mittelfinger und machte so eine böse Miene, dass Axel den Kopf einzog und sich zu seiner Bille trollte.

»Dann schießen Sie mal los«, sagte er und fühlte sich in seinem Urlaubsfrischler-Outfit nicht wirklich wohl.

»Wo bleiben denn Ihre Manieren, Herr Staudinger?«, beschwerte sich die Frischkes aber erst mal. »Wollen Sie mir nicht vorher einen Sitzplatz und einen kühlen Drink anbieten? Außerdem will ich den Campingplatz besichtigen und natürlich das Spukhäuslein sehen, über das die Medien die tollsten Sachen berichten!«

Richard klappte der Kinnladen runter, dann stammelte er: »Spukhäusl. Mit einem l. Und ohne -ein.«

Nun schaute sie verdutzt, kriegte sich aber sofort wieder ein. »Okay, okay. War ja auch nur ein Späßchen, das mit dem Platz und dem Schampus! Und gesessen bin ich lang genug, und durstig bin ich auch nicht. Aber umsehen würde ich mich schon gern.« Sie drehte sich ein Mal um dreihundertsechzig Grad. »Und das Spukhäusl mit l und ohne -ein besuchen.«

»Und erst dann schießen Sie los?«

»Sie haben es erfasst.« Sie klatschte freudig in die Hände. »Aber erzählen Sie vorher doch mal schnell: Wie geht es Ihnen, Sie Urlauber?«

Ihre Augen wanderten von seinem Fischerhut über die Sonnenbrille, den Bart, das fleckige T-Shirt und die ausgefransten Jeans bis zu den Flip-Flops.

»Anscheinend erholen Sie sich blendend«, schickte sie nach einer Pause hinterher.

»Wie ein Waller«, rutschte es Richard heraus, dem die Begutachtung nicht entgangen war. »Ich wollte sagen: Das ist kein Wunder.«

Die Frischkes legte den Kopf in den Nacken und schaute in den unnatürlich blauen Himmel, in dem nur ein paar Schäfchenwolken wie Socken an einer Wäscheleine hingen. Sie breitete die Arme aus und atmete die gute Oberpfälzer Landluft ein. »Ein kleines Paradies«, stellte sie fest.

Richard führte die Bierflasche zum Mund und rieb sich mit dem Handrücken über die Lippen, als Bille auf sie zukam, ihre Kleinen im Gänsemarsch wie hinter Mama Gans herwatschelnd. An ihrem Arm hing ein großer Weidenkorb, der überquoll vor Gemüse.

Richard fragte sich, ob sie diesen Weg nur wegen der Anwesenheit seiner Chefin genommen hatte.

»Hallo«, sagte Bille, und ihre Brut fing sofort an, sich gegenseitig zu schubsen.

»Die Bille von der Moststraße, die Frau Frischkes«, stellte Richard die Damen lustlos einander vor. Gegenseitiges Abchecken der beiden folgte.

»Heute gibt es Eintopf, du bist herzlich eingeladen. Also, wenn du oder ihr, ich meine, du und deine … wenn ihr kommen wollt, dann gern.«

Richard ließ sich nicht auf die Entwirrung der Beziehung zwischen seiner Chefin und ihm ein, sicher war Bille von ihrem Gatten längst eingeweiht worden, wer zu Besuch war. Spekulierten sie etwa, dass er mit seinem Boss ein Verhältnis hatte? Oder sich womöglich ein zweiter Mordfall auf dem Campingplatz anbahnte?

»Und der Grillwaller?«

Bille lachte laut auf. »Glaubst du an Wunder? Keine Ahnung, was mit den Fischen los ist. Vielmehr mit Axels Angelkünsten. Wahrscheinlich beißen bei jedem Hobbyfischer, der nur einen Wurm an einer Schnur zum Baden ins Wasser hält, die fetten Biester reihenweise an, nur beim Axel nicht.«

»Hast du eine Angelerlaubnis?«

Bille rümpfte die Nase. »Nicht mein Ding. Und einer in der Familie muss ja dafür sorgen, dass etwas zu essen auf den Tisch kommt.«

»Vielleicht mag Ihr Mann gar keinen Fisch?«

Bille dachte tatsächlich eine Weile über die Frage nach. »Und warum sollte er sich dann stundenlang mit einer Angelrute ans und ins Wasser stellen?«

Darüber wunderte Richard sich schon länger, aber das Thema Angeln war bei ihm sowieso durch. Nicht sein Sport. Allgemein war ja kein Sport so wirklich seiner.

Er gab Bille die leere Bierflasche mit, klappte seinen Stuhl zusammen, räumte, was noch auf dem Tisch herumlag, ins Zelt, zog den Reißverschluss hoch und wandte sich an seine

Chefin. »Dann lassen Sie uns mal auf Erkundungstour gehen.«

Ihre Kids sausten schon davon, da drehte sich Bille noch mal um. »Ihr siezt euch?« Ein gefundenes Fressen.

»Einfach ignorieren«, murrte Richard zur Frischkes, dann marschierten sie ein Stück den Weg an der Naab entlang, an dem sich Wohnwagen an Wohnmobil reihte. Richard zeigte seiner Chefin die sanitären Einrichtungen, die Waschküche und den Campingladen.

Vor der Campingwirtschaft überwachte Mona gerade eine Bierlieferung.

»Servus, Richard.«

»Hallo, Mona.«

»Brüstl, Richard?«, fragte sie ihn, wohl aus reiner Gewohnheit.

Seine Hoffnung, dass Mona ihre Brüstl nur ihm so leidenschaftlich anbot, war noch immer nicht verkümmert, obwohl es weiß Gott mehr als ein Dutzend verfressene und ledige Männer auf dem Campingplatz gab.

Die Augen der Frischkes schossen automatisch zu Monas appetitlich präsentiertem Dirndl-Dekolleté.

»Später. Wir machen erst mal einen Rundgang«, antwortete er.

Monas Aufmerksamkeit wanderte von den Bierkästen zu der blonden Frau an seiner Seite. Sie musterte sie völlig ungeniert.

»Stellen Sie sich nur vor, Herr Staudinger, man wollte mich zur Kirchweihkönigin wählen!«, platzte es plötzlich aus der Frischkes heraus.

Hoppla, dachte Richard. Wollte sie sich etwa in Szene setzen? Seit wann hatte sie das nötig?

»Oamol Volksfestkönigin sa, des warad sche«, sagte Mona und schaute wieder auf ihr Klemmbrett mit der Liste, anhand deren sie die Lieferung der dunklen und hellen Biere und des Weißbiers kontrollierte.

»Du möchtest Volksfestkönigin werden? Du?« Richard

war bass erstaunt. Und seit wann sprach die Wirtin so breiten Dialekt?

»Nur so eine Redensart bei uns Mädchen früher. Heute wollen sie ja alle ›Germany's next Topmodel‹ werden.«

»Und in Nürnberg das Christkind«, mischte die Frischkes sich ein.

»Isst du auch mit?«, fragte Mona seine Chefin und verfiel prompt ins Campingplatz-Du. »Ich hab die besten Brüstl, gell, Richard?«

Kokettierte Mona absichtlich mit ihrer Fleischspezialität, oder merkte sie gar nicht, wie zweideutig das war? Richard runzelte die Stirn. »Bündla auf Fränkisch, Wammerl auf Bayerisch«, übersetzte er, aber seine Chefin schaute immer noch verloren drein. »Schweinebauch«, machte er einen neuen Versuch, der aber auch nichts brachte. Richard seufzte. »Ein Krustenbraten?«

»Ah!«, machte die Frischkes, und Richard zog sie weiter.

»Aber was hat ein Schweinebauch mit den Brüsten von der zu tun?«

Richard seufzte. Seine Chefin war wie ein kleines Kind, alles musste sie verstehen. »Jetzt stellen Sie sich mal eine Muttersau vor. Der Bauch und die Brüste sind an ihrer Unterseite, und daraus wird der Braten gemacht.«

»Bäh!«, machte die Frischkes. »Für mich gibt's heute nur Salat.«

»Im Bayerischen wird nun einmal deftig gegessen, das wenigstens sollten Sie doch mittlerweile wissen.«

»Riiichard!«

Die Leni, die Augen wie ein Luchs haben musste.

Richard jedenfalls konnte erst gerade so die Umrisse der Imbissbude erkennen, als die Würstelbraterin bereits nach ihm rief.

»Also, Herr Staudinger, ich muss schon sagen: Die Damenwelt reißt sich ja hier schier um Sie.«

»Gestern war ich sogar mit zwei vermeintlichen Mörderinnen im Biergarten«, protzte er süffisant.

»Oh! Ach ...«, machte die Frischkes.

Leni war bereits auf sie zugeeilt, haute aber die Bremse rein, als sie seine Chefin erblickte.

»Ich wollte eigentlich mit dir allein reden.« Und ihre wachen Augen sagten: Na, deine Begleitung ist aber auch nicht von hier. »Würstel, Richard?«

»Vielleicht später, Leni, wir sind auf dem Weg ins Spukhäusl.«

Leni zuckte lässig eine Schulter.

»Au ja, Herr Staudinger!« Die Frischkes klatschte vorfreudig in die Hände. »Ich brenne schon drauf, es zu sehen!«

Was erwartete seine Chefin eigentlich davon?, fragte sich Richard. Dass ein Massenmörder, der in der Ecke gelauert hatte, hervorsprang wie ein Zombie in der Geisterbahn? Oder Menschenfresser, Psychos? Eingemauerte Franken vielleicht?

Doch er durfte nicht unfair werden. Auch er hatte mit kribbelnder Erwartung diesen unheimlichen Ort aufgesucht und war leider nicht enttäuscht worden. Allerdings fragte er sich seither, ob er sich nicht vollkommen grundlos fast in die Büx gemacht hatte.

»Wir essen deine Würstel später, Leni. Nicht wahr, Frau Frischkes?« Richard schürzte die Lippen. Das Versprechen würde er einhalten müssen. Doch die Leni schien daran zu zweifeln, sah nur, dass ihr potenzielle Einnahmen entgingen.

»Taschenlamperl gefällig?«, fragte die geschäftstüchtige Würstelbraterin prompt und tippte mit dem Finger auf ein Pappschild, das verkündete: »Taschenlampenleihgebühr: 3,50 €«.

»Du nimmst es auch von den Toten, oder?«, stellte Richard fest. Erhöhte sie die Preise täglich?

»Das nennt man freie Marktwirtschaft«, grinste Leni. »Angebot und Nachfrage.«

»Danke, aber ich habe immer eine Maglite in der Handtasche«, warf die Frischkes ein.

Missmutig zog Leni eine Schnute.

Wurfsack

»Nicht, dass Sie denken, ich hätte auf der Wache nichts zu tun«, behauptete seine Chefin, während sie gemeinsam den Waldweg entlang zum Spukhäusl spazierten. »Aber mir gehen das Kasperltheater um diesen Kirchweihbaum, dieses Machogehabe der Kerle von Kleinmichlgsees und Ingreisch und dieser leidige Käwaküchla-Backwettstreit tierisch auf den Geist. Ich kann es nicht mehr hören!«

Richard lächelte in sich hinein. Er wusste schon, warum er sich ausgerechnet in dieser Woche aus dem Staub gemacht hatte. »Ja, und in Oberbürzl steppt der Bär«, entgegnete er trocken und stapfte lustlos weiter. Wie oft war er in den letzten Tagen nun schon in diesem Wald unterwegs gewesen? Er wusste es nicht mehr. »Dort oben rechts, sehen Sie?«

Die Frischkes reckte neugierig den Hals. »Ah, die Außenmauern. Was sagen Sie denn dazu, dass der Verdächtige wieder freigelassen wurde?«

Richard spürte Kälte in sich aufsteigen. Davon hatte er noch gar nichts gehört. Das hieße ja, dass der Mörder auf jeden Fall noch immer unter ihnen war! Und nicht einmal Leni schien etwas davon erfahren zu haben, sonst hätte sie ihn doch unverzüglich mit der Neuigkeit überfallen. Oder hatte sie gerade eben deshalb mit ihm sprechen wollen? »Ich hatte ja keine Ahnung, aber woher wissen *Sie* das?«

»Im Autoradio kam gerade erst die Meldung. Und Sie wussten wirklich nichts?«

»Nein.«

War es wirklich ratsam, zum jetzigen Zeitpunkt ins Spukhäusl zu gehen? Richard wurde noch nachdenklicher. Der Täter war also seit dem Mord flüchtig. Die Festnahme des vermeintlichen Mörders hatte die Bevölkerung fälschlicherweise in Sicherheit gewiegt. Konnte er seine Chefin denn dieser Gefahr aussetzen? Sollte er sie nicht lieber von diesem

Ort fernhalten? »Wussten Sie, dass nicht nur den Eheleuten Bachinger die Kehlen aufgeschlitzt wurden? Ihre Mädchen wurden in den Keller gesperrt, wo sie verhungert sind.« Und weil die Frischkes an seinen Lippen hing, als würde es sie nach mehr Horror verlangen, improvisierte er ein bisschen: »Außerdem behauptet man, Menschen wären dort eingemauert worden. Wollen wir nicht vielleicht doch lieber zurück zum Campingplatz und bei einem kühlen Bier den Fall weitererörtern?«

»Jaja«, meinte seine Chefin, hielt aber nicht inne. Das Gemäuer war inzwischen deutlich zu erkennen, und sie schlugen den Trampelpfad ein, der keine Chance hatte, jemals zuzuwuchern. Plötzlich stieß die Frischkes einen Schrei aus.

Richard zuckte zusammen. Der Fluch hatte aber schnell zugeschlagen.

»Mistige Stechmücken!«, jammerte sie und rieb Spucke auf ihren Hals. »Gibt es hier auch Vampire?« Dann blieb sie stocksteif vor dem Spukhäusl stehen. »Wow!«

Auch Richard sah in die entsprechende Richtung. Was fand sie denn so »wow« an der alten Bruchbude? Es war nur ein verlassenes Haus, das von Jahr zu Jahr mehr verfiel und in dem es aussah, als hätten die Vandalen gehaust. Auf jeden Fall hatten Dreckferkel ihre unübersehbaren Spuren hinterlassen. Interessant waren nur die unheimlichen Geschichten und jetzt natürlich der Mord.

Dass Richard regelmäßig eine Gänsehaut überlief, wenn er an die Kinderstimmen und Hilferufe im Haus und in seiner Nähe dachte, verschwieg er seiner Chefin. Er wollte das bisschen Achtung, das er sich vor ihr erarbeitet hatte, auch behalten.

»Spüren Sie das nicht, Herr Staudinger?«, fragte sie jetzt. »Diese Aura. Dieses Haus verströmt etwas ganz Merkwürdiges.«

Anmutig lief die Frischkes die letzten Meter auf das Haus zu und betrachtete die bröckelige, schmutzige Fassade wie ein altehrwürdiges Museumsstück. Dabei stieg sie auch über die sich windenden Wurzeln, die bei Tageslicht weit weniger nach aus der Erde wachsenden Armen aussahen, sondern eher nach skurrilen Schlangen. »Faszinierend!«

Richard blies die Backen auf. Das konnte ja was werden mit ihr. Was, wenn sie jetzt jeden dieser nach Pisse und Moder stinkenden Räume inspizieren wollte? Hoffte sie auf noch eine Leiche? Auf den Mörder? Eine Spur?

Und was, wenn sich der Mörder tatsächlich noch hier herumdrückte?, stellte er sich noch eine viel wichtigere Frage. Denn wie sagte man so schön? Mörder treibt es immer an den Tatort zurück. Dass das Spukhäusl genau genommen nicht einmal der Tatort war, zählte nicht.

»Wahnsinn! Herr Staudinger, schauen Sie mal! Überall hier drinnen Kerzen. Ob da jemand eine Séance abgehalten hat?« Sie beugte sich runter, betrachtete einen Stummel, roch sogar daran. »Das ist ja irre spannend!«

Die Frischkes stiefelte durch das Haus und steckte ihren Kopf in alle Räume. »Hier also soll sich diese schreckliche Geschichte mit dem unglückseligen Ehepaar und seinen Kindern zugetragen haben? Da krieg ich ja richtig Gänsehaut. Sie etwa nicht, Herr Staudinger? Dann sind Sie aber wirklich hart im Nehmen!«

Richard hockte der Grusel mittlerweile direkt im Nacken. »Ich war bereits im Spukhäusl, daher ist mir das Morbide hier nicht fremd«, erwiderte er bemüht cool.

»Das Morbide, Sie sagen es. Das trifft es.« Seine Chefin riss den Finger hoch. »Pst! Hören Sie das?« Sie wühlte aus ihrer Handtasche einen Kaugummi, wickelte ihn aus und biss hektisch auf ihm herum. Richard war erleichtert. Sie hörte die Kinder auch. Hatte er sich ihre Rufe doch nicht eingebildet.

»Uuuh! Uuuh!«, machte da seine Chefin und klang dabei gar nicht ernst. »Die drei Geister der Vergangenheit, der Gegenwart und der Zukunft.«

»Sehr witzig, Frau Frischkes.«

Doch dann stutzten beide, und seine Chefin legte den Zeigefinger auf die Lippen. »Da draußen ist jemand«, flüsterte sie ohne Angst in der Stimme.

Kein Wunder, dachte Richard. Es ist taghell, und sie hat mich dabei. Dann registrierte er, dass sich ein Schatten und knirschende Schritte rasch von Fensterloch zu Fensterloch bewegten. Scheiben gab es ja schon längst keine mehr. Beobachtete sie jemand, oder war das ganz einfach nur ein Spukhäuslbesucher, der genauso neugierig wie die Frischkes war?

Er machte ein Handzeichen, dass er nachsehen würde. So leise wie möglich stieg er in Zeitlupe auf die Türöffnung zu. In dem Moment, in dem er den Kopf hinausstreckte, sprang ihm etwas ins Gesicht, das ihn zurücktaumeln ließ, dann wurde es um ihn herum zappenduster.

Richard landete unsanft auf dem Boden und wehrte sich mit Händen und Füßen gegen das, was sein Gesicht bedeckte und Übelkeit erregend nach Fäkalien stank. Er versuchte zu schreien und zappelte wie ein Käfer. Dann war er endlich wieder frei. Er wälzte sich herum, kam auf die Knie. Was vor ihm auf der Erde lag, war ein vergammelter Kartoffelsack, den ihm jemand anscheinend mit purer Absicht ins Gesicht geschleudert hatte. Richard spuckte aus.

»Herr Staudinger, alles in Ordnung?«, rief die Frischkes, rannte allerdings geradewegs an ihm vorbei, erst den Trampelpfad entlang und dann einmal ums Haus herum. Aber natürlich wartete da niemand darauf, von ihr geschnappt zu werden. Es war seltsam still. Als hielte der Wald den Atem an.

»Lauter Spinner hier«, tat Richard den Schrecken ab, der ihm in den Knochen saß, als sie zurück war.

»Oder der Mörder?« Die Frischkes hob den Kartoffelsack mit spitzen Fingern hoch und ließ ihn mit einem Gesicht, als hätte sie in einen Kuhfladen gefasst, wieder fallen.

Richard rollte mit den Augen: Sie wieder – und ihr Mörder. Obwohl er kurz den gleichen Gedanken gehabt hatte. Nach dem Erlebnis hatte er die Schnauze voll vom Spukhäusl und blies lauthals zum Rückzug.

Doch seine Chefin wollte noch ein paar Fotos schießen. »Geht ganz schnell, Herr Staudinger!«

Er nickte. Wenigstens verlangte sie nach keinem gemeinsamen Selfie.

Es roch angenehm nach Wald, als sie zum Campingplatz zurückschlenderten. In den Bäumen pfiff und zwitscherte es. Die Frischkes räusperte sich. »Ich bin wirklich nicht abergläubisch, Herr Staudinger. Aber nachdem ich das Spukhäusl betreten habe, halte ich es für möglich, dass es doch Phänomene zwischen Himmel und Erde gibt, die sich mit dem normalen Menschenverstand nicht erklären lassen.«

»Sie glauben, dass es dort spukt?«

Sie zuckte mit den Schultern. »Warum nicht?«

Sinnierend gingen sie weiter.

»Sie wissen schon«, sagte sie nach einer Weile, »es heißt, dass manche Menschen so lange als Geister auf der Erde verweilen, bis sie die eine Sache erledigt haben, die ihnen ganz besonders am Herzen lag und die sie zu Lebzeiten nicht mehr abschließen konnten. Erst dann können sie durch das helle Licht gehen«, dozierte seine Chefin. »Womöglich muss erst der Mord an den Eltern der Kinder aufgeklärt werden, damit ihre Seelen frei werden.« Sie war todernst geblieben.

»Woher wissen Sie so etwas? Sollte ich mir Gedanken um Sie machen?« So kannte er die abgeklärte Frischkes gar nicht.

Sie hielt ihn am Arm fest. »Lassen Sie uns einen kleinen Umweg links durch den Wald machen.«

»Querbeet? Vielmehr: quer durch den Wald? Wieso?«

»Sagen wir es mal so: Mir steht der Magen nicht nach den Würstchen Ihrer Bekannten.«

Er nickte. Auf die Idee, Lenis Würsteln und Anekdoten durch einen einfachen Umweg zu entgehen, hätte er auch längst selbst kommen können.

Richard entschied sich, seine Chefin nun doch in das einzuweihen, was er herausgefunden hatte. »Ich habe mit einem älteren Ehepaar gesprochen, das in den fünfziger Jahren schon hier gelebt hat, aber selbst sie konnten keine einheitliche Aussage zur Familie Bachinger machen.« Richard holte tief Luft: »Dafür ist mir ein anderer verlässlicher Zeuge bekannt, der im Spukhäusl die Kinder kichern und um Hilfe rufen gehört hat – obwohl niemand da war.« Nämlich ich. Aber den Zusatz behielt Richard für sich.

Die Frischkes nahm den Kaugummi aus dem Mund und wickelte ihn wieder in sein Papier. »Ich habe ebenfalls recherchiert. Es gibt einen Erben des Hauses, einen Großneffen in Schleswig-Holstein. Er ist über siebzig und hat sich bisher weder um die Wiederinstandsetzung gekümmert, noch wollte er die Kosten für den Abriss übernehmen. Für mich steht fest, dass er kein Interesse an dem Häuschen hat.« Sie rollte das Kaugummipapier-Kügelchen zwischen Daumen und Zeigefinger. »Außerdem scheint mir nach meinen Ermittlungen immer wahrscheinlicher, dass die Geschichte der Familie Bachinger eine über die Jahre zusammengesponnene Schauergeschichte ist, die man sich in dunklen Winternächten am Kamin erzählt hat und immer noch erzählt. Nicht, dass sich der Mord in dem Spukhäusl nicht zugetragen hätte. Aber vieles ist dazugedichtet und aufgebauscht worden, so auch, dass die Bachinger-Kinder von dem Mörder in den Keller gesperrt wurden und dort jämmerlich nach Tagen verhungert und verdurstet sind. Zu befürchten ist vielmehr, dass die Mädchen ebenfalls mit einem Messer getötet wurden – was nicht minder grauenhaft ist.«

Richard schnappte verblüfft nach Luft. »Und woher kommt plötzlich all dieses Wissen? Und was heißt, nach ›Ihren‹ Ermittlungen?« Die Frischkes hatte es also nicht lassen können … Und vor ihm die ganze Zeit so getan, als wäre sein Bericht über den alten ungeklärten Mordfall neu für sie.

»Ich habe beim Stadtarchiv in Regensburg angerufen und dort mit einem netten Herrn gesprochen. Er hat für mich inoffiziell ein *bisschen* nachgeforscht.« Sie grinste Richard an. »Schauen Sie doch nicht so sauer, Kollege. Ich wollte mir erst persönlich ein Bild von dem Spukhäusl machen, bevor wir den Fall gemeinsam erörtern, also den Mordfall Gelser.«

Aber Richard hatte nicht vor, auch nur ›irgendeinen‹ Fall mit ihr zu erörtern. »Wieso überhaupt das Stadtarchiv in Regensburg? Warum haben Sie nicht in der Polizeidatenbank recherchiert?« Oder hatte sie? Anscheinend ja.

»Sagen wir mal so, rein interessehalber wollte ich mehr über den Fall in Erfahrung bringen. Und so viel habe ich herausgefunden: Der Fall Bachinger konnte trotz intensiver Ermittlungsarbeit – natürlich unter Berücksichtigung der damaligen technischen Möglichkeiten – nie abschließend geklärt werden und wird im Archiv als Cold Case geführt – als einer von vielen ungelösten Mordfällen. Leider ist es nicht sehr wahrscheinlich, dass er von der Kripo noch einmal aufgerollt wird. Es gibt einfach zu viele Altfälle, um die sich die Polizei nur nebenbei kümmern kann.« Sie musste ein kleines Seufzen des Bedauerns loswerden. »Selbst wenn mich dieser Fall unheimlich neugierig gemacht hat, wollte ich so tief nicht graben. *Noch* nicht. Es gibt Vorrangigeres zu tun – etwa die Ermittlungen im Mordfall Gelser.« Sein Boss spitzte nun die Lippen zu einem verschämten Lächeln. »Und nur so nebenbei bemerkt, der Herr vom Stadtarchiv ist ein Bekannter von mir, darum habe ich ihn angerufen.«

»Sie haben Bekannte in der Oberpfalz?«

»Na ja, einen, Herr Staudinger. Der Herr engagiert sich hobbymäßig auch beim Oberpfälzer Heimatverein, und so habe ich bei der Gelegenheit von ihm zusätzlich noch von einer Geisterburg, einem gruseligen Gebeinhaus, einem Sagenbaum und von einer mystischen Kirchenruine erfahren«, strahlte sie ihn an.

Wenn seine Chefin schon wegen einer alten Mär einen *Bekannten* in der Oberpfalz bemühte, was hatte sie dann wegen des Campingmordes angestellt, um an Infos zu kommen – und was verschwieg sie ihm?

»Sie meinen also, dass, abgesehen vom Mord an den Bachingers, die Geschichten, die sich ums Spukhäusl ranken, ein Mythos sind?« Fast überkam Richard ein bisschen Wehmut. Die Gruselgeschichten passten so wundervoll an diesen Ort.

Und wenn es nach ihm ging, sollte sich an ihnen auch nichts ändern. Oberbürzl, der Campingplatz und die Leni lebten davon. Wenigstens zu einem Teil.

Aber irgendwie war es auch beruhigend, dass er von jetzt an wieder durch den Wald gehen konnte, ohne damit rechnen zu müssen, auf spukende Kinder und tanzende Lichter zu treffen. Was ihm seine Phantasie doch manchmal vorgaukelte ... Vielleicht war es nur ein Käuzchen gewesen und eine, ja, was – Lichtreflexion?

Die Frischkes deutete in eine vage Richtung, raus aus dem Wald. »Oder es handelt sich um ein geschickt inszeniertes und immer wieder von Ihrer Würstchen-Freundin aufgeführtes Schauspiel für die Fans und Besucher des alten Gemäuers.«

»Sie wollen der Leni aber hoffentlich nicht den Mord an dem Nürnberger anhängen, oder?« So weit wäre Leni in ihrer Geschäftstüchtigkeit nun auch wieder nicht gegangen. Ganz sicher nicht.

»Ich kenne sie ja nicht einmal. Aber dass ihr die Leiche nicht ungelegen kommt, steht fest. Taschenlampen für drei fünfzig, und die Würstchenpreise haben auch Großstadtniveau. Konnten Sie das Schild noch lesen, bevor sie es vor Ihnen versteckt hat? Darauf stand, dass sie Führungen durchs Spukhäusl anbietet. Und das alles sicher auch nicht gratis. Sie wollte eindeutig, dass Sie das Werbeschild nicht sehen, Herr Staudinger.«

Richards Gesichtsmuskulatur war angespannt. Seine Kiefer mahlten. »Sie denken, die Leni war das, die mir den dreckigen Sack ins Gesicht geschleudert hat? Die uns beobachtet und belauscht hat?«

»Wäre doch möglich. Um den Ruf der Bruchbude als Spukhäusl zu festigen.«

»Na, der werde ich was erzählen!«

»Sie trauen das der Dame also zu?« Die Frischkes legte den Kopf schräg.

Das tat Richard allerdings. Er konnte sie zwar gut leiden und schätzte auch irgendwie ihre Art, zuzupacken, um über die Runden zu kommen, und dennoch wäre es ihm fast recht gewesen, der Schmidpfandlerin die Sache mit dem Sack, der ihm ins Gesicht geschleudert worden war, in die Schuhe schieben zu können. Wenn es nämlich nicht sie war, die ums Spukhäusl herumschlich, war es jemand anders, dessen Gesicht und Absichten er nicht kannte.

Und hatte er sich nicht gestern Nacht mal wieder verfolgt gefühlt?

Verwelkte Rosen

»Müssten Sie nicht heute schon Ihr Zelt abtakeln, wenn Sie morgen zurück in Kleinmichlgsees sein wollen?«, fragte die Frischkes, bevor sie ins Auto stieg.

»Ich habe noch eine ganze Woche Urlaub und habe meine Pläne geändert. Ich bleibe hier in der schönen Oberpfalz.« Die Aussicht, weitere schludrige Tage fern von der Wache und seiner Schwester mit ihren ständigen »Kannst du nicht mal dies?« und »Du könntest aber wirklich mal das!« zu verbringen, ließ eine angenehme Wärme durch seinen Körper fließen.

»Da haben Sie recht. Und so bleiben wir auch auf dem Laufenden im Mordfall Gelser.«

Da seine Chefin nicht zu überzeugen gewesen war, bei Mona ein Brüstl zu essen, hatte ihr Besuch kaum zwei Stunden gedauert. Als sie davonfuhr, winkte Richard ihr, auf dem Gästeparkplatz stehend, mit seinem dreckigen Geschirrhandtuch hinterher.

Kaum war er wieder bei seinem Zelt, schlurfte Axel daher.

»Und die ist dei Boss? Sauber!« Er gab Richard mit dem Ellbogen einen Stoß in die Rippen. »Läffd do wos, Alter?«

Richard tippte sich an die Stirn. Noch nie hatte er an *so etwas* gedacht, doch nicht mit der Frischkes. Sie war seine Vorgesetzte und daher Luft für ihn – natürlich nur in sexueller Hinsicht. Auch wenn sie gut aussah und der eine oder andere Blick von ihm schon mal auf ihr Fahrgestell gefallen war. Aber mehr kam nicht in Frage!

»Die däd iich ned von der Bettkante schubsen.«

»Du hast deine Bille«, erinnerte er seinen Campingkumpel mal wieder.

»Die Bille is Eintopf, aber dei Chefin, die wär a Dessert«, schwärmte Axel und kratzte sich am Bauch.

Richard biss die Zähne zusammen. Keine zehn Schritte

entfernt stand Bille mit regungsloser Miene. Er gab seinem Kumpel ein Zeichen, still zu sein. Aber der Aushilfsfürther ließ seinen schmutzigen Gedanken lauthals weiter freien Lauf.

»Die Bille und iich führen a ganz lockere Ehe. Wenn der eine amol nebennaus wos laufen hat, is des ka Weltuntergang«, behauptete er.

Richard bezweifelte, dass Bille von dieser Vereinbarung wusste, trat Axel auf die Fußspitze und winkte. »Hallo, Bille!«

Deren Gatte fuhr herum. Seine Mimik war eine Mischung aus personifiziertem Schuldbewusstsein und zahmem Engel. So ganz glaubte er seinen eigenen Ausführungen über die freie Ehe anscheinend doch nicht. Bille rauschte ab.

Axel sah Richard an und fing dessen tadelnden Blick auf. »Etz schau halt ned so. Die beruhigt sich scho wieder. Und es ist ja auch ned so, dass sie a harmloses Pflänzchen wäre. Die Bille hat auch ihre Geheimnisse. *Iich* red bloß groß daher. Wie saggsd du so schön? Iich bin a Dampfplauderer. Aber die Bille … wenn du wüsstest!« Damit latschte Axel zurück zu seinem Wohnwagen, in dem seine Frau schon verschwunden war.

Richard kam ein Gedanke. Eigentlich war es mehr das Gefühl eines Gedankens. Den er nicht fassen konnte. Aber er hing mit Gelser und mit Fremdgehen zusammen.

Es gab doch die seltsamsten Zufälle. Was, wenn Bille, das gar nicht so harmlose Pflänzchen, mit dem Gelser geflirtet hatte? Oder mehr noch …? Und Axel war zufällig Zeuge geworden, so wie eben die Bille Zeugin ihres Gesprächs. Daraufhin war Axel Manfred und Sonja einen Schleichweg entlang gefolgt – den, den er mit der Frischkes gegangen war – und hatte den Nebenbuhler im Wald ausgeschaltet.

Nein, nein, nein. Das traute er Axel nicht wirklich zu. Und Gelser hatte doch schon eine Liebesgespielin gehabt. Zwei wären doch zu viel gewesen, oder?

Aber was war in den Stunden passiert, in denen Sonja nicht auf dem Campingplatz gewesen war? Hätte sich Gelser für diese zeitlichen Lücken nicht Bille anlachen können?

Aber einen Menschen abstechen? Der? Und wenn Richard den Spieß umdrehte, käme eine ganz neue Geschichte heraus. Was, wenn Bille und Gelser schon länger was am Laufen gehabt hatten? Schließlich waren der Fürther und der Nürnberger wegen ihrer Angelleidenschaft regelmäßig beziehungsweise Gelser zumindest seit seiner Affäre Gäste auf dem Campingplatz gewesen. Hatte sich zwischen Bille und Gelser über längere Zeit hinweg etwas angebahnt? Und hatte Gelser ihr Techtelmechtel beendet, weil ihm die schöne Sonja Schiebl über den Weg gelaufen war? Und hatte Bille dann mit dem Messer im Wald auf ihre Chance auf Rache gewartet?

Aber das war doch alles nur zusammengeschustertes, an den Haaren herbeigezogenes Zeugs. Genauso gut käme jeder andere Gast des Campingplatzes in Frage, genauso wie er selbst. Flugs beschloss Richard, alles zu vergessen. Und dennoch ...

Wenn der Waldmensch nicht der Mörder war und der gehörnte Ehemann von Sonja Schiebl ein wasserdichtes Alibi hatte, wer hatte dem Nürnberger dann das Messer in die Brust gerammt? Und warum?

Würden Sonja Schiebl und Hannes Perchinger nach der Freilassung des Waldmenschen wieder in den Fokus der Ermittlungen geraten? Bisher hatten sie kein Motiv. Außerdem fand Richard, dass für sie sprach, dass sie den Toten nicht einfach hatten liegen lassen. Wären sie die Mörder, hätten sie doch anders reagiert: Spuren verwischen, die Tatwaffe verschwinden lassen und ab durch die Mitte.

Richard war heilfroh, dass er den Fall nicht bearbeiten musste. Nicht froh war er hingegen, dass der Mörder auf freiem Fuß und sein Motiv bisher unbekannt war.

Die Sonne versank hinter den Hügeln. Als Abschiedsgruß schickte sie letzte warme Strahlen, in die Richard sein Gesicht hielt. Wundervolle Abendruhe hatte sich über den Campingplatz gelegt. Als Hintergrundmusik lief leises Vogelgezwitscher, es roch nach Grillgut und Lagerfeuer. Die Schnaken flogen erste Angriffe.

Axel und Bille hatten sich nicht mehr blicken lassen. Kein Wort mehr vom Grillwaller oder einem Eintopf. Gut so. Sie sollten sich besser um den familiären Frieden kümmern, als ihn zu bewirten.

Richard räkelte sich auf seiner Sonnenliege und schob sich den Fischerhut tiefer in die Stirn. Gab vor, ein Nickerchen zu machen. Er schloss die Augen, schmulte aber zwischen den Wimpern hindurch. Dann blieb er, da er ein inszeniertes Schnarchen dann doch etwas übertrieben fand, absolut regungslos liegen. Er musste nicht lange warten.

Nach wenigen Minuten trieb sich jemand in der Nähe seines Lagers herum.

Richard rechnete nicht damit, dass dieser Jemand gleich in Form des Messerstechers hervorspringen würde, aber merkwürdig war das Verhalten des Unbekannten dennoch.

Er wollte wohl ein bisschen Verstecken spielen, Versteckerlenz, wie man bei ihm daheim sagte. Immer wieder tauchte der Kopf auf, zog sich schnell wieder zurück und erschien dann an anderer Stelle. Mal entfernt hinter einem Zelt oder Auto, dann wieder in geringerer Distanz. Der Typ checkte eindeutig ab, was Richard trieb.

Dessen Position wurde zunehmend unbequemer. Sein Nacken wurde starr, und bei den fiesen Attacken der Schnaken war schon Körperbeherrschung angesagt, um nicht nach ihnen zu patschen.

Natürlich hätte Richard zu dem Unbekannten gehen und ihn zur Rede stellen können, aber er wollte herausfinden, was er im Schilde führte.

Albern war dessen Verhalten, richtiggehend albern.

Richards kleiner Zorn wuchs. Die Frage, wer von ihnen beiden den längeren Atem hatte, war rasch beantwortet. Es waren keine drei Minuten vergangen, seit Richard den Spion entdeckt hatte, und doch kam es ihm schon vor wie eine halbe Stunde, in der er sich einen steifen Nacken, ein vor Anstrengung verschwitztes Hemd und bestimmt fünf Schnakenstiche eingehandelt hatte. Und der Kerl beobachtete ihn immer noch beim vorgetäuschten Schlafen.

Als sich die nächste Stechmücke auf sein Augenlid setzte, schlug Richard mit der flachen Hand zu, fuhr aus seinem Liegestuhl hoch und blickte sich um. Aber der Typ war wieder in Deckung gegangen. Wutentbrannt stürzte Richard auf seinen heimlichen Beobachter zu, als gingen die Insektenangriffe auf dessen Konto.

Doch der war schnell und wohl darauf vorbereitet, entdeckt zu werden. Mit langen Schritten jagte er über den Campingplatz, geschickt Zeltschnüre, Grillkübel, Sonnenschirme und Wohnwagen umrundend. Dagegen erforderte es Richards ganze Konzentration, nicht Opfer einer gemeinen Stolperfalle zu werden.

Der Mann rannte in die Campingwirtschaft. Dein Fehler, Bürschchen, dachte Richard grimmig, jetzt gehörst du mir!

Richard spurtete hinterher. Drinnen war es leer. Klar, bei dem schönen Wetter genossen alle die sommerlaue Luft im Biergarten. Also konnte der Typ nur auf die Toilette geflüchtet oder in der Küche untergetaucht sein.

Richard ging zu den Herrenkabinen, sah sich um, kniete sich hin, um unter den Türen hindurchzugucken – leer. Er klopfte scheu bei »Damen« an und wagte einen Blick hinein – ebenfalls leer. Also die Küche.

Dort traf er auf Mona beim Dekorieren von Salattellern. Sie schien sich über seinen Besuch zu freuen.

»Willst du mir helfen, Richard?«

»Ich suche jemanden«, sagte er unlustig.

Konnte Mona ihn beobachtet haben? Hatte sie sich in ihre Küche geflüchtet und spielte ihm jetzt die eifrige Wirtin vor? Aber wozu sollte sie das tun? Außerdem war die Gestalt größer und hagerer gewesen und hatte weder Dirndl noch Pumps getragen.

»Soso, jemanden«, lachte sie. »Tät's ein schönes kühles Bier auch?«

»Gerade eben muss jemand hier hineingeflitzt sein«, überging er ihre Frage. »Wer war das?«

Mona legte noch eine Gurkenscheibe auf das Salatgebilde vor sich. »Gerade eben? Nein. Ehrlich, Richard, das hätte ich doch gemerkt.«

Hatte sich sein Beobachter vielleicht in der Wirtsstube unter einem Tisch versteckt, während er bei den Toiletten nach ihm geschaut hatte? Oder log Mona ihn dreist an? Jahrelanges Befragen von Verdächtigen und Zeugen hatten Richard mit einer gewissen Menschenkenntnis ausgestattet. Mona fühlte sich unbehaglich, das konnte sie nicht vor ihm verbergen.

»Ich habe gesehen, dass kurz vor mir jemand in die Wirtschaft gerannt ist. Wo sonst sollte er sein?«

Mona drehte sich um. »Sagt mal, ist gerade jemand hier reingekommen?«, rief sie Richtung Herde und Arbeitstische.

Richard machte ein paar Schritte in die Küche hinein. Toni, der mimosenhafte Koch, Vinz, der launische Beikoch, und noch zwei weitere Küchenhilfen hoben die Köpfe, um sie sogleich ausdruckslos wieder über ihre Arbeit zu senken.

»Siehst du, Richard.«

Er schaute sich um. Der Koch war ein richtiger Bär, muskelbepackt wie ein Bodybuilder. Der kam nicht in Frage. Die schlanken Mädels und die Küchenhilfen fielen auch durch das Raster. Aber der maulige Vinz, der Richard schon öfter so seltsam angeguckt hatte, der wäre durchaus eine Möglichkeit.

Doch warum?

»Was ist mit ihm?«, flüsterte Richard Mona zu, die weiter Gurkenscheiben auf Salatblätter schichtete, und nickte in Vinz' Richtung.

Sie drehte sich um und zuckte mit den Achseln. »Natürlich gehen meine Leute auch mal raus und kommen wieder rein. Aber glaubst du, ich achte darauf? Für so was habe ich während des Hauptgeschäfts – also jetzt – wahrlich keine Zeit! Komm doch später noch einmal wieder, Richard. Wenn der Stress vorbei ist, kann ich auch ein bisschen plaudern.«

Er wusste nicht, wohin mit seiner Wut. Es ging ihm doch

nicht ums Plaudern! Ohne Verabschiedung zog er sich zurück. Er hatte diesen Vinz schwer in Verdacht. Auf ihn würde er von nun an ein Auge haben.

Oder litt er unter Verfolgungswahn?

Richard kratzte an seinen Insektenstichen, während er eine Runde um den Campingplatz drehte. Teelichter flackerten auf den Klapptischen. Weinflaschen wurden entkorkt. Überall wurde aufgetischt.

Sonntagabend. Daheim würde er sich jetzt aufs Sofa schmeißen und – mit Chipstüte auf dem Bauch – den »Tatort« anschauen. Einen Franken-»Tatort« gibt es schon, aber gibt es auch einen, der in der Oberpfalz spielt, in und um Regensburg?, überlegte er. An eine Krimiserie konnte er sich immerhin erinnern.

Vor seinem ins Schummerlicht der großen Laterne getauchten Zelt trat er in etwas Weiches, das da nicht hingehörte. Richard bückte sich und griff danach. Er spürte einen Schmerz an der Fingerkuppe, zuckte zurück und steckte sich den Finger instinktiv in den Mund, um das Blut abzulecken.

Er ging in die Hocke und betrachtete, was da lag. Es war ein vertrocknetes Büschel aus irgendwas. Richard sah genauer hin. Rosen. Ein Strauß verwelkter Rosen. Verwirrt schob er ihn mit der Schuhspitze auf die Seite, weg von seinem Zelteingang. Was war das denn nun wieder? Eine versteckte Botschaft? Die er als bekennender und bekannter Nicht-Frauenversteher nicht kapierte? Oder war es eine Warnung? Die sich ihm ebenfalls nicht erschloss. Ein dummer Streich? Was?

Jedenfalls ging es hier nicht mehr mit rechten Dingen zu, das war Richard klar. Zu viele Zufälle, zu viele Merkwürdigkeiten. Hingen sie mit seinem Job zusammen? Damit, dass er, wenn auch nur peripher, in den Mordfall involviert war? Steckte die Mona oder die Leni dahinter? Lag es daran, dass er im Spukhäusl herumspioniert hatte?

Bei dem Gedanken kam ihm der stinkende Sack in seinem Gesicht wieder in den Sinn.

War es, weil die Frischkes da gewesen war? Aber was sollte

ihr Besuch damit zu tun haben? Er suchte den Grund auch bei Bille und Axel. War die Schiebl oder die Perchinger wieder da gewesen? Aber warum hätte eine von ihnen ihm vergammelte Rosen vors Zelt legen sollen? Das ergab doch alles keinen Sinn.

Am liebsten hätte Richard jetzt einen Schnaps gekippt. Aber er wollte nicht erneut sein sicheres Refugium verlassen. Lieber verkroch er sich darin. Da war etwas im Busch. Und Richard Staudinger würde sich das nicht gefallen lassen! Was immer DAS war.

Dass er erneut beobachtet wurde, gerade, im Moment, wusste er ja nicht.

Knecht Ruprecht

Richards Füße waren eingeschlafen, und gegen seinen rechten großen Zeh drückte etwas sehr unangenehm. Mit dem linken Fuß ertastete er den Fremdkörper am Fußende seines Schlafsacks. Sein Puls ging schneller. War über Nacht ein Tier in sein Zelt gekrabbelt und hatte es sich in seinem Schlafsack gemütlich gemacht? Dann fiel ihm wieder ein, dass er ja vorsorglich seinen Geldbeutel darin versteckt hatte, und er entspannte sich. Seine Armbanduhr zeigte Mitternacht. Es war totenstill auf dem Campingplatz, die Nachtruhe wurde strikt eingehalten.

Er dachte an die Telefonate mit seiner Schwester und Maria. Sie hatten zwar bedauert, dass er die Kärwa verpasste, gönnten ihm aber die weiteren Tage in der Oberpfalz. Vielleicht würde er jetzt ja endlich etwas aktiver werden. Er könnte auf der Naab paddeln, in ihr schwimmen oder die Regensburger Altstadt erkunden. Vom Wald hatte er erst mal die Schnauze voll. Bäume hatte er zu Hause auch, und in Kleinmichlgsees hockten dahinter keine Wesen und murmelten ihm etwas zu.

»Hallo«, vernahm er just in dem Moment eine Stimme vor seinem Zelt, als würde ihm sein Gehirn einen Streich spielen. Das »Hallo« war leise, fast geflüstert.

Axel, fluchte Richard innerlich. Wollte der Trunkenbold schon wieder mit ihm quatschen? Er stellte sich tot.

»Hallo, hier ist der Ruprecht.«

Auch wenn Richard die Augen fest zupresste – oder gerade deshalb –, waren seine Ohren auf Empfang gestellt. Welcher Ruprecht? Er kannte nur Knecht Ruprecht.

»Lassen Sie mich rein.«

So weit kam es noch! Nie und nimmer würde er einen fremden Ruprecht in sein Zelt lassen. In seinem behaglichen Nest hatte niemand außer ihm etwas zu suchen. Schon der Einbruch seiner Schwester war eine Zumutung gewesen.

»Welcher Ruprecht?«, flüsterte Richard dennoch zurück.

»Ich kenne den Spukhäuslmörder.«

Richards Pulsschlag beschleunigte sich schlagartig. Den Fremden ließ er dennoch nicht rein, zog den Reißverschluss aber ruckartig ein winziges Stück nach unten. Sah nichts und zog noch ein bisschen weiter. Und schaute Ruprecht direkt in die Augen.

Beide Männer blinzelten sich an.

»Treten Sie etwas zurück, ich komme raus.« Richard krabbelte unter den üblichen unwürdigen Verrenkungen aus seiner Behausung.

Der andere Mann half ihm hoch, war nervös, schaute sich um.

Warum tat er das? Wer sollte sich um diese Uhrzeit schon Gefährliches auf dem Campingplatz herumtreiben? Nun ja, dieser Ruprecht tat es. Ob er der Typ war, der nachts die Sachen klaute?

Als Ruprecht sich im Schutz von Richards Golf auf den Boden kniete, ging auch Richard in die Hocke.

»Ich weiß, wer der Spukhäuslmörder ist«, wiederholte der fremde Ruprecht, und Richard versuchte, nicht zu sehr auf sein Gebiss, dem die oberen Schneidezähne fehlten, zu starren.

»Das sagten Sie bereits. Aber woher wissen Sie das? Was haben Sie mit dem Fall zu tun?«

»Ich bin ein Augenzeuge.«

Richard musterte ihn kritisch. »Und warum gehen Sie nicht zur Polizei?«

»Sie sind die Polizei.«

Die kritische Musterung wurde zum Stirnrunzeln. »Und woher wollen Sie das wissen?«, fragte er misstrauisch.

»Ich war gestern schon einmal hier, da lag Ihr Geldbeutel vor dem Zelt. Ich habe nichts gestohlen, also fast nichts. Aber Ihren Dienstausweis habe ich gesehen.«

Richard warf einen Blick zurück in sein Zelt. Im Schlafsack sollte sein Geld eigentlich sicher sein. »Aber ich habe hier keine Befugnis«, wandte er ein. »Ich komme aus einem kleinen Ort in der Nähe von Nürnberg. Am besten wenden Sie sich an die Polizei in Regensburg oder die örtliche Wache.«

»Die haben mich schon verhaftet. Und die würden mir nicht glauben.«

Da dämmerte es Richard. »Ach … Sie sind das!« Er hatte den Waldmenschen vor sich. Der hatte sich aber äußerlich verändert! Und riechen tat er auch nicht mehr so streng. »Und wenn wir zusammen zur Polizei gehen?«

Sofort rappelte sich Ruprecht hoch, aber Richard zog ihn wieder zu sich hinunter.

»Schon gut. Dann sagen Sie mir jetzt einfach, was Sie wissen und was Sie gesehen haben. Ich kümmere mich dann darum.«

Ruprecht schien sich nicht mehr sicher zu sein, ob er gerade das Richtige tat. Ob er nicht lieber schweigen und verschwinden sollte. Das konnte Richard ihm ansehen.

»Na los, Sie können mir vertrauen«, ermutigte er den Waldmenschen.

»Sie werden sehr erstaunt sein. Denn der Mörder ist hier auf dem Campingplatz …«

Erregtes Hundegebell und eine gedämpfte Stimme, die wohl das Tier beruhigen wollte, kamen näher, der breite Strahl einer Taschenlampe zuckte durch die Nacht. Ruprecht stand auf und sah mit funkelnden Augen noch einmal in die von Richard. Bedauern lag in seinem Blick. Bedauern darüber, dass er ihn nicht hatte einweihen können.

»Sagen Sie mir den Namen!«, drängte Richard.

Doch Ruprecht eilte davon. Obwohl er ein Bein etwas nachzog, brachte er es auf ein enormes Tempo.

Neben Richard hatte Campingplatzwart Willy Eberspacher seinen an der Leine zerrenden bulligen Hund gerade noch im Griff. »Aus!«, fuhr er ihn an. Dann fragte er Richard: »Da treibt sich wer auf dem Platz herum. Haben Sie ihn gesehen?«

»Nicht wirklich«, log der. »Ich habe den Hund gehört und wollte nachsehen.«

»Dann entschuldigen Sie die Störung. Ich drehe noch eine Runde.«

Richard hätte den korrekten Mann wer weiß wohin wünschen können. Er war nah dran gewesen, den Namen des Mörders zu erfahren, so nah dran. Himmel, Arm und Wolkenbruch!

Die Nacht wollte einfach nicht vergehen. Um welche Ecke er auch dachte, er kam nicht dahinter, wen Ruprecht gemeint haben könnte. Auf jeden Fall würde er gleich am Morgen die Kollegen in Beichting über den nächtlichen Besuch informieren und anregen, den Zeugen Ruprecht noch einmal vorzuladen, sofern dieser nicht auf Nimmerwiedersehen im Wald verschwunden war.

Dann musste er doch eingeschlafen sein, denn sein Handy weckte ihn. Vielmehr seine Chefin. Es war kurz vor acht und sie taufrisch.

»Als ich mir im Spukhäusl einen Kaugummi aus meiner Handtasche genommen habe, habe ich meine Maglite dort liegen lassen«, zwitscherte sie. »Wären Sie so lieb, Sie mir bitte zu holen?«

Richard zog es nicht gerade ins Spukhäusl zurück, auch wenn die Schauergeschichte durch die Ermittlungen seiner Chefin an Wirkung verloren hatte. Denn *er* hatte die Stimmen ja gehört. Und dass Leni durch den Wald pirschte und ahnungslose Wanderer erschreckte, nein, das konnte er sich nun doch nicht vorstellen. Obwohl eine geschäftstüchtige Würstelverkäuferin mit schrägen Werbemethoden wie sie allemal glaubhafter war als Stimmen aus dem Jenseits.

»Wenn es Ihnen nichts ausmacht, Herr Staudinger, erledigen Sie das bitte zeitnah. Nicht dass die Taschenlampe noch ein Besucher oder gar Ihre Würstelfreundin findet und mitnimmt.«

Zuerst wollte er einen Einwand gegen die »Würstelfreundin« vorbringen, aber wozu? Außerdem hatte die Frischkes recht. Im momentan gut besuchten Spukhäusl konnte ein Gegenstand schnell Beine kriegen.

Richard ließ seine Hand und in ihr das Smartphone auf sei-

nen Brustkorb sinken und schloss die Augen. Er war hunde-
müde. Er vermutete nicht, dass sich Leni oder sonst wer um
die Uhrzeit im Spukhäusl herumtrieb, darum gönnte er sich
noch einen kurzen Schlummer. Er hatte einfach zu wenig
und zu schlecht geschlafen. Über eine Stunde später wurde
er wieder wach, sein Handy noch immer auf seiner Brust.
Nun war er bereit für einen neuen Tag und die Suche der
Maglite seiner Chefin. Er machte sich ein wenig zurecht –
zog ein frisches T-Shirt über und fuhr sich mit den Fingern
durchs Haar – und steckte sich Geld für die Kipferl, die er
sich auf dem Rückweg besorgen wollte, in die Hosentasche.
Mit einem Stoffbeutel über der Schulter ging er los. Auf dem
Spaziergang konnte er immerhin noch einmal in Ruhe über
Ruprecht nachdenken. Zum wiederholten Mal ärgerte er sich.
Wäre Eberspacher nur eine halbe Minute später aufgetaucht,
wüsste er jetzt, wer der Mörder war. Ach ja, richtig, den
Beichtinger Kollegen musste er später noch von Ruprechts
nächtlichem Besuch berichten.

Aber nur kein Stress. Gewohnheitsgemäß studierte er das
Schwarze Brett und ließ den Blick Richtung Campingwirtschaft schweifen. Keine Mona. Er marschierte gemächlich
weiter.

Die Imbissbude war noch geschlossen. Wenn Leni Wind
davon bekommen hätte, dass der Waldmensch Kontakt zu
ihm aufgenommen hatte, um ihm den Namen des Mörders
zu verraten, hinge sie garantiert wie eine Klette an ihm.

Ruprechts seltsame Aktion beschäftigte ihn. Der Waldmensch brauchte Hilfe, die er sich anscheinend ausgerechnet
von ihm, Richard, erhofft hatte. Er hatte sich den Namen
des Mörders von der Seele reden wollen, doch der Campingplatzwart hatte dies vereitelt. Richard kam ein schrecklicher
Gedanke: Wenn Ruprecht den Mörder kannte, kannte der
Mörder Ruprecht vielleicht auch. Und damit war Ruprecht
womöglich in Lebensgefahr.

Er war bereits in Sichtweite des Spukhäusls. Irgendwo zwischen der Stelle, an der Sonja Schiebl geparkt und Manfred

Gelser den Tod gefunden hatte, und dem Häusl musste der Waldmensch sein Lager gehabt haben. Das von einem oder mehreren Unbekannten zerstört worden war. Mutwillig zerstört, so hatten es Dirnbacher und Reusch beschrieben.

Bevor Richard den Trampelpfad zum Spukhäusl nahm, lauschte er aufmerksam. Kein Kindergelächter. Keine Hilferufe. Keine Schritte. Gut so.

Er stieg über die Wurzeln und ging ins Haus. Sand knirschte unter seinen Füßen. Ein penetranter Geruch stieg ihm in die Nase. Ein Gemisch aus Urin, feuchtem Moder, fauligen Kartoffeln und Aas. Eine bessere Beschreibung fiel ihm nicht ein. Ja, es stank nach Aas. Womöglich verrottete in einem der Räume ein Tier.

Er fühlte sich unbehaglich. Von Anfang an hatte er das Böse dieses Ortes gespürt, selbst wenn er die Geschichte der Bachinger-Kinder außer Acht ließ. Das Haus hatte eine garstige Seele und seine Wände Augen.

Er sah sich um. Wo hatte die Frischkes die Maglite denn nun hingelegt? Frauen und ihre Angewohnheiten! Das Mosern half ihm, seine Beklommenheit zu verdrängen. Um sich blickend, den Kopf schüttelnd über die beschmierten Wände, über die dunkelroten Handabdrücke, die neu schienen, und über den Unrat überall, gelangte er in das zweite Zimmer. Aus unbestimmten Gründen nahm Richard an, dass dort das Ehepaar Bachinger ermordet und in seinem Blut liegend aufgefunden worden war. Das Bild hatte sich in sein Gehirn gefressen. Erst jetzt bemerkte er den Lichtstrahl.

Die Maglite der Frischkes lag am Boden. Eingeschaltet. Der Strahl beleuchtete ein Büschel. Richard gefror innerlich zu Eis. Wieder ein Rosenstrauß, wieder einer mit verwelkten Blüten.

Das ging nicht mehr mit rechten Dingen zu. Jemand hatte es definitiv auf ihn abgesehen. Warum?

Ihm wurde die Luft dünn, er musste hier raus!

Er bückte sich nach der Taschenlampe, wunderte sich, dass seine Schritte noch immer auf dem sandigen Boden zu hören waren, obwohl er sich doch nicht von der Stelle rührte. Dann knipste er die Taschenlampe aus und steckte sie sich in die Gesäßtasche. Ein warmer Hauch strich um ihn herum, als würde ihm jemand in den Nacken blasen. Knoblauch!

Sein Instinkt schickte gerade noch eine Warnung an sein Gehirn, da spürte er auch schon einen heftigen Schlag. Sein Kopf explodierte, tausend Knochenstücke und heißes Blut spritzten an die Wände.

Dann wurde es stockdunkel im Spukhäusl.

Rettungsaktion

Es war Nacht, und ihm war übel. Sein Kopf tat höllisch weh. Richard fasste sich an die schmerzende Stelle und fühlte die Beule. Dann rieb er sich entsetzt die Augen. Warum konnte er nichts mehr sehen? War er blind? Wo war er? Das war doch nicht sein Schlafzimmer.

Du bist auf dem Campingplatz, Richard.

Seine Hände fuhrwerkten um ihn herum, schlugen ins Nichts, berührten nur den Boden. Er krabbelte los, bis er nach wenigen Sekunden gegen eine Wand prallte. Das war definitiv nicht sein Zelt. Kalte Furcht legte sich über ihn. Er hatte keine Ahnung, wo er war. Da fiel ihm das Spukhäusl wieder ein, dieses verdammte Spukhäusl. Er hatte die Maglite der Frischkes holen wollen, und dann …

Der heftige Schmerz. Etwas war ihm auf den Kopf gefallen … oder jemand hatte ihn niedergeschlagen. Das erklärte auch die Beule und das heftige Pochen am Hinterkopf. Aber warum sah er nichts mehr? War er durch den Schlag erblindet? Eine seiner schlimmsten Ängste war seit Kindesbeinen an, blind zu sein. Eine andere, in einen Raum eingesperrt zu werden.

Und dann dämmerte es ihm: Er *war* eingesperrt.

Aber wo? Wo war es so stockdunkel im Spukhäusl, dass er sich blind fühlte? Hatten nicht alle Zimmer Fenster? Schockiert dämmerte ihm, wo er sich befand. In dem Keller, in dem den Erzählungen nach die Kinder verhungert waren.

Aber wie viel war wahr davon? Und wenn das nur eine Erfindung war, war dann womöglich an der Geschichte mit dem eingemauerten Franken etwas dran? Vielleicht würde … ER ja zu dem eingemauerten Franken werden? Weil er zu neugierig gewesen war?

Er musste hier raus! Wenn er doch nur sehen könnte, wo sich eine Tür befand.

Die Maglite der Frischkes! Er griff an seine Gesäßtasche, spürte den harten Gegenstand und hätte vor Freude brüllen können. Er schaltete die Lampe ein, und ein Stein fiel ihm vom Herzen: Er konnte den Strahl sehen. Richard funzelte wild umher. Nach oben, nach unten, in die Ecken. Er befand sich in einem kleinen Raum mit Steinwänden. Und vor ihm war ein schmaler Durchlass, gerade groß genug, dass der unbekannte Schläger ihn hatte hindurchschleifen können. Richard ging näher heran, und sein Mut sank. Der Durchgang war mit Brettern verschlossen worden. Er drückte mit der Hand dagegen, spürte, wie das Holz leicht nachgab, als wären die Bretter nur angelehnt und dahinter leichte Gegenstände aufeinandergestapelt worden. Als würde die Barrikade kein allzu großes Hindernis darstellen.

Er warf sich mit der Schulter voran dagegen. Krachend fielen die Bretter um, Staub wirbelte auf. Richard musste sich kurz sammeln, sein Kopf drohte erneut zu explodieren. Aber alles in ihm rief: Raus aus diesem Gefängnis! Der Schmerz musste also warten.

Gebückt stieg Richard durch den Durchschlupf und über die Bretter am Boden. Er leuchtete in den nächsten Raum, ein etwas größerer, in dem sich außer einem kleinen Berg aus Gerümpel und Unrat nichts befand. Als er den Strahl der Taschenlampe nach oben schweifen ließ, entdeckte er eine Falltür. Hatte man ihn wie einen lästigen Müllsack dort heruntergestoßen und dann in den Nebenraum geschleppt?

Er tastete seine Taschen nach seinem Smartphone ab. Drecksmist, das lag in seinem Wagen! Wenn man das Ding ein Mal brauchte!

Richard stellte sich auf die Zehen und versuchte, mit den Fingerspitzen die Falltür zu berühren. Unmöglich, es fehlte mindestens ein halber Meter.

Plötzlich wurde ihm schlecht, er bekam keine Luft mehr. Die ganze Zeit über hatte er sich angestrengt, sie zu ignorieren. Aber die Panik hatte nur auf den passenden Augenblick gelauert, um ihn jetzt wie ein Raubtier anzuspringen. Eine

Eisenklaue drückte seinen Brustkorb zusammen und ließ Richard zu Boden sinken. Ganz ruhig atmen, gleichmäßig ein und aus. Dir kann nichts passieren. Schlimmstenfalls wirst du ohnmächtig. Ein und aus.

Allmählich floss die Angst aus ihm hinaus, und seine Atmung beruhigte sich.

Es lag über dreißig Jahre zurück. Mit den Kumpels war er um das Haus mit dem Bauzaun geschlichen. »Betreten verboten!« Das Schild hatten sie natürlich ignoriert und sich auf dem Gelände des Abbruchhauses herumgetrieben. Richard hatte schnell genug davon, aber die anderen wollten auch das Innere erkunden, und als Angsthase wollte er nun auch nicht dastehen. Also ging er mit. Im Haus zerstreuten sie sich. Richard stieg von einer unbekannten Neugier getrieben in den Keller hinab und zog die schwere Eisentür auf. Der Keller war kalt und roch nach Schimmel. Es gab kein Fenster, und der Strom war schon abgestellt, die Neonröhre an der Decke nur noch Dekoration. Vom Erdgeschoss drang nur spärliches Licht herein. Plötzlich tat es einen Knall, und die Tür fiel ins Schloss. Und ließ sich nicht mehr öffnen. Richard schrie um Hilfe, schlug dagegen. Aber niemand hörte ihn. Niemand suchte nach ihm. Er war blind und gefangen in dem Keller eines Hauses, das bald von einer Abrissbirne zerstört werden würde. So hatten es die Jungs erzählt. Aber vielleicht würde man es auch sprengen.

Irgendwann würden die Kumpels einfach nach Hause laufen und aus Angst vor der Schimpfe, die sie sonst erwartete, nicht verraten, wo sie am Nachmittag gespielt hatten. Nur Richards Eltern würden vergeblich mit dem Abendbrot auf ihren Sohn warten.

Die pechschwarze Faust, die Richard noch immer umschlossen hielt, zerquetschte ihn ganz langsam. Er fühlte sich, als würde er in einen tiefen, endlosen Schlund fallen. Fünf Stunden war er damals in dem Keller gefangen gewesen, bis die Eltern ihn befreiten. Einer der Jungs hatte sein Schweigen gebrochen.

Aber jetzt war er ein erwachsener Mann. Und in diesem

Keller gewiss nicht zufällig k.o. geschlagen worden, das sagte ihm der verbarrikadierte Durchgang. Jemand wollte ihm einen Denkzettel verpassen. Dazu kam, dass dieser Spaßvogel hier ein gruseliges Ambiente gestaltet hatte, das ihn zutiefst verunsicherte.

Betrachtete er die Gesamtsituation, so schien es, als wollte jemand der Gegend zu einem unheimlichen Ruf verhelfen. Entweder, um den Tourismus anzukurbeln, oder – auch diese Möglichkeit hielt Richard in dem Moment für realistisch –, um die Leute vom Spukhäusl fernzuhalten.

Lag hier am Ende etwas verbuddelt, das nicht entdeckt werden sollte? Ein Schatz? Geld aus einem Banküberfall? Die berühmte Leiche im Keller? Oder sollte verhindert werden, dass der alte Mordfall aus den fünfziger Jahren wieder aufgerollt wurde?

Jetzt geht die Phantasie aber mit dir durch, Staudinger!

Für die letzte Theorie sprach allerdings die Vehemenz, mit der man versuchte, ihn, den Bullen aus Franken, wie eine lästige Schmeißfliege vom süßen Apfelkuchen zu vertreiben. Dagegen war ihm der Gedanke, dass Leni hinter all dem Geisterfirlefanz steckte, ja noch fast sympathisch. Aber sie hätte ihn doch nicht niedergeschlagen. Niemals.

Sobald er hier raus war, würde sie ihm dennoch Rede und Antwort stehen müssen. Sie hatte überall ihre Augen und Ohren, und da sollte ihr entgangen sein, wer sein grausiges Spiel mit ihm trieb? Mit ihrem »Würstelschmus« würde sie bei ihm jedenfalls nicht mehr durchkommen!

Richard begann, den Hügel aus Unrat abzutragen, auf der Suche nach etwas, auf das er steigen konnte. Oder nach einer langen Stange, um die Klappe hochzudrücken.

Ha! *Yes!* Ein kleiner Benzinkanister, der ihn zumindest ein paar Zentimeter größer machte. Richard stellte sich drauf und versuchte, die Balance zu halten. Keine Chance. Sobald er auch nur die Hände hob, verlor er das Gleichgewicht. Dass er dabei auch noch eine Stange oder ein Brett als verlängerten Arm halten sollte: doppelt unmöglich.

Er brauchte einen stabilen Gegenstand, der sein Gewicht trug. Kurzerhand steckte er sich die Taschenlampe zwischen die Zähne und räumte einen alten Reifen, vergammelte Obststeigen, zersplittertes Holz, rostige Dosen und dreckige Stofffetzen zur Seite, bis er zum Grund des aufgeschichteten Haufens vordrang. Unter der kleinen Müllhalde fehlten die verrotteten Holzdielen, was augenblicklich sein detektivisches Gespür weckte. Sie schienen herausgerissen worden zu sein, und, richtig, er hatte sie eben selbst weggeräumt. Die Erde darunter sah locker aus, aufgeschüttet, als wäre erst vor Kurzem etwas hier vergraben worden. Richard bewegte die Maglite hin und her. Etwas Großes und Längliches. Die Form des Loches im Boden beunruhigte ihn. Es war die eines Grabes.

Richard könnte nun exakt zwei Dinge tun. Die Finger davon lassen, sich in die Ecke setzen und darauf warten, dass man ihn befreite. Doch seine jetzt schon sprudelnden Vorstellungen davon, was womöglich in der Erde verborgen war, würden ihn in den Wahnsinn treiben. So viel war sicher.

Andererseits könnte er zu graben anfangen und darauf hoffen, dass nichts Organisches oder bestenfalls ein verrottender Hund zum Vorschein käme. Aber roch es hier nicht auch seltsam? Und war ihm nicht bereits beim Betreten des Hauses ein aasiger Geruch unangenehm in die Nase gestiegen?

Vorsichtig arbeitete er sich mit den Fingerspitzen vorwärts. Jemand hatte die Erde mit den Füßen etwas festgetreten, was die Schuhabdrücke bestätigten. Er hielt die Taschenlampe näher ran. Die Spuren stammten von Stiefeln oder Halbschuhen eines Mannes oder einer Frau mit großen Füßen. Richard nahm ein Stück Plastik in Form einer Schaufel aus dem Haufen Unrat. Schweiß stand ihm vor Aufregung auf der Stirn; dass er sich noch immer in Gefangenschaft befand, hatte er vergessen. Der Kopfschmerz wimmerte unbeachtet vor sich hin, und auch, dass ihm durch den Sturz die Hüfte und der Oberarm wehtaten, ignorierte Richard. Er MUSSTE wissen, was da versteckt war! Da schwächelte die Taschenlampe. Verdammter Mist, womöglich säße er hier noch Stunden fest. Im Dunkeln.

Noch einmal stieß er mit seiner Behelfsschaufel in die Erde. Sie versank nur wenige Zentimeter, bis sie auf einen Widerstand traf. Richard bohrte mit den Fingern weiter, entfernte die Erde in kleinen Portionen. Griff nach dem hellen Etwas, das sich aus der rotbraunen Erde erhob. Und riss wie verbrannt seine Hand zurück. Ein angewiderter Laut entrang sich seiner Kehle. Die Taschenlampe flimmerte. Aus dem Boden ragte ein Daumen.

Richard rang erneut nach Luft. Wie von Sinnen schaufelte er mit den Händen Erde über den verwesenden Körperteil, bis er wieder bedeckt war. Ein hysterisches Verhalten, das er sich später selbst nicht erklären konnte.

»Richard? Bist du da? Richard, hallo!«

Er konnte es nicht fassen. Die Leni! Hatte sie ihm also tatsächlich auf den Kopf geschlagen, ihn dann in die Tiefe gestoßen und in das Kellerloch gezerrt? Keinen Moment dachte er daran, dass das für eine Frau von ihrer Statur unmöglich gewesen wäre.

»Hier! Im Keller!«, schrie er so laut, dass ihm die Kehle brannte. »Hier!«

Er hörte, wie die Falltür schnarrend geöffnet wurde. Dann sah er im Licht des Mittags Lenis Gesicht. Die Maglite hatte ihren Dienst aufgegeben. »Mein Gott, Richard!«

Richard wusste gar nicht, welche seiner Emotionen er zuerst ausleben sollte, den Graus über den Leichenfund oder seine Wut auf die Schmidpfandlerin.

Er hörte, wie sie etwas stöhnend über den Boden schob. Dann wurde eine Leiter zu ihm heruntergelassen, die sie flink wie ein Wiesel herunterstieg. Sie hatte eine ihrer Leihtaschenlampen dabei, musterte Richard kurz und beäugte dann neugierig den Keller und den Durchgang. »Oha!«, meinte sie.

Richard pfiff sie sofort an. »›Oha‹? Bist du wahnsinnig, mich niederzuschlagen?«

Ihm wurde die Luft schon wieder knapp, alles um ihn herum drehte sich.

»Setz dich hin, Richard.«

Er ließ sich auf den Boden sinken und den Kopf zwischen seinen Knien nach unten hängen, während sie ihm den Nacken massierte.

»Was meinst du mit ›niedergeschlagen‹? Ich habe dich doch nicht niedergeschlagen. Im Gegenteil, mein Lieber, ich habe dich gerettet.«

Richard schnappte wie ein Karpfen nach Luft, unterdessen mehr vor aufgestauter Wut als vor Aufregung. »Und wieso warst du so schnell da? Wieso bist du überhaupt hier? Du konntest doch gar nicht wissen, dass ich ins Spukhäusl gegangen bin, dein Imbiss war noch zu, als ich vorbeikam!«

»Denkst du vielleicht, bloß weil bei meinem Imbiss die Rollos runtergelassen sind, bin ich nicht drin? Ich muss ja auch irgendwann meine frischen Würste und die Semmeln auspacken und den Senf und die Serviettenbox auffüllen. Und seit der Mord passiert ist, achte ich noch mehr auf jede Bewegung draußen als vorher schon. Natürlich habe ich durch die Rolloritzen gesehen, wie du Richtung Spukhäusl gelaufen bist.«

Sie grinste ihn kokett an. »Und als du nach über einer Stunde immer noch nicht zurück warst, dachte ich mir, dass da was nicht stimmt. Nichts für ungut, Richard, aber dass *du* eine Waldwanderung machst, die länger als dreißig Minuten dauert, sieht dir nicht gerade ähnlich.«

»Entschuldige, dass ich dich verdächtigt habe, Leni.«

»Aber gern. Und jetzt verrate mir eines: Wie bist du denn da hinuntergeraten? Ich wusste nicht einmal, dass der Keller noch begehbar ist. Bei meinen brandneuen Touristenführungen wage ich mich nämlich nie weiter vor als bis ins erste Zimmer. Mir graust es vor dem Gestank und dem Müll«, kicherte sie verlegen. »Hätte dein Beutel für die Kipferl nicht am Boden gelegen, ich hätte gar nicht weiter nach dir gesucht. Da staunst du, gell?« Sie nahm die Tasche von ihrer Schulter und hielt sie hoch.

»Auch wenn ich von mir sagen kann, dass ich mich mit der Geschichte der Familie Bachinger und dem Spukhäusl wie keine Zweite auskenne«, warf sie sich in die Brust, »so war mir doch nicht bewusst, dass man über eine Falltür in den Keller gelangt und noch eine weitere Kammer existiert. Wie aufregend!« Freudig rieb sie sich die Hände. Wahrscheinlich überlegte sie schon, wie sie diese Entdeckung in ihr Gruselprogramm integrieren könnte.

Gemeinsam stiegen sie die Leiter hoch. Oben angelangt klappte Richard die Falltür zu. Seinen grausamen Fund hätte er eigentlich lieber noch für sich behalten, aber er brauchte die Leni jetzt, und sie würde es sowieso gleich erfahren. Er hoffte, sie würde kein Mordsgeschrei veranstalten oder in den Keller zurückwollen, um ihre Sensationslust zu stillen.

»Hast du ein Handy dabei?«

Sie nickte.

»Wir müssen die Polizei rufen, Leni. Dort unten liegt eine Leiche.«

Es war kaum zu glauben, aber der Würstelbraterin verschlug es glatt die Sprache.

Männlicher Daumen

Eine halbe Stunde später wuselte es um das Spukhäusl herum wie in einem Ameisenhaufen. Dirnbacher und Reusch standen die Münder vor Fassungslosigkeit offen. Noch nie hatten sie in ihrer Karriere so viel Schreckliches an einem Stück erlebt.
»Unglaublich«, stammelte Jokel Dirnbacher immer wieder. »Einfach unglaublich.«

Richard hätte seine Aussage vor den nahezu gleichzeitig eingetroffenen Kollegen aus Regensburg am liebsten verweigert. An einem für einen Mord berüchtigten Ort von einer unbekannten Person mit einem Schlag auf den Kopf ausgeknockt und in die Tiefe gestoßen zu werden, während man die Taschenlampe seiner Chefin suchte, sprach nicht von hoher polizeilicher Professionalität, da konnte er sich auch nicht mehr damit herausreden, dass er hier nur Ferien machte. Und einmal mehr konnte er keine Täterbeschreibung liefern. Wo er doch bereits beim ersten Leichenfund so kläglich versagt und das Gesicht der mysteriösen Frau nicht beachtet hatte. Dass die Schiebl Zeugin und dringend tatverdächtig war, hatte er seinerzeit zwar nicht wissen können, aber das milderte den stillen Vorwurf, den Richard sich selbst machte, auch nicht: Er hatte mit offenen Augen gepennt.

Warum er denn überhaupt in dem Haufen Abfall gewühlt habe, fragten ihn jetzt die Kollegen von der Kripo. Wer ihn aus seiner misslichen Lage befreit habe? Ob er einen Arzt brauche? Und immer wieder, ob er denn wirklich nicht seinen Angreifer beschreiben könne, eine Beschreibung wäre doch so wichtig, da es sich bei der Person höchstwahrscheinlich um den Mörder handle! Oder hatte der Schlag womöglich zu einer Amnesie geführt?

Auch Richard fragte sich, warum er so dermaßen auf seinen Ohren gehockt war. Eigentlich hörte man im Spukhäusl doch die Mäuse husten, und er hatte nicht mitbekommen, wie sich jemand von hinten bis auf wenige Zentimeter an ihn angeschlichen hatte.

Zwar hatte Richard im Keller nur einen Daumen freigelegt, an dem sichtlich eine Hand hing, dennoch gingen die Regensburger Kollegen aufgrund der Form der Grabstelle davon aus, dass sich dort noch mehr befand. Zum Beispiel ein ganzer toter Mensch oder mehrere menschliche Körperteile. Da sich die Spurensicherung erneut mit dem Spukhäusl befassen musste, wurde der Auffindeort großräumig abgesperrt.

Bemerkenswert war, dass, nachdem Manfred Gelser tot aufgefunden worden war, das Haus einschließlich des Kellers bereits von den Männern des Erkennungsdiensts untersucht worden war. Die weitere Leiche oder die Leichenteile mussten also erst anschließend hierhergebracht worden sein.

Dirnbacher und Reusch durchforsteten das Waldstück ringsum und notierten die Personalien der herumlungernden Personen. Doch da die allesamt Wurstsemmeln mit sich führten, schloss man sie insgeheim sofort aus dem Kreis der Mordverdächtigen aus.

Später gelang es Richard natürlich nicht, unbemerkt an Leni vorbeizuhuschen. Vorhin hatte sie für eine Weile ihre Würstel auf dem Grill Würstel sein lassen, war zurück zum Spukhäusl gedüst und hatte den Hals lang gemacht, war aber postwendend von der Polizei weggeschickt worden. Die so entstandene Wissenslücke wollte nun gefüllt werden.

»Ksch-ksch!«, machte sie und winkte ihm mit einer Wurstsemmel zu. »Was ist? Gibt's was Neues?«

Eine Frage, die Richard während seines Urlaubs bestimmt schon zwanzig Mal gestellt hatte und die ihm genauso oft gestellt worden war. Der Campingplatz und Oberbürzl kamen einfach nicht zur Ruhe. Aber dieser Tag setzte allem die Krone auf. In Richards Kopf war so viel los, dass er das Weggla mechanisch entgegennahm und es zu verzehren begann, während er Leni ein paar harmlose Informationsbrocken zuwarf.

»Das Spukhäusl und die Umgebung sind bis auf Weiteres abgesperrt.«

Leni verdrehte ungeduldig die Augen. Schon klar, sie wollte Fakten!

»Männlich oder weiblich?«, fragte sie. »Der Daumen, Richard, na, den Daumen mein ich.«

Er runzelte die Stirn. Darüber hatte er sich noch gar keine Gedanken gemacht.

»War er dick, alt, runzelig? Oder glatt und der Nagel lackiert? Von einem Erwachsenen oder Kind? Da muss man doch nur hinschauen, um das rauszukriegen.«

Richard schüttelte sich wie ein Hund. Grässlich. Er mochte gar nicht zurückdenken. Er hatte den toten Daumen auch noch angefasst. Angewidert legte er das Weggla auf Lenis Imbisstheke, rieb sich die Hand an seiner Hose ab und betrachtete das Brötchen, das er mit der besudelten Hand berührt hatte. Beargwöhnte auch den fingerartigen Wurstzipfel, der hinten aus der Semmel hervorlugte. Schlagartig war ihm der Appetit vergangen. Aber vor Lenis Augen konnte er das Weggla schlecht entsorgen.

»Ich glaube, er war männlich. Ein dicker, männlicher Daumen, wenn auch nicht mehr in gutem Zustand.«

Leni klapperte mit der Wurstzange. »Dann überlegen wir mal, wer vermisst wird«, sagte sie nachdenklich.

Damit hatte die Schmidpfandlerin natürlich recht. Fehlte jemand vom Campingplatz? Richard wollte sich schon am Hinterkopf kratzen, eine genauso dumme Angewohnheit wie Lenis Zangenklapperei, zuckte aber sogleich zusammen. Die Beule pochte ordentlich.

»Soll ich dir ein Eisbeuterl draufmachen?« Und schon drehte sich Leni in ihrem Imbiss um und holte ihm ein Coolpack aus dem Kühlschrank.

»Manchmal braucht ein Wanderer das, der sich den Knöchel verknackst hat.«

Mehr aus Witz fragte Richard: »Und was kostet das Eisbeuterla Leihgebühr?«

»Sonst sechs Euro, aber für dich ist es selbstverständlich gratis. Was hältst du von mir, Richard?«

Wie und durch wen auch immer sich die Nachricht vom neuerlichen Leichenfund so rasend schnell wie Hochwasser durch alle Reihen des Campingplatzes verbreitet hatte, war unerklärlich, aber die Informationsweitergabe war gründlich erfolgt. Richard war gerade bis zur Rezeption gekommen, als ihn das Ehepaar Eberspacher zu sich winkte. Auch hier gab er sich kurz angebunden, erzählte nur, dass er durch Zufall auf die grabähnliche Stelle gestoßen sei.

»Ein toter Mann? Wer wird das wohl sein?«, grübelte die Eberspacherin.

»Hoffentlich keiner von den Gästen«, ergänzte ihr Mann, dann ließen sie ihn weitergehen.

Auch die Mona passte Richard vor der Wirtschaft ab, und er schilderte ihr den dramatischen Zweikampf im Spukhäusl, wie er seinen demütigenden Knock-out nannte, und seine Verletzung.

Argwöhnisch beäugte sie das Coolpack, als wüsste sie, von wem es stammte und dass es schon aus Prinzip nichts taugen konnte.

»Geh, schmeiß das lumpige Beuterl weg. Ich mach dir frisches Eis drauf.« Ohne dass Richard protestieren konnte, lotste sie ihn in die Wirtsstube, zapfte ihm ein Bier und setzte sich zu ihm. Den Eisbeutel hatte sie vergessen, anscheinend musste die Kühlung von innen ausreichen.

Er erzählte ihr, dass die Leiche noch nicht dagelegen hatte, als man den Nürnberger Camper fand, und dass sich jemand eine ganz schöne Mühe gemacht haben musste, den Toten in den Keller zu schaffen, um ihn dort zu vergraben. Wobei auch zu beachten sei, dass die Falltür zum Keller erst durch die Untersuchung der Spurensicherung wieder freigelegt worden war. Davor war sie durch Bretter, Steine, Schutt und Dreck verdeckt gewesen. Derjenige, der den Mann hatte verschwinden lassen, hatte augenscheinlich die Gunst der Stunde genutzt.

Mona starrte Richard mit immer größer werdenden Augen an. Eine entsetzte Ungläubigkeit breitete sich auf ihrem Gesicht aus.

»Die Knödel, ich hab meine Knödel vergessen!«, rief sie plötzlich völlig von der Rolle und stürzte in die Küche. Aus der sie nicht wieder zurückkam.

Der zweite Mord binnen weniger Tage war der Gesprächsstoff schlechthin auf dem Campingplatz – und niemand zweifelte daran, dass es Mord war. Es war später Nachmittag, und Richard fühlte sich noch immer wie vom Bus gestreift. Er hing in seinem Klappstuhl und versuchte, sich möglichst wenig zu bewegen. Abgesehen von dem schockierenden Erlebnis am Vormittag, das ihm noch immer in den Knochen saß, genoss er unterdessen das Verbummeln seiner Zeit auf diesem kleinen Stückchen Erde, das er nun seit über einer Woche bewohnte. Seine Augen fokussierten einen weit über ihm am Himmel kreisenden Greifvogel, dessen leise Rufe er hörte. Richards restlicher Körper war völlig entspannt. Und genauso entschleunigt wollte er den Tag eigentlich ausklingen lassen. Doch lange konnte er diese Position nicht halten. Die ungewohnte Unruhe bei den Fürthern drüben und die Kommandos, die der Nachbar seinen Kindern erteilte, machten ihn neugierig, und so mühte er sich dann doch hoch und sah sich bei ihnen um.

»Räumt euer Spielzeug wech, zack, zack!«, pfiff Axel seine Sprösslinge an, die nölend und lustlos seinem Befehl folgten. Die Männer nickten sich zu.

»Bin iich froh, dass mir morgn wieder heimfahren«, stellte Axel fest, während er Gummistiefel und leere Bierflaschen unter seinem Wohnwagen hervorräumte. »Vielleicht wär iich der Nächste gewesen.«

»Ihr reist ab?« Richard verspürte einen kleinen Stich im Magen. Nicht, dass er den Axel von der Moststraße besonders ins Herz geschlossen hätte. Sie würden sich bestimmt nicht irgendwann auf ein Bier im heimatlichen Frankenland treffen.

Der Axel und seine Familie waren eine Urlaubsbekanntschaft und als solche flüchtig wie die Urlaubsbräune. Und dennoch war der falsche Fürther ein Kerl gewesen, mit dem Richard gut auskam.

Mit seinen zwei Damen war das schon etwas anderes. Natürlich war ihre Gesellschaft schön, aber mit einem Mann konnte man doch ganz anders reden, ungezwungener. Richard zumindest. Axel gegenüber konnte er plaudern, wie ihm der Schnabel gewachsen war. Bei Mona und Leni hatte er das Gefühl, jedes Wort auf die Goldwaage legen zu müssen, um nicht in eines der vielen weiblichen Fettnäpfchen zu treten.

»Seid lieb zueinander«, riet Richard seinem Lieblings-Nürnberg-Fürther und nickte mit dem Kopf in Richtung Bille. Es war sonst bestimmt nicht seine Art, sich in die Herzensangelegenheiten seiner Mitmenschen einzumischen, auch weil es ihm einfach an Erfahrung in diesem Bereich mangelte. Aber es wäre doch schade gewesen, wenn eine solch nette Familie zerbrach.

Ein Werbespruch von früher fiel ihm ein: Nur gucken, nicht anfassen! Den sollte sich Axel mal zu Herzen nehmen. Und Bille vielleicht auch.

»Und wann packst du dei Zelt zusammen, Richie?«

»Wenn Petrus mitspielt, bleibe ich noch bis zum nächsten Wochenende.«

Axel verzog das Gesicht und klaubte weiterhin Dinge rund um seine Lagerstatt vom Boden. Bonbonpapierchen, Kronkorken, einen versifften Lumpen, einen Socken … »Ist dir ned mulmig? Schon wieder a Doder, den du sogar entdeckt hast.«

Richard horchte auf. War vielleicht nicht nur ihm die Gegend nicht ganz geheuer? Wie beruhigend, dass auch andere Männer – wie der Axel – nicht permanent den Rambo raushängen ließen. Sollte er ihm von Ruprechts Besuch in der letzten Nacht erzählen? Doch wozu?

»Iich würde dich ja einladen, heut zusammen noch einen

draufzumachen, Richie. Aber wenn iich am nächsten Tag fahren muss, sauf iich nicht.«

»Das ist wirklich sehr vernünftig«, sagte Richard und zog sich für die nächsten Stunden aus dem Verkehr. Er horchte auf das Pochen seines Schädels, aber da ihm weder übel wurde noch schwindlig war, konnte er eine Gehirnerschütterung ausschließen. Geschafft war er dennoch, physisch wie psychisch.

Oder sollte er auch seinen Kram packen? Den Campingplatz wechseln? Sich ein schönes fränkisches Fleckchen Erde nahe Kleinmichlgsees suchen? Ein mörderfreies?

Später, es ging unterdessen gegen acht Uhr abends, Richard war das Zeitgefühl abhandengekommen, und er war mit hängenden Armen und Beinen auf seinem Klappstuhl eingepennt, kamen die Fürther bei ihm vorbei, um sich schon mal zu verabschieden. Nur für den Fall, dass man sich am nächsten Morgen nicht mehr sehen würde. Die Familie von der Moststraße wollte zeitig nach dem Frühstück aufbrechen. Na ja, je nachdem, wie man halt fertig wurde. Er rieb sich den Schlaf aus den Augen, dann wurden eine Menge Hände geschüttelt.

Bille suchte ihn kurz darauf allerdings noch ein weiteres Mal auf. Vorgeblich, um ihm den übrig gebliebenen Nudelsalat dazulassen. »Was immer dir Axel über mich erzählt hat«, sagte sie ernst, »es war nur ein harmloser Kuss unter Freunden. Du sollst kein falsches Bild von mir in Erinnerung behalten.«

Und kaum hatte Richard wieder seine Relax-Stellung in seinem Campingstuhl eingenommen, rief Jokel Dirnbacher an, um ihn über den neuesten Stand in Kenntnis zu setzen: Der vergrabene Mann, den sie freigelegt hatten, sei keines natürlichen Todes gestorben, sondern erstochen worden. Bei ihm handle es sich um eine örtlich bekannte Person, mehr wollte die Spurensicherung – oder auch Dirnbacher – vorerst nicht herausgeben. Immerhin.

Betroffen von dieser Nachricht und in Gedanken versunken, stand Richard auf und verstaute sein Smartphone im Handschuhfach seines Wagens. Erneut hatte ein Mensch sterben müssen, wieder war ein Gewaltverbrechen geschehen. Ob die Taten in Zusammenhang standen?, fragte er sich, während er mit der flachen Hand auf seine Wade klatschte. Diese kleinen fiesen Biester, diese Schnaken, waren in der Dämmerung besonders angriffslustig.

Um sich vor ihren Attacken zu schützen, schlüpfte er in eine dünne Jacke und seine Jogginghose, setzte sich in dieser Montur erneut auf seinen Klappstuhl und schaute dem Himmel dabei zu, wie es Nacht wurde.

Ob Ruprecht noch einmal auftauchen würde?

Manchmal nickte Richard weg, und wenn er dann wieder aufwachte, fuhr er regelrecht hoch, weil er sich in völliger Dunkelheit gefangen glaubte.

Na bravo! Wie viele Jahre hatte er noch mal gebraucht, um das Trauma seiner Jugend wenigstens ansatzweise zu überwinden? Jetzt waren seine Nachwirkungen wieder zurück.

Richard erhob sich und schnappte sich den kleinen Müllbeutel, den er ungern über Nacht im Freien stehen ließ. Ratten und Mäusen musste er keine Mahlzeit frei Haus liefern.

Auf dem Weg zum Müllcontainer bemerkte Richard verblüfft, dass Leni in den letzten Stunden nicht bei ihm aufgetaucht war. Brauchte sie ihn für ihre Geschichten, die sie verbreitete, denn gar nicht mehr? Ihre Phantasie war anscheinend groß genug – oder einfach besser und fesselnder als die Wahrheit. Aber ging das überhaupt?

Vor den sanitären Anlagen bog er nach links ab und warf seinen Beutel in hohem Bogen in den Müll. Über einen schmalen Pfad konnte man von dort aus den normalen Weg zum Minigolfplatz abkürzen, der den Campern kostenlos zur Verfügung stand. Richard konnte sich nicht erinnern, wann er zuletzt einen Minigolfschläger in der Hand gehabt hatte. Als er mit einem imaginären Schläger ausholte, fing sein Kopf sofort wieder an zu wummern. Womit man ihn wohl niedergeknüppelt hatte? Und noch immer stellte sich die Frage: warum?

Auf seinem Rückweg kam er an der Hinterseite der Campingwirtschaft vorbei. Eine Tür zum Vorratslager stand offen. Unwillkürlich warf er einen Blick hinein und riskierte auch noch einen zweiten. Von einem Gang führte eine Steintreppe nach unten – in den Weinkeller? Oder in den für Kartoffeln?

Da hörte er Mona, die wie ein Fischweib fluchte. Es war doch ihre Stimme?

Schritte kamen näher. Doch statt stehen zu bleiben und sich zu erkennen zu geben, huschte er zur Treppe, stieg ein paar Stufen hinab, drückte sich an die Wand und lauschte. Mona und der Koch Toni stoppten genau vor dem Treppenabsatz. Sollten sie in den Keller gehen, würden sie Richard ertappen, dem so unter Druck oder gerade deshalb keine Ausrede für seine Anwesenheit einfallen wollte. Was er da tat, sah verdammt nach Herumspionieren aus. Oder danach, dass er eine Flasche Wein abgreifen wollte. Er wusste nicht, was von beidem schlimmer gewesen wäre.

Wie er Mona einschätzte, würde sie ihn sofort entlarven.

»Steckst du deine Nase schon wieder in fremde Angelegenheiten?«, würde sie fragen. Dabei war es ja gar nicht so. Er steckte nichts nirgendwohin, er *ver*steckte sich – und musste deshalb ein Gespräch mit anhören.

»So beruhige dich doch, Mona. Was hätten wir denn tun sollen?«, sagte der Koch.

»Beruhigen? Ich soll mich beruhigen? Mir wird ganz schlecht, wenn ich nur daran denke, was ihr getan habt.«

Richard hielt den Atem an, was sich rasch als Fehler herausstellte. Als er Luft holte, schnaufte er umso hörbarer. Seine Handflächen waren feucht, eine Schweißperle rann ihm die Wirbelsäule hinab.

»Wir haben es für dich getan.«

»Ich weiß, ich weiß«, erwiderte Mona verzweifelt. »Aber das wollte ich nicht. Doch nicht so, Toni. Doch nicht so!«

»Was geschehen ist, ist geschehen. Ich kann es nicht ändern.«

»Es ist so furchtbar, Toni.«

Was meinte sie damit? Richards Gedanken rasten. Nun,

der Möglichkeiten gab es sicher einige. Hatte der Koch mit vergammelten Lebensmitteln gearbeitet, um die Kosten zu senken? Vielleicht, aber plausibler erschien es ihm, dass er etwas mit dem Mord zu tun hatte. Hatte Toni ihm eins über den Schädel gebraten?

»Und nun?«

Da Monas Stimme näher kam, schlich Richard auf Katzenpfoten die Treppe weiter hinab. Der Koch antwortete nicht. Stattdessen wurde die Tür zugeschlagen. Sauber! Ganz toll, Richard, schimpfte er sich selbst. Wahrscheinlich war er gerade zum zweiten Mal an einem Tag in einen Keller gesperrt worden. Wenigstens hatte man diesmal seinen Kopf verschont.

Und es gab Licht und ausreichend Luft und … ein kleines Lächeln stahl sich auf sein Gesicht: Wein. Wobei es ja noch gar nicht feststand, ob da unten der teure Chardonnay, Bierfässer oder doch Kartoffeln lagerten. Aber alle Möglichkeiten außer letztere würden ihm entgegenkommen.

Vorsichtig ging Richard die Treppe nach oben. Zu seiner Erleichterung war es nicht so schlimm wie angenommen, die Tür nach draußen war nicht abgeschlossen. Er trat wieder in den Gang. Rechts von ihm befand sich eine schwere Eisentür, dahinter musste die Kühlkammer sein. Die Tür links hingegen stand offen. In dem angrenzenden Raum lagerten in Regalen die Vorräte: frisches Obst und Gemüse in durchsichtigen und verschließbaren Behältnissen, Gläser mit Oliven und eingelegten Gurken, Brotlaibe und Weißbrotstangen, Ölflaschen und vieles mehr. Als er Töpfe klappern hörte, ging Richard dem Geräusch nach, bis er zu einem Durchgang kam, an den sich die Küche anschloss. Er linste um die Ecke.

Mona nahm gerade von der Küchenhilfe ein Holzbrett mit einer deftigen Brotzeit entgegen und ging damit in den Biergarten. Toni schaute ihr nach und drehte dann den Kopf zu Vinz, der dabei war, eine Küchenmaschine zu reinigen. »Ich rate dir, abzuhauen, Vinz. Pack deinen Kram und verschwinde.« Es klang tatsächlich mehr nach einem Ratschlag denn nach einer Drohung.

Richard wurde hellhörig. Seit Tagen brodelte da was in der Küche, und es war keine Leberknödelsuppe.

»Einen Dreck werd ich tun, Alter!«, schnauzte der Blässling zurück. »Ich lass die doch jetzt nicht im Stich.«

Die? Mona?

»Das hättest du dir vorher überlegen sollen.« Der Koch nahm ein in Semmelbröseln und Ei gewendetes Schnitzel und legte es in eine Pfanne mit heißem Butterschmalz, das sofort zischend schäumte. »Du hast uns in diese Scheiße reingeritten. Wenn das rauskommt, können wir den Laden hier dichtmachen.«

Aha, dann ging es wohl doch um die Wirtschaft. Ein rauer Ton herrschte hier vielleicht unter den Köchen.

»Du hättest ja nicht mitmachen müssen.« Vinz pfefferte seinen Putzlappen auf die Theke und lehnte sich mit verschränkten Armen gegen den Tisch. Er zitterte.

Was um Himmels willen hatten die denn angestellt? Gammelfleisch, Pferdefleisch, Salmonellen, Würmer?, liefen die Optionen vor Richards innerem Augen ab.

»Und dann? Die hätten dich doch sofort weggesperrt!«

Mona kehrte zurück, und die Männer gingen wieder schweigend ihrer Arbeit nach. Sie sah richtig schlecht aus, und sie hatte geweint, da nützte all das Make-up nichts. Die Biergartengäste würden sich ihren Teil denken, und die Stammgäste hätten was zum Tuscheln.

Richards Horchposten war zwar perfekt, um die Küchengespräche zu belauschen, aber auch riskant, wie er jetzt bemerkte. Koch Toni musste nur zum Waschbecken oder in die Vorratskammer wollen, und schon würde er auffliegen.

Leise und immer wieder um sich blickend, um nur ja nichts versehentlich umzuwerfen, trat Richard den Rückzug an und entschwand durch die Vorratskammer und durchs Hinterhaus ins Freie. Um sich postwendend auf der anderen Seite des Hauses in den Biergarten zu setzen.

Mona lächelte schwach, als sie ihn bemerkte und zu ihm kam. »Bierchen oder die Speisekarte?« Sie lächelte tapfer weiter. »Oder Brüstl?«

»Geht es dir nicht gut?«, fragte er ehrlich besorgt.

Sie atmete tief durch. »Mein Mann, Richard. Mein Mann ist tot. Du hast ihn heute Morgen im Spukhäusl gefunden.«

Schocknachricht

Richard war platt. »Und dann bist du bei der Arbeit?«, rutschte es ihm heraus. Er war zu schockiert, um sein Mitgefühl besser auszudrücken.

»Wir waren schon länger getrennt, Richard. Aber natürlich nimmt es mich dennoch mit, dass er tot ist. Trotzdem wollte ich meine Wirtschaft nicht schließen, gerade heute, wo sich eine große Gruppe Kanufahrer und ein Ausflugsbus fürs Abendessen angemeldet hatten. Du siehst ja, wie voll es immer noch ist. Bierchen?«

»Äh ja. Und mein Beileid.«

»Danke, Richard.« Sie lief zurück in die Küche.

Ob sie wirklich so tough war oder nur so tat?

Eine Bedienung servierte ihm das Dunkle, und er nahm einen großen Schluck. Erst jetzt bemerkte er, dass zumindest die Stammgäste die Köpfe zusammensteckten und durch ihre erschütterten Mienen ihre Betroffenheit ausdrückten. Bisher hatte Richard auf eine Beziehungsgeschichte als Mordmotiv getippt. Doch wie passte der Ex-Mann von Mona – war sie eigentlich geschieden? – zu dem Camper aus Nürnberg? Oder hingen die Morde gar nicht zusammen?

Richard beobachtete, wie nacheinander Wohnmobile und Wohnwagen vom Campingplatz fuhren. Spät am Abend, eine ungewöhnliche Zeit für die Abreise, dachte er sich noch, bis ihm dämmerte, dass das geradezu fluchtartige Verlassen mit dem neuen Leichenfund zu tun haben könnte. Immer weniger Urlauber wollten an einem Ort bleiben, in dessen Nähe innerhalb einer Woche zwei Männer erstochen worden waren.

Ruprecht fiel ihm wieder ein. Ob er ihn verpasst hatte, weil er jetzt hier saß? Aber nein, der Waldmensch würde sich nicht auf den Campingplatz wagen, wenn noch so viel Betrieb war. Wenn, dann käme er in der Nacht. Richard zwirbelte seinen

Bart, unterdessen konnte man den unkultivierten Wildwuchs so nennen, während er weitergrübelte. Die Küchencrew hatte seit Tagen ein Problem. Vinz schien Richard zu misstrauen, weil er Polizist war oder sich gern in Monas Nähe aufhielt. War Toni an jenem Tag vielleicht aus anderen Gründen als dem Kümmel untergetaucht? Aber warum hätte der einen Camper und Monas Ex umbringen sollen? Warum, warum, warum? Was war da los in Oberbürzl?

Das starke Dunkelbier war beim Kopfzerbrechen nicht gerade hilfreich. Interessant wäre gewesen, zu erfahren, wann genau Monas Ex ermordet worden war. War Gelser unfreiwillig Zeuge geworden und hatte deshalb sterben müssen? Aber das ergab doch auch keinen Sinn. Hätte Gelser einen Mord beobachtet, hätte er das, gerade als Kripobeamter, doch postwendend seinen Kollegen gemeldet. Und wenn die Mordfälle doch zusammenhingen? Aber was für ein Motiv hatte der Täter, erst Monas Ex und dann den Nürnberger zu erstechen? Und wieso versteckte er die Leichen nacheinander im Spukhäusl? Wie passte das alles zusammen?

Gar nicht.

»Na, du hast aber einen Zug drauf«, sagte Mona, die plötzlich neben ihm stand. »Noch eines?«

Richard besann sich darauf, besser einen einigermaßen klaren Kopf zu bewahren. Denn anscheinend ging ihm das entscheidende Detail andauernd durch die Lappen. Was übersah er?

»Kannten dein Mann und der tote Camper sich?«, fragte er die Wirtin.

»Der Sepp und der Nürnberger? Nicht dass ich wüsste. Wieso willst du das wissen?«

»Findest du es nicht auch merkwürdig? Zwei tote Männer in einer Woche in der Nähe des Campingplatzes? Und entschuldige bitte, dass ich so plump daherrede.« Richards Miene drückte Misstrauen und Wissbegierde aus.

Mona schien durch Richards Worte nachdenklich geworden zu sein. Sie blickte eine Weile aus dem Fenster, ohne zu sehen, was draußen vor sich ging, dann sagte sie langsam: »Es wird halt alles ein Zufall sein.«

Doch das glaubte sie wohl selbst nicht, denn als sie wieder in die Küche zurückkehrte, ohne Richards Bestellung aufgenommen zu haben, schüttelte sie leicht den Kopf. Aber Richard stand sowieso nicht der Sinn nach Brüstln. Von einer anderen Bedienung ließ er sich die Rechnung bringen.

Zurück im Zelt kroch Richard in seinen Schlafsack. Jeden Morgen und jeden Abend und bei jedem nächtlichen Toilettengang ärgerte er sich über den klemmenden Reißverschluss, hatte dies aber im nächsten Moment auch schon wieder vergessen. Auf die Abendhygiene verzichtete er. Schnell war er eingeschlafen, schreckte aber bei jedem Geräusch auf.

Als die Sonne das Naabtal am nächsten Morgen wach küsste, hatte Ruprecht Richard noch immer keinen weiteren Besuch abgestattet. Hoffentlich war er noch am Leben.

Schwesternliebe

Entschlossen verließ Richard den Campingplatz und marschierte auf Lenis Wurstbude zu. Es war halb elf, und er ging davon aus, dass sie bereits herumwerkelte. Und tatsächlich, als er näher kam, hörte er sie fröhlich eine Melodie aus einem Werbespot pfeifen. Na bravo, wenn er Pech hatte, bekam er den nervigen Song heute nicht mehr aus dem Ohr.

»Das Geschäft brummt, oder?«

Richard ließ sich ein Wasser geben und setzte sich auf einen der Plastikstühle, die vor Lenis Imbiss standen.

»Die Bombe! Aber für Würstel bist du viel zu früh. Eine nackerte Semmel könnte ich dir anbieten.«

»Ich brauche deine Hilfe, die Würstel hebe ich mir für später auf.«

Lenis Lippen formten ein erfreutes O, dann kam sie aus ihrer Imbissbude gehuscht, wischte sich die Hände an ihrer Schürze mit dem Aufdruck »Lenis Würstel« ab und angelte sich ebenfalls einen Stuhl.

»Neu?« Richard deutete auf die Schürze.

Sie nickte. »Damit man sich an mich und meinen Namen erinnert.«

»An dich erinnert sich doch eh jeder.« Was Richard wirklich nicht sarkastisch meinte.

Leni kicherte mädchenhaft. »Du hast mich neugierig gemacht, Richard. Wie kann ich dir denn helfen?«

»Monas Ex«, sagte er nur, weil er den Rest Leni überlassen wollte.

»Ja, was sagst du dazu!« Sie versetzte Richard einen unsanften Stoß in die Rippen. »Das stinkt doch zum Himmel, wenn du mich fragst.«

»Ich frage dich ja.«

Sie holte tief Luft, wohl um ihrer besonderen Entrüstung Ausdruck zu verleihen. »Wahrscheinlich hat sie einen Lover, und der hat den Sepp eiskalt …« Sie stach mit einem imaginären Messer in die Luft.

»Eine kühne Behauptung. Weißt du denn, dass Mona einen Liebhaber hat?«

Leni wackelte mit dem Kopf. »Und eigentlich hat die dafür auch gar keine Zeit. Wann denn?«

»Nun, dann ist die Theorie«, Richard ahmte ihre Messerstecher-Bewegung nach, »hinfällig.«

»Aber der Mord hat mit ihr zu tun, da verwette ich meinen Hintern drauf.«

Dieser Wette hätte sich Richard sogar angeschlossen.

Leni rutschte nervös auf ihrem Stuhl hin und her. »Du rauchst nicht zufällig?«

»Nö, du?«

»Eigentlich nicht mehr. Aber manchmal vermisse ich es.« Sie griff in ihre Schürzentasche und holte ein Kaugummipäckchen heraus. »Magst du?«

»Ich steh beim Ermitteln mehr auf Nimm2-Bonbons.«

»Ermitteln wir denn?« Ihre Augen strahlten – was für ein Tag!

»Schau, da wird ein Camper aus Nürnberg erstochen«, erläuterte er ihr. »Und ein paar Tage später findet man den Ex der Campingwirtin – auch erstochen. Zufall?«

»Und du suchst nun die Verbindung«, stellte Leni fest.

Richard zuckte mit den Schultern und nickte gleichzeitig. »Wenn man drüber spricht, kommen einem oft die besten Einfälle.«

»Brainstorming also«, ergänzte die Leni und grub mit ihrem Schuhabsatz eine Rille in den Erdboden. »Vielleicht bringt ja jemand untreue Ehemänner um?«

Eine schreckliche, aber brauchbare Idee, notierte Richard sich im Geist, auch wenn sie mehr zu einem Thriller passte, der in Los Angeles spielt, als in ein Oberpfälzer Nest – oder? »War der Sepp denn untreu?«

»Ein Schwein war er, ein ausgemachtes Schwein. Die Mona hat er wie den letzten Dreck behandelt und sie noch dazu

nach Strich und Faden beschissen. Er hat ihr die Scheine nur
so aus dem Geldbeutel gezogen und vom Bankkonto verschwinden lassen. Und was der mit Weibern so nebenher am
Laufen hatte … Ich will es gar nicht so genau wissen, weil
mir dann schlecht werden könnte.« Ihre Wangen färbten sich
immer röter. »Und in der Küche hat er sich aufgespielt, als
wäre er der Alfons Schuhbeck persönlich. Dabei hörte sein
Können beim Kochen von Nudeln auf. Die Küchenleute hat
er wegen jedem Fliegenschiss rundgemacht. Was glaubst du,
wie froh die waren, als der Idiot endlich fort war.« Ihre Miene
verfinsterte sich. »Dass der hier wieder auftaucht, wenn auch
tot …«

»Warum ist der Sepp überhaupt verschwunden?«

»Streit«, sagte Leni kurz und bündig. »Immer wieder gab
es Streit. Die Mona war deswegen schon fix und fertig. Irgendwann hat es ihr gereicht, und sie hat ihn zum Teufel ge-
jagt. Recht hat sie gehabt! Immerhin ist sie die Pächterin der
Wirtschaft, er hat bloß den großen Zampano gemimt.« Nun
grinste sie. »Die Mona war schon immer die Clevere von uns
beiden. Darum habe ich es auch nur zum Würstelimbiss gebracht. Aber ich bin damit glücklich. So einen Stress wie die
Mona habe *ich* nicht. Um achtzehn Uhr mache ich meinen
Imbiss dicht und leg die Füße hoch. Na ja, fast … Du weißt
schon, wie ich's meine.«

Diese zahmen, fast liebevollen Worte aus Lenis Mund
waren für Richard etwas völlig Neues. Er war beeindruckt.
Normalerweise spuckte sie doch Gift und Galle, wenn es
um die Konkurrentin ging. »Kann es sein, dass du die Mona
irgendwie gernhast?«

Impulsiv warf sie die Arme in die Luft. »Das will ich meinen. Sie ist ja meine Schwester.«

Hätte Richard nicht gesessen, er wäre rückwärts umgekippt.

»Hast du das nicht gewusst?«

»Natürlich nicht. Geschwisterliebe sieht bei mir anders
aus.«

Leni nahm es mit Humor. »Wir sind aus einem Stall, Richard. Als die Pacht für die Campingwirtschaft frei wurde, ist die Mona eingestiegen. Ich wollte lieber mein eigenes Ding machen und nicht so viel Verantwortung tragen, darum mein Imbiss.« Sie zwinkerte Richard zu. »Bist du Einzelkind?«

»Nein, ich habe auch eine Schwester. Die Trudel.« Richard nickte. »Obwohl ich verstehe, was du meinst. Eine Schwester kann sehr anstrengend sein. Meine bäckt zum Beispiel tonnenweise Küchla.« Dann schmunzelte er. »Und warum kabbelt ihr euch dauernd?«

»Das ist reine Angewohnheit, das kriegen wir schon gar nicht mehr mit. In Wahrheit haben wir uns ziemlich lieb.«

Richard lachte laut heraus. Was für eine Neuigkeit. »Ihr seid mir Originale!«

An den Gedanken musste er sich erst mal gewöhnen – Geschwister. Darum war Leni auch auf den vergilbten Fotos der Großeltern Moser zu sehen gewesen, wie ihm jetzt einfiel. Und er hatte gedacht, die Mädchen seien halt Sandkastenfreundinnen gewesen und hätten sich dann verkracht. Aber zurück zu den Morden …

»Fangen wir mal anders an, Leni. Wer käme als Mörder von Sepp in Frage – außer der Mona?«, fragte er raffiniert.

»Du ziehst meine Schwester als Mörderin in Betracht?«

»Wer hätte noch am Ableben vom Sepp Interesse gehabt? Du?«, überging er ihr Erstaunen. »Nein, oder?« Er legte den Kopf schräg und fuhr übergangslos fort: »Vielleicht jemand aus der Küchenmannschaft?«

»Na ja …« Sie stutzte, kapierte erst jetzt, was er davor gesagt hatte. »Was? Du könntest dir mich als Mörderin vorstellen?«

»Ich habe mich sogar gefragt, ob ich nicht selbst in Frage käme, Leni. Ehrlich!« Er tippte sich an die Stirn. »Und wer aus der Küche? Der Toni, der so schnell eingeschnappt ist, wenn man sein Essen kritisiert? Hatte er noch eine Rechnung mit dem Sepp offen?«

»Der Toni? Ist mir nicht bekannt.«

»Was ist mit den Beiköchen, den Bedienungen?«

Aber auch diese Fragen verneinte Leni.

»Ich bilde mir ein, dass der Vinz was gegen mich hat. Jemand folgt mir heimlich, und ich habe ihn in Verdacht«, teilte er seine Besorgnis mit Leni.

Die ging in ihren Imbiss, schaltete den Gasgrill ein, öffnete den Kühlschrank und nahm ein paar Würstelpackungen heraus. »Der Vinz?«, sagte sie dann. »Der ist vielleicht ein bisschen maulfaul, aber was soll er denn gegen den Sepp gehabt haben? Da komme ja noch eher ich in Frage. An so manchen Tagen habe ich dem Sepp nämlich die Pest an den Hals gewünscht.« Sie schlug sich die Hände vor die Brust. »Aber nicht, dass du auf dumme Gedanken kommst!« Sie tauchte ab und rumorte in einem der unteren Schränke herum.

Richard stand auf. Dass Leni ihm den Mörder nicht präsentieren würde, war ihm eigentlich klar gewesen. Dass sie und Mona Schwestern waren, war fürs Erste Neuigkeit genug.

»Servus, Leni!«, rief er und spazierte Richtung Spukhäusl, einfach um zu gucken, ob die Kollegen mit der Sicherung der Spuren fertig waren. Aber kurz davor überlegte er es sich anders und kehrte um. Nachdenklich ging er langsam Richtung Campingplatz zurück. Er hatte ein ganz merkwürdiges Gefühl im Magen.

Leni – eine Mörderin? Warum denn nicht? Ein Motiv hatte sie: Der Ex hatte ihre Schwester schlecht behandelt. Oder dachte er falsch herum? Musste er das Motiv bei Mona suchen? Oder aber: Was, wenn die Schwestern sich verbündet hatten, um den Mistkerl Sepp aus dem Weg zu räumen?

Doch dann bliebe immer noch der Nürnberger.

Küchenzoff

»Pst!«

Richard fuhr herum. Psteten ihn die Geisterkinder nun schon an, wenn er im Wald unterwegs war?

»Ich bin es, der Ruprecht.«

Eine Hand winkte ihm aus dem Dickicht zu. Verlangte der Waldmensch etwa, dass er zu ihm durchs Unterholz kroch?

»Rechts ist ein schmaler Pfad«, tönte es leicht gereizt aus dem Grün.

Wie er das liebte. Richard hielt sich nun einmal nicht gern im waldähnlichen Dschungel auf. Abgesehen von den Insektenviechern wusste man nie, in welchen Haufen man unter Umständen trat. Umständlich stakste er durch niedriges Gestrüpp, bis er auf dem Pfad, der sich als eine schmale Schneise durch einen Brennnesselhain entpuppte, zu Ruprecht gelangte.

»Müssen wir uns unbedingt hier unterhalten?«, maulte Richard. »Kommen Sie mit mir in die Wirtschaft. Ich bezahle auch, Sie sind mein Gast!«

Ruprecht verzog das Gesicht zu einer Fratze und stieß einen gurgelnden Schrei aus. »Neinneinneinneinnein! Nicht in die Wirtschaft!«

Der Waldmensch trug wie schon bei ihrer letzten Begegnung einen Anzug, der vielleicht vor dreißig Jahren mal hochwertig und modern gewesen war. Seine Haare hätten Shampoonieren nötig gehabt, und sein Körper verströmte einen leicht ranzigen Geruch.

»Na gut. Aber dann sagen Sie mir jetzt endlich, was Sie wissen. Wenn Sie den Mörder kennen, dürfen Sie das nicht weiter verschweigen. Ich verspreche Ihnen auch, dafür zu sorgen, dass man Sie bei der Polizei gut behandelt.«

»Ich geh nicht zur Polizei.«

»Auch recht. Aber sagen Sie mir wenigstens, wer der Mörder ist«, verlangte er mit Nachdruck. Richard wurde leicht panisch. Er befürchtete, der Waldmensch könnte ihm wieder entschlüpfen, bevor er den Namen preisgegeben hatte. Außerdem waren sie beide in höchster Lebensgefahr, wenn der Mörder Wind davon bekam, dass es einen Zeugen gab und der ihm gegenüber ausgepackt hatte.

»Ich erzähle erst, was passiert ist, damit Sie mir glauben, dass ich unschuldig bin.«

»Natürlich.«

Ruprecht lotste Richard tiefer in den Wald, bis sie auf einer Lichtung standen, auf der ein entwurzelter Baum lag, der bizarre Schatten auf den moosigen Erdboden warf.

»Samstag vor einer Woche war ich spätabends auf dem Campingplatz unterwegs.«

Bei einer Shoppingtour zum Nulltarif, dachte Richard und zog eine Augenbraue hoch.

»Der Biergarten war schon zu, aber die Leute aus der Küche waren noch da, sie putzten und aßen noch einen Happen. Wenn die am Aufräumen sind, ist die Vorratskammer meistens offen. Ich war so hungrig, dass ich rein bin und mir was zu essen krallen wollte. Doch der junge Koch hat mich erwischt und davongejagt. Aber ich habe abgewartet und mich ziemlich lange in der Nähe versteckt, weil ich hoffte, dass vielleicht doch noch was gehen würde. Und dabei habe ich einen Streit in der Küche mitbekommen. Da sind die Fetzen geflogen …«

»Warum denn?«

Ruprecht kräuselte die Lippen. »Dass es rau in der Gastronomie zugeht, weiß man ja«, überging er Richards Frage. »Aber in dieser Nacht, Mensch, ich dachte, die zerfleischen sich gleich. Da wusste ich wieder, warum ich im Wald lebe. Die Menschen sind schlimmer als die Tiere.« Richard sah Ruprecht an, dass er mit sich rang, nicht auf der Stelle wieder im Schutz der Bäume unterzutauchen.

»Worum ging es bei dem Streit?«, blieb Richard dran.

»Sie wollten, dass jemand verschwindet.«

»Wie, sie wollten eine Person verschwinden lassen?« Richard dachte an Monas vergrabenen Ex.

»Nein, der Koch und die Wirtin wollten, dass der sich aus der Küche trollt.«

»Der? Ist auch ein Name gefallen?«

Ruprecht verzog den Mund und kratzte sich über die Bartstoppeln, die ihm einen verwegenen Ausdruck verliehen. Bei dieser Gelegenheit wurde Richard klar, dass er ebenfalls wie ein Penner aussehen musste und sich mit seiner stillen Kritik zurückhalten sollte. Nur roch er besser als Ruprecht – noch.

»Ich habe nur die aggressive Stimme eines Mannes gehört, gegen den sich der Zorn der Küchenmannschaft richtete. Ich kann mich nicht erinnern, dass sie ihn mit Namen angeredet haben.«

Nichtsdestotrotz setzte sich für Richard allmählich ein Bild zusammen. Er hatte einen plausiblen Verdacht. Wenn Ruprecht nur endlich mit dem Namen des Mörders herausrücken würde, hätte er hoffentlich auch die Bestätigung.

»Okay, ich glaube Ihnen. Aber nun endlich zum Mörder.« Richard steuerte langsam wieder in Richtung Waldrand. Er hatte keine Lust, sich auch noch hoffnungslos zu verirren, obwohl Ruprecht wahrscheinlich jeden Baum und Strauch persönlich kannte.

»Gleich, gleich. Lassen Sie mich nur meine Geschichte zu Ende erzählen, damit Sie auch wissen, dass ich absolut nichts mit dem Tod der beiden Männer zu tun habe.«

»Der beiden Männer?« Richards Herz pochte schneller. Hieß dass, dass der Waldmensch den Mörder beider Männer kannte? Dann war dieses Gespräch der Durchbruch!

»Natürlich!«, regte Ruprecht sich auf. »Den ersten Mord habe ich beobachtet und für den zweiten an dem Nürnberger ein Alibi. Ihre Kollegen haben es übrigens überprüft. Ich war auf der Landstraße unterwegs, als ein Pkw auf mich zugerast kam. Er hat mich nur knapp verfehlt, ist aber in den Graben gefahren. Der Mann hatte eine Herzattacke, wie sich später herausstellte.«

Kurz und mit sich sogleich aufstellenden Nackenhaaren erinnerte Richard sich daran, wie Ruprecht auch vor sein Auto gerannt war – ohne ersichtlichen Grund! Der Kerl war wirklich besser im Wald aufgehoben.

»Zufällig war ein Streifenwagen in der Nähe, und ich wurde als Zeuge vernommen. Zunächst war ich nicht davon begeistert, da die Bullen durch die Bank ein Problem mit mir haben. Aber im Nachhinein erwies sich der Vorfall als Glück für mich. Denn genau zu der Zeit wurde der Nürnberger getötet.«

Richard sortierte seine Gedanken. »Darum hat man Sie auch nach der Vernehmung bei der Kripo in Regensburg wieder laufen lassen. Aber wer ist denn nun der Mörder, Ruprecht? Verdammt, rücken Sie endlich mit der Sprache raus!«

Geld, fiel es Richard plötzlich wie Schuppen von den Augen. Natürlich, der Mann wollte Geld. Damit würde sich seine Aussage sicherlich flüssiger gestalten. Daran hätte er wirklich früher denken können. Er pfriemelte seinen Geldbeutel aus der Hosentasche, öffnete ihn und zog einen Zwanziger heraus. Einen Fünfziger wollte er nicht opfern, denn den Schein würde er nie wiedersehen. Leider gab es bei der Polizeibehörde keine Schmiergeldkasse.

Ruprecht stieß wieder einen seiner seltsamen Laute aus, die zu machen er sich wohl im Wald angewöhnt hatte. »Ich will kein Geld! Ich will nur künftig in Ruhe gelassen werden!«

Richard steckte den Geldbeutel wieder weg. Ein bisschen erleichtert war er schon.

»Jetzt haben Sie mich rausgebracht«, beschwerte sich Ruprecht. »Wo war ich? Ach ja, in der Küche. Der Streit. Der Mann, um den sich der Streit drehte, hat dann wutentbrannt die Küche verlassen. Es war der Tote im Spukhäusl.«

Richard blieb stehen und hielt Ruprecht leicht am Ärmel fest. »Der Nürnberger?«

Der Waldmensch schüttelte vehement den Kopf. »Der, der gestern im Keller vergraben gefunden wurde.«

»Moment, Moment, und woher wissen Sie, wer gestern im Spukhäusl gefunden wurde?«

Ruprechts rechtes Auge zuckte, anscheinend ein nervöser Tick. »Weil ich gesehen habe, wie er tot dorthin geschleift wurde.« Und vorsichtshalber schickte er noch hinterher: »Der Mann aus der Küche.«

»Aber wer? Wer hat ihn zum Spukhäusl gebracht und dort im Keller eingebuddelt? Nun reden Sie endlich. Den Rest Ihrer Story können Sie mir später auch noch erzählen.«

»Nur noch eine Sache. Die mich bei der Polizei entlastet, aber der Grund ist, warum der Mörder nun auch hinter mir her ist, mein Lager dem Erdboden gleichgemacht hat und mich um die Ecke bringen will.«

Richard hörte ein Knacken. Nun war ein solches Geräusch im Wald nicht selten, aber er fühlte sich sogleich an zahlreiche Kinofilme und Krimis erinnert, in denen der Zeuge aus dem Hinterhalt erschossen wurde, kurz bevor er den Namen des Mörders aussprechen hatte können. Wenn Ruprecht nur endlich reden würde!

»Er hat nämlich das Messer aus meinem Kästchen mitgenommen und damit den Nürnberger erstochen. Und ich will es noch einmal ganz deutlich betonen: Das Messer ist nicht meines! Das Messer ist dem –«

»Riiichaaard! Bist du das? Wo steckst du denn?«, krähte plötzlich die Leni durch den Wald.

Und bevor Richard reagieren und Ruprecht festhalten konnte, war dieser wie ein aufgescheuchtes Reh ins Buschwerk gehüpft und verschwand.

»Nein!«, schrie Richard. »Nein! Ruprecht, bleiben Sie hier. Wie ist der Name? Ruprecht!«

Und was war mit dem Messer? Und, und, und … Richard raufte sich die Haare. Das durfte doch nicht wahr sein! Da hörte er sich eine halbe Stunde Ruprechts Story an, und kurz vor der entscheidenden Aussage platzte ihm die Schmidpfandlerin dazwischen!

Er sah sich um und sie zwischen den Bäumen hindurch auf dem Waldweg stehen. »Richard? Alles okay?«

Gleich würde es einen dritten Mord geben. Ohne Messer.

Mit bloßen Händen würde er sie erwürgen. Oder mit ihrer dämlichen Würstelzange erschlagen!

Sein Gesichtsausdruck ließ Leni verwundert die Stirn krausen.

»Kannst du nicht einfach mal still sein!«, zischte er ihr entgegen. »Nur eine Minute noch und ich hätte gewusst, wer der Mörder ist!« Mensch, war er sauer!

Leni zuckte zusammen. Sie schien keine Ahnung zu haben, was er meinte.

»So!«, sagte Richard und zeigte mit ausgestrecktem Zeigefinger auf sie. »Und zur Strafe verrate ich dir nicht, was ich eben erfahren habe. Es geht um ein Messer, zwei Leichen und einen Streit in Monas Küche mit einem Unbekannten, aber mehr erfährst du von mir nicht, basta! Das hast du nun davon!«

»Mit dem Unbekannten meinst du sicher Sepp, Monas Mann. Der ist vor Kurzem urplötzlich in der Küche aufgetaucht und hat Rabatz gemacht. Dabei dachten wir alle, der sei längst über alle Berge. Sie haben den Mistkerl hochkant rausgeworfen. Seitdem hat er sich Gott sei Dank nicht mehr blicken lassen. Das hat mir die Mona erzählt, der Schock saß ihr noch tagelang in den Gliedern«, sagte die Leni.

Richard betrachtete sie misstrauisch. Warum war sie erst jetzt damit herausgerückt?

Schweigend trotteten sie zurück zu Lenis Imbiss, wo Richard grußlos und in Gedanken einfach weiter Richtung Campingplatz ging.

Aber natürlich. Wie hatte er nur so auf der Leitung stehen können? Monas von allen gehasster Ex war plötzlich in der Küche aufgetaucht. Hatte er sich womöglich aufgeführt wie der Elefant im Porzellanladen und alles verbal niedergetrampelt, was Mona und ihre Mannschaft sich stolz aufgebaut hatten? Hatten sich die Gemüter immer mehr erhitzt? Und dann? Was, wenn sie ihn gar nicht rausgeworfen hatten, wie man Richard nun weismachen wollte? War der Streit womöglich eskaliert? Und ein scharfes Küchenmesser war gezogen worden? Von wem? Aber warum hatte dann Gelser sterben müssen? War er dem Mörder nur zufällig in die Quere gekommen?

Es war wie verhext. Egal, in welche Richtung er dachte, immer stieß er auf etwas, was einfach nicht passte. Was er sich mit bangem Herzen allerdings eingestehen musste, war, dass der Mörder mit allergrößter Wahrscheinlichkeit in Monas Küche zu suchen war.

Mona war ihm eine Erklärung schuldig.

Rosendirndl

Natürlich hatte er kein Anrecht darauf, von ihr zu erfahren, was in jener Samstagnacht in der Küche der Campingwirtschaft geschehen war. Auch wenn er sich einbildete, sie würde ihm ihre Brüstl mit Erdäpfelsalat besonders kokett servieren und sie würden eine besondere Verbindung haben. Das war ja das Geschick einer guten Wirtin oder Bedienung: den Gast glauben zu machen, er sei etwas ganz Besonderes.

Nun ja, abgesehen davon würde er die Kripo Regensburg informieren. Die würden dann Ruprecht, den Dussel, aufspüren müssen, denn er schien den Schlüssel zur Aufklärung des Falls in den Händen zu haben. Und er, Richard, der Dussel, hatte ihn laufen lassen.

Mona trug ein schwarzes Dirndl mit aufgestickten Rosen und einer roten Schürze. Als Krönung hielt sie einen Rosenstrauß im Arm. So schritt sie lächelnd auf ihn zu. Der Biergarten war für einen Dienstagmittag gut besucht. Aber es war auch bestes Ausflugswetter, da zog es die Urlauber scharenweise auf Rädern, in Kanus und Wanderstiefeln raus in die Natur.

»Schöne Rosen«, sagte Richard, und mal wieder glaubte er, sich ein bisschen in die Wirtin verguckt zu haben. Sie gab aber auch ein Bild ab wie gemalt.

»Von Vinz. Da ich nun Witwe bin, meint er, mich besonders verwöhnen zu müssen.« Sie betrachtete den Strauß mit einem sanften Lächeln.

Richard stutzte. Noch einer, der sein Herz an Mona verloren hatte?

Rosen. Verwelkte Rosen. Wenn das keine Spur war.

»Hat dir der Vinz schon öfter Rosen geschenkt?«

»Hin und wieder, ja.«

»Besonders in den letzten Tagen, oder? Ich meine, wo du wieder so viel Stress mit deinem Mann hattest.«

Mona nickte leicht, als müsste sie darüber nachdenken, dann blickte sie Richard in die Augen. Sie wusste, dass er es wusste.

»Sepp ist Samstagnacht vor einer Woche bei euch in der Küche aufgetaucht und hat Stunk gemacht. Was ist dann passiert?«

Die eben noch rosigen Wangen der Wirtin verloren ihre Farbe. »Er war betrunken, ist völlig ausgeflippt und hat meine Leute beleidigt. Zeit wird es, dass er wieder das Ruder in diesem Saustall übernimmt, hat er geplärrt. Da hat ihn der Toni am Kragen gepackt und vor die Tür gesetzt. Dann ist er weggefahren, und wir haben nichts mehr von ihm gehört.«

»Kein Wunder, denn danach wurde er umgebracht. Ich bin mir ziemlich sicher, dass das die gerichtsmedizinische Untersuchung ergeben wird«, sagte Richard. »Weißt du, wer es war?«

Sie hielt seinem Blick noch immer stand.

»Wessen Küchenmesser fehlt? Tonis? Ist er deshalb neulich verschwunden? Wollte er fliehen?«

Mona ließ vor Schreck die Rosen fallen. »Um Gottes willen, nein!«

Vinz tauchte aus der Küche auf, war im Nu neben Mona und hob die Blumen auf. Sein sonst so bockiger Gesichtsausdruck war verschwunden.

»Rosen für die Chefin«, sagte Richard. »Und für mich die verwelkten, ist es nicht so?«

Der Jungkoch blieb völlig regungslos.

Mit einem Mal war Richard alles klar, und er konnte gar nicht verstehen, warum er die schreckliche Geschichte hinter dem Nebelschleier bisher nicht gesehen hatte.

»Sie sind in Ihre Chefin verliebt, nicht wahr, Vinz? Sie waren ihr Beschützer vor dem Sepp. Und es hat Ihnen nicht gefallen, dass ich ihr zu nahe gekommen bin. Auch nicht, dass ich Ihnen auf der Spur war, obwohl ich, das muss ich gestehen, davon gar nichts wusste. Sie sind mir gefolgt, haben mir den Sack ins Gesicht geschleudert, und vor allem haben

Sie mich im Spukhäusl niedergeschlagen. Als Warnung, mich aus der ganzen Sache herauszuhalten und zu Mona Distanz zu wahren, ist es nicht so?«

»Aber doch nicht der Vinz.« Mona nahm ihn beschützend in den Arm.

»Lass gut sein, Mona. Mir ist es lieber, wenn endlich die Wahrheit ans Licht kommt.«

Zu dritt setzten sie sich in die Wirtsstube. Mona sperrte die Tür ab und drehte das Messingschild hinter der Scheibe um: »Geschlossen«.

»Erzählen Sie mir bitte, was seit Samstag vor einer Woche passiert ist, Vinz. Und dann rufen wir die Polizei.«

Vinz nickte und begann.

Windiges Zigarettenbürscherl

An dem strahlend schönen Junisamstag war der Biergarten noch bis zum späten Abend gut besucht. Im Akkord wurden Brotzeitplatten und Eisbecher serviert, und das kühle Bier floss in Strömen. Die Küchencrew war blendender Stimmung, sie waren ein eingespieltes Team, und für ihre Chefin wären sie in voller Montur in die Naab gesprungen, wenn sie es denn von ihnen gefordert hätte.

Dann, am späten Abend, als der Biergarten endlich geschlossen war, räumten die Bedienungen die Tische ab, trugen die kleinen Blumenvasen, die Tischdecken, Salz- und Pfefferstreuer nach drinnen. In der Küche wurden die Maschinen geputzt und Geschirr aufeinandergestapelt, dann aßen sie noch einen Happen miteinander. Vinz erzählte einen Witz, über den sich alle ausschütteten.

Und in diese Hochstimmung platzte Sepp Bögerl, der Mann, von dem Mona noch immer nicht geschieden war. Sein Auftauchen war längst überfällig gewesen.

Das Lachen blieb ihnen im Hals stecken. Der Satan war zurück. Mona wurde schlagartig leichenblass.

Sepp stänkerte sogleich los. »Was ist denn das für ein Saustall? Ist das ein Kasperltheater oder eine Küche? Ein Blick und man sieht, dass bei euch die starke Hand fehlt. Aber nun bin ich ja wieder da!« Er pflanzte sich breitbeinig in der Mitte der Küche auf.

Mona legte ihm die Hand auf den Arm. »Komm, lass uns allein reden«, versuchte sie, die aufgeheizte Stimmung abzukühlen.

Doch er schleuderte ihre Hand weg. »Und du, vögelst du den Koch?«

Mona war so perplex, dass sie nichts erwiderte.

Toni fuhr natürlich sofort hoch, doch Vinz griff ein. »Lass den Arsch, der ist es nicht wert.«

Was wiederum Sepp ausrasten ließ. Seine Alkoholfahne war so intensiv, dass jeder riechen konnte, dass er nicht nur gewohnt aggressiv, sondern zusätzlich auch stockbesoffen war.

Die anderen Küchenhilfen und Bedienungen verkrümelten sich, so gut sie konnten, in den hinteren Bereich der Küche oder gaben vor, noch im Biergarten zu tun zu haben.

»Warum steht hier denn nichts auf dem Herd? Habt ihr es nicht nötig, zu kochen? So verplempert ihr also mein sauer verdientes Geld, das ich in diese Bruchbude gesteckt habe.«

Nichts davon war wahr. Er hatte keinen Cent in die Campingwirtschaft investiert, das Eigenkapital als Sicherheit stammte von Mona, er hatte nur den dicken Max gespielt. Und eine Bruchbude war die reizende Wirtschaft ganz sicher nicht.

Die Situation wurde immer brenzliger. Mona hatte zu weinen begonnen. Unterdessen lieferten sich die Männer ein Wortgefecht. Vinz hielt – ohne es wahrzunehmen – seit geraumer Zeit krampfhaft ein Küchenmesser in der Hand. Hätte Sepp nur Geschirr zerschlagen, Beleidigungen ausgestoßen und wäre dann gegangen, vielleicht hätten keine zwei Menschen sterben müssen.

Aber er machte den großen Fehler und ging erneut auf Mona los. Er beschimpfte sie nicht nur als Hure, sondern hatte noch viel schlimmere und ordinärere Bezeichnungen für sie parat. Und das, obwohl sie ihm trotz der Trennung treu geblieben war, was sich von Sepp nicht behaupten ließ.

Die anderen konnten gar nicht so schnell schauen, da warf sich Vinz plötzlich auf ihn. Mit Müh und Not konnten sie die beiden trennen, dann sah Toni nur eine Möglichkeit: Er packte Sepp am Kragen und warf ihn hinaus.

»Wenn du dich noch einmal hierherwagst, breche ich dir alle Knochen!«, drohte er ihm. »Und lass die Finger von Mona.«

Vinz sah Sepp vom Campingplatz torkeln, wahrscheinlich hatte er seinen Wagen auf dem Parkplatz außerhalb des Geländes geparkt, denn die Eberspachers ließen die Schranke pünktlich um zweiundzwanzig Uhr runter, danach gab es kein Rein und Raus mehr.

Vermutlich hätten sie ihn zurückhalten müssen. Sepp konnte unmöglich noch fahren. Aber sie alle wünschten sich, Sepp würde gegen eine Mauer oder einen Baum prallen und sein Kopf wie eine Melone auf dem Asphalt zerplatzen. Dass bei einem Unfall auch Unschuldige involviert werden könnten, daran dachte niemand von ihnen in ihrer Wut.

Mona hatte sich nach dem Vorfall in ihrer Wohnung verkrochen, die sich im Dachgeschoss des Hauses befand. Auch das Küchenteam war gegangen, nur Toni und Vinz waren noch da. Sie tranken ein Bier an der Theke der Wirtsstube und versuchten, sich den Ärger von der Seele zu reden.

Als Vinz von seinem Gang zur Toilette zurückkam, sah er, wie Sepp erneut in die Küche wankte. Er wollte ihm die Tür vor der Nase zuschlagen, doch Sepp rammte einen seiner Cowboystiefel dagegen.

»Verpiss dich, du windiges Zigarettenbürscherl!«

»Verpiss du dich doch!«, maulte Vinz zurück.

»Du bist wohl auch scharf auf die Mona«, lallte Sepp. »Und ich kann dir Hoffnung machen, die nimmt nämlich jeden mit ins Bett.«

Vinz' Blick fiel auf das Messer, das neben seinem Arbeitsplatz lag. Sein Lieblingsmesser, mit dem er besonders gern arbeitete. Und dann war es auch schon in seiner Hand, und er ging langsam auf Sepp zu.

»Verpiss dich«, gärte es noch einmal aus Monas betrunkenem Ex, der sich festhalten musste. »Kleiner Wichser.«

Ob Sepp den Schmerz überhaupt spürte? Niemand würde es je erfahren. Denn in der nächsten Sekunde war er tot.

Er starb genau in dem Moment, in dem Toni, der die erregten Stimmen gehört hatte, in die Küche gestürzt kam. Der Disput hatte weniger als eine Minute gedauert, er sah Sepp nur noch zusammenbrechen.

Die Zeit schien eingefroren. Dann, nach einigen Sekunden, lief die Szene, als hätte jemand auf einen Startknopf gedrückt, wieder weiter. Toni fühlte Sepp den Puls. Schüttelte den Kopf. Exitus.

»Du hast ihn umgebracht«, stellte er panisch fest. »Wir müssen ihn wegschaffen. Das ist Mord. Dafür wanderst du in den Knast.« Er packte Sepp an den Beinen und wollte ihn aus der Küche zerren.

Erst jetzt reagierte auch Vinz. »Lass das. Wir müssen die Polizei rufen, Toni.«

»Willst du vielleicht ins Gefängnis? Weißt du, was die Knastbrüder mit schönen Bübchen wie dir machen? Das willst du dir nicht mal vorstellen. Und denk an Mona – die siehst du dann nie wieder.«

Vinz fing an zu wimmern. »Was machen wir denn nun?«

»Wir tragen ihn zu seinem Wagen und fahren ihn fort.« Er suchte in Sepps Hosentaschen nach dem Autoschlüssel. »Da ist nichts. Wie ist der denn hierhergekommen?«, wunderte sich Toni.

»Und nun?«, schluchzte Vinz. »Ich bin nur mit dem Fahrrad da.«

Tonis Enduro stand hinter dem Haus, doch auch ein Geländemotorrad eignete sich nicht wirklich zum Leichentransport. Ihnen wurde klar, dass sie den Toten nicht vom Campingplatz schaffen konnten, und sie trotteten zurück.

Warum war der Idiot nur aufgetaucht? Verdammt!

Dann hatte Toni eine Idee. »Wir bringen ihn in den ehemaligen Kohlenkeller. Da vergammelt sowieso bloß Sperrmüll, niemand geht runter. Und dann besorge ich uns so bald wie möglich ein Auto, wir fahren ihn vom Campingplatz und laden ihn irgendwo ab.«

»Und wo?« Vinz war völlig am Ende. Keinen klaren Gedanken konnte er mehr fassen. Tonis Plan überforderte ihn und hörte sich außerdem so an, als könnten sie mit ihm nur auffliegen.

»Auf den Müll! Auf den Müll kippe ich ihn, wo er hingehört!«, rief Toni, dem die Situation ebenfalls zu entgleiten schien. »Nun pack schon an!«

Mit verbissenen Gesichtern schleppten sie Sepp durch die Vorratskammer in den ehemaligen Kohlenkeller. Tatsächlich entdeckten sie eine perfekte Nische, wo sie ihn einstweilen ablegen konnten. Toni warf leere Kartons und Kartoffelsäcke über ihn, stellte Gerümpel und zu guter Letzt noch ein wackeliges Sideboard vor Sepps vorläufige Ruhestätte. Dann schloss er den Keller ab. Den Schlüssel würde er bei sich behalten, nicht dass ausgerechnet morgen jemand dort unten stöbern wollte.

»Wo hast du mein Messer hingelegt?«, fragte Vinz und sah sich in der Küche um, nachdem sie die Blutspur weggewischt hatten.

»Du meinst DAS Messer? Das habe ich nicht.« Sie starrten sich fassungslos an. »Wahrscheinlich steckt es noch im Sepp.«

»Aber ich habe es doch hierhergelegt.« Vinz ließ seine flache Hand auf die Arbeitsfläche niedersausen. Dann hielt er die Nase in den Wind. »Riechst du das auch?«

Toni schnupperte. »Stinkt wie im Affenstall. Bestimmt vom Sepp.«

Vinz knetete seine Finger. »Genau diesen Gestank hatte ich vorhin schon einmal in der Nase, als ich den Waldschrat, diesen Chaoten, verjagt habe.«

»Einige Gäste haben sich schon beschwert, dass sich jemand nachts auf dem Campingplatz herumtreibt, um zu klauen. Vielleicht er?« Toni schnupperte erneut.

»Und wenn er hier war? Uns gesehen hat? Die Tür nach draußen stand offen.«

»Und das Messer geklaut hat?«, setzte Toni den Gedankengang fort. »Im Wald kann man ein scharfes Messer immer brauchen.«

»Oder man kann uns damit erpressen.«

Vinz schoss aus dem Gebäude und sah entfernt eine Gestalt, die mehr einem Haufen dreckiger Lumpen als einem Menschen glich und sie noch immer beobachtete. »Warte, du Sau!«

Aber der Lumpenhaufen drehte sich um und lief los. Wenn

er den Wald erreichte, würde er mit ihm verschmelzen, untertauchen. Und so geschah es.

In den Stunden bis zum Arbeitsbeginn am neuen Tag quälte sich Vinz mit Selbstvorwürfen und Zweifeln. Er hatte einen Mord begangen, für den es einen Zeugen gab. Aber er wollte nicht ins Gefängnis. Er wollte Mona nicht enttäuschen. Dass er ihren Ex-Mann erstochen hatte, durfte sie nie erfahren. Außerdem wollte er seinen Job nicht verlieren. Er wollte nicht enden wie der Typ aus dem Wald – als stinkender Abschaum.

Er hatte nur eine Chance, damit davonzukommen. Er musste den Waldheini aufstöbern und ihm das Messer mit Sepps Blut daran abnehmen. Und da er vor einiger Zeit bei einem Spaziergang durch den Wald dessen Lager entdeckt hatte, wäre das sogar möglich. Mit dem würde er schon fertigwerden, redete er sich ein. Notfalls gab er ihm ein paar aufs Maul.

Noch bevor er seinen Dienst in der Küche antrat, schwang Vinz sich auf sein Fahrrad und fuhr in den Wald. Nach einer Weile stellte er es ab, ging zu Fuß und blickte sich suchend um. Ihm war klar, dass er zu spät zur Arbeit kommen würde, aber Toni würde es verstehen.

Tatsächlich hatte er den Verhau nach wenigen Minuten aufgespürt. Der Typ selbst war fort, und Vinz beschloss, dafür zu sorgen, dass ihm klar wurde, dass er sich lieber nicht mit Toni und ihm anlegte. Der sollte sich schleichen! Der Unterschlupf war wie ein Zelt aufgebaut, bestand aus dicken Ästen, die, als Gestänge zusammengebunden, mit einer Plane und Zweigen bedeckt waren. Vinz warf einen Blick ins Innere: ein Schlafsack, eine Matte, dreckige, mit Plunder und Mist gefüllte Plastiktüten und eine schäbige Reisetasche. Mit der Schuhspitze wirbelte er das Hab und Gut des Waldmenschen vom Boden auf. Dabei entdeckte er ein Metallkästchen und öffnete es. Darin lag: das blutbefleckte Messer.

So ein Schwein, stiehlt der einfach mein Messer!

Blinde Wut und aufgestaute Angst entluden sich, Vinz trampelte alles kurz und klein und schrie in den Himmel.

»Du Schwein! Du Drecksau!« Er schrie noch immer, als er mit dem Messer das Lager verließ. Und plötzlich der Mann in legerer Camperkleidung vor ihm stand.

»Was machen Sie da?«, herrschte der ihn an.

»Das geht dich einen Scheiß an!« Vinz war wie in einem Rausch, er war völlig außer Atem und begann zu zittern.

»Polizei!«, sagte der Mann. »Sie kommen jetzt sofort mit mir mit.« Er packte Vinz, der sich sträubte, am Arm. Aber Manfred Gelser hatte eine enorme Kraft, und aus einem Polizeigriff befreite man sich auch nicht so leicht.

Da legte sich ein Schalter in Vinz' Kopf um, und er wehrte sich wie ein Tier. Gelser ließ nur einen einzigen Moment locker.

Vinz nutzte ihn und stach zu. Mona durfte doch nicht dahinterkommen, was er getan hatte. Dafür tat er alles.

Ganz schlau war er aus dem Fortgang der Geschichte nie geworden. Wer hatte den toten Polizisten im Spukhäusl versteckt? Und warum? Aber groß hatte ihn das auch nicht interessiert. Seltsamerweise fühlte er sich für dessen Tod nicht verantwortlich. Was hatte der sich auch eingemischt? Daher hatte er den Toni zunächst auch nicht einweihen wollen in seine zweite furchtbare Tat. Doch Vinz' Panikattacken und Alpträume waren immer schlimmer geworden, und so hatte er sich dem Koch doch anvertraut, der wie zu erwarten schier durchgedreht war. Aber aus der verfluchten Sache, dem Vertuschen eines Mordes, kam Toni nun nicht mehr raus, dazu steckte er zu tief drin. Also beschloss er, auch weiterhin den Mund zu halten und die Leiche wie geplant verschwinden zu lassen.

Trotzdem hatte Vinz ihn mehrmals an die Leiche im Keller erinnern müssen, bis der Koch endlich ein Auto organisiert und dann bestimmt hatte: »Den legen wir auch ins Spukhäusl. Das ideale Versteck, jetzt, da die Bullen weg sind.«

Spätnachts, eigentlich ging es schon fast auf Morgen zu, hoben sie im Keller des Spukhäusls eine Grube aus, trugen den in eine Abdeckplane gewickelten Sepp ins geliehene Auto und schafften ihn fort. Dass Ruprecht sie, die Mörderbande, aus Angst kaum mehr aus den Augen ließ und sie auch in diesem Moment beobachtete, wussten sie nicht.

Was alle drei jedoch instinktiv gewusst hatten: Das würde kein gutes Ende nehmen.

Endlich Ruhe

Richard konnte es nicht fassen. Er hatte die Mordfälle gelöst. Tagelang hatten sie ihm keine Ruhe gelassen – aber nun war es ausgestanden. Mona und Vinz saßen noch immer wie zwei Häuflein Elend in der Wirtsstube, aber er hatte erst mal frische Luft gebraucht.

An der Rezeption fuhr gerade ein Streifenwagen vorbei. Nanu, war das Gedankenübertragung? Er hatte die Beichtinger Kollegen doch noch gar nicht informiert, auch nicht die Regensburger. Er ging Dirnbacher und Reusch entgegen.

Dirnbacher ließ die Seitenscheibe herunter. »Wir holen den Koch und seinen Beikoch zur Vernehmung ab«, sagte er. »Wir haben neue Zeugenaussagen. Ein Kumpel von Sepp Bögerl will ihn am vorletzten Samstagabend auf den Campingplatz gefahren haben. Er sagt, der Bögerl sei sogar zum Stehen zu besoffen gewesen, habe aber unbedingt seine Ex überraschen und bei ihr übernachten wollen. Seitdem habe Funkstille zwischen den beiden Männern geherrscht. Aber dann hat der Kumpel von dem Leichenfund gelesen, und ihm schwante Schlimmes.« Dirnbacher blies Luft aus. »Unabhängig davon hat ein Campinggast mit Schlafproblemen vor ein paar Tagen die beiden Köche dabei beobachtet, wie sie einen seltsam eingewickelten, sehr langen Gegenstand zu einem Wagen getragen und ihn dann in den Kofferraum geladen haben. In aller Herrgottsfrüh! Eigentlich wollte der Zeuge in nichts ›verwickelt‹ werden, aber jetzt hat ihn doch das Gewissen geplagt. Daher die späte Meldung an uns.« Dirnbacher war immer noch nicht fertig. »Und von den Befragungen der Dauercamper wissen wir, dass es bereits früher immer wieder Streit zwischen dem Bögerl Sepp und den Köchen gegeben hat.«

Richard beugte sich näher zu ihm hinunter. »Wir müssen uns dringend unterhalten, Kollegen. Jetzt.«

Dirnbacher fuhr den Streifenwagen an die Seite, damit der Wohnwagen mit dem Fürther Kennzeichen vorbeifahren konnte.

»Ihr seid ja immer noch da!«, rief Richard erstaunt.

»Ach, des dauert immer ewig, bis mir unser Glumb zusammenhaben«, plärrte Axel zum Fenster hinaus und drückte kräftig auf die Hupe. »Wir sehen uns wieder, Richie! Und dann bring iich dir des Angeln bei!«

»Denk an die Liebe, Axel! Und grüß mir die Franken!«, rief Richard ihm hinterher, dann begann er zu erzählen.

Später schlenderte er zu seinem Zelt. Von nun an waren die beiden Morde nur noch Sache der Oberpfälzer und Regensburger Kollegen. Als Zeuge war er natürlich noch involviert – aber nicht jetzt. Mit einem genussvollen Seufzer warf Richard sich auf seine Liege und streckte die Füße Richtung Sonne. Nach ein paar Minuten krabbelte er schnell ins Zelt und wieder hinaus. Von seinem Krimi hatte er bisher kaum mehr als zehn Seiten geschafft. Jetzt hatte er endlich Zeit, zu lesen.

Doch schon am frühen Abend stand sein Handy nicht mehr still.

»Hast du schon gehört, Richard? Euer Mörder wurde gefasst!«, überfuhr ihn die Trudel. »Hab's eben aus den Nachrichten erfahren. Wollte dir nur Bescheid geben. Wie ich dich kenne, kriegst du von alldem gar nichts mit. Aber so soll es auch sein, du hast ja noch Urlaub.«

Auch Maria meldete sich. »Ich kann dir sagen, Richard … Was hier alles während der Kärwa los war! Sei froh, dass du im Urlaub bist. Die Hölle, sag ich dir! Die Hölle!«

Seine Chefin bildete das Schlusslicht der Anrufer. »Gut haben Sie das gemacht, Herr Staudinger. Ich wusste, dass auf Sie Verlass ist. Ach, übrigens, haben Sie meine Maglite gefunden?«

Nach dem Telefonat mit der Frischkes schaltete Richard sein Handy aus und legte es ins Handschuhfach seines Golfs. Ginge es nach ihm, würde er es bis zum Ende seines Urlaubs auch nicht mehr herausnehmen. Auch seine Krawatte stopfte er dort hinein. Er hatte sie zufällig unter dem Beifahrersitz gefunden, wie auch immer die dorthin gekommen war. Zierte sie also doch nicht Ruprechts Hals, und Richard hatte den Waldschrat zu Unrecht des Diebstahls verdächtigt.

Als er sich wieder auf seine Sonnenliege niederließ, rangierte ein Wohnwagen mit Schwabacher Kennzeichen auf den Stellplatz von Axel. Kaum stand der Caravan, wurden ein Klapptisch, ein Grill und ein Kasten Bier ins Freie gestellt und drei kurzbeinige Bengel schlüpften aus der Wohnwagentür wie Küken aus dem Nest. Während die Frau noch eine Wäschespinne aufbaute, kam der Camper mit zwei Flaschen Bier zu Richard herüber und reichte ihm eine.

»Servus, iich bin der Alwin. Dousd du a angeln?«

Richard schob sich seinen geschenkten Fischerhut aus der Stirn. »Die Waller beißen nicht«, antwortete er und prostete dem Neuankömmling zu.

»Auch recht, Bratwürschd sin mir suwiesu lieber«, grinste Alwin.

»Dann bist du schräg gegenüber vom Campingplatzeingang beim Imbiss von der Leni gut aufgehoben. Und falls ihr wandern wollt, immer den Waldweg geradeaus«, sagte Richard und deutete mit der Hand Richtung Spukhäusl. »Wunderbar ruhig dort. Wenn man Glück hat«, fügte er noch leise hinzu.

Er selbst hatte ganz anderes mit seinem restlichen Urlaub vor. Er würde nichts tun. Einfach nichts. Und wenn ihn die Langeweile überkäme, gäb's ja immer noch zwei reizende Damen und ihre Brüstl und Würstel.

Traumhafte Aussichten.

Und mit den neuen Nachbarn würde er sich auch arrangieren, es waren eben Franken, und die traf man einfach überall. Ob man wollte oder nicht.

Richard schob sich seinen Anglerhut wieder über die Augen und hörte dem Specht beim Klopfen zu.

Endlich war Ruhe im Naabtal eingekehrt. Herrlich!

Hiiilfe! So helft uns doch!

Alwin machte einen Abendspaziergang. Zum Glück wollte seine Gabi lieber die Füße hochlegen. Das goude Bratwurstweggla, das er gerade noch an der Imbissbude erstanden hatte, bevor die redselige Oberpfälzerin ihren Grill dichtmachte, hätte seine Gattin ihm garantiert nicht erlaubt. Er sei nämlich auf Diät, sagte die Gabi.

Eigentlich war der Imbiss etwas seltsam gelegen, so am Waldrand. Wer kam da schon vorbei? Aber für ihn hätte die Bude an keinem besseren Ort stehen können. Er würde in nächster Zeit wohl häufiger eine Runde drehen, von deren Ziel die Gabi nichts mitbekommen musste.

Um das Wurstweggla in Ruhe verputzen zu können, ging er ein Stück den Waldweg entlang. Eine Wolke hatte sich vor die Sonne geschoben und legte ihren Schatten auf Bäume und Sträucher. Plötzlich blieb Alwin stehen. Stieg da jemand durch den Wald? Er kniff die Augen zusammen, horchte. Nein, da war niemand. Er ging weiter, schlug schon wieder den Weg zum Campingplatz zurück ein. Da! Da war doch etwas. Lachende Kinder. Und jetzt riefen sie sogar.

»Hiiilfe! So helft uns doch!« Ihre Stimmen waren dünn wie ein Windhauch.

Alwin fröstelte. »Hallo, ist da wer?« Er erhielt keine Antwort. Das Kinderlachen und die Rufe waren verstummt. Er beschleunigte seinen Schritt. Seine Phantasie hatte ihm ganz bestimmt nur einen Streich gespielt.

Oder nicht?

Martina Tischlinger
KLOSS MIT SOSS
Broschur, 272 Seiten
ISBN 978-3-95451-508-0

»Wer wen warum und wie ermordet hat, das tritt manchmal ganz
untypisch für einen Krimi in den Hintergrund, wenn die Autorin
es deftig menscheln lässt, und an Deftigem besteht in Franken ja
kein Mangel.«   Nürnberger Zeitung

www.emons-verlag.de

Martina Tischlinger
SAURE ZIPFEL
Broschur, 272 Seiten
ISBN 978-3-95451-800-5

»Mit viel Augenzwinkerei und einem unbeschwerten Schreibstil gelingt Martina Tischlinger ein verzwickter Kriminalfall mit vielen überraschenden Wendungen.« Altmühl-Bote

www.emons-verlag.de

Martina Tischlinger
BAUERNSEUFZER
Broschur, 304 Seiten
ISBN 978-3-7408-0082-6

»Ein Regionalkrimi, trotz all der Toten mit relativ wenig Blut, dagegen mit viel Atmosphäre und Einblicken in den nicht immer wohlwollenden Mikrokosmos eines kleinen Ortes.« Bayern im Buch

Martina Tischlinger
ZUCKERSCHNEGGERLA
Broschur, 272 Seiten
ISBN 978-3-7408-0426-8

»Tischlinger verbindet sehr verschiedene Lebensstile und soziale Schichten. Das gibt dem Roman viel Farbe.« St. Michaelsbund

www.emons-verlag.de